Markus Guthmann, Jochen Mast (Hrsg.)
RHEIN NECKAR MORD

Wellhöfer Verlag
Ulrich Wellhöfer
Weinbergstraße 26
68259 Mannheim
Tel. 0621/7188167
info@wellhoefer-verlag.de
www.wellhoefer-verlag.de

Titelgestaltung: Uwe Schnieders, Fa. Pixelhall, Mühlhausen
Satz: Lukas Fieber, Creative Design, Mannheim

Die Erzählungen sind frei erfunden. Ähnlichkeiten mit wirklichen Personen oder tatsächlichen Ereignissen sind nicht beabsichtigt und somit rein zufällig.

„Isch bring enn umm ...!" (S. 91): Erstveröffentlichung in *Unser Land* (2012)

ISBN 978-3-95428-151-0

Markus Guthmann,
Jochen Mast (Hrsg.)

RHEIN NECKAR MORD

In Erinnerung an Jochen Mast

wellhöfer VERLAG

Inhalt

Kerstin Lange

Hajo

Zu Hause regnet es, dachte ich, während ich aus dem Fenster das bunte Dach der Gedächtniskirche im Sonnenlicht betrachtete. Im gleichen Moment schalt ich mich eine Idiotin. Zu Hause ist nun hier, in Speyer, und nicht am Niederrhein. Ich seufzte.

Sabrina schaute auf und sagte etwas.

Hochkonzentriert blickte ich auf ihre Lippen, lauschte ihrer Aussprache, dennoch brauchte ich ein paar Sekunden, bis ich den Sinn des Gesagten verstand. »Was seufzt du denn so? Es ist ein wunderschöner Tag. Die Sonne lacht, der Sekt schmeckt gut und das Essen wird fantastisch«, übersetzte ich gedanklich und nickte zustimmend mit etwas Verspätung.

Ja, es ist schön hier. Ja, die Sonne scheint häufiger. Ja, es gibt guten Wein und leckeres Essen. Und ja, irgendwann gewöhne ich mich an die Pfälzer Lebensart, den Dialekt und alle anderen Veränderungen.

Eigentlich war alles gut. Im Rheinland war in letzter Zeit nicht alles perfekt gelaufen und ich benötigte dringend eine Auszeit und einen Neuanfang.

Martin kam auf die Idee, nach Speyer zu ziehen. Hier war er aufgewachsen, zur Schule gegangen. Er sprach von der Stadt voller Begeisterung. Dabei schaute er mir tief in die Augen. Martin, der Charmeur mit Hundeblick und Grübchen im Gesicht. Wer konnte dem schon widerstehen?

Deshalb war ich hier. Dreihundert Kilometer trennen mich von meiner liebgewonnenen Umgebung. Ich war Welten entfernt von Altbier und Schützenfest und unfähig den Dialekt zu verstehen.

Mir war zum Heulen zumute und ich wischte mit der Hand über meine Augen.

»Die Zwiebeln sind scharf, nicht wahr?«, fragte Sabrina.

Ich nickte mit der üblichen Verzögerung, die es brauchte, das Gesagte in einen mir verständlichen Modus zu verwandeln. Meine Antwort bestand aus der immer passenden Zustimmungsfloskel: »Hajo«.

Sabrina grinste, doch an dem Zucken ihrer Mundwinkel sah ich, dass ich wieder nicht den richtigen Tonfall getroffen hatte. Weiter üben, übersetzte ich ihre Körpersprache. Dabei hatte ich schon alles probiert: Betonung auf der ersten, dann auf der zweiten Silbe, die Endsilbe mal höher, mal tiefer klingen lassen, mal nasal, mal nur dahingehaucht. Mit H am Anfang, in der Mitte r oder am Ende. Ein Hajo, Ahjo oder Hajooh, Ajoh. Bisher mit mäßigem Erfolg.

Sabrina, unsere Nachbarin, nahm mich direkt nach unserem Einzug in Beschlag. Sie kam täglich vorbei, geizte nicht mit guten Tipps und Ratschlägen. Für mich gewöhnungsbedürftig, ich bin ein zurückhaltender Mensch. Martin erklärte mir, dass diese Hilfsbereitschaft auch Pfälzer Lebensart sei. Er hingegen hielt sich ihr gegenüber bedeckt. Aber das ist nichts Ungewöhnliches, er ist ein vorsichtiger Mensch, von Berufs wegen.

Sabrina hatte mich überredet, heute gemeinsam zu kochen und Martin mit einem Pfälzer Drei-Gänge-Menü zu überraschen. Wir steckten mitten in den Vorbereitungen und tranken dabei Sekt. Natürlich Winzersekt. Vom befreundeten Weinbauern. Jeder hier, so schien es, hatte mindestens einen im Freundes- und Bekanntenkreis.

Aber wo blieb Martin? Ich schaute zur Uhr, er war bereits eine halbe Stunde überfällig. War ihm etwas passiert? Hatte man ihn erwischt?

»Mach dir keine Sorgen, Martin kommt bestimmt gleich«, beruhigte mich Sabrina und hob ihr Glas. »Proscht«. Ich erwiderte den Trinkspruch, nippte gerade am Sekt, aber ich nippte nur. Diese Verspätung sah Martin gar nicht ähnlich. Verstohlen blickte ich zu meinem Handy. Kein Anruf in Abwesenheit, keine SMS.

Meine Unruhe nahm zu. Selbst Sabrina wirkte angespannt, schaute ständig zur Uhr und wippte unaufhörlich mit dem linken Fuß. Auf einmal legte sie ihr Messer hin, verzog ihre Mundwinkel zu einem Lächeln, drehte sich zur Tür und sprach beim Hinausgehen: »Ich muss mal eben in meine Wohnung, nur ganz kurz.« Irritiert blickte ich ihr hinterher. Fragen über Fragen und nicht eine einzige Antwort. Lag etwas in der Luft, weswegen sich alle so seltsam benahmen? Ich schüttete mein Glas voll und zwei Schlucke später war Sabrina wieder da. »Immer noch kein Martin?«

Ich verneinte.

»Wo habt ihr euch eigentlich kennengelernt?«, fragte sie weiter.

Ich war dankbar für den Versuch mich abzulenken und dachte an den unglaublichen Zufall, als ich Martin zum ersten Mal getroffen hatte. Vor der Bank stießen wir zusammen, weil wir beide gedanklich mit anderen Dingen beschäftigt waren. Er gefiel mir auf Anhieb. Dass es ihm ähnlich ging, erfuhr ich einen Tag später, als er plötzlich vor meiner Tür stand und ich den Schreck meines Lebens bekam. Meine Visitenkarte war mir aus der Tasche gefallen. Das hätte böse enden können, doch es war der Beginn einer wunderbaren Freundschaft und Zusammenarbeit. Aber das konnte ich unmöglich Sabrina erzählen. Ich sagte: »Da wo sich laut Statistik zehn Prozent der Paare kennenlernen: im Job.«

»Wie lustig. Was machst du denn beruflich?«

Ich zögerte kurz, antwortete dann: »Ich bin Schauspielerin.«

Die Leute glauben immer, dass die Schauspielerei ein unglaublich spannender Beruf ist, mit einem Hauch Dramatik und Glamour. Sabrina war keine Ausnahme. Ich verschwieg, dass ich kaum in der Lage war, mein Essen, geschweige denn die Miete zu bezahlen. Dass es Martin genauso ging. Und wir uns in der Bank trafen, weil wir zufällig die gleiche Idee hatten. Von da an ging es aufwärts.

»Wo arbeitest du?«, erkundigte ich mich. Sabrina erzählte zwar viel, aber selten etwas Persönliches. Ihre Antwort ließ mich am Winzersekt verschlucken. »Polizistin.« Das Wort verstand ich ohne Verzögerung. Ich hielt den Kopf gebeugt und hackte weiter Zwiebeln.

»Bei der Kripo in Mannheim. Hört sich aber spannender an, als es ist.«

Kaum zu glauben, dass unsere Berufe Ähnlichkeiten aufwiesen. »Ich hab mal eine Polizistin gespielt.« Klang meine Stimme normal?

Sie antwortete nicht.

»Das heißt, du jagst Mörder? Wie im Fernsehen?«, fragte ich weiter. Mein Lachen misslang. Kein Wunder, dass ich mit der Schauspielerei keinen Blumentopf gewann, geschweige denn meinen täglichen Kaffeekonsum finanzieren konnte.

»Nein, im Moment haben wir nichts Interessantes. Allerdings gibt es Anzeichen, dass sich ein neues Pärchen à la Bonnie und Clyde gefunden hat. Bisher agierten sie nur am Niederrhein, haben dort Banken überfallen. Die Frau hat sich als Streifenpolizistin verkleidet. Beim letzten Mal wären sie beinah erwischt worden und alles deutet darauf hin, dass sie ein neues Betätigungsfeld suchen müssen. Wir halten hier Augen und Ohren offen.«

Ich schluckte, hackte wie wild die Zwiebeln.

»Bisher ist niemand zu Schaden gekommen. Nur die Banken. Naja, und ein gebrochenes Bein beim Kassierer beim letzten Raub, weil er den Helden spielen wollte. Er hat ein Foto mit dem Handy geschossen, von dem weiblichen Part. Leider unscharf.«

In der Tat: sehr interessant.

Mir fiel keine Erwiderung ein. Ich nickte, trank noch einen Schluck. Niemand sprach. Wo Martin nur blieb?

Wieder legte Sabrina ihr Messer nieder, sagte: »Entschuldige, ich muss noch einmal kurz in meine Wohnung«, und verschwand. Ratlos blickte ich ihr nach. Hatte sie Verdacht geschöpft? War es tatsächlich Zufall, dass sie von Bonnie und Clyde sprach? Was bezweckte sie damit? Und wo war Martin? In meiner Fantasie sah ich ihn in ihrer Wohnung, gefesselt und geknebelt. Hatte sie ihn in ihrer Wohnung überwältigt, hielt sie ihn fest, und wollte jetzt mich überführen? Nachdenklich sah ich ihr nach. Ich wählte erneut Martins Nummer – ohne Erfolg. Ein paar Sekunden verharrte ich in meiner Bewegung, dann ließ ich alles liegen und folgte ihr.

Leise und vorsichtig bewegte ich mich. Ich sah, wie sie ihre Wohnungstür aufschloss. Sich mit den Fingern durch ihr Haar fuhr und die Lippen aufeinanderpresste. Gesten, die mir bekannt waren. Das machte ich, wenn kein Lippenstift zur Hand war und ich hübsch aussehen wollte. Für Martin.

Sabrina ließ die Haustür offen und ich sah ins Innere. Guter Geschmack. Teuer. Hätte ich ihr gar nicht zugetraut, war mein erster Gedanke. Olivenholzparkett. Offene Küche mit Granit. Exklusive Elektrogeräte. Wie konnte sich Sabrina das mit dem Gehalt einer Kommissarin leisten?

Ich sah noch etwas. Ein Paar Schuhe, die mir bekannt vorkamen. Braunes Kalbsleder mit Budapester Muster, Ledersohlen. Martin trug solch ein Paar. In dem Schuh steckten farblich passende Socken. Martin legte darauf Wert. Was zum Henker war hier los? Warum versteckte sich Martin bei Sabrina? Ging weder ans Telefon oder sagte Bescheid? Und wieso hatte Sabrina nichts verraten? Planten sie eine Überraschung?

»Hallo Melanie, schön, dass du da bist.« Martin wirkte völlig locker. »Mir war klar, dass du kommen wirst. Hier ist es einfacher.« Ich wusste nicht, wovon er sprach, schaute fragend Sabrina an.

Ihr Lächeln war jetzt weder freundlich noch nett. Ein undurchdringlicher Gesichtsausdruck, ein Hauch von Triumph? Doch warum? Waren wir enttarnt, aufgeflogen? Es gab keine Armada von Polizisten, die uns verhaften wollten. Martin war weder in Handschellen, noch sah er verzweifelt aus. Fieberhaft versuchte ich, dem Ganzen einen Sinn zu geben.

Gedanklich hakte ich alles ab: Der Kassierer beim letzten Job, der das Foto gemacht hatte. Meine Angst. Martins Plan, umzuziehen, sein Beharren auf Speyer. Diese vielen Telefongespräche, die er führte und immer beendete, wenn ich in die Nähe kam. Das Verwischen der Spuren. Bei genauerem Überlegen hatte er meine, und nur meine, nicht nur verwischt, sondern ausgelöscht. Als hätte es mich nie gegeben. Martin und Sabrina waren gleichaltrig. Ich sah von einem zum anderen, versuchte in ihren Gesichtern zu lesen, ihr Handeln vorherzusehen.

Sabrinas Gesicht glich einer Maske. »Martin und ich kennen uns seit der Schulzeit. Haben uns nie ganz aus den Augen verloren. Damals haben wir schon viel Unsinn angestellt. Er war schon immer ein krummer Hund.« Sie lachte. »Er braucht eine neue Partnerin. Welche Tarnung wäre perfekter, als die einer Komplizin, die an Insiderinformationen der Polizei kommt?«

Mein Blick wanderte zu ihm. Warum sagte er nichts?

»Baby, es tut mir leid.« Er sah tatsächlich so aus. »Man hat dich erkannt. Das ist ein Problem.« Ich schluckte und hörte ungläubig seine nächsten Sätze. »Zu gefährlich mit dir weiter zu arbeiten. Sabrina übernimmt deinen Part in Zukunft ...« Er stockte, als suche er nach Worten. Ich konnte nichts tun, nichts sagen, starrte ihn weiter an. Aus dem Augenwinkel sah ich, wie Sabrina ihre Waffe zückte, den Schalldämpfer aufsetzte.

Martin lächelte. Ich sah die Grübchen, in die ich mich verliebt hatte. Und dann fiel mir nur ein Wort ein. Kein Auf Wiedersehen, kein Goodbye oder Tschüss. Auch kein wieso, weshalb, warum. Nur die beiden kurzen Silben, perfekt betont, dahin gehaucht: Hajo.

MARKUS GUTHMANN

Halloween

Bogenschießen ist ein toller Sport. Man kann wunderbar entspannen und Aggressionen abbauen.

If life seems jolly rotten.
There's something you've forgotten.
And that's to laugh and smile and dance and sing …
Always look on the bright side of life …
Always look on the light side of life …

Ich schleiche als Letzter durch das Unterholz, denn heute, an Halloween, haben wir unser traditionelles Nachtschießen. Wir sind die Sonderlinge in der Bogensportabteilung, die das intuitive Schießen mit dem Langbogen pflegen.

In der Ferne hört man den Lärm von der Burg Frankenstein. Dort tobt die mittlerweile traditionelle Halloween-Feier. Wir wollen nach dem Wettkampf auch dort hingehen, aber ich glaube, das wird heute nichts. Schuld daran sind Udo und Swetlana.

Meinen Bogen habe ich eigenhändig aus einem Eibenstamm gefertigt. Das richtige Stück Holz habe ich lange gesucht, sorgfältig getrocknet und dann gespalten. Holz aus dem Sägewerk kann man vergessen, denn es kommt auf die Unversehrtheit der Fasern an. Aus dem etwa zwei Meter langen Rohling habe ich in wochenlanger Arbeit diesen fantastischen Bogen geschnitzt, der jetzt eine Zugkraft von fast sechzig englischen Pfund besitzt. Wir haben alle solche Mordinstrumente. Die Pfeile bestehen natürlich auch aus Holz, mit einer wertvollen Befiederung und einer aufwendig geschnittenen Nocke. Wir verwenden je nach Zweck Haselnuss, Fichte, Esche oder Eiche. Die Pfeilspitzen sind aus Stahl geschmiedet und messerscharf. Unsere Vorgänger haben über Jahrhunderte hinweg ihre Form für die Jagd optimiert.

Wir nähern uns dem nächsten Ziel. Es ist das Wildschwein, das mit schwachen LED-Lampen beleuchtet ist. Es ist verdammt schwer etwas zu treffen, weil man das Ziel im Dämmerlicht nur erahnen und das eigene Schießgerät nicht sehen kann. Jemand wundert sich, warum Swetlana und Udo heute nicht dabei sind. Udo, unser Steuerberater, hat Swetlana vor etwa einem Jahr in unseren Kreis eingeführt. Sie schießt zwar nicht, aber sie ist eine echte Kanone. Swetlana hat uns mittlerweile alle durch und nicht nur unbedingt nacheinander. Im Vereinsheim spielt sie öfters Doppeldecker mit uns.

Ich bin gut gelaunt, denn bald sind wir alle Sorgen los. Ich genieße den Zusammenhalt der verschworenen Gemeinschaft und der Refrain geht mir nicht aus dem Kopf:

Always look on the bright side of life …

Always look on the light side of life …

Bei so einem Nachtschießen bleibt die Gruppe aus Sicherheitsgründen immer zusammen und zieht gemeinsam von Abschusspunkt zu Abschusspunkt. Geschossen werden drei Pfeile pro Schütze und Ziel. Einen Treffer sieht man nicht unbedingt, aber man kann ihn hören. Ein »Blopp« zeigt an, dass der Pfeil im Ziel sitzt und nicht irgendwo im Unterholz steckt. Wenn jeder geschossen hat, dann gehen wir zum Ziel, bewerten die Treffer und sammeln die Pfeile ein.

Wir schleichen auf engen, laubbedeckten Pfaden zu unserer Halloween-Attraktion. Vor ein paar Jahren ist uns die Idee gekommen, einen Bettbezug über ein paar Schaumstoffreste zu ziehen und das Ganze als Gespenst in einen Baum zu hängen. Wir nennen es »Frau Dippel«, nach der Frau des berühmt-berüchtigten Arztes und Alchimisten Johann Konrad Dippel, der vor über dreihundert Jahren auf der Burg Frankenstein geboren wurde und der angeblich aus Leichenteilen ein Lebewesen geschaffen hatte.

Frau Dippel trägt ein rot aufgemaltes Herz und einen ebenso grellen, lachenden Mund. Aber ihre Besonderheit ist die Beleuchtung. Das Licht leuchtet wenige Sekunden und erlaubt nur eine kurze Zielerfassung. Selbst für Profis wie uns ist es extrem schwierig, da man blitzschnell anlegen und schießen muss. Der erste Schütze tritt vor und schießt den Pfeil mit schlafwandlerischer Sicherheit ins Ziel, was durch den »Blobb« hörbar angezeigt wird. Ein anerkennendes Raunen geht durch die Gruppe. Der nächste Schütze tritt vor. Er braucht zwei Pfeile, da man sich nicht sicher ist, ob der Erste auch richtig getroffen hat. Auf das Ziel werden etwa zwanzig bis dreißig Pfeile geschossen.

Ich bin schon längst nicht mehr da, als die nächtlichen Schützen zum Ziel gehen, um die Treffer festzustellen. Ich stehe nämlich in Udos Büro, der heute leider nicht beim Schießen dabei sein kann, weil ihn wichtige Geschäfte abhalten. Sein Büro ist in einem schönen alten Fachwerkhaus, kaum einen Kilometer entfernt. Er hat das Haus edel und aufwendig renovieren lassen.

Gerade haben wir einen Drink zu uns genommen, weil es sich so besser reden lässt. Das war Udos Idee und wie immer hat er recht gehabt.

For life is quite absurd.
And death's the final word.
Always look on the bright side of life ...
Always look on the bright side of life ...

Ich setze ihn wieder aufrecht in den Stuhl und stelle das kleine Fläschchen Chloralhydrat mit der kyrillischen Aufschrift auf seinen Schreibtisch. So ein Zeug bekommt man hierzulande nicht in der Apotheke. Dann wische ich sorgfältig mein Whiskeyglas ab und stelle es zurück in die Bar. Natürlich habe ich vorher den Rest geleert, denn Udos Single-Malt-Whiskeys sind einsame Spitze. Ich nehme die Kerze aus meiner Tasche, in die ich kurz unterhalb des Dochtes ein Loch reingebohrt habe. Ich drapiere vorsichtig eine Wunderkerze in das Loch und arrangiere viele andere um die Wachskerze herum. Die Kerze wird etwa zehn Minuten brennen, bevor die Wunderkerzen losgehen.

Ich weiß genau, wo die Unterlagen für das Bankschließfach mit den DVDs und das Schweizer Nummernkonto liegen. Swetlana hat es uns gesagt. Wir mussten sie gar nicht besonders quälen.

Der Refrain geht mir heute einfach nicht aus dem Kopf:

Always look on the bright side of life ...

Always look on the light side of life ...

Der Computer läuft noch. Ich öffne eine neue E-Mail, hole den Notizzettel aus der Tasche und beginne die Nachricht abzutippen. Wir haben uns echt Mühe gegeben, genau den Duktus zu treffen, den Udo immer zu benutzen pflegt. Das kann man mit speziellen Programmen analysieren. Jedenfalls erreicht das von uns verfasste Schreiben eine achtundneunzigprozentige Übereinstimmung mit Udos Pamphleten. Ich schicke die Abschieds-E-Mail an einen großen Empfängerkreis, verteile reichlich Benzin im Raum und besonders viel auf Udo. Den leeren Kanister stelle ich neben den Schreibtisch in Udos Reichweite und zünde die Kerze an, was nicht ungefährlich wegen der Benzindämpfe ist.

Von Weitem schon sehe ich das Blaulicht. Keiner bemerkt mich in dem Trubel, als ich das Fahrrad hinter dem Vereinsheim abstelle und mich wieder unter meine Gruppe mische. Boris nickt mir zu. In seinem Köcher sehe ich noch ein paar meiner Pfeile stecken, denn jeder von uns hat Pfeile mit einer eigenen und unverwechselbaren Befiederung. Obwohl ich andere Geschäfte zu erledigen hatte, stecken jetzt einige meiner Pfeile in dem Bündel, das der Rest der schockierten Gruppe gerade vom Baum abgeschnitten hatte. Arme Swetlana! Mindestens fünf Pfeile dürften tödlich gewesen sein, mutmaßt Manfred unser Arzt, der aber der Obduktion nicht vorgreifen möchte.

Wie Udo mit unseren Steuererklärungen beschissen und das Geld auf das Schwarzgeldkonto überwiesen hat, das verstehen wir. Auf seine Idee hin haben wir ja jahrelang unseren kleinen Rentenfonds in der Schweiz angespart.

Aber wir verstehen immer noch nicht, wie es Udo gelingen konnte, selbst sauber zu bleiben und uns heimlich mit Swetlana zu filmen. Der blöde Sack, beinahe hätte er es geschafft uns zu erpressen!

Um unsere Halloween-Attraktion herum ist alles zertrampelt. Aber Spuren führen durch das Dickicht hin und zurück zu dem kleinen asphaltierten Wirtschaftsweg. Dorthin, wo Udo heute Morgen die Schaumstofffigur aus seinem Range Rover geschleppt hat. Er hatte das Auto in der matschigen Parkbucht geparkt und prima Reifenspuren hinterlassen. Meine Spuren hingegen wird keiner erkennen, denn Udos Stiefel haben nur wenig gezwickt, als ich am Abend die betäubte Swetlana zum Baum transportiert und sie gegen die Schaumstofffüllung von Frau Dippel ausgetauscht hatte. Für die Forensiker dürfte alles klar sein und auch der letzte Bulle wird sich über den schnellen Erfolg freuen, wenn er ihren Mann so einfach überführen kann.

Udo, es scheint, wir haben gerade noch die Anzeige wegen Steuerhinterziehung abwenden können. Wir und unsere Frauen werden an eurem Grab weinen und vor allen die arme Swetlana bedauern. Ausgesprochen niederträchtig war es von dir, ihr Chloralhydrat zu verabreichen und sie dann in den Baum zu hängen, damit sie von ihren eigenen Liebhabern erschossen wird. Deine krankhafte Eifersucht rechtfertigt doch noch lange keinen erweiterten Selbstmord. Ja, wir haben es sehr lange geplant und haben schließlich einen cleveren Weg gefunden, um euch loszuwerden und das Problem mit der Steuer zu beheben. Einer von uns wird das Verhältnis zugeben und die Schuld dafür auf sich nehmen. Seine Frau wird nicht begeistert sein, aber er wollte sich sowieso scheiden lassen.

Udo, beim Knobeln habe ich den Kürzeren gezogen. Dafür bekomme ich aber jetzt deinen Anteil von unserem ganz privaten Rentenfonds und du ein schönes Begräbnis. Ich singe im Stillen den Refrain, als wir im Vereinsheim auf die Zeugenvernehmung warten.

Unvermittelt und nichts Böses ahnend fällt mein Blick auf die Schlagzeile des Odenwälder Echos, die jemand auf dem Tisch vergessen hatte: »Deutscher Staat zahlt Millionen für Steuersünder-CD aus der Schweiz ...«

Just remember that the last laugh is on you.
And always look on the bright side of life ...
Always look on the right side of life ...

LILO BEIL

Dressed to kill

Noch die Klänge von Vivaldis »Vier Jahreszeiten« aus dem Autoradio im Ohr, schloss Christina ihren Wagen ab und verließ die Tiefgarage. Oben angekommen, erwartete sie ein zauberhaftes Bild fast wie aus dem Märchenbuch.

Es war überhaupt ein zauberhafter Oktober, der die Menschen heiterer stimmte, die Straßencafés bevölkerte und für gute Umsätze bei der Gastronomie sorgte. Ein Jahrhundertoktober, so lautete schon jetzt das Urteil über das ungewohnt südländisch-sonnige Wetter.

Christina, gegen das gleißende Licht anblinzelnd, sah vor sich das imposante Schloss der badischen Markgrafen, gekrönt von allegorischen Gestalten, kriegerischen Putten und umgeben vom Schlosspark mit seinen Kugelbäumchen und Amphoren und Alleen, die sich mit Rostrot, Gold und hundert verschiedenen Brauntönen schmückten. Der Herbst, Christinas liebste Jahreszeit. Im Herbst möchte ich einmal sterben, bunte Blätter sollte man mir nachwerfen statt Blumen.

Christina sah die Szene auf einmal plastisch vor sich. Sie musste lachen, wenn sie sich ihre Freundin Sieglinde vorstellte, die garantiert mit weißen Lilien erschiene und komisch aussähe mit ihren roten Haaren und ganz in Schwarz. Sieglinde. Der biedere Name täuschte. Sieglinde, die nymphoman war und narzisstisch, selbstverliebt und männerbetörend.

Sieglinde, deren Hobby es war, auf Beerdigungen zu gehen. Christina hegte den Verdacht, dass sie das nur deshalb tat, weil sie wusste, wie gut ihr schwarz stand.

Gelegentlich reihte sich dann auch der eine oder andere Witwer in ihre Liebhabergalerie ein. Sieglinde, die Nymphomanin, aber letztendlich doch eine gute Seele und wenn es darauf ankam auch eine echte Freundin.

Wie kann man nur bei diesem Glückseligkeitswetter und mitten im hellen Oktobersonnenschein solch schwarze Gedanken haben und an den Tod denken, dazu noch an den eigenen, schalt sich Christina selbst.

Ich bin doch erst Mitte vierzig. Aber da kommt einmal wieder der Steinbock in mir durch. Dieses Tier ist nicht unterzukriegen, ein Leben lang stößt es einen mit den Hörnern und lässt einen nicht zur Ruhe kommen. Apropos Steinbock: Christina schlenderte gerade an einer bocksfüßigen Faunsstatue vorbei, neben der ein Liebespaar eng umschlungen auf intensivste Weise Frühlingsgefühle demonstrierte, und dies, obwohl es nun bald November war. Der Faun auf seinem steinernen Sockel schaute dem amourösen Schauspiel voyeuristisch zu. Zwei Walkerinnen mit bedrohlich anmutenden Schritten, grimmig entschlossen wie weibliche Generäle und mit Skistöcken bewaffnet, überholten Christina. Es wimmelte von Studenten, die auf dem Weg zur TH waren oder sonst wohin. Junge Mütter schoben Kinderwägen, alte Leute wurden im Rollstuhl die Kieswege entlang geschoben. Merkwürdig, dachte Christina. Die Rollstühle überwiegen. Wir werden eine überalterte Gesellschaft, sogar hier in dieser Universitätsstadt mit den vielen jungen Menschen ist es schon zu spüren. Warum war sie nach Karlsruhe gekommen heute? Ach, es war so etwas wie Nostalgie und eine Laune, einmal wieder die Stadt zu besuchen, die in ihrer »Südpfälzer Zeit«, wie Christina es nannte, ihre Mode-Metropole gewesen war, näher als Ludwigshafen oder Neustadt. Von Kandel aus war es nur ein Katzensprung über den Rhein hinüber gewesen. Damals war sie mit Mutter und Schwester ab und zu über den Rhein gefahren, um sich neu einzukleiden. Dann bekamen die Pfälzer Dorftrampel ein schickes städtisches Outfit verpasst, und zwar im Kaufhaus Schöpf am Marktplatz. Ach ja, das traditionsreiche Kaufhaus neben der Pyramide. Es gab dieses Kaufhaus immer noch heutzutage, und das trotz H&M und Peek&Cloppenburg und wie sie alle hießen, die übermächtigen Konkurrenzhäuser. Christina schmunzelte, wenn sie an die Qualitätsware ihrer Kleider von damals dachte, die Marke Bleyle und unverwüstlich. Sie selbst trug immer rot, die Schwester blau. Auch die Konfirmationskleider für Christina und ihre Schwester waren in Karlsruhe gekauft worden, dem Mode-Mekka der Südpfälzer.

Obwohl sie nun seit vielen Jahren schon im Rechtsrheinischen wohnte, im Herzen war sie eine Pfälzerin geblieben. Einige ihrer Freunde nannten sie gerne »Christina, unsere bekennende Pfälzerin«.

Lustvoll schlurfte Christina durch das Herbstlaub, wie ein Kind. Gut, hier gab es keine Nachbarin mit ihrem »Labsaacher«. Das war der Laubsauger von Frau Diehm, die übrigens auch aus der Südpfalz stammte, eine verbiesterte Sauberkeitsfanatikerin.

Über dem Eingang zum Schloss prangte in Riesenlettern die Aufschrift: IMPERIUM ROMANUM.

Diese Sonderausstellung würde die Massen anlocken.

Christina aber interessierte nicht diese Ausstellung, sondern die ständige Ausstellung des Landesmuseums im Schloss. Einmal, vor vielen Jahren, war sie hier gewesen. Im Gedächtnis blieb ein Eindruck von lebendiger Geschichte, von ideenreicher Gestaltung und von meisterlicher Präsentation. Die Volkskunstabteilung würde sie zuerst ansteuern. Es gab da auch, soweit sie sich erinnerte, einige reizende Gemälde der markgräflichen Kinder des 18. und 19. Jahrhunderts. Vor Christina auf dem Rasen hüpften einige Raben, flogen jäh auf und setzten sich auf einen Brunnenrand.

Wie die Lemminge strömten die Menschen in die Sonderausstellung »Imperium Romanum«. Zudem war heute ab 14 Uhr der Eintritt frei.

In der Volkskundeabteilung war Christina die einzige Besucherin. Volkskunst war zur Zeit nicht im Trend. Hier waren noch nicht einmal alle Säle bewacht. Wer würde auch Schränke, Standuhren, Kachelöfen wegschleppen, Bauernbetten und schwere Krüge aus Steinzeug?

Doch es stimmte nicht ganz. Christina war nicht allein in der Volkskundeabteilung, die ganz oben und ziemlich versteckt in dem riesigen Schloss untergebracht war. Seit geraumer Zeit schon hatte sie bemerkt, dass hinter ihr Schritte ertönten, näher kamen, ohne dass sie einen Menschen gesehen hätte. Sie blieb vor einem bemalten Bauernschrank stehen. Diese fast kindlich gemalten Vogelmenschen, oder waren es Menscheneulen? Naive Kunst, richtige Volkskunst eben. »Ein typischer Baierschrank«, murmelte Christina. Baier, eine Odenwälder Schreinerfamilie.

Bernhard wäre stolz auf sie, ja, es war ein Baierschrank. Nicht umsonst ist man schließlich mit einem Antiquitätenexperten verheiratet. Da bleibt im Laufe der Jahre so einiges hängen, auch wenn man selbst nicht zur Gattung der Sammler gehörte. Christina musste lächeln, doch plötzlich erschrak sie. Die Schritte, da waren sie wieder. Unwillkürlich fiel ihr jener Film ein, den sie vor vielen Jahren gesehen hatte. Sie war damals mit ihrem ältesten Sohn schwanger gewesen, und ihre damalige Freundesclique hatte unbedingt jenen Film ansehen müssen, der in aller Munde war: »Dressed to Kill«.

Dem Gruppenzwang nachgebend, wollte Christina kein Spielverderber sein und war widerwillig mitgegangen. Wie einfältig sie doch damals gewesen war. Ohne Selbstbewusstsein, schwach und masochistisch obendrein. Ihre eigenen Bedürfnisse, ihren eigenen Geschmack und ihren eigenen Willen hatte sie – meist Bernhard zuliebe – verleugnet und war stattdessen zu allen aktuellen »Events« gegangen. Der Film, schlimmer noch als »Psycho«, hatte die anderen, die Horrorfilme gewöhnt waren, nur belustigt, sie jedoch war verängstigt immer tiefer gerutscht in ihrem roten Plüschsessel. Meist hatte sie die Hände vor die Augen gehalten, aber sie hatte dennoch genug mitbekommen von der Handlung.

Die Frau, die ein Museum besuchte, wurde von der Kamera von hinten verfolgt, eben ganz aus der Sicht des Fremden, der hinter ihr herlief, sie ansprach, sie zum Mitgehen bewog, dann die Liebesszene. Ach was, so ein Unsinn, ich bin über vierzig, wer wird mich schon verfolgen, am wenigsten aus amourösen Gründen, am wenigsten auch in einer Universitätsstadt, wo es doch relativ viele junge Frauen und Mädchen gibt, die verfolgenswerter sind.

Christina ging in den nächsten Saal hinüber und wurde sehr nostalgisch, denn in liebevoll gestalteten Vitrinen waren Zizenhausener Figurengrüppchen ausgestellt, jene witzig-skurrilen Kunstwerke aus der frühen Biedermeierzeit, die aussahen, als wären sie einer Wiener Komödie von Nestroy oder Raimund entsprungen.

Dickbäuchige Musiker mit spindeldürren Beinchen, ältliche spitznasige Jungfern und feiste Bauern mit runden Backen gaben ein amüsantes Panoptikum ab. Es waren Sprüche zu lesen wie dieser hier:

»Hier ruht in Gott mein treues Weib, ihr Name war Adele,
zuweilen waren wir ein Leib, doch niemals eine Seele.«

Oder:

»Dies ist mein Eheweib, die Gret, kein Frieden gönnt sie mir,
spreche rasch nur ein Gebet, sonst zankt sie auch mit dir.«

Christina musste schmunzeln. Neben ihr sagte jemand: »Lieben Sie auch die Zizenhausener Gruppen?«

Ein ziemlich kleiner Mann, etwas älter als Christina, musterte sie von oben bis unten. Seltsam, wie er dasteht, ging es durch Christinas Kopf. Er hat die Füße ganz extrem nach außen gestellt. Grotesk. So grotesk wie die geschnitzten Gestalten in den Vitrinen.

»Ich liebe diese Kunstwerke seit vielen Jahren. Ein alter Bekannter aus Heidelberg, ein Fabrikant und Kunstkenner, sammelte diese Figuren. Sie sind ja ein Vermögen wert.«

Der Fremde erwiderte: »Ich besitze selbst einige davon, das heißt, meine Mutter besitzt sie. Ich kaufe sie für sie ein.« Warum rede ich mit diesem Mann, er interessiert mich nicht, dachte Christina. So einer mit Ödipuskomplex und bei der Mutti wohnend.

»Es ist ein sehr gut gestaltetes Museum«, sagte Christina ziemlich kühl. Small Talk, dachte sie. Ich muss den Kerl loswerden. Er verursacht mir Unbehagen. Sie machte sich auf den Weg zur Abteilung, wo unter anderem die Kindergemälde hingen. Da: Caroline Luise, Markgräfin von Baden, Karlsruhe 1757. Die kleinen Söhne, wie Mädchen herausgeputzt mit Rüschenkleidern und Schleifen, wie das damals so üblich war beim Adel, sitzen mit der markgräflichen jungen Mutter auf dem reich verzierten Sofa und spielen mit zwei Hunden.

Im Hintergrund eine große Trommel, ein Hinweis, dass die Kinder männlich sind und später in den Krieg ziehen sollen und vielleicht »Helden« werden.

»Eine rührende Szene«, sagte eine Stimme hinter Christina. Da war der Mann schon wieder.

»Ach, ich würde eher anrührend sagen. Rührend klingt wie rührselig. Ein dummes Wort, rührend«, erwiderte Christina barsch.

Diese nach außen gestellten Füße, absurd, ging es Christina wieder durch den Kopf.

Was will der Mensch von mir? Er ist so unangenehm und dann der protzige blaue Siegelring an den dicken Fingern.

»Mütter mit Söhnen sind immer ... anrührend«, antwortete der Mann. Er sagte es nicht ironisch und offensichtlich hatte er Christinas Barschheit nicht bemerkt. Zumindest schien er nicht gekränkt zu sein. Ein Gemütsmensch, der Zizenhausener Figurengruppen sammelt. Für sich und seine liebe Mutti.

Es gelang Christina geschickt, den ihr so unangenehmen Menschen abzuschütteln. Er entfernte sich in die entgegengesetzte Richtung, zur Porzellanabteilung hin. Oder zu den Toiletten? Er entfernte sich mit nach außen gestellten Füßen.

Christine ging zum Museumsshop, um ihre geliebten Karten mit Kinderdarstellungen zu kaufen. Da waren sie, die Markgräfin von Baden mit den zwei Söhnen und den beiden Hunden. Anschließend trank Christina einen Ayurveda-Tee im Museumscafé. Mit Kardamom, Zimt, Ingwer und Chili.

Sie nahm einen Notizblock aus der Tasche und schrieb ein Gedicht. Ganz unvermutet fielen ihr ab und zu Gedichte ein. Es war ein Gedicht, das schon gestern, seit dem Spaziergang im Herbstwald, in ihrem Kopf, in ihrem Herzen war. Es wollte jetzt aufgeschrieben werden, sonst wäre es für immer ausgelöscht und für immer vergessen.

Herbstlied

Die ferne Großstadt verhüllend,
milchige Nebel unter mir
das Dorf, wie schlafend.
Bogen um Bogen. Goldener Wald.
Schatten auf moosigen Wiesen.
Im Herbstlicht tanzende Mücken
und das Gekrächze des Raben.
Verkündend den nahen Tod.

Schon wieder dieses Thema. Vor dem Fenster des Museumscafés wogte ein goldenes Blättermeer, sonnendurchflutet.

Christina nahm einen großen Schluck des Ayurvedatees, der, wie es die Speisekarte verkündete, harmonisierende Wirkung haben sollte.

Christina betrachtete gedankenverloren ihre Kunstkarten. Caroline Luise mit ihren Söhnen. Die anrührende Szene. Ach, ich muss mir oben doch noch einmal das Original ansehen. Es ist zu »anrührend«, ja ...

Sie zahlte ihren harmonisierenden Tee. Spürte sie schon die Wirkung? Zweifelsohne, ihr war so ausgeglichen zumute. Die Treppe zu den oberen Etagen war versperrt vom Besucherstrom, aber es gab einen Aufzug in diesem monumentalen Schloss, zum Glück.

Aufzüge mochte Christina nicht sonderlich, seitdem sie damals »Dressed to Kill« gesehen hatte. Wie albern doch eigentlich diese irrationalen Ängste und Phobien waren, bei Tageslicht besehen. Kurz bevor sich die Fahrstuhltür schloss, schlüpfte eine ältere grauhaarige Frau in den Aufzug, von Christina schemenhaft wahrgenommen. Christina musterte den Boden des Aufzugs, gedankenverloren.

Grauer Plastikboden mit rosa Sprenkeln. In dem Film damals war die Frau, die vom Museum aus mit ihrem mysteriösen Verehrer oder vielmehr Verfolger nach Hause gegangen war und mit ihm aus Abenteuerlust eine Nacht verbracht hatte, kurz darauf in einem Aufzug auf bestialische Art und Weise getötet worden. Von einer Frau getötet worden. Christina überrieselte es. Ein Psychopath war er gewesen, der Liebhaber für eine Nacht. »Psycho« ließ grüßen. Schizophren war er gleichzeitig Mutter und Sohn. Als amouröser Sohn verfolgte er Frauen, vornehmlich in Museen und Bildergalerien, als seine eifersüchtige Mutter verkleidet musste er diese Frauen töten. Der Film war eigentlich eine lächerliche Kopie von »Psycho« gewesen, genau genommen ein Plagiat des berühmten Hitchcock-Films mit Anthony Perkins.

Warum hatte sich Christina damals von jenem Film nur derart beeindrucken lassen?

Christinas Blick schweifte zu den Schuhen der Frau, die mit in den Aufzug gekommen war. Sie wunderte sich über die extrem nach außen gestellten Füße, dann nahm sie den blauen Siegelring an der sonderbar kräftigen Hand der Person wahr, einer Hand, die plötzlich empor schnellte. Ein Blitzen von Metall.

Ein kalter Schmerz, dachte Christina im Hinstürzen. Warum kalter Schmerz?

Es brennt wie Feuer.

... tanzende Mücken im Herbstlicht ...
... das Gekrächze des Raben ...
Verkündend den nahen Tod.

Bevor es Nacht wurde um Christina, sah sie durch die sich öffnende Aufzugstür jenseits des großen Fensters zum Park ein goldenes Blättermeer, durchflutet von gleißendem Licht.

Marcus Imbsweiler

C6

Mann, oh Mann … was für ein Traum.

Was für ein bescheuerter Traum!

Ich sitze im Rollstuhl. Es ist warm im Zimmer. Durch das gekippte Fenster dringen die Geräusche der Autobahn. Über meinen Beinen liegt eine Decke, auf der Decke liegen meine Hände. Ich muss eingenickt sein oder in Gedanken versunken. Jedenfalls steht plötzlich meine Frau vor mir.

Meine Frau, der böse Geist.

Mit jedem Tag wird sie hässlicher. Fett ist sie schon immer gewesen, jetzt kommt noch das Alter hinzu. Das Alter und der Hass auf mich. Man muss nur in ihre Augen blicken, dann weiß man alles. Sie will mich nicht mehr pflegen. Sie will, dass ich verrecke, lieber heute als morgen. Einbildung? Nein, ich habe es gehört, aus ihrem eigenen Mund gehört! Sie saß bei mir und dachte, ich sei eingenickt. War ich aber nicht. Da hörte ich sie murmeln: Kannst du nicht einfach sterben, du Arschloch?

Das hättest du wohl gerne! Aber den Gefallen tue ich dir nicht.

Der böse Geist. Da steht sie vor mir, wirft mir einen ihrer überzuckerten Blicke zu und reicht mir einen Becher.

»Was ist das?«, sage ich.

»Trink, Schatz.«

»Ich will wissen, was das ist.«

»Medizin.«

»Und was für welche?«

»Nur das Beste für dich.«

Sie geht wieder hinaus. Durch die spaltoffene Tür schleicht die Katze ins Zimmer. Ihr geht es auch nicht besser als mir, seit meine Frau das Regiment führt. Ich locke sie, bis sie auf meinen Schoß hüpft. Dann halte ich ihr den Becher unter die Nase. Mit ihrer kleinen rosa Zunge beginnt sie zu lecken. Nach einer Weile hat sie genug und springt auf den Boden. Ich beobachte sie. Zunächst verhält sie sich völlig normal. Aber dann wird sie unruhig. Sie streckt sich und macht seltsame Verrenkungen. Dabei maunzt sie zum Gotterbarmen.

Mir steht kalter Schweiß auf der Stirn. Ich rieche an dem Becher – nichts.

Die Katze maunzt immer herzzerreißender. Irgendwann erbricht sie sich.

Ich lenke meinen Rollstuhl zur Kommode hinüber. Auch wenn es nur ein Traum ist: Ich spüre meinen Herzschlag als Trommelfeuer in der Brust. Diese verdammte Hexe! Hat sie es also tatsächlich wahrgemacht. Kannst du nicht einfach sterben, Arschloch?

Nein, verdammt!

Mit zitternden Fingern öffne ich die oberste Schublade der Kommode. Wenn sie die Kiste nur nicht entfernt hat! Da, ganz hinten fühle ich etwas. Nun komm schon! Das Ding rührt sich keinen Zentimeter. So ist das, wenn man keine Kraft mehr in den Händen hat. Wenn man den Rumpf nur noch eingeschränkt bewegen kann. Seit dem Unfall geht unterhalb von Th6 bei mir nichts mehr. Th6, der Brustwirbel. Er ist zur Chiffre meines Lebens geworden. Alle meine Passwörter enthalten diese Buchstaben-Ziffern-Kombination, meine Mailadresse, meine PIN-Codes. Irgendwie muss man ja zurechtkommen.

Wenn da nur nicht meine Frau wäre!

Endlich gelingt es mir, die Kiste nach vorne zu ziehen. Sie ist schwer, schwerer als früher. Von draußen höre ich Schritte. Sie kommt zurück. So schnell es geht, rolle ich zu meinem Schreibtisch, unter dessen Platte der Schlüssel klebt. Die Tür wird aufgerissen.

»Hat's geschmeckt, mein Schatz?«

Ich fummele den Schlüssel ins Schloss, drehe ihn und öffne die Kiste.

»Was machst du da?«

Er liegt noch da. Der Revolver. In der Kiste. Ich reiße ihn heraus und richte ihn auf meine Frau.

»Bleib stehen!«, brülle ich.

»Wie bitte?«

»Bleib stehen, sonst knalle ich dich ab!«

Sie rührt sich tatsächlich nicht.

»Ich wusste, dass du mich umbringen willst, ich wusste es einfach. Aber so nicht, du Hexe, so nicht!«

Fassungslos blickt sie mich an. Man kann förmlich sehen, wie ihre Fassade bröckelt. Wie die Scheinheiligkeit von ihr abplatzt in spröden, harten Stücken. Dann reißt sie sich zusammen und versucht sich an einem klebrigen Lächeln.

»Wieso umbringen? Wie kommst du denn darauf?«

»Da!« Mit dem Revolver weise ich in die Ecke, in der die Katze liegt und sich krümmt. Hinter ihr glänzt das Erbrochene. »Ich habe ihr von dem Zeug gegeben.«

Meine Frau schaut von der Katze zu mir und wieder zur Katze. Ihre Augen sind rund und groß. Von einer Sekunde auf die andere bricht sie in ein Wutgeheul aus, das eher an ein verwundetes Tier erinnert als an einen Menschen. Dann stürzt sie sich auf mich. Ich schaffe es gerade noch, den Revolver hochzureißen und abzudrücken.

Der Knall ist ohrenbetäubend.

Ich wache auf.

Als ich die Augen aufschlage, steht meine Frau im Zimmer. Der Knall, den ich im Traum gehört habe, muss von der Tür stammen, die sie hinter sich zugeschlagen hat. Wie sie es immer tut. Auch wenn ich eingenickt bin. Durch das gekippte Fenster dringen die Geräusche der Autobahn. Meine Hände ruhen auf der Decke, die über meinen Beinen liegt.

»Habe ich dich geweckt, mein Schatz?« Sie reicht mir einen Becher. »Hier, deine Medizin.«

»Was ist das?«

»Es wird dir gut tun.«

»Das trinke ich nicht!«, schreie ich. »Du willst mich vergiften, ich weiß es!«

»Aber, Schatz!«

»Bleib mir vom Hals mit dem Zeug!«

Sie lächelt. Ihr Gesicht nähert sich meinem, bis ihr Lächeln so groß ist, dass es alles enthält, wozu ein Lächeln fähig ist: Triumph, Gier, Hass, Mitleid, Vorfreude, Tücke. Nur eines fehlt: Zuneigung.

»Ich trinke das nicht«, presse ich hervor. »Niemals!«

»Doch«, lächelt sie.

Was soll ich tun? Ich könnte den Kopf wegdrehen. Immer wieder, zur einen Seite und zur anderen, aber ich ermüde schnell. Irgendwann muss ich etwas trinken. Verdursten oder vergiftet werden, ich habe die Wahl. Der Becher ist nun direkt vor meinen Lippen. Dahinter das Lächeln meiner Frau. Wenn ich die Kraft hätte, um ihr den Becher aus der Hand zu schlagen. Oder um sie zu erdrosseln ... Aber die hatte ich nur im Traum.

Th6. Das wär was. Dann könnte man mit seinem Leben noch was anfangen.

In Wahrheit lautet mein Kürzel seit dem Unfall C6. Der Halswirbel. Alle vier Gliedmaßen gelähmt. Untätig liegen die Hände auf der Decke, über ihnen schwebt der Becher.

Meine Frau lächelt. Zuckersüß.

Manchmal sind sogar die bescheuertsten Träume besser als das Leben.

Th6. Ich gäb was drum.

»Trink, Schatz«, säuselt sie.

Ich öffne die Lippen.

Wolfgang Vater

Mord im Beichtstuhl

Mit einem beklemmenden Gefühl betrat Lutz Heimeling, der Großherzoglich Badische Polizeiratanwärter, St. Sebastian, die Kirche am Marktplatz in Mannheim. Es war das erste Mal, dass er ohne seinen Chef am Tatort ermitteln sollte.

Auf der Bank vor dem Beichtstuhl saß zusammengesunken die Knaubers Marie, die die Tote gefunden hatte. Sie war sichtlich froh ihn zu sehen. Es sprudelte nur so aus ihr heraus: »Endlich kummt die Bolizei! Eigentlisch wollt isch bloß ä paar Blume uf de Altar stelle und wie isch am Beichtstuhl vorbei geloffe bin, haw isch misch gewunert, dass jemond drin hockt, wo doch heit gar ken Beichtdag is. Schnell haw ich donn die Blumme ins Wasser gstellt un zwee Ave Maria gebet, denn heit morge haw isch so ä komisches Gfühl kapt. Uffem Rieckweg, der Deifel muss mich geritte hawe, haw ich durch än Spalt in de Beichtstuhl gelinst un do haw ich donn des Maleer gsehe. Beinah wär isch a dot umgfalle. Dess kenne se mer glawe. Un ich wes a wer des war. Die Revoluzzer! Die hawe sich in Monnem oigenist und Sie werre sehe, dass es noch mehr Dote gibt. Die mache vor nix halt. Net emol die Kersch iss denne heilisch. Jetzt muss ich awer wider niwer uf de Markt. Moi Kundschaft werd schun uf misch wade. Wenn se noch was wisse wolle, froge se äfach nach der Marie. Misch kennt jeder.«

Bevor Lutz ein Wort sagen konnte, schlug die Kirchentür zu und die Marktfrau war verschwunden.

Langsam zog Lutz den Vorhang des Beichtstuhls ganz zurück. Noch nie hatte er einen toten Menschen gesehen. Mitten im Herzen der Toten steckte ein Degen. Das Blut war schon eingetrocknet, der Kopf auf die Brust gesunken. Auf der Ablage ein niedergebrannter Kerzenstumpf, daneben ein offenes Tintenfass und eine Schreibfeder auf dem Fußboden.

Der Einundzwanzigjährige hätte am liebsten seine Augen geschlossen oder den Kopf weggedreht. Er kannte die Tote. Es war Magda, die Nichte des Stadtpfarrers.

Ihre Mutter führte dem Bruder den Haushalt, der verstorbene Vater war als Hauptmann in Diensten der neuen Landesregierung gestanden, dem Großherzogtum Baden. Beim Ausheben eines Republikanernests war er von einem Querschläger tödlich verwundet worden. Seitdem war für die Familie jeder, der an den bestehenden Herrschaftsverhältnissen etwas ändern mochte, ein Staatsfeind.

Magda war eine sittsame und ehrbare Jungfer gewesen, versorgte den Altar mit frischen Blumen, sammelte die Gebetbücher ein und verteilte nach dem Gottesdienst Heiligenbildchen. Ihre geheime Leidenschaft war das Dichten und Verfassen von Sprüchen und Versen geistlicher und weltlicher Art. Damit keiner sich über ihre Kunst lustig machen konnte, zog sie sich in den ruhigen Stunden in den Beichtstuhl zurück und ließ sich von ihrer Inspiration leiten. Leuten, die ihr zugetan waren, schenkte sie hin und wieder ein Zettelchen mit ihren Versen. Lutz hatte auch eines erhalten.

Die Sucht nach Freiheit und Veränderung, der ein Menschenleben nichts bedeutet, ist ein zu hoher Preis. Sie führt ins Chaos, in die Dunkelheit. Strebe du immer zum Licht und vertraue auf den Allmächtigen!

Trotz ihrer »Spinnitisiererei«, die beileibe nicht von allen geschätzt wurde, hatte er Magda gemocht. Sie war keine Schönheit. Ihre roten, dicken, borstigen Haare standen nach allen Seiten ab und das rechte Auge schaute ständig nach innen – den Ausdruck »schielen« wollte er nicht verwenden. Was ihm an diesem Mädchen gefallen, besser gesagt – was er an ihr bewundert hatte, war ihre Liebenswürdigkeit gewesen.

Lutz musste sich zwingen, der Toten ins Gesicht zu schauen. Erstaunen spiegelte sich in ihren Augen. Hatte sie ihren Mörder gekannt? Und mit dessen Boshaftigkeit nicht gerechnet?

Die sonst so strahlenden Augen – jetzt weit aufgerissen – ohne Leben. Ihn schauderte. Behutsam drückte er ihr die Augen zu.

Sein Vorgesetzter Kasimir Schnurr, Polizeirat des Kommissariats Mannheim, hatte ihm den Auftrag erteilt, nach der Toten im Beichtstuhl zu sehen. Er selbst war allzu sehr mit dem Attentat beschäftigt, das die ganze Stadt in Atem hielt. Ein Student hatte einen hochangesehenen Dichter erstochen. Das Motiv soll, so wurde gemunkelt, im Politischen liegen.

Und hier? Wo lag hier das Motiv?

Für Lutz gab es keinen Grund, eine Siebzehnjährige, nur weil sie Verse schrieb, umzubringen. In einer Kirche! Mit einem Degen!

Alles Bedauern half nichts, er war angehender Polizeirat und hatte einen Mord aufzuklären.

Er war ein gelehriger Anwärter. Blind konnte er die Merksätze für die polizeiliche Aufklärungsarbeit aus dem Großherzoglich Badischen Polizeihandbuch herunterleiern. *Untersuche die Umstände, achte auf Beweismaterial, protokolliere alles!*

Also an die Arbeit! Er schrieb in sein Notizbuch: Am Beichtstuhl an der linken Seitenwand der Kirche, schräg gegenüber der Madonna mit Kind, ist der Vorhang des Priesterabteils nicht zugezogen. Auf der Seite des Opfers geschlossen. Vermutlich schlich sich der Mörder an, schlüpfte in den unbeleuchteten Teil und stieß den Degen gezielt durch die Gitterstäbe ins Herz der Jungfer.

St. Sebastian befindet sich am Marktplatz, mit regem Besuch musste gerechnet werden. Der Täter hatte also nicht lange Zeit für Überlegungen. Die Tat geschah spontan, im

Affekt. Hatte das Opfer etwas gesehen, was es nicht durfte? War es Zeuge einer Untat gewesen?

Lutz war mit sich zufrieden. Nun noch mal aus der Sicht des Opfers gesehen: Magda war in ihre Versemacherei vertieft, vergaß alles um sich herum. Hörte etwas, schaute auf, erkannte jemanden, wunderte sich. Sah die heranschnellende Klinge, riss die Arme hoch, die Feder fiel aus der Hand, die Kerze brannte weiter.

Dafür sprachen das nicht zugestöpselte Tintenfass, Feder und Tintenklecks auf dem Fußboden und der abgebrannte Kerzenstumpf.

So weit gut! Aber wo sind die beschriebenen Zettelchen oder Papierbögen? Auf den Boden gefallen?

Lutz bückte sich. Nichts zu finden. Das war eigenartig. Schon wollte er sich wieder aufrichten, als er zwischen Magdas Beinen ein Gebetbuch entdeckte.

Der Buchstabe M war auf dem Einband eingraviert. Es musste Magda aus den Händen gefallen sein, als sie die Arme schützend nach oben riss. Blutspritzer waren zu sehen. Sorgfältig wischte Lutz sie ab. Später wollte er es der Mutter geben. Ein letztes Andenken an die Tochter.

Gab es sonst noch Auffälligkeiten? Lutz drehte sich dem Kirchenraum zu. Sein Blick fiel auf die Sakristei. Die Tür stand offen. Der Schlüssel steckte.

Lutz warf einen Blick hinein, schüttelte den Kopf, verschloss die Tür, zog den Schlüssel ab und steckte ihn ein.

Wieder diese Nachlässigkeit! Immer das Gleiche. Er wusste, dass Himmelmann, der Mesner, schon mehrmals Anlass zur Klage gegeben hatte. Er war nicht nur trottelig und vergesslich, sondern auch seit dem Tod seiner Frau allzu sehr dem Wein gewogen. In den Lokalen, in denen Freiheitslieder gesungen und markige Sprüche gegen die »Fürstenwillkür« proklamiert wurden, verkehrte er und ließ sich von den sogenannten Freigeistern aushalten.

Im Pfarrhaus war schon öfters überlegt worden, ob man Himmelmann den Dienst aufkündigen sollte. In der Sakristei wurden immerhin die vergoldeten Becher, die Priestergewänder, die Monstranz und der Messwein aufbewahrt – alles wertvolle Dinge.

Beim Gedanken an den Messwein huschte ein leichtes Lächeln über Lutzens Gesicht. Er hatte damit so seine eigenen Erlebnisse. Aber das war eine andere Geschichte.

Fein säuberlich hatte er alles notiert und wollte schon das Notizbuch einstecken. Halt!, gebot er sich: Kapitel drei des Handbuchs: *Beziehe die Mordwaffe mit ein! Was sagt sie über den Mörder aus?*

Ein Degen! Wer trägt einen solchen? Edelleute, Militär, die Burschenschaftler und die, die es ihnen gleichtun möchten.

Bei dem Gedanken wurde es Lutz siedend heiß. Was wäre, wenn dieser Mord mit dem Attentat in einer Beziehung stünde? Hat der Attentäter Komplizen, die einen Staatsstreich vorbereiten? Ist Magda das zweite Opfer? Sollte die Marktfrau recht haben? Ist Mannheim der Ausgangspunkt für eine Revolution, so wie sie vor vierzig Jahren in Paris anfing?

Vor zwei Wochen geschah das grausige Attentat. Der Mörder wurde zwar unmittelbar am Tatort gefasst, aber es war die einhellige Meinung, dass er die Tat niemals allein hatte ausführen können.

Lutz wurde es schwindelig vor Augen. Er stellte sich vor, dass durch die Gassen Mannheims dunkle Gestalten mit Dolchen im Ärmel schlichen und wahllos auf brave Bürger einstachen. Unwillkürlich griff er nach seinem Kurzdegen und sprach sich Mut zu. Gut, wenn dem so ist, dann werden wir Mannheim von der feigen Bande befreien und alle vor Gericht stellen!

Wie waren die Fakten des Attentats? Am Morgen des 23. März 1819 schritt Karl Ludwig Sand, ein Theologiestudent, von Jena kommend in altdeutscher Tracht über die Neckarbrücke in der Absicht, seinen frisch geschliffenen

Dolch in die Brust des ihm verhassten russischen Spions und Vaterlandverräters zu stoßen.

Sand frühstückte unter falschem Namen im Gasthof *Zum Weinberg* in D 5, 4, traf gegen elf Uhr in der Wohnung A 2, 5 bei seinem Intimfeind August von Kotzebue ein und gab sich als Verehrer seiner Dichtkunst aus.

Zunächst wurde er abgewiesen und gebeten, am Nachmittag wieder zu kommen. Gegen fünf Uhr erschien Sand ein zweites Mal und wurde sogleich vorgelassen. Nachdem wenige Worte gewechselt worden waren, zog Sand den verborgenen Dolch und stieß ihn Kotzebue mit den Worten: *»Hier, du Verräter des Vaterlandes!«* mehrfach vor den Augen des vierjährigen Sohnes in die Brust. Kotzebue starb nach wenigen Minuten.

Irritiert durch die Anwesenheit des Kindes hatte der Mörder die Fassung verloren und stieß sich, statt zu fliehen, einen mitgeführten zweiten Dolch in die Brust. An der Haustür hatte er schon geschwächt einem Diener seine Schrift *Todesstoß dem August von Kotzebue* übergeben und brach dann auf der Straße blutüberströmt zusammen.

Herbeieilende Wachmänner ließen den Bewusstlosen ins Krankhaus bringen. Nach notdürftiger Genesung wurde er ins Zuchthaus in Q 6 verbracht. Seitdem geisterten in Mannheim die wildesten Gerüchte umher.

Lutzens Vorgesetzter Schnurr gehörte der Kommission an, die die Motive, Hintergründe, Komplizen des Attentäters herauszufinden hatten. Gestern am 3. April begannen die Herren mit dem Verhör. Und heute der Mord im Beichtstuhl! Wollten die Komplizen ein Zeichen setzen? Die Polizei verunsichern?

Der Polizeiratanwärter hätte aus Karrieregründen mit der Übertragung der Aufklärung zufrieden sein können. Doch beim nochmaligen Überlegen fühlte er sich der Aufgabe nicht gewachsen. Mangelnder Objektivität wegen! Mutlos lehnte er sich an eine Säule. Sein Atem ging schwer.

Sein Vater, Forstrat Philipp Heimeling, hatte in den Befreiungskriegen anno 1813/14 gegen Napoleon sein Leben für das *Vaterland* geopfert. Dessen Traum von der nationalen Einheit der Deutschen und bürgerlicher Freiheit blieb unerfüllt. Der Wiener Kongress hatte Deutschland in einundvierzig mehr oder weniger kleine Staaten und freie Städte aufgeteilt und alle Macht bei den Fürsten gelassen.

Die Opfer der Väter waren umsonst. Kein Wunder, wenn die Jugend aufbegehrte, wenn sie die Tyrannei, wie sie die Fürstenherrschaft nannte, abschütteln wollte. Zu diesen »Freigeistern« gehörte der Student der Theologie aus dem Fichtelgebirge, Karl Ludwig Sand.

Und wo stand er? Hing er nicht insgeheim den gleichen Träumen nach? Seine Mutter hatte als Witwe auf vieles verzichten müssen, nur damit er das Lyzeum besuchen und sich als Anwärter für den Polizeidienst melden konnte. Die Lehrer am Lyzeum hatten ein offenes Herz für die Probleme der Zeit. Es war daher kein Wunder, dass die Schüler der Oberklassen das Benehmen der Studenten im nahen Heidelberg nachahmten. Sie waren genauso jung und glaubten, dass die Zukunft der Nation ihnen gehörte. Biertrinken, Singen patriotischer Lieder und heimliches Tragen von Degen. Als angehende Helden fühlten sie sich.

Als er sich für die Polizeilaufbahn beworben hatte, hörte das Schwärmen auf. Er stand nun im Dienst der Großherzoglich Badischen Landesregierung. Wes Brot ich ess', des Lied ich sing'. Das war so dahin gesagt – stimmte es aber auch? Sein Herz sagte etwas anderes.

Jäh wurde Lutz aus seinen Betrachtungen gerissen. Vom Marktplatz her war ein Mordsspektakel zu hören. Als er vor die Kirchentür trat, verschlug es ihm fast den Atem.

Halb Mannheim hatte sich eingefunden. Der Mord im Beichtstuhl musste sich wie ein Lauffeuer herumgesprochen haben. Sicherlich auch ein Verdienst der Marktfrau.

Alle Augen waren auf ihn gerichtet und er wurde mit Fragen bombardiert. Wer steckt hinter dem feigen Mord? War es einer der Verschwörer? Warum übergibt Kasimir Schnurr ihm, einem Anfänger, die Sache? Kann er für unsere Sicherheit garantieren?

Lutz schwirrte der Kopf. Was sollte er sagen? Noch kannte er den Mörder nicht. Noch lagen dessen Motive im Dunkeln. Alles war offen.

Verlegen drückte er sich seitwärts der Mauer entlang. Weit kam er nicht. Magdas Mutter und der Stadtgeistliche standen vor ihm. Die Mutter zitternd und heulend und das Unbegreifliche nicht verstehend, der Onkel mit fragendem, forschendem Blick. Durchschaute er ihn? Kannte er seine inneren Widersprüche? Verlegen stammelte er etwas vor sich hin. Nicht einmal Trost konnte er ihnen spenden. Im Nachhinein schämte er sich für sein Verhalten.

Er rannte durch die Gassen. Auf einer Bank im lutherischen Friedhof fand er sich wieder. Um sich abzulenken, betrachtete er die Grabsteine. Manche Namen kannte er. Seinem Vater hatte die Mutter keinen Grabstein setzen können. Nicht weit weg vom Eingang des Friedhofs sah er das Grab des ermordeten August von Kotzebue. Dessen Frau und die drei Kinder, ganz in Schwarz, zupften mit verheulten Augen die Blumengestecke zurecht. In aller Stille mit nur wenigen Trauergästen hatte die Beerdigung des Ermordeten stattgefunden.

Dass der Hass des Burschenschaftlers Sand sich ausgerechnet in Mannheim entlud, hatte seinen Grund. Der geadelte Dichter hatte sich im Herbst des Jahres 1818 mit seiner Familie im Haus A 2, 5, schräg gegenüber dem Hoftheater, eingemietet. Kotzebue war ein erfolgreicher deutscher Dramatiker und Dichter, einhunderteinunddreißig Stücke von ihm sollen im Mannheimer Theater aufgeführt worden sein. Als er noch lebte, verehrten ihn die Bürger abgöttisch. Andererseits stand er in Diensten des russischen

Zaren, trug den Titel eines Staatsrates und informierte seinen Dienstherrn über die politischen Zustände in Deutschland. Dabei hatte er sich geringschätzig über die Anhänger eines geeinten deutschen Vaterlandes geäußert. Durch Unachtsamkeit war sein Tun publik geworden und zog den Hass der Burschenschaftler auf sich. Er galt ihnen als ein russischer Spion, der in Deutschland nichts verloren hatte. Sand sah sich als Vollstrecker des »Volkeswillen«.

Noch ganz in der Historie verloren, kramte Lutz in seiner Tasche. Ach ja, das Gebetbuch. Warum hatte er es vorhin nicht der Mutter übergeben?

Er blätterte es durch und hielt plötzlich inne. Die letzte Seite war beschriftet. Die Tinte war zwar nicht frisch, aber allzu lange konnte der leicht verwischte Eintrag nicht her sein.

Er las: *Wer im allerheiligsten Haus des Allmächtigen Echtes gegen Unechtes austauscht, fällt in ewige Verdammnis. Er bestiehlt den Herrn und täuscht die Gläubigen. Es ist, wie wenn der Himmel auf die Erde stürzt.*

Lutz schüttelte den Kopf. Verworrenes Geschreibsel! So war Magda. Sie sah Dinge, die den Augen der Sterblichen verborgen blieben und nur mit der Brille der Fantasie erkennbar waren. Eine Mystikerin.

Fast ärgerlich über so viel dummes Zeug wollte er das Buch schon wieder zuklappen, als eine Erinnerung in ihm hochkam.

Früher war er Ministrant gewesen – drei Jahre lang. Was hatte er nicht alles angestellt. Manch kräftigen Schluck aus der Messweinkanne genommen und das Fehlende mit Wasser aufgefüllt. Bis heute war sich Lutz nicht sicher, ob der Herr Pfarrer es gemerkt hatte. Ein feines Lächeln zog über sein Gesicht. Aus polizeilicher Sicht war das ein Vergehen. Er hatte etwas Echtes durch etwas Unechtes ersetzt.

Plötzlich fiel es ihm wie Schuppen von den Augen. Hatte Magda etwas gesehen, das dem glich? Wollte sie mit dem »Gekritzel« auf ein Verbrechen hinweisen?

Unsanft schlug er sich mit der flachen Hand an die Stirn. Magda hat eine Botschaft hinterlassen.

Das war ein verwegener Gedanke. Er musste ihn sofort seinem Vorgesetzten mitteilen. Das warf ein neues Licht auf den Fall. Also doch kein politischer Hintergrund!

Schon wollte er sich erheben, als sich sanft eine Hand auf seine Schulter legte und die andere ihm etwas köstlich Duftendes unter die Nase hielt. »Frisch aus dem Ofen. Möchte Er auch eine Brezel?«

Wer kann dieser Verführung schon widerstehen – eine echte Mannheimer Brezel. Der freundliche Spender, Herr Zurbacke. Dieser wohnte gleich gegenüber, seines Zeichens Juwelier und Vorsteher des hoch noblen und angesehenen Anstandvereins. Ungefragt setzte er sich neben ihn. Bei den Bürgern war er sehr beliebt. Großzügig spendierte er bei den Sommertagszügen den Kindern eine Hefeteigbrezel. Kein Wunder, wenn die Bürger auf der Straße vor ihm den Hut zogen und die Kinder sich um ihn drängten. Meistens hatte er einige Süßigkeiten einstecken.

Sein Vorgesetzter, Polizeirat Schnurr, bemühte sich schon seit Langem, Mitglied in Zurbackes Anstandsverein zu werden. Wer zu etwas kommen wollte, brauchte Fürsprecher und die Honoratioren des Vereins waren äußerst einflussreich, bis nach Karlsruhe zum Großherzoglichen Innenministerium reichten deren Fäden. Zurbackes Bekanntschaft konnte auch für seine Karriere dienlich sein.

Sie kamen ins Plaudern und versäumten nicht, das Attentat von allen Seiten zu beleuchten. Der Herr Juwelier gehörte zu denen, die hinter der Tat eine teuflische Verschwörung vermuteten und die Meinung vertraten, dass auch in Mannheim die Freigeister ihr Unwesen trieben. Hart, unbarmherzig durchgreifen, war seine Devise.

Lutz war klug genug, um sachlich zu bleiben. Noch war nichts bewiesen. Ein Verdacht war eben nur ein Verdacht.

Lutz war hin- und hergerissen. Entweder sofort zu seinem Vorgesetzten oder ins Pfarrhaus? Er entschied sich, zuerst Pfarrer Kranz wegen Magdas Eintrag im Gebetbuch zu Rate zu ziehen. Er war der Onkel, außerdem konnte er mit »himmlischen Botschaften« sicherlich besser umgehen als er.

Als Lutz auf den Markt einbog, hörte er von der anderen Seite her lautes Schreien und Zetern. Eine aufgebrachte Menge hatte drei Burschen eingekreist. Entweder war wieder eine Prügelei im Gange oder die drei hatten sich ohne zu fragen, ihren Magen mit dem beliebten Dörrobst vollgestopft.

Die Marktfrauen wussten sich schon ihrer Haut zu wehren. Unter ihrem Stand lagen stets Knüppel und Besenstiele bereit. Doch diesmal schien es etwas Anderes zu sein. Die Menges Berta, die sonst friedlich ihre eingelegten Gurken und Krautköpfe anpries, schrie mit schriller und sich überschlagender Stimme und zeigte unentwegt auf die Burschen. »Das sind die Mörder! Sie tragen Degen. Mit so einem Degen ist die Magda erstochen worden. Hilfe! Mörder sind unter uns! Polizei!«

Das ließ Lutz aufhorchen. Mit schnellen Schritten ging er auf das Menschenknäuel zu, doch bevor er eingreifen konnte, erschallte die Stimme seines Vorgesetzten über den Platz. In fliegender Hast kam er mit vier Polizisten angerannt: »Auseinander! Hände weg von den Burschen! Das ist Sache der Polizei.«

Als Schnurr Lutz ansichtig geworden war, forderte er ihn auf, den Gendarmen zur Hand zu gehen. »Sofort entwaffnen! Hände auf den Rücken binden und umgehend auf die Wache bringen!«

Die Marktfrauen atmeten auf, bildeten eine Gasse und applaudierten. »Recht so, ihr Gendarmen! Auf euch kann man sich halt verlassen. Aber gestellt haben wir die Mörder. Gell! Das muss vermerkt werden. Dafür gibt es doch sicherlich einen Orden, oder?«

Einige rieben ihren Daumen und Zeigefinger aneinander.

Lutz schlug gegenüber den Verdächtigen einen dienstlichen Ton an. Sein früherer Verdacht spielte keine Rolle mehr. »Ihr seid keine Mannheimer. Ich höre es an Eurem Dialekt. Wo kommt Ihr her?«

»Gebürtig in Darmstadt, zurzeit Studium der Rechte in Heidelberg und wollten uns wieder einmal in Mannheim umschauen.«

Der Polizeiratanwärter ließ sich die Degen aushändigen. Nur widerwillig trennten sich die Burschen von ihrer Waffe. Es waren Korbschläger, wie sie bei Mensuren üblich waren, mit scharfen Klingen. Auffallend waren die Farbeinlagen am Korb: grün, blau, rot.

Zwei legten ihre Waffen vor Lutzens Füße. Der Dritte suchte, drehte sich um, tastete an sich hinunter. Sein Degen war nicht da.

»Gerade habe ich ihn noch gehabt. Muss ihn in dem Gedränge verloren haben. Wenn Ihr mich suchen lasst, finde ich ihn ganz bestimmt. Falls ihn ein anderer entdeckt: Der Parierbügel ist gebrochen.«

Na ja, dachte Lutz. Das kann stimmen oder auch nicht. Im Grunde ist der Fall eindeutig. Ein Degen fehlt. Vom Marktplatz bis zur Kirche sind es nur ein paar Schritte. Waffe, Tatort, Gelegenheit – alles passt. Das Motiv wird sich auch noch finden lassen.

Die Umstehenden hatten alles genau verfolgt und zogen auch ihre Schlüsse. »Der dritte Degen steckt in Magdas Brust.«

Der Ausruf schallte unüberhörbar über den Platz. Die weiter weg Stehenden horchten auf, kamen angerannt und ließen sich von der Wut der Bürger anstecken. Eine Woge der Entrüstung schwappte über den Marktplatz. Geballte Fäuste, drohende Gebärden, Knüppel wurden geschwungen, Latten in die Höhe gehalten und manche bückten sich gar nach Pflastersteinen.

»Auf, ihr Leute«, rief einer, »den Kerl greifen wir uns. Der hat eine unbescholtene Jungfer auf dem Gewissen. Auge um Auge, Zahn um Zahn! Er entkommt uns nicht!«

Lutz wurde weggeschubst, zur Seite gedrängt. Die Gewaltbereitschaft steigerte sich und ließ die Luft erzittern.

Ein Schuss!

Totenstille!

Wie erstarrt hielt die Menge inne. Wurden sie von den Verschwörern umzingelt und angegriffen? Ging der Staatsstreich schon los?

Schnurr hatte die Nerven behalten und einen Warnschuss abgefeuert. »Wer nicht sofort seinen Knüppel wegwirft und zurücktritt, wird verhaftet. Behinderung bei Ausübung der Staatsgewalt! Gefängnis nicht unter drei Jahren!«

Das zeigte Wirkung. Betreten gaben die Bürger den Weg frei. Mit dem Herrn Polizeirat, dem Vertreter des Gesetzes, wollte sich niemand anlegen.

Aus dem Augenwinkel konnte Lutz noch sehen, wie der Juwelier seinem Vorgesetzten auf die Schulter klopfte und ihn für sein schneidiges Vorgehen lobte.

Verängstigt, stumm und auf den Boden blickend saßen die drei Verdächtigen hinter fingerdicken Eisenstäben in einer kahlen Zelle. Es schien, als hätten sie noch nicht begriffen, was gerade vorgefallen war. Oder, das wäre die fieseste Tour, sie spielten die Harmlosen und taten so, als ob sie kein Wässerchen trüben könnten.

Ihre Kleidung altdeutsch – lange Hosen, über dem Wams ein weit ausgeschlagener Schillerkragen, kurzer Gehrock auf Taille geschnitten, am Barett eine schwarz-rot-goldene Kokarde. Augenscheinlicher konnte es nicht sein – sie gehörten zu den Freigeistern.

Mit dem Verhör konnte erst nach dem Eintreffen Schnurrs begonnen werden. Lutz durfte zwar anwesend sein, doch hatte er keine Funktion.

Für den Polizeirat stand außer Frage, dass derjenige ohne Degen der Mörder Magdas war. Sanft ging er mit den Studenten nicht um. Immer wieder fragte er nach dem Motiv und immer wieder erhielt er die Antwort: »Wir haben mit dem Tod der Jungfer nichts zu tun. Wir sind unschuldig!«

Schnurr ließ das nicht gelten und konfrontierte sie mit der Mordwaffe. »Gleiche Machart wie die, die ihr getragen habt. Mensurschläger mit einer Farbeinlage am Korb.«

Mit einer heftigen Bewegung hielt der Polizeirat ihnen die Mordwaffe unter die Nase. »Schaut nur genau hin. Die Farben am Korb sind da wie dort die gleichen: grün, blau, rot.«

Er beugte sich zu dem, der angegeben hatte, seinen Degen verloren zu haben. »Warum hat Er die Jungfer erstochen? Aus purer Mordlust? Das glaube ich kaum. Vielleicht, weil sie Euch Freigeister für Staatsumstürzler hielt? Hat sie Euch verspottet? Sich lustig gemacht? Dann habt Ihr die Nerven verloren und zugestochen. War es so?«

Schnurr hatte sich in Rage geredet. Mit harter Faust packte er den Degenlosen am Jackett, zog ihn in die Höhe und brüllte. »Sand war der Vorreiter und Ihr führt die Untaten fort. Wollt Ihr alle Mannheimer umbringen? Wer soll der Nächste sein? Wer gehört noch zu Euch? Redet oder ...!«

Der Polizeirat ließ den Verdächtigen wieder auf den Boden plumpsen. Seine Verhörmethode bestand darin, den Angeklagten nicht zu Wort kommen zu lassen. Die Fakten sollten ihn erdrücken.

Allein, die drei beteuerten ihre Unschuld und stellten sich schließlich trotzig. Kein Wort kam mehr über ihre Lippen.

Nach längerem Schweigen brach Schnurr das Verhör ab. Für ihn lag das Motiv auf der Hand. Sand stach zu, weil sich der Vaterlandsverräter Kotzebue über die Burschenschaftler lustig gemacht und die drei, weil Magda unliebsame Verse über Aufrührer geschrieben hatte. Es war nur eine Frage der Zeit oder eines »handfesteren« Vorgehens, bis sie gestehen würden.

Lutz rang mit sich, ob er seinem Vorgesetzten von seiner Mordtheorie berichten sollte. Er unterließ es. Die Fakten waren zu erdrückend. Die Übeltäter saßen zu Recht im Arrest.

Missmutig machte er sich auf den Weg nach Hause. Viel hatte er zur Klärung nicht beitragen können. Wahrscheinlich würde nicht einmal sein Name im Abschlussbericht erwähnt werden. Heute Morgen sah alles noch ganz anders aus. Drei goldene Streifen hatte er schon auf seiner Schulter gesehen.

Beinah wäre er vor dem Revier mit zwei Jungen zusammengeprallt. Mit hochrotem Kopf und wild schreiend schlugen sie aufeinander ein. Der eine hatte eine daumendicke Haselnussgerte in der Hand und parierte die Schläge des anderen gekonnt. »Duell« spielten sie. Der zweite rief »Attacke« und »Regardez« und drängte seinen Kameraden an die Hauswand. »Ergib dich, du feige Memme!«

Der Bedrängte dachte nicht daran. Das Spiel nahm immer bedrohlichere Züge an. Erst jetzt nahm Lutz wahr, dass der Angreifer einen richtigen Degen in der Hand hielt.

Ohne lange zu überlegen, stellte er sich zwischen sie und gebot dem Treiben rigoros Einhalt. »Seid ihr lebensmüde? Der Degen kann ins Auge gehen und tiefe Wunden schneiden. Wisst ihr nicht, dass Kinder keine echten Waffen in die Hand nehmen dürfen? Wo habt ihr den Degen eigentlich her?«

Tiefes Schweigen, hängende Köpfe. Lutzens Stimme wurde energischer. Die beiden drucksten herum.

»Gut, dann werde ich euren Eltern von eurem Treiben erzählen. Ich glaube, dass sie darüber nicht sehr erbaut sein werden.«

Der Kleinere zeigte auf den Größeren. »David hat ihn unter einem Tisch auf dem Marktplatz entdeckt. Wem er gehört wissen wir nicht. Gestohlen haben wir ihn nicht. Bitte, nichts unseren Eltern sagen, sonst ...«

Lutz ließ sich den Degen geben. Ein Korbschläger. Der Parierbügel – dreimal schaute er hin und tastete die Bruchstelle mit den Fingern ab. Es gibt zwar Zufälle, doch das konnte keiner sein. Genau an der von dem Burschen beschriebenen Stelle, war der Bügel gebrochen, auch die Farben stimmten überein.

Eine Ahnung wurde zur Gewissheit: Wir haben die Falschen inhaftiert. Die drei sind unschuldig.

Sein schlechtes Gewissen nagte. Schnurr war sicher noch in der Wachstube.

»Abgemacht«, wandte er sich an die Jungen, »ich sage nichts euren Eltern. Aber dafür bringt ihr augenblicklich den Degen auf die Wache und sagt, wo ihr ihn gefunden habt und dass euch Polizeiratanwärter Lutz Heimeling geschickt hat. Abmarsch!«

Er brauchte Ruhe, musste nachdenken. Paragraph sieben im Handbuch: *Wenn es keine Lösung zu geben scheint, noch einmal bei Null anfangen.*

Ärgerlich stampfte er auf den Boden. Warum hatte er Schnurr nichts von seinem Verdacht gesagt? Hatte er so wenig Selbstvertrauen?

Noch einmal alles von vorn! Nachdenklich griff Lutz in seine Jackentasche und spürte den Schlüssel, den er am Morgen aus dem Schloss der Sakristeitür gezogen und eingesteckt hatte.

Augenblicklich stand der Innenraum der Kirche vor seinen Augen.

Die Tür der Sakristei steht offen, der Schlüssel steckt im Schloss.

Lutz zog seine Folgerungen: *Der Täter bemerkte, dass er von Magda beobachtet worden war. Kopflos verließ er die Sakristei ohne abzuschließen. Das was er getan hatte, durfte niemals ans Tageslicht kommen. Die Augenzeugin musste beseitigt werden.*

Ja, so musste es gewesen sein!

Wenn der Anlass nicht so furchtbar traurig gewesen wäre, hätte er vor Freude über die neuen Erkenntnisse in die Hände geklatscht.

Vielleicht war es doch gut, dass er Schnurr nichts erzählt hatte, dieser hätte ihm gewiss die Beweismittel abgenommen: das Gebetbuch und den Schlüssel.

Beschwingt lief Lutz durch die Quadrate und drückte auf die Klingel am Pfarrhaus.

Magdas Mutter öffnete und als sie ihn sah, wollte sie die Tür schon wieder schließen. Er war nicht willkommen. Da hörte er die Stimme des Pfarrers im Hintergrund. Lutz bat, dass man ihn doch zumindest anhören möge.

Hochwürden ließ bitten, bot ihm einen Platz an und lehnte sich äußerst distanziert und ablehnend an sein Bücherregal. Die Mörder seiner Nichte sind gefasst. Was will dann der Anfänger noch hier? So sprach es aus seinen Augen.

»Hochwürden, die drei Burschen sind unschuldig. Ich habe Beweise. Bitte, glaubt mir. Die Mörder Magdas müssen aus Eurem Kirchensprengel stammen.«

Skepsis, scheeler Blick, ungläubiges Kopfschütteln waren die Reaktion. Erst als Lutz dem Onkel das Gebetbuch gab und er den Eintrag dreimal gelesen hatte, schien er zugänglicher zu werden.

»Wahrlich, der Text weist auf einen Kirchenfrevel hin. Aber kein Wort sagt aus, dass so etwas in meiner Kirche, in meiner Gemeinde geschehen ist. Und was hat das mit Magdas Tod zu tun?«

Energisch schüttelte Kranz den Kopf. »Er konstruiert in die Zeilen einen nicht existenten Zusammenhang hinein. Auch wenn Magda etwas gesehen haben sollte, dann ist es völlig ausgeschlossen, dass eines meiner Schäfchen zu solch einem Verbrechen fähig ist. Ich kenne sie alle. Keiner kommt infrage.«

»Hochwürden, der Eintrag nennt zwar keine Personen, doch der Tatbestand bleibt. Ich meine, es sei Seine Pflicht, unbeschadet Seiner Schäfchen, mitzuhelfen, die Untat aufzuklären. Das ist Er Magda, dem Allmächtigen und Seinen Gemeindemitgliedern schuldig.«

Ein Hin- und Herüberlegen, ein Zucken der Mundwinkel, dann nickte Kranz. Erleichtert atmete Lutz auf. »In meinen Augen ist verdächtig, wer zur Sakristei einen Schlüssel besitzt. Deshalb möchte ich Sie bitten, mir die Namen zu nennen.«

Verständnislos schaute Kranz ihn an. »Herr Zurbacke, Mesner Himmelmann und ich. Allerdings möchte ich gleich betonen, dass der Erstgenannte von vornherein ausscheidet. Der Herr Juwelier pflegt und betreut seit Jahren in Mannheim die Kirchengeräte. Die Kelche, die Patenen, die Monstranzen – wertvolle, kostbare Dinge. Zum Glück konnten wir sie im Krieg vor der plündernden Soldateska retten. Napoleon und seine Truppen gingen mit dem Kirchengut nicht pfleglich um. Herr Zurbacke hat sich auf Bitten der Gemeindemitglieder für diesen hochwohllöblichen Dienst bereit erklärt. Und alles für Gotteslohn. Das dürfen wir nicht vergessen. Ich kann nur das Beste über ihn sagen.«

»Und was ist mit dem zweiten Schlüsselbesitzer?«

Sich hinter dem Ohr kratzend überlegte Kranz lange. »Nun ja, auch Himmelmann traue ich keinen Mord zu – sein Gemüt ist einfach und sein Verstand nicht sehr ausgeprägt. Es gibt keinen Grund, dass er Magda ein Leid zugefügt hat. Sie lachten oft miteinander und halfen sich gegenseitig bei ihrer Arbeit. Ich glaube sogar, dass sie sich mochten.«

»Kann es sein, dass er von jemand aufgestachelt wurde? Was ist mit seinen Saufkumpanen, den Freigeistern?«

»Mir ist bekannt, dass Himmelmann in gewissen Spelunken verkehrt und so manchen Schoppen spendiert bekommt. Er hat den Tod seiner Frau immer noch nicht verwunden und hadert mit seinem Schicksal. Allerdings habe ich den Eindruck, dass sich dank Magdas Hilfe in den letzten Wochen vieles zum Guten gewendet hat.«

»Hochwürden, leider muss ich Ihnen da widersprechen. Gestern Abend habe ich den Mesner gesehen. Sturzbetrunken ist er nach Hause getorkelt.«

Nachdenklich geworden schilderte der Pfarrer einen Vorfall, der sich vor einiger Zeit ereignet hatte.

»Vor einigen Wochen ist einer seiner Spezies angetrunken in die Kirche gekommen und hat ihn gesucht. Er trug eine Waffe, einen Degen, und ich bat ihn, die Kirche sofort zu verlassen, denn ich dulde keine Waffen in sakralen Räumen. Als er frech und aufdringlich geworden ist, halfen mir zwei Gemeindemitglieder den Kerl zu entwaffnen. Den Degen habe ich in der Sakristei aufbewahrt. Der Eigentümer ist nie mehr aufgetaucht.«

»Wusste Himmelmann von dem Versteck?«

»Gewiss. Aber Er glaubt doch nicht, dass ...?«

»Das wird sich herausstellen.«

Lutz legte den in der Frühe abgezogenen Schlüssel auf den Tisch. »Bitte Hochwürden, lege Er seinen daneben.«

Kranz zog die Augenbrauen hoch. »Habe verstanden. Er möcht herausfinden, wer von den beiden Vorgenannten nicht im Besitz seines Schlüssels ist.« In dem Blick des Pfarrers lag eine Spur von Anerkennung.

»Hochwürden, wir müssen den Täter überführen. Ihm eine Falle stellen.«

»Und wie soll das geschehen?«

»Schaue Er bitte genau zu, denn Er wird später mein wichtigster Zeuge sein.

Auf dem Tisch liegen zwei Schlüssel. In jeden ritze ich mit einem Nagel ein Kreuzchen.«

Fragend schaute Kranz Lutz an. »Vielleicht kann Er mich über seine Absichten genauer aufklären, wenn wir schon zusammenarbeiten.«

»Hochwürden, Ihr seid für die himmlischen Dinge zuständig, ich für die irdischen. Vertraue Er mir einfach.«

»Nun gut, in Gottes Namen! Was soll ich tun?«

Lutzens Erregung stieg. Er war in seinem Element. Dreimal atmete er tief durch, dann gab er Order: »Zuerst soll Magdas Mutter zum Mesner gehen und ihm den Auftrag erteilen, in der Sakristei nachzuschauen, ob noch genügend Messwein vorhanden sei.«

»Hm«, wand Kranz ein. »Das ist keine besonders gute Idee. Ich darf meine Schäfchen nicht in Versuchung führen. Wenn Himmelmann allein in der Sakristei ist, trinkt er die Flaschen leer. Sein Wille ist schwach.«

»Hochwürden, will Er mir nun helfen oder nicht? Himmelmann ist verdächtig.«

Es dauerte keine halbe Stunde und die Haushälterin kam zurück. Himmelmann sei seit dem frühen Morgen nicht auffindbar. Zu dumm, dachte Lutz, wenn einer der Hauptverdächtigen nicht greifbar ist, gerät mein Plan durcheinander. Dann kommt eben Schritt zwei vor Schritt eins. Der angehende Polizeirat wandte sich an Kranz. »Dann ziehen wir den Herrn Juwelier vor. Mal sehen, was dabei herauskommt.«

Der Pfarrer zog die Mundwinkel hoch und trat von einem Bein auf das andere. »Muss das sein? Herr Zurbacke ist ein Ehrenmann, eine angesehene Persönlichkeit in der Stadt. Ihn zu verdächtigen widerstrebt mir.«

»Hochwürden, Paragraph sieben des Handbuchs sagt: *Jeder ist verdächtig, bevor er nicht entlastet wird.*«

Magdas Mutter sollte den noblen Herrn bitten, die Sakristei aufzusuchen, weil ein Kelch aus Unachtsamkeit auf die Steinplatten gefallen und eine Delle entstanden sei. Er möge doch, bitte, den Becher untersuchen und sein fachmännisches Urteil abgeben.

Wieder dauerte es nicht lange und es klopfte an der Pfarrtür. Wie besprochen, begab Lutz sich in den Nebenraum und ließ die Zwischentür einen Spalt breit offen.

Kranz öffnete und bat Zurbacke in die Amtsstube. Sogleich überfiel der Juwelier den Pfarrer mit einem Wortschwall. »Hochwürden, bin hierher geflogen! Euer Wunsch ist mir Befehl. Selbstverständlich schaue ich mir den Becher sofort an.«

Zurbacke stöhnte und blies die angestaute Luft aus den Backen. »Wie Er weiß, habe ich zurzeit viel um die Ohren. Der Sommertagszug steht an. Habe Bäcker Heidenreich beauftragt Hefeteigbrezeln zu backen. Natürlich auf meine Kosten. Die Kinder freuen sich doch schon das ganze Jahr darauf. Nicht wahr?«

Lutz wurde unruhig. Was soll das Gesülze. Warum kommt Zurbacke nicht auf den Punkt? Hat er nun seinen Schlüssel oder nicht? Beruhige dich! Halte noch aus, befahl sich der angehende Polizeirat.

»Gewiss, gewiss Herr Juwelier. Die Gemeinde und ich wissen Ihren Großmut zu schätzen. Sie erleben ja selbst, dass die Bürger Sie auf Händen tragen und Gottes Lohn wird Ihnen gewiss sein.«

Ausgezeichnet! Lutz rieb sich die Hände. Der Herr Pfarrer war auf das Spiel Zurbackes eingegangen. Diese schauspielerischen Fähigkeiten hätte er dem Mann Gottes gar nicht zugetraut. Achtung! Jetzt heißt es: Aufgepasst!

Zurbacke druckste herum: »Kann Hochwürden mir ausnahmsweise Seinen Schlüssel zur Sakristei überlassen? Vor lauter Rennerei und dem Kümmern um anderer Leute Angelegenheiten habe ich meinen Schlüssel zu Hause liegen lassen. Nachdem Magdas Mutter bei mir war, bin ich einfach losgerannt. Der Schlüssel liegt in meiner Schreibtischschublade.«

Der Stadtpfarrer verzog keine Miene, öffnete bereitwillig das Wandkästchen und händigte dem Herrn Vereinsvorstand seinen Schlüssel aus.

Lutz saß wie auf Kohlen. Jetzt musste Kranz Zurbacke noch eine Weile hinhalten. So war es besprochen.

»Wenn der Herr Kirchenbeirat schon einmal hier ist, kann Er auch gleich das letzte Protokoll der Sitzung der Kirchengemeinderäte durchlesen und unterschreiben.«

Gut gemacht, Herr Kranz. Lutz war hoch zufrieden.

Wie ein Luchs schlich er sich aus dem Haus und rannte spornstreichs in die Kirche. Er musste noch gewisse Dinge arrangieren.

*

Um sich schauend schloss der Juwelier die Sakristei auf und wischte sich die Schweißtropfen von der Stirn. Die erste Hürde war genommen. Kranz hatte seiner Ausrede geglaubt.

Zuallererst musste er nach dem Sakristeischlüssel suchen. Ohrfeigen hätte er sich können. Das hätte ihm nicht passieren dürfen. Auch wenn am Morgen alles schnell gehen musste, hätte er in der Aufregung die Sakristei abschließen und den Schlüssel einstecken müssen. Irgendwo musste der verdammte Schlüssel doch sein!

Erschrocken hielt er inne. Hatte ihn schon jemand gefunden? Nicht auszudenken! Sofort verwarf er den Gedanken und beruhigte sich. Kranz hätte dann anders reagiert. Der Schlüssel musste hier noch irgendwo sein.

Zurbacke konnte sich keinen Eklat leisten, stand er doch kurz davor, Ratsherr zu werden. Die Mehrzahl der Stimmen hatte er schon für sich gewinnen können. Kleine Geschenke wirken oft Wunder. Aber auch das durfte nicht vergessen werden, der Großteil der Wahlberechtigten war von seinen Qualitäten überzeugt.

Seine Miene hellte sich auf. Im Grunde konnte er stolz auf sich sein. Als junger Bursche war er mit leeren Taschen nach Mannheim gekommen. Durchgelaufene Schuhe, zerrissene Hosen und kein Dach überm Kopf. Und jetzt? Weit hatte er es gebracht.

Wieder stand Angstschweiß auf seiner Stirn. Seine Tat durfte nicht ruchbar werden. Was hatte er nicht alles getan, damit er die Nichte des Stadtdirektors heiraten konnte. Zwei reizende Kinder hatten sie. Deren Zukunft stand auf dem Spiel.

Himmelkreuztürkendonnerwetter! Wo war der Schlüssel?

Auf dem Tisch lag er nicht, am Wandbord hing er nicht, die Schubladen waren leer. In der Sakristei war es dunkel. Er zündete eine Kerze an. Hastig verrückte er die Stühle, bückte sich und suchte den Boden ab. Der Schlüssel war nicht da. Siedendheiß lief es ihm den Rücken hinunter, seine Hände begannen zu zittern. Schon wollte er sich wieder erheben, als er unter dem Fußabstreifer vor dem Eingang den Bart eines Schlüssels hervorschauen sah.

Gott sei Dank! Erleichtert atmete er auf. Das Beweisstück, das ihn hätte überführen können, war gesichert. Zufrieden steckte er den Schlüssel in seine Tasche.

Doch nun schnell zur eigentlichen Aufgabe. Es könnte ja sein, dass Kranz der Tausch der Edelsteine gegen Glasperlen irgendwann auffallen und dass daraufhin in allen Mannheimer Kirchen der Kirchenschatz eingehend überprüft werden würde. Verhaftet, verhöhnt, gesteinigt, ins Loch geworfen, das wäre der Lohn für sein frevelhaftes Tun.

Warum auch hatte die Jungfer ihn beobachten müssen? Warum war er so nachlässig gewesen? Sonst hatte er sich doch immer überzeugt, dass niemand in der Kirche war. Im Beichtstuhl saß sie und hatte ‚Dichterles' gespielt. Plötzlich streckte sie ihren Kopf heraus. Natürlich hatte er dann so getan, als ob er die Monstranz reinigen würde. Aber wer konnte sagen, ob sie ihrem Onkel nicht einen Floh ins Ohr gesetzt hätte. In der Ecke lehnte der Degen ... sie musste weg. Er hatte doch keine andere Wahl.

Mit einer energischen Handbewegung verscheuchte er die belastenden Gedanken. Was geschehen ist, ist geschehen, Punktum!

Zum Glück ereignete sich vor einigen Tagen das Attentat und dazu noch von einem, dem noch mehr Morde angehängt werden konnten. Natürlich nicht dem Theologiestudenten, der saß im Gefängnis, aber seinen Komplizen. Einen Staatsstreich und noch mehr konnte man daraus konstruieren.

Zurbacke hätte sich am liebsten ob seiner Schlauheit auf die Schulter geklopft. Polizeirat Kasimir Schnurr fraß ihm aus der Hand. Glaubwürdig und überzeugend hatte er ihm die Verschwörungstheorie untergejubelt.

Die Zeit drängte. Schnell zündete er eine zweite Kerze an, denn für seine Arbeit brauchte er viel Licht und eine ruhige Hand. Er holte die Monstranz aus dem Schrank, löste mit einer kleinen Pinzette behände die Glasperlen aus der Umfassung und war im Begriff, die Rubine wieder einzusetzen, als er eine Stimme hinter sich hörte.

*

»Jetzt wissen wir, woher der Reichtum des Herrn Juwelier kommt. Er tauscht Edelsteine gegen Glas ein.«

Lutz hatte mit dem Stadtpfarrer die Sakristei betreten und stellte sich seines Amtes bewusst vor den Überführten. Seine Stimme wurde schärfer, drohender: »Was hat Magda damit zu tun?«

Zurbacke stand wie versteinert da und brachte keinen Ton heraus. Mit aufgerissenen Augen starrte er Lutz an. War sein Kartenhaus zusammengebrochen?

»Der Herr Juwelier braucht nicht zu antworten«, fuhr Lutz ihn an. »Magda hat das Gleiche gesehen wie wir.«

In Sekundenschnelle hatte sich Zurbacke wieder gefangen. Er strich mit einer Handbewegung alles Vorgebrachte oder Geschehene einfach zur Seite und meinte beiläufig: »Meine Herrn, das verstehen Sie falsch. Es ist nicht so, wie es scheint. Die verschmutzten Rubine habe ich zu Hause gereinigt. Quasi zur größeren Herrlichkeit des HERRN. Damit der Gottesdienst weitergehen konnte, habe ich Abhilfe geschaffen. Mag sein, dass ich den Herrn Pfarrer hätte einweihen sollen. Wollte ihn aber nicht mit Nichtigkeiten belasten.«

Der Bursche ist gerissener als wir. Lutz hätte ihn prügeln können. Aber noch hatte er einen Trumpf im Ärmel.

»So, so! Und was ist mit seinem Schlüssel für die Sakristei, der angeblich in seiner Schublade liegt? Magdas Mutter hat bei Ihm zu Hause nach dem Schlüssel suchen lassen. In seiner Schreibtischschublade lag er nicht.«

»Ach, das hat sich inzwischen geklärt.«

Er griff in seine Jackentasche und präsentierte zwei Schlüssel – den des Pfarrers und den aufgehobenen. »Habe in meiner Tasche gekramt und festgestellt, dass ich meinen Schlüssel doch eingesteckt habe. Das kann bei der Fülle meiner Aufgaben schon mal vorkommen.«

Lutz hakte nach. Er musste ganz sichergehen. »Einer der beiden ist der Ihre?«

»Gewiss doch. Warum zweifelt Er daran?«

»Gemach, werter Herr, wartet es ab!«

Lutz hob die beiden Schlüssel an die Kerze, betrachtete sie genau und nickte zufrieden. Zum Stadtpfarrer gewandt: »Hochwürden, sieht Er die Kreuzchen, die ich vor einer Stunde in beide Schlüssel geritzt habe?«

Kranz bestätigte.

»Dann wird Hochwürden sicher auch bestätigen, dass keiner der Schlüssel vor einer Stunde in Herrn Zurbackes Jackentasche gewesen sein kann, weil sie auf dem Tisch im Pfarrhaus lagen und ich sie gekennzeichnet habe.«

Zurbacke stockte der Atem, als er in das todernste Gesicht des Stadtpfarrers sah. Bleich wurde er, kreidebleich. Die Knie fingen an zu zittern. Er musste sich am Tischrand abstützen. Lutz konnte zwar nicht seine Gedanken lesen, aber erahnen konnte er, was in dem Überführten vorging. ›Der Grünschnabel hat mich reingelegt. Mit einem plumpen, winzigen Kreuzchen‹.

Bevor irgendjemand noch etwas sagen konnte, öffnete sich die Kirchentür und Mesner Himmelmann kam frohgelaunt mit einem Korb in der Hand herein.

»Habe für Nachschub gesorgt, Hochwürden! Ungsteiner Herrenberg fürs Abendmahl und für mich einen Honigsäckel. Alles edle Tropfen.«

Nachtrag

Die Untersuchungskommission hatte am 3. April 1819 die Arbeit aufgenommen und den Attentäter, der sich zeitweise am Rande des Todes befand, in seiner Zelle verhört. Er bereute seine Tat nicht. Kotzebue galt ihm nach wie vor als ein Verräter am deutschen Vaterland. Am 9. November wurden die Akten an das Hofgericht bzw. an das Oberhofgericht, das für den Großherzog eine Empfehlung aussprechen musste, weitergegeben.

Sand sah seine Tat als eine sittlich gerechtfertigte an und verzichtete auf ein Gnadengesuch. Großherzog Ludwig bestätigte am 12. Mai 1820 das Todesurteil.

Am frühen Morgen des 20. Mai wurde Karl Ludwig Sand am Heidelberger Tor in Mannheim vom Heidelberger Scharfrichter Wittmann enthauptet. Viele Bürger brachten Blumen und Trauerkränze mit, schluchzten, tauchten ihre Taschentücher in Sands Blut und schnitten Späne vom Schafott als eine Art Reliquie ab.

Diese Stimmung nutzten die reaktionären Politiker, um die »Karlsbader Beschlüsse« durchzusetzen. Es folgte eine Periode verschärfter Reaktionen und politischer Verfolgung.

In dem Gebäude in A 2,5, das Kotzebue zum Zeitpunkt seiner Ermordung erst ein halbes Jahr bewohnt hatte, befindet sich heute die Sankt Hedwigsklinik, ein Krankenhaus mit Entbindungsheim. Eine Gedenktafel erinnert an dieses geschichtsträchtige Ereignis.

Markus Guthmann

In Vino Exitus

»Herr, du musst aufstehen. Oktavius verlangt nach dir.«

Julianus brummte mürrisch und erwog einen Moment lang, seinen Diener zu erschlagen. Am Abend zuvor hatten sie die Compitalia[1] zu Ehren der Laren[2] gefeiert, das wichtigste Fest zum Jahresende. Es gab Speisen und Getränke im Überfluss und nach der Cena[3] wurde noch eine ausgiebige Commissiato[4] begangen, die nun in seinem Schädel pochte. An den Schmerzen konnte auch der lächerliche Efeukranz nichts ändern, welchen die Teilnehmer eines solchen Trinkgelages üblicherweise trugen.

Der Gastgeber hatte die erlesensten Gerichte auftischen lassen und der heimische Wein roch nach Rosen und schmeckte fein nach Honig und Quitten. Höhepunkt des Mahles war jedoch das Porcus Troianus gewesen. Julianus konnte sich nicht erinnern, wann er jemals solch ein üppig und prall gefülltes Schwein gesehen hatte. Der Sklave hatte das gegrillte Schwein kaum mit der Messerspitze berührt und sofort waren Unmengen an Würsten und exotischem Obst hervorgequollen.

Julianus erhob sich schwerfällig. Er war nicht mehr der Jüngste.

»Was will er zu dieser späten Stunde?«

»Ich weiß es nicht, Herr. Aber ich glaube, es geht um den Präfekten.«

Julianus seufzte und nahm sein Bündel mit den medizinischen Instrumenten[5] und Heilmitteln. Er war Wund-

1 Römische Kultfeier zum Jahresende.
2 Schutzgötter des Hauses oder der Familie.
3 Hauptmahlzeit der wohlhabenden Römer. Begann oft am Nachmittag und zog sich bis weit in den Abend hinein.
4 Trankopfer, eher Trinkgelage.
5 Die Römer kannten bereits über zweihundert verschiedene medizinische Instrumente.

arzt in den römischen Legionen gewesen, hatte Marc Aurel und seinen Sohn Commodus in die Markomannenkriege begleitet. Sein Können hatte sich herumgesprochen und so wurde er Leibarzt der Legaten. In dieser Zeit hatte er Oktavius kennengelernt, einen Günstling des Commodus. Später, in Rom, arbeitete er mit Galenus zusammen, dem wohl berühmtestem Arzt seiner Epoche, aber diese Zeiten lagen nun schon lange hinter ihm.

Julianus folgte dem hübschen Sklaven, der mit seiner Fackel bedrohliche Schatten an die Flurwände warf. Der Junge war gerade dem Knabenalter entwachsen und Julianus nahm an, dass er nicht nur als Fackelträger diente. Dann dachte er an Ofelia, seine viel zu früh verstorbene Frau. Er hätte gerne mit ihr in Rom ein bequemes Leben geführt, aber auf dem zweiten Markomannenfeldzug, irgendwo an der Donau, starb der große Kaiser Marc Aurel und Commodus wurde Alleinregent. Seine Herrschaft hatte vielversprechend begonnen, denn er schloss Frieden mit den germanischen Stämmen und war in einem großen Triumphzug nach Rom zurückgekehrt. Commodus zeigte sich anfangs freigiebig, hatte dem Volk genügend Brot und Spiele geboten und lenkte selbst schon mal den Streitwagen.

Die guten Zeiten hielten nicht lange an. Eine Verschwörung gab Commodus den Vorwand, seine Feinde rücksichtslos zu verfolgen. Neben seiner Schwester verloren auch viele Aristokraten ihr Leben. Mord und Totschlag prägten den Alltag und gewerbsmäßige Denunzianten strichen satte Prämien ein. Als seine geliebte Frau gestorben war, flüchtete Julianus in die Provinz Germania Superior, um nicht selbst ein Opfer des mörderischen Treibens zu werden.

Sie hatten die Gemächer des Antonius Primus erreicht. Der Raum wurde durch zahlreiche Öllampen erhellt. Der Präfekt lag rücklings auf dem Bett und Oktavius stand mit seinen beiden Söhnen am Kopfende.

»Wer hat ihn gefunden?«, fragte Julianius.

Okativius deutete mit einer abfälligen Handbewegung auf einen Sklaven, der in der Ecke kauerte und vor Angst schlotterte. Er wusste, dass sein Leben an einem sehr dünnen Faden hing.

»Was ist passiert?«, fragte Julianus den Sklaven. Dieser gab keine Antwort und der für seine Brutalität bekannte Sohn von Oktavius schlug gnadenlos auf den bedauernswerten Burschen ein, bis dieser unter Schmerzen wimmerte: »Er hat sich nach dem Mahl erbrochen!«

Die Söhne grinsten. Nach so einem Gelage musste praktisch jeder brechen.

Julianius blieb ernst. »Ist dir etwas aufgefallen? Ich meine, war er anders als sonst, wenn er getrunken hatte?« Er legte das Ohr auf Antonius' Brust.

»Er konnte kaum sprechen. Ich reichte ihm ein Glas Wasser und er konnte nicht mehr schlucken«, stammelte der Sklave.

Julianus hielt Antonius einen bronzenen Spiegel unter die Nase. Dann zog er ihm das Augenlid hoch und roch an seinem Mund.

»Was ist mit ihm?«, fragte Oktavius ungeduldig.

»Er ist tot.«

»Er ist tot?«, echote Oktavius.

»Antonius hat bei der Commissiato neben dir gesessen.«

»Was soll das heißen?«, fragte Oktavius scharf.

»Haben deine Diener die Tafel schon abgeräumt?«, wechselte Julianus das Thema.

»Was für eine Frage! In meinem Haus herrscht Ordnung.«

»Bringe mich in das Triclinium[6].«

Widerwillig führte Oktavius den Arzt in den Speisesaal und bekam einen Wutausbruch, als er das Durcheinander sah. »Wo ist der Mundschenk?«, brüllte er.

Julianus griff nach einem Becher, der zwischen umgestürzten Behältern mit Obst, Honig und allerlei Gewürzen

6 Esszimmer

lag. Es war üblich, dass der Wein mit Wasser verdünnt und mit den unterschiedlichsten Aromen versetzt wurde. Der Bodensatz des Pokals aber roch nach Mäusepisse. »Ist das dein Pokal?«, fragte Julianius. Oktavius nickte.

»Im Wein war Schierling[7]. Der Präfekt wurde vergiftet und ich glaube, er war zu betrunken, um den üblen Geschmack zu bemerken.«

»Wo ist der Mundschenk, ich lasse ihn kreuzigen!«

»Lass den Mundschenk in Frieden. Die Frage ist, warum hat Antonius aus deinem Pokal getrunken?«

»Vater, man wollte dich vergiften und nicht den Präfekten!«, rief einer von Oktavius' Söhnen.

»Dieses Mordsgesindel! Es wäre nicht das erste Mal!«, polterte Oktavius.

»Von wem sprichst du?«, fragte Julianus.

»Ich habe Feinde. Sie wollen verhindern, dass ich nach Rom gehe. Kaiser Commodus will mich zum Senator erheben.«

***

Es war Basso, der Diener, der Julianus nicht schlafen ließ: »Herr, ich kenne Pausanus. Er ist kein Giftmischer. Ich denke, er ist geflüchtet, um der Strafe für eine Tat zu entgehen, die er nicht begangen hat.«

»Kannst du mich jetzt nicht einfach in Ruhe lassen?«

»Herr, du musst mir glauben. Pausanus würde nie etwas Unrechtes tun.«

»Auch nicht gegen Geld?«

Basso schwieg. Nach einer Weile sagte er: »Herr, ich werde morgen früh nach Pausanus suchen. Bitte gib mir deine Erlaubnis.«

Julianus wusste, dass Basso auch ohne seine Erlaubnis gehen würde. Er war ein Sklave in den Bergwerken ge-

---

7 Sehr giftige heimische Pflanzenart. Wurde im Altertum für Hinrichtungen verwendet (Schierlingsbecher).

wesen und schlimmer konnte es einen Sklaven im römischen Kaiserreich nicht treffen. Als Julianus ihn bei einer Besichtigung der Zinnober- und Quecksilberbergwerke in der Nähe von Cruciniacum[8], das erste Mal getroffen hatte, war er so gut wie tot gewesen. Er hatte neben dem Stollenloch gelegen, ein junger Mann von nicht einmal zwanzig Jahren. Die Wunden der zahlreichen Züchtigungen hatten zu eitrigen Entzündungen geführt, die seinen Körper zu vergiften drohten. Julianus kaufte den Jungen von dem Bergwerksbesitzer ab, der ihn deshalb sogar noch verspottet hatte. Aber Basso wurde durch die Pflege seines neuen Herrn wieder gesund und diente ihm bereits seit sechs Jahren.

»Basso, das ist keine gute Idee. Du wirst erfrieren oder von den Wölfen gerissen.«

»Herr, Pausanus ist mein Freund. Ich muss gehen.«

»Lass mich jetzt schlafen. Weck mich, bevor du gehst«, sagte Julianus und schlief erschöpft ein.

***

Es war ein trüber und kalter Morgen, als Julianus, mit Wollmantel und Bärenfell bedeckt, das Haupthaus verließ und seinem Sklaven folgte. Basso trug ein Schwert an seiner Seite. Er durfte als Unfreier eiegentlich keine Waffe führen. Es war das Schwert von Julianus, aber Basso hatte schon mehrmals bewiesen, dass er geschickt damit umgehen konnte.

Der Wind blies von Osten und sie konnten eine verwehte Fährte erkennen, die offensichtlich von einem Reiter stammte, der schon früher in die gleiche Richtung geritten war. Ihre eigenen Maultiere hinterließen schleifende Spuren im Schnee und ihr Atem wurde zu Eis, kaum dass er

8 Das heutige Bad Kreuznach. In der Nähe, bei Bad Münster am Stein, ist der Schmittstollen, ein Zinnober- und Quecksilberbergwerk. Dort wurden vermutlich schon zur Römerzeit Erze abgebaut.

den Nüstern entwichen war. Bald passierten sie das Kelterbecken und folgten dem zugefrorenen Bachlauf, bis sie den Steinbruch[9] auf der Anhöhe erkennen konnten. Hier verlief die Grenze zwischen den Civitates Vangionum und Nemetum[10]. Julianus war erst vor wenigen Wochen zu dem Steinbruch gerufen worden und hatte einem Soldat der zweiundzwanzigsten Legion aus Mogontiacum[11] das Bein geschient. Der Soldat überlebte den Bruch und hatte Julianus aus Dankbarkeit eine lobpreisende Inschrift in die Wand geritzt.

Schweigend ritten sie die Anhöhe zu der armseligen Höhensiedlung hinauf, bevor sie der dichte Wald verschlang. In der Ferne heulten Wölfe. Dieser Weg war eine Seitenstraße, die nach zwei Tagesritten wieder auf die Straße nach Divodurum führte.

»Wo reiten wir hin?«, fragte Julianus, der sich unbehaglich fühlte.

»Pausanus kann bei dem Schnee nicht weit kommen. Ich glaube, er sucht Unterschlupf bei den Köhlerhütten. Er sprach sehr oft davon, wenn er geschlagen wurde und fliehen wollte.«

Stunden waren vergangen, seit sie die schützenden Mauern der Villa Rustica[12] verlassen hatten. Sie würden bald umkehren müssen, um die Annehmlichkeiten der Hypokaustheizung noch vor Sonnenuntergang genießen zu können. Die Kälte kroch Julianus unter den Mantel, als sie die markante Wegkreuzung mehrerer Höhenwege erreichten. Einige armselige Hütten aus Zweigen deuteten

---

9 Gemeint ist der Krimhildenstuhl bei Bad Dürkheim, der um das Jahr 200 n.Chr. von der 22. Legion betrieben wurde.

10 Verwaltungsgebiete mit den Hauptstädten Noviomagus Nemetum (Speyer) und Borbetomagus (Worms). Die Grenze war vermutlich die Isenach.

11 Das heutige Mainz

12 Gemeint ist das Landgut Weilberg, eine ausgedehnte Ville rustica bei Ungstein. Sie ist bekannt für eine der ältesten nachgewiesenen Weinkeltern nördlich der Alpen.

an, dass hier Köhler übernachteten, wenn sie im Sommer ihre Feuer bewachten.

Genau in diesem Moment wurde die Stille durch gellende Schreie unterbrochen. Ein Reiter schwang lachend sein Schwert und verfolgte den verzweifelten Mundschenk, der große Mühe hatte, den Schwerthieben des Reiters auszuweichen. Der Mann auf dem prächtigen Pferd war niemand anderes als der brutale Sohn von Oktavius. Julianus wusste nun, von wem die Spuren im Schnee stammten, über deren Herkunft er gegrübelt hatte.

Basso zog ohne zu zögern das Schwert und galoppierte dem Reiter entgegen. Der Überraschungseffekt lag auf seiner Seite. Mit einem wuchtigen Hieb holte er den Krieger aus dem Sattel, aber das Kettenhemd verhinderte eine schwere Verletzung. Julianus' Maultier bäumte sich vor Schreck auf und er selbst fiel rücklings in den Schnee. Das so von seiner Last befreite Maultier rammte in seiner Panik das Maultier von Basso, das samt seinem Reiter wiehernd zu Boden ging. Im gleichen Moment schwang sich Oktavius' Sohn wieder auf die Beine und ging sofort zum Angriff über. Er verwickelte Basso in einen Kampf auf Leben und Tod. Basso führte das Schwert geschickt, doch gegen seinen kampferprobten Widersacher hatte er kaum eine Chance. Er verlor ständig an Boden, kämpfte aus der Defensive und hatte Mühe, die gegnerischen Hiebe abzuwehren. Die Zeit stand still, als der scheinbar übermächtige Gegner zusammenzuckte und einen fatalen Moment lang innehielt. Basso staunte nicht schlecht, als ihm ein großer, runder Stein vor die Füße rollte. Pausanus, der Mundschenk, hatte ihn mit aller Kraft geworfen und den Sohn des Oktavius am Kopf getroffen. Basso zögerte nicht lange. Mit einem Schrei auf den Lippen, führte er einen halbkreisförmigen Schwerthieb gegen den Hals seines Gegners aus. Blut spritzte und Oktavius Sohn zeigte einen ungläubigen Gesichtsausdruck, als er versuchte, die blutige Fontäne mit seiner Hand zu stoppen, bis er schließlich auf die Knie sank und vorn über in den Schnee kippte.

Auf der Wegkreuzung[13] herrschte Stille und nur eine plötzliche Windböe riss die drei Männer aus ihrer Starre. Ein Sturm setzte ein und brachte sogleich starken Schneefall. Das Wolfsrudel heulte jetzt in der Nähe. Offensichtlich hatten sie das Blut gerochen und wollten sich die Nahrung holen, die ihnen das Überleben für eine Weile garantierte.

»Wir müssen uns in Sicherheit bringen«, sagte Basso, der trotz des Kampfes erstaunlich ruhig wirkte. »Nicht weit von hier ist eine Höhenburg. Bei den Legionären finden wir sicher Schutz.«

Die beiden Sklaven halfen dem erbärmlich frierenden Julianus in den Sattel, bevor sie sich durch das immer stärker werdende Schneetreiben auf den Weg machten.

Die Soldaten der Festung[14], die für die Sicherung der Straße zuständig waren, reagierten beinahe freundlich, als sie die Weinschläuche sahen, welche die Schutzsuchenden reichlich mitführten. Die Villa Rustica war bekannt für gute und starke Weine, die bedeutend besser waren als das rationierte und stark verdünnte Zeug der üblichen Verpflegung.

Erst zwei Wochen später setzte das Tauwetter ein und die Straßen waren wieder halbwegs zu bereisen. Julianus schickte den Mundschenk mit einem Brief an den Militärkommandanten nach Mogontiacum. Darin beschrieb er die Ereignisse und verbürgte sich für den Mundschenk, der bezeugen konnte, wie Oktavius das Gift in den Wein mischte und den Pokal dem Präfekt reichte.

Etwa eine Woche später erschien Oktavius' jüngerer Sohn. »Mein Vater will dich sprechen«, sagte er nervös.

»Warum?«

»Das muss er dir selbst sagen.«

---

13 An der Stelle steht heute das Lambertskreuz. Der Sage nach handelt es sich um ein altes römisches Wegkreuz.

14 Der Drachenfels.

Oktavius lag auf seinem Speisesofa. Der Tisch vor ihm bog sich unter der Last der Speisen. »Setz dich, Julianus, und speise mit mir.«

»Warum hast du mich hergebeten?«, fragte Julianus, ohne der Aufforderung nachzukommen.

»Kaiser Commodus ist ermordet worden. In jener Nacht, als wir den Laren huldigten.« Er machte eine bedeutsame Pause und fuhr dann fort. »Ich werde nicht nach Rom gehen.«

»Es war also alles umsonst?«, fragte Julianus.

Oktavius nickte.

»Beantworte mir eine Frage: Weshalb hast du den Präfekten ermordet?«

»Er hat mich angezeigt. Er hat gewusst, dass ich Steuern veruntreut und mich bereichert habe. Mit seinem Tod, dachte ich das Problem aus der Welt zu schaffen, denn Commodus hat mich gedeckt, weil ich ihm immer sehr nützlich gewesen war.« Er machte eine Pause und schaute in seinen Pokal. »Pertinax, der neue Kaiser, hat schon begonnen, die Staatsfinanzen mit harten Sparmaßnahmen zu sanieren. Dass er wegen der Anzeige mein Vermögen beschlagnahmen kann, kommt ihm nur gelegen. Und für mich gibt es dann nur zwei mögliche Strafen: das Beil oder den Zirkus.«

Er machte eine lange Pause und fragte schließlich: »Kannst du mir helfen?« Oktavius hielt Julianus den Pokal unter die Nase. Der Wein roch nach Mäusepisse.

Julianus nickte, griff in das Bündel mit seinen Utensilien und entnahm ein kleines Fläschchen. »Ich werde dir Mohnsaft geben. Den wirst du in den Trank mischen. Am Schierling zu sterben ist sehr qualvoll. Aber mit dem Mohnsaft gemischt schläfst du einfach ein und wachst nicht mehr auf.«

»Ich danke dir, mein Freund«, sagte Oktavius und schüttete die milchige Flüssigkeit in seinen Pokal, den er anschließend mit einem Zug leerte.

***

»Professor, kommen Sie mal herüber. Ich glaube, ich habe etwas Interessantes gefunden.«

Der Leiter der Grabungskampagne auf dem römischen Landgut Weilberg bückte sich. »Das sieht nach Bronze aus.« Er arbeitete mit dem Pinsel weiter. »Das ist ein medizinisches Besteck. Sehen Sie, das war ein polierter Spiegel. Das war sicher nicht das Werkzeug eines einfachen römischen Wundschers. Das hat bestimmt einem versierten und vielleicht sogar berühmten Arzt gehört.«

Sie sicherten den wertvollen Fund nach allen Regeln der Kunst und stellten ihn schließlich neben den schönen Trinkpokal, den sie ganz in der Nähe gefunden hatten.

Gudrun Wilhelms

Kürbis süß-sauer

Die Hokkaidos würden wieder gut wachsen – und die anderen Pflanzen auch. Erfahrung und ein grüner Daumen, das war das Geheimnis. Sie schaute zufrieden auf die drei Hochbeete, gerade neu aufgeschichtet nach fünf Jahren Nutzung. Eine Knochenarbeit für eine halbe Portion wie sie. Aber sie war zäh und konnte schaufeln wie ein Mann. »Sehen ja aus wie Grabhügel«, hatte Manuel grinsend gesagt, als sie die Beete vor vielen Jahren anlegte. Von Kürbissen hatte er anfangs nichts wissen wollen, doch als die Kunden immer wieder nach Kürbis in allen Variationen verlangten, musste er seiner Mutter recht geben. »Kürbis süß-sauer, einfach genial. Gehört unbedingt in dein Standardprogramm.«

Die Eisheiligen waren vorbei, die Temperaturen in Neustadt an der Weinstraße schon sommerlich warm. Und die letzten Tage war ein milder Regen niedergegangen. Ideale Bedingungen. Jetzt konnte man den Setzlingen beim Wachsen zuschauen. Auf dem Hochbeet würden die Hokkaidos förmlich explodieren und mit ihren Ranken die Erde völlig bedecken. Sie würden wuchern und wuchern, bis sie die Mauer der alten Wagenremise erreichten. Wunder der Natur: Entfaltung und Wachstum, unterstützt durch gute Erde, Sonne und ausreichende Bewässerung. Bloß keine Schneckenplage wie im letzten Jahr! Wenn sie nicht achtsam wäre, würden die Pflanzen sterben, bevor sie sich richtig entwickeln konnten.

Manu würde staunen bei seiner Rückkehr von den Kundenbesuchen in Norddeutschland. Alles hatte sie in seiner Abwesenheit geregelt. Nachhaltig geregelt. Wo sie anpackte, da sah man am Ende des Tages auch Ergebnisse.

Über ihren Sohn konnte sie sich nicht beklagen – zumindest was seine Arbeit betraf. Er und sie: ein eingespieltes

Team. Sie verstanden sich ohne Worte, arbeiteten Hand in Hand. Seit dem Tod ihres Mannes war sie voll ins Geschäft eingestiegen: Arbeit im Weinberg, Weinverkauf, Aktionen und Events, dazu noch die Hausarbeit. Sie war an Arbeit gewöhnt, stammte aus einer Deidesheimer Winzerfamilie. Unermüdlicher Einsatz, Disziplin und Familienzusammenhalt – diese Grundsätze hatten sie geprägt, sie waren der Schlüssel zu ihrem Erfolg. Während andere Winzer ums Überleben kämpften, stand ihr Betrieb auf festen Füßen.

Als erste Winzerin im Neustadter Raum hatte sie ihren Kunden neben exzellenten Weinen immer neue Überraschungen geboten. Inzwischen wurden ihre Ideen in Deutschlands Weingebieten kopiert, aber niemand gelang es so wie ihr, mit leichter Hand Veranstaltungen zu arrangieren, den Kunden das Gefühl von Vertrautheit und Wohlbehagen zu vermitteln: Bei Irmgard waren sie halt daheim! Ihr Stammpublikum dankte es ihr, indem es ihr immer neue Kunden zuführte. »Hätte mein Tag nur vierundzwanzig Stunden«, lachte sie, »dann könnte ich unserer Kundschaft noch viel mehr anbieten. Aber so ...«

Was sie sich nicht eingestehen wollte: Immer öfter spürte sie, dass sie nicht mehr die Jüngste war. Sie ermüdete schneller, spürte ihre Knochen. Vor Kurzem beim Bearbeiten der Hochbeete musste sie ständig pausieren. Die großen Erdbewegungen, die schwere Erde auf dem Spaten. Sie hatte geschnauft vor Anstrengung, sich die schmerzenden Lendenwirbel gerieben. Beim ersten Hochbeet hätte sie doch fast das Kaninchendrahtgeflecht gegen Wühlmäuse vergessen. Kein Wunder bei dem Stress. Mit sechzig denken die meisten Menschen ja an den Ruhestand. Und schonen sich. Sie nicht.

»Wenn ich sehe, wie die alten Leute ihre Zeit totschlagen und sich den lieben langen Tag anöden, wird mir ganz übel«, sagte sie häufig zu ihrem Sohn. »Ein Leben ohne Arbeit macht keinen Sinn. Wenn man fleißig geschafft hat, kann man abends zufrieden ins Bett gehen. Und wenn sich nach vielen Jahren auch noch der Erfolg einstellt wie bei uns, dann ist das für mich Glück. Wir müssen aber darauf achten, dass es uns nicht davonläuft und konsequent weiterarbeiten.«

Das Glück wäre noch größer, wenn Manu endlich die richtige Frau ins Haus brächte. Dieser Gedanke ging ihr täglich im Kopf herum. Ach ja, die Unterstützung durch eine junge Frau, umsichtig und lernfähig, das wäre ein Segen! Konnte ein Mann mit vierzig sich nicht dazu durchringen, Ja zu sagen? Ihr Willi und sie hatten mit zwanzig geheiratet, das war eine Selbstverständlichkeit gewesen. Heute war das anders.

Sie zupfte ein paar Unkräuter aus der Blumenrabatte. Arbeit ohne Ende machte er, ihr Bauerngarten, aber auch viel Freude. Ihre Gäste konnten sich nicht sattsehen an der Blumenpracht und waren ganz wild auf die frischen Kräuter von der Kräuterschnecke.

Warum nur hatte Manu nicht Bine genommen? Ein properes Mädel. Mit ihr wäre alles gut geworden. Manu hatte in dem Moment Schluss gemacht, als Bine das Thema Heirat anschnitt. Als Mutter hatte sie natürlich versucht, ihm Bines Vorzüge zu verdeutlichen:

»Manu, mit ihr bekommst du die ideale Frau, und ich eine super Schwiegertochter. Heirate sie. Sie wird sich prima machen in unserem Betrieb. Du weißt doch, wie nötig wir Hilfe brauchen können.«

»Mama, halt dich da bitte raus«, hatte er gesagt, »das ist nicht dein Bier.«

Auch heute zog sich noch ihr Herz zusammen, wenn sie Bine traf. Sie war längst verheiratet, hatte zwei Kinder und einen netten Mann. Beide beruflich erfolgreich, sie mit eigenem Friseursalon, er mit gutgehendem Baugeschäft.

Mit Sanne war es nicht anders gelaufen. Sanne, Winzertochter und Weinkönigin. Langes, blondes Haar, tolle Figur, schönes Dekolleté, eine Frau wie gemalt. Aber auch jemand, der anpacken konnte und etwas vom Geschäft verstand. Seit sie den Weinverkauf im elterlichen Betrieb übernommen hatte, stiegen die Umsätze. War Manu blind? Sanne wäre die perfekte Frau für ihn gewesen. Sie hätte sich hervorragend in der Kundenbetreuung gemacht. Und wäre die Attraktion bei den Veranstaltungen gewesen. Hätte, wäre ... Vorbei ist vorbei. Sannes Kinder waren inzwischen groß, und sie war Juniorchefin eines bedeutenden Weinguts. Sie reiste von einer Fachmesse zur nächsten und zog mit Charme und Verhandlungsgeschick große Aufträge an Land. Öfter war sie im Regionalfernsehen zu sehen – als attraktive Botschafterin für Pfälzer Weine. Solch eine Schwiegertochter – ja, das wäre Grund zum Jubeln gewesen.

*

Aber zum Jubeln gab es für sie nicht den geringsten Anlass. Ende April war nämlich das Unglück über sie hereingebrochen. Als sie an jenem Montag gegen Mittag von einem Großeinkauf nach Hause kam, saß es an ihrem Küchentisch: eine Frau, ungekämmt, mit verschmiertem Make-up. »Der Lack ist ab«, hatte ihre Mutter immer das Aussehen von Frauen kommentiert, die ihre besten Jahre hinter sich hatten. Das traf auch auf die Frau an ihrem Küchentisch zu. Sie trug eines von Manus T-Shirts.

»Hallo, ich bin Lisa.« Sie schaute kaum von ihrer Kaffeetasse auf. »Sie müssen Manus Mutter sein. – Ah, da ist er ja. Komm, Liebling.«

»Ich bin gleich bei dir, Lisa. – Geh mal mit raus, Mama. Auf ein Wort.« Seinen Blick würde sie nicht vergessen. Er drückte wilde Entschlossenheit aus. »Mama, ich habe Lisa gestern im Casino in Bad Dürkheim kennengelernt. War dort mit Heiner. Sie ist eine wunderbare Frau. Hatte es verdammt schwer im Leben. Ist im Augenblick ziemlich fertig.

Alles, was sie braucht, ist Ruhe und Zuwendung. Sie wird bei uns bleiben. Ich hoffe, für immer. Sag jetzt nichts. Ich gehe davon aus, dass du sie ohne Vorbehalte akzeptierst und nett zu ihr bist.«

Sie war im Flur zurückgeblieben um durchzuatmen. Was war in ihn gefahren? Das war nicht ihr Sohn. Eine Sauftour dann und wann mit seinen Freunden. Alle Schaltjahre mal ein paar Stunden im Casino, wenn ihm die Decke auf den Kopf fiel. Ja. Aber das? – Als sie die Küche betrat, saßen er und die Frau auf der Eckbank. Ihre nackten Beine ruhten auf seinen Oberschenkeln. Ihr schwarzer Schlüpfer war nicht zu übersehen.

»Hilfst du mir beim Reintragen der Einkäufe?«, fragte sie.

»Gleich«, sagte er und blieb seelenruhig sitzen.

Sie hatte das Auto alleine entladen und die Einkäufe ins Haus geschleppt. Das junge Paar war verschwunden. Sie hatte versucht, ihr Bauchgefühl zurückzudrängen. Nur ruhig, sagte sie zu sich. Nimm dich zurück. Nicht vorschnell urteilen. Vielleicht ist sie ja ganz vernünftig, vielleicht passt sie sich ja in unser Leben ein. Jeder Mensch verdient eine faire Chance. Sie hatte Kartoffeln aufgesetzt. Kartoffelbrei würde es geben zum Sauerkraut und den Leberknöpp vom Metzger.

Um Punkt zwölf waren Manu und die Frau erschienen. Jetzt war auch Manu zerzaust und hatte rote Flecken am Hals. Sie trug immer noch Manus T-Shirt, dazu ausgefranste Jeans. Immerhin hatte sie sich das Gesicht gewaschen.

»Riecht gut«, sagte er in Richtung Herd und setzte sich auf die Eckbank.

Sie stellte die gefüllten Teller auf den Tisch.

»Eigentlich braucht es bei mir immer eine ganze Weile, bevor ich jemand das Du anbiete. Aber da du mit uns leben wirst, mach ich's besser gleich. Ich heiße Irmgard. – Guten Appetit.«

Die junge Frau sah sie mit unbewegter Miene an und schaute dann auf ihren Teller. Mit der Gabel stocherte sie in den Leberknöpfen herum.

»Was ist das?«

»Das sind die besten Leberknöpp von ganz Neustadt.«

»Volltreffer«, sagte die Frau. »Ich kann Leber nicht ausstehen. Mir dreht sich schon jetzt der Magen um.« Sie schob den Teller beiseite.

»Du kannst gleich was in der Stadt essen«, sagte Manu. »Bevor wir für dich einkaufen gehen. Sonst wird's dir noch schwach. Lisa braucht ein paar Klamotten. Mit dem, was sie dabei hat, kommt sie nicht weit. Wir gehen, wenn ich mit dem Essen fertig bin.«

Die Neugier hatte sie ein Stockwerk höher in Manus Wohnung getrieben. Aber so etwas hatte sie nicht erwartet. Sie brühte sich einen starken Kaffee auf und setzte sich an den Küchentisch. Das zerwühlte Bett. Die auf den Boden ausgeleerten Kosmetika, ein ganzer Haufen. Ein schwarzer Slip und ein BH auf dem Schreibtisch. Die zerknüllten Handtücher auf dem Boden des Badezimmers. Der Webpelzmantel, das Kunstseiden-Fähnchen, hochhackige Schuhe ... Wie war das möglich? Ihr Sohn hatte doch einen grundsoliden Geschmack. In die Reisetasche warf sie nur einen einzigen Blick. Ein Pulli, eine lange Hose, Strümpfe. Keine Papiere. Wer war diese Frau? Woher kam sie? Sie schrak auf. Das Telefon.

»Hallo, hier ist Heiner. Wollte mal hören, ob mein alter Kumpel die letzte Nacht überlebt hat.«

»Wie meinst du das?«

»Na, ich wollte wissen, ob die Frau was von ihm übrig gelassen hat. So was wie gestern hab ich noch nie erlebt. Manu ist sonst so ein cooler Typ.«

»Noch nie erlebt?«

»Ja! Als Kind hatte ich Magnethunde. Kennst du die? Magnet an der Schnauze und am Hintern. Zack! Plötzlich sind sie aneinandergekoppelt, man bekommt sie kaum auseinander. So etwa hat sich das zwischen den beiden abgespielt. Sie stand an einem der Spieltische. Blass, nichtssagend. Jemand, dem man keinen Blick gönnt. Und sie starrte ihn die ganze Zeit an – und er sie. Dann ging er auf sie zu und spendierte ihr was zu trinken. Und zuletzt stiegen sie in mein Auto ein. Ziemlich angesäuselt. Die Reisetasche hatte sie gleich dabei. Was sich auf dem Rücksitz abgespielt hat, erspar ich dir. Ich mach mir wirklich Sorgen, Irmgard. Er ist total von der Rolle: Schleppt so eine am selben Abend ab! Und sie? Steigt mit zwei wildfremden Typen in ein Auto. Lässt tief blicken. Ich kann ihn einfach nicht verstehen. Sonst hat er doch einen guten Geschmack, was Frauen betrifft. Und jetzt fährt er auf dieses armselige Geschöpf ab!«

»Mir gegenüber ist er auch ganz verändert. Er hat mir gesagt, sie würde bei uns bleiben – für immer. Ich soll mich ja nicht über sie äußern und sie nett behandeln. Sie hat es schwer gehabt im Leben. Und jetzt ist sie schlecht drauf.«

»Na, da kannst du dich auf was gefasst machen. Du schmeißt sie am besten gleich raus. Sonst verlierst du die Kontrolle.«

»Wenn ich das mach, dann verlier ich Manu.«

»Quatsch. Der kommt schon wieder zu sich, wenn sie aus seinem Blickfeld verschwunden ist.«

»Rausschmeißen. Wenn das so einfach wäre. Soll ich sie in den Zug setzen und ihr Geld in die Hand drucken?«

»Warum nicht, vielleicht beißt sie an. Wie die aussieht, hat sie keinen Cent.«

»Schon möglich. Manu ist mit ihr in der Stadt. Klamotten kaufen.«

»Das fängt ja gut an. Du, Irmi, ich muss Schluss machen. Komme bald bei euch vorbei und sehe nach dem Rechten. Halt die Ohren steif.«

Selbst Heiner kannte seinen Freund nicht wieder. Eine Beruhigung war das nicht. Sie holte Block und Kuli aus der

Schublade. Grübeln half nichts. Aber Arbeit. Was musste demnächst alles geregelt werden, damit der Laden weiterlief? Reinigung Gästehaus, Wagenremise, Bepflanzung Eingangsbereich, notierte sie. Gästeliste Frühlingsfest. Rücksprache mit *Terzett Mundart*. Essen, Weinauswahl, Dekoration Tische. Viel Arbeit. Doch nun hatte sie ja eine neue Hilfe.

Eine neue Hilfe. Von wegen! Sie setzte sich auf die alte Gartenbank. Bildschön, 19. Jahrhundert, stammte von Willis Urgroßeltern. Farbe brauchte sie. Alles neu macht der Mai. Dieser Tage würde sie sich daran machen, noch bevor Manu zurückkommen würde.

Die jungen Leute waren erst am Abend zurückgekommen, in jeder Hand Einkaufstüten. »Wir haben beim Italiener gegessen und sind ziemlich müde. Wir gehen gleich rauf. Nacht, Mama.«

»Ich hätte gern mit dir den Arbeitsplan für die nächsten Tage durchgesprochen.«

»Nicht jetzt. Morgen.«

*

»Wie lange soll das so weitergehen?«, hatte sie ihren Sohn gefragt, als er um 11 Uhr zum Frühstück erschien.

»Kann ich nicht sagen. Hängt von den Umständen ab.«

»Umstände?«

»Lisa hatte eine Angstattacke, als ich heute Morgen aufgestanden bin. Deshalb musste ich mich nochmal hinlegen. Sie braucht meine Nähe.«

»Wenn wir morgens nicht rechtzeitig mit der Arbeit anfangen, kann nichts Gutes dabei rauskommen. Ich muss mich darauf verlassen können, dass du deinen Anteil leistest. Sonst können wir unseren Betrieb sofort einstellen.«

»Ja«, sagte er und schenkte sich Kaffee ein. »Mit der Zeit wird sie Zutrauen fassen, und dann wird sich alles einspielen.«

»Da wär ich mir nicht so sicher. Vielleicht braucht sie ärztliche Hilfe. Du bist damit überfordert. Hat sie dir Näheres über ihre Probleme gesagt?«

»Nein. Wenn sie von sich aus redet, ist das in Ordnung. Ich will sie aber nicht mit Fragen in die Enge treiben.«

»Mein Gott, ich würde dir eine Frau wünschen, die mit beiden Beinen auf dem Boden steht – eine fröhliche, anpackende Frau. Eine ohne Probleme! Wie sollst du den Kopf frei haben für unseren Alltag, wenn dich diese Frau täglich runterzieht!«

»Sie zieht mich nicht runter. Sie braucht mich. Vielleicht ist es ja gerade das, was mich so anzieht. Ich kann helfen, fühle mich stark.«

»So ein Unfug. Mich haben schwache Menschen nie angezogen! Eines steht fest: Deine Freundin beansprucht dich dermaßen, dass du nichts mehr auf die Reihe bekommst. Vielleicht suchst du dir besser eine Stelle bei Raiffeisen. Dort hast du geregelte Arbeitszeiten. Und in der Freizeit kannst du dich ausschließlich ihr widmen. Und ich kann dann einpacken. Mach dich an die Arbeiten im Gästehaus. Ich hab schon angefangen. Um zwölf gibt's Essen. Wie immer.«

Ohne Fleiß kein Preis. Geregelte Tagesabläufe. Morgens nach sechs noch im Bett liegen? Wo käme sie da hin. Wie sollte die viele Arbeit geschafft werden!

Die junge Frau hatte eine andere Einstellung. Sie hatte noch im Bett gelegen kurz vor dem Mittagessen. Mit zerflossenen Gesichtszügen lag sie da. Blass. Fast wie tot. Sie sprach sie nicht an. Die drei leeren Weinflaschen vor dem Bett fielen ihr erst beim zweiten Blick auf. Auch das noch. Keine Gläser auf dem Nachttisch – direkt aus der Flasche, das ging schneller. Als sie in die Küche kam, saß Manu auf der Eckbank.

»Deine Freundin schläft. Du weißt, warum. Die Lage ist noch schlimmer, als ich dachte. Hast du mitgetrunken oder hat sie die Flaschen alleine geleert?«

»Du siehst das zu eng, Mama. Lisa steht unter Druck. Und der Wein hat halt eine entspannende Wirkung. Riesling Spätlese, unser bester.« Er lachte.

»Hör auf zu lachen. Mir ist nach Weinen zumute. Wein löst keine Probleme. Du müsstest das wissen. Wenn du es ernst meinst mit dem Mädchen, dann holt euch Hilfe. Ich werde nicht zuschauen, wie hier alles den Bach runtergeht.« Sie nahm die Bratwürste aus der Pfanne und schöpfte Möhren-Kartoffelstampf auf die Teller.

»Das würde sie sowieso nicht essen«, sagte Manu. »Die deftige Küche ist nicht ihr Ding. Da rebelliert ihr Magen. Sie mag Pizza, Nudeln. Oder was vom Chinesen.«

»Wein in Mengen. Und Essen vom Chinesen. Mit Geschmacksverstärkern. Und da rebelliert ihr Magen nicht. Glaubst du, dass ich für sie unsere Essgewohnheiten ändere? Wir sind gut damit gefahren.«

»Du kannst kochen wie immer. Aber ich erwarte mehr Toleranz von dir. Ich geh gleich mal hoch. Heute Nachmittag fahre ich ein bisschen mit ihr rum und zeig ihr die Gegend.«

›Heute Nachmittag fahr ich ein bisschen mit ihr rum und zeig ihr die Gegend‹ ... Seine Worte klangen ihr noch im Ohr. Von einem Tag auf den anderen schien in Manus Kopf ein Schalter umgelegt: von *vernünftig* auf *verrückt*: Zuerst der Einkaufsbummel in Neustadt, dann der Ausflug ins Grüne. Und die Arbeit? Die hatte er vergessen.

Lieber Gott, steh mir bei, hatte sie an jenem Tag beim Geschirrspülen gebetet. Gib mir die Kraft, dass ich das aushalte. Dass ich mich klug verhalte. Und nicht alles noch schlimmer mache. Er sieht nur noch sie und ist taub für meine Einwände. Warum erkennt er nicht, dass dieses

Mädchen ein hoffnungsloser Fall ist? Daraus kann einfach nichts werden. Die Tränen hatte sie sofort abgewischt und sich kerzengerade aufgerichtet. Arbeit ist die beste Medizin. Schlechte Gefühle verschwinden von selbst, wenn man aktiv ist und nicht in sich hineinhorcht.

Bis gegen Abend hatte sie draußen gearbeitet. Die vielen Terrakotta-Gefäße waren gewienert und quollen nun über von rosa-weißen Blumenarrangements.

»Sieht schön aus«, sagte eine Stimme hinter ihr. Ihr Nachbar Werner. Er hatte sein Rad wohl ans Hoftor gelehnt und war die letzten Schritte gelaufen.

»Immer am Schaffen, Irmi. Solltest mal 'ne Pause machen. Dem Manu fällt das nicht so schwer. Hab ihn gestern in der Fußgängerzone gesehen mit einer Frau. Eng umschlungen. Ist das seine neue Freundin?«

»Scheint so«, sagte sie. »Er hat sie erst vor Kurzem kennengelernt. Nette Frau.«

»Findest du? Mir gefällt sie gar nicht. Ein Hungerhaken. Sieht komisch aus. Irgendwie krank.«

»Dir muss sie auch nicht gefallen, Werner. Sie ist ja Manus Freundin.«

»Ich mein ja nur. Sie passt nicht zu Manu. Der ist doch ein ganzer Kerl. Und sie passt auch nicht hierher.«

»Das wird sich noch rausstellen, Werner. Kommt Zeit, kommt Rat. Manus Angelegenheit! Ich halt mich da raus.«

»Ja. Besser so. Die Jungen lassen sich sowieso nicht reinreden. Auch wenn wir Alten recht haben. Muss wieder heim. Mach's gut.«

»Erinnerst du Maria und deine Mutter an die Kuchen und Torten fürs Frühlingsfest?«

»Sind schon am Backen.«

Sie wollte gerade vom Hoftor aus ihr Werk überprüfen, als der blaue Kombi um die Ecke bog.

»Na, fertig mit der Arbeit?«, fragte Manu durch die Fensteröffnung des Autos. »Wir sind nach Landau gefahren. Lisa gefällt die Gegend. Sind unterwegs eingekehrt. Jetzt ist sie erschöpft. Sie geht gleich nach oben.«

Sie hatte die Hände zu Fäusten geballt. Sie fuhren herum – und hier gab es Arbeit bis zum Abwinken. Sie gingen essen – und bei ihr gab es gute Hausmannskost. Und nun war die Dame erschöpft. Vom Nichtstun. Sie spürte, wie ein Zittern durch ihren Körper lief. Nein. Sie ließ sich nicht provozieren. Und auch nicht demütigen. Und unterkriegen ließ sie sich schon gar nicht. Herr, hilf. Lass es vorbeigehen.

Manu war an jenem Abend nicht mehr auf der Bildfläche erschienen. Sie hörte nur ein Klirren im Flur. Weinflaschen, die aneinanderschlugen. Ihre Ermahnungen waren ihm egal. Sie setzte sich mit Wurstbroten und einem Glas Spätburgunder ins Wohnzimmer und schaute die Landesschau. Dann rief sie den Chef vom *Terzett Mundart* an. Sympathischer Mann in Manus Alter, stammte aus der Pfalz, wohnte in Mannheim. Ihre Kunden liebten ihn. Mundart und Musik, das kam gut an. Wenn die Gäste ein paar Gläschen getrunken hatten, sangen sie mit. Natürlich würde das *Terzett Mundart* kommen. Der Termin war längst gebongt. Wenigstens das war geregelt.

*

Am nächsten Tag hatte sie reinen Tisch gemacht: »Manu, dein Verhalten ist eine Zumutung«, hatte sie ihrem verkaterten Sohn gesagt, als er gegen Mittag in der Küche erschien. »Ich mach das nicht länger mit. Am Sonntag ist unser Frühlingsfest. Und ich wühle von morgens bis abends – mutterseelenallein. Entweder du nimmst Vernunft an und arbeitest wie gewohnt, oder ihr zieht aus. Und zwar sofort.« Ihr Ton und ihr Blick – er hatte verstanden.

»Was liegt an?«, hatte er kleinlaut gefragt.

»Tische und Stühle für achtzig Personen. Wir feiern in der alten Wagenremise. Es ist Regen gemeldet.« Es dauerte keine fünf Minuten, da hörte sie ihn schon rumoren.

Auch Lisa hatte sie ins Gebet genommen. »Lisa, Urlaub auf dem Winzerhof gibt's nicht für dich. Manu und ich arbeiten hart, um den Betrieb in Schuss zu halten. Du musst auch mit anpacken. Wir können gleich ans Eindecken der Tische gehen.«

»Ich bin an diese Arbeiten nicht gewöhnt. Ich habe zwei linke Hände.«

»Du wirst es lernen. *Wo ein Wille ist, ist auch ein Weg.*«

Bei ihr war Hopfen und Malz verloren. Sie hatte keinen Willen. Schon das Auflegen der Tischdecken war ein Drama. Und mit dem Falten der Papierservietten kam sie gar nicht klar.

»So ein Aufwand. Und das Ganze achtzig Mal? Warum legst du die Servietten nicht einfach hin?«

»Das ist halt der kleine Unterschied. Die Mühe lohnt sich. Die Tische sehen gleich dekorativer aus.«

Nach der dritten Serviette gab sie auf. »Da hab ich keinen Bock drauf. Macht mich total nervös. Ich geh mal raus eine rauchen.«

»Bitte falt erst die Servietten. Nicht gleich die Flinte ins Korn werfen!«

»Mir auch noch Befehle geben! So weit kommt's noch.« Ihre Augen funkelten. Und kurz darauf fuhr sie mit dem Kombi los.

»Das gibt's doch nicht!«, schrie Manu. »Sie nimmt das Auto und hat keinen Führerschein!«

Nach zwei Stunden dann der Anruf von Herbert. Sie hätten da eine Frau auf der Wache. Ladendiebstahl, Fahren ohne Fahrerlaubnis. Außerdem alkoholisiert. Angeblich Manus Verlobte. Das stimmte wirklich? Herbert hatte ihr nicht glauben wollen. »Da kann ich dich nur bedauern, Irmgard. Was ist mit Manu los? Ein Kerl wie ein Bär, kann nicht laufen vor Kraft und sucht sich so eine? Typ Junkie. Nicht koscher. Konnte sich nicht mal ausweisen. Hat ihren Personalausweis verloren, sagt sie. Wenn sie die ist, für die sie sich ausgibt, dann habt ihr ein Problem. Wir gehen der Sache nach. Ich darf dir das eigentlich nicht sagen, Irmgard, aber ich will nicht, dass bei euch was außer Kontrolle gerät. Kenne euch doch schon seit Ewigkeiten. Weiß doch, ihr seid anständige Leute.«

»Danke, Herbert. Dass was nicht stimmt mit ihr, weiß ich von Anfang an. Ich seh, wie sie sich verhält – das reicht. Ich mach mir nur Sorgen um Manu. Der ist wie ausgewechselt.«

»Naja, es wird sich alles regeln. So oder so. Erst mal geht alles seinen Gang, Gerichtsverhandlung und so weiter. Sag Manu, er soll herkommen und das Auto und die Frau abholen. Am Auto ist nicht viel passiert. Scheinwerfer vorne rechts, Stoßstange, kleiner Blechschaden. Ja, und ein beschädigter Blumenkübel und ein Laternenmast. Reg dich nicht auf. Das ist Manus Sache.«

Er hatte gut reden. Mitgefangen, mitgehangen. Auf Manus Toben hatte sie ganz ruhig reagiert: »Verschon mich. Lass deine Wut an ihr aus. Ich hab den Schlamassel nicht verursacht.«

*

Noch eine Weile würde sie sitzen bleiben auf der Gartenbank. Die Sonne tat so gut. Sie strich die Haare aus der Stirn und zog ihre Schuhe und Strümpfe aus. Sie sollte sich wirklich öfter eine Pause gönnen, besonders nach so großen Anstrengungen.

Bis zur Erschöpfung hatte sie gearbeitet für das Frühlingsfest, während Lisa sich aus allem heraushielt. Spanferkel, Haxen und Brot vom Partyservice. Salatbüfett, Nachspeisenbüfett, Kuchen und Torten – alles hausgemacht. Die Gäste kannten es nicht anders von ihr. Und was – für – ein – Fest! Bisweilen hatte sie den Eindruck gehabt, als ob es die freudige, weinselige Zusammenkunft einer weitverzweigten Familie sei. An das, was danach folgte, wollte sie lieber nicht mehr denken. Schier umgebracht hatte es sie. Hör auf zu grübeln, sagte sie sich, sei zufrieden, es hat alles perfekt geklappt. Gute Planung, konsequente Durchführung, starke Nerven. Genau das braucht man, um seine Ziele zu erreichen. Ich hab sie erreicht. Ich hab die richtigen Weichen gestellt. Und das Ganze ist wasserdicht. Jetzt kann ich mich zurücklehnen und durchatmen.

Den Erfolg des Frühlingsfests hatten sie am nächsten Abend gefeiert. Die Arbeit war getan, und Lisa war auf einmal mit von der Partie. In kurzer Zeit hatte sie zwei Flaschen Riesling Spätlese geleert und war schon bei der dritten.

»Wirklich toll, wie das gelaufen ist«, lallte sie, obwohl sie auf dem Fest nicht zu sehen gewesen war. »Aber anstrengend war's. Deshalb fahre ich auch nicht mit nach Norddeutschland. Kundenbesuche. Kann mir vorstellen, wie das läuft. Puh! Nichts für mich. Muss mich ausruhen. Bist du mir böse, Liebling?«

Er schien fast erleichtert. »Nein, ist o.k. Bin ein paar Tage auf Tour. Die Zeit wird dir hoffentlich nicht lang.« Ihren Einwand ‚mir wär es sehr recht, wenn Lisa mitfahren würde. Ich brauche auch Erholung. Ich bin ziemlich fertig', überhörte er einfach.

»Ich will aber nicht mitfahren, ich bin müde«, hatte sie gequengelt. »Und außerdem habe ich schlechte Erinnerungen an Norddeutschland. Die Menschen dort waren nicht gut zu mir.«

»Dich zwingt ja keiner, du kannst hierbleiben«, sagte Manu. »Ich hab's dir doch gerade gesagt.«

*

Eigentlich war Manu an allem schuld gewesen. Hatte Lisa in Neustadt gelassen. Das hatte er nun davon. Sie hatte ihn in aller Herrgottsfrühe auf dem Hof verabschiedet, während Lisa noch in den Federn lag.

»Führe mich, o Herr, und leite
meinen Gang nach deinem Wort;
sei und bleibe du auch heute
mein Beschützer und mein Hort.
Nirgends als von dir allein
kann ich recht bewahret sein«,

sang sie beim Aufbrühen des Kaffees. Stark sollte er sein, damit sie in Schwung kam für die Arbeit an den Hochbeeten. Sie schaute auf den Abreißkalender an der Wand:

Fahr zu, o Mensch!
Treib's auf die Spitze,
vom Dampfschiff
bis zum Schiff der Luft!
Flieg mit dem Aar,
flieg mit dem Blitze!
Kommst weiter nicht
als bis zur Gruft.

Was ein Aar war, wusste sie nicht, den Spruch hatte sie jedoch verstanden. Egal, was der Mensch unternahm, wie hoch er sich auch erhob im Leben, am Ende landete er im Grab. Justinus Kerner hatte es auf den Punkt gebracht.

»*Kommst weiter nicht als bis zur Gruft*«, murmelte sie auf dem Weg zum Bauerngarten. Höhenflüge brauchte sie nicht. Arbeit schon. Wenn Arbeit ihr Lebensziel war, war das in Ordnung. Jeden Tag ein Hochbeet. Und dann wäre Manu auch wieder zurück. O weh, sie hatte sich überschätzt, das merkte sie nach ein paar Spatenstichen. Einer Anstrengung sollte nicht gleich die nächste folgen. Schon gar nicht in ihrem Alter. Doch sie hatte es sich in den Kopf gesetzt, und nun zog sie es auch durch. Stunde für Stunde. »Sehen aus wie Grabhügel«, hatte Manu gesagt. Wirklich. Damit hatte er den Nagel auf den Kopf getroffen. *Kommst weiter nicht als bis zur Gruft, kommst weiter nicht als bis zur*

Gruft, ging es ihr wie ein Mühlrad im Kopf herum. Sie stützte die übereinandergelegten Hände auf den Griff des Spatens und atmete tief durch. Einfach langsamer arbeiten. Es trieb sie ja niemand an. Und einfach weniger Material auf den Spaten nehmen. Damit wurde es leichter für sie. Zigarettengeruch wehte plötzlich durch den Garten. Lisa. Sie sah ihr von der alten Bank aus zu.

»Was soll denn das werden, wenn's fertig ist? – Ein Hochbeet? So eine Plackerei für ein paar Pflanzen? So viel Aufwand für nichts?« Sie schüttelte den Kopf.

»*Wer da kärglich sät, der wird auch kärglich ernten; und wer da sät im Segen, der wird auch ernten im Segen*. Heute heißt das: Von nichts kommt nichts. Die Hochbeete müssen jetzt vorbereitet werden. Sonst kann ich sie nach den Eisheiligen nicht bepflanzen. Auf das erste Beet kommen nur Hokkaidos. Die brauch ich für meine Spezialitäten.«

»Selbst schuld, wenn du dir das alles aufládst. Ich kann das nicht mit ansehen. Mir wird ganz anders dabei. Ich geh dann lieber mal rein und guck ein bisschen fern.«

»*Sich regen bringt Segen!* Um zwölf gibt's Essen!«, rief sie ihr nach.

»Mach Spaghetti mit Tomatensoße. Und bloß keinen Salat.«

Spaghetti waren nichts für sie. Sie machte Bratkartoffeln und schnitt sich Scheiben von einer Schweinshaxe herunter. Dazu aß sie Rohkostsalate. Alles Reste vom Frühlingsfest, die nicht verderben durften.

»Wundere mich, welche Mengen du isst«, sagte Lisa. »Ich würde keinen einzigen Bissen davon runterkriegen.«

»Arbeite mal stundenlang mit der Schaufel – dann weißt du, warum. Wie wär's, wollen wir heute Abend einen trinken?«

»O.k. Wenn's Riesling Spätlese gibt! Jetzt geh ich raus eine rauchen. Und dann geh ich ins Bett. Bin müde. Draußen ist's mir heute zu frisch.«

»Und ich geh wieder in den Garten. Bin gut vorangekommen, deshalb hör ich auch nicht zu spät auf.«

Drückeberger und Faulenzer konnten sie nicht gebrauchen. Diese Frau war beides zugleich. Keine Selbstachtung, kein Schamgefühl. Nistete sich bei fremden Menschen ein und hielt die Hand auf. Verlangte alles und gab nichts. Verursachte Scherereien mit der Polizei.

Wenn nicht sofort etwas geschah, würde es so weitergehen bis zum Sankt Nimmerleinstag. Wie ein babbisches Gutsel klebte sie an Manu, wie ein Vampir saugte sie ihn aus und ließ ihn alles um sich herum vergessen: Arbeit, Verpflichtungen, ihre mühsam aufgebaute Existenz. Loswerden würde er sie nie. Er war zu gutmütig, zu schwach.

Erdreich und Äste waren abgetragen und seitlich gelagert. Sie zog das Drahtgeflecht weg. Es war noch in Ordnung. Jetzt erst begann die Knochenarbeit. *»Kommst weiter nicht als bis zur Gruft«*, flüsterte sie. Zufall oder Fügung? Dieser Satz auf dem Abreißkalender war der zündende Funke gewesen: Die Hochbeete, die Grabhügel! Das war die Lösung. *»Und wenn die Welt voll Teufel wär und wollt uns gar verschlingen, so fürchten wir uns nicht so sehr, es soll uns doch gelingen«*, sang sie. Es würde ihr gelingen. Sie ließ sich nicht mehr aufhalten. Sie stach mit dem Spaten in die verdichtete Erde. Gottlob. Der Boden war nicht so hart, wie sie befürchtet hatte. Trotzdem eine Schinderei. Der Aushub einer Grube, reine Männersache. Nachbar Werner hatte recht. Diese Person passte nicht hierher. Sie hatte Unordnung in eine heile Welt gebracht. Aber sie war dabei, Abhilfe zu schaffen. Schwer atmend blickte sie um sich. Bloß kein Besucher jetzt, der dumme Fragen stellte. »Eine Grube unterm Hochbeet? Was hast du vor, Irmi?« Damit wäre alles verloren. Ein Meter Tiefe, das musste genügen. Sie war am Rande ihrer Kräfte angekommen und spürte ein Ziehen in der Herzgegend. Noch ein paar Minuten graben – und sie würde in die Grube fallen. Sie deckte das Loch mit einer

Plane ab und legte zwei Planken darüber. Dann ging sie ins Haus, um zu duschen.

Was war das? Auf dem Weg zur Küche schallte ihr ein merkwürdiges Gestammel entgegen:

a-a-a-a-a-a-ab … Das Radio.

»Genialer Song«, sagte Lisa. »Gewinner beim ESC. Gibt's nur auf Englisch. Kann kein Englisch. Aber jetzt weiß ich, was er bedeutet:

Euphorie, Euphorie …
Wir steigen a-a-a-a-a-a-auf …
Heute Nacht, heute Nacht ist die Ewigkeit eine offene Tür …
Nein, höre bloß nicht auf, Dinge zu tun, die du tust …«

So ein Schwachsinn! *a-a-a-a-a-a-auf …* Ein Aufstieg würde es nicht werden. Es ging abwärts. *Heute Nacht, heute Nacht ist die Ewigkeit eine offene Tür*. Nacht und Ewigkeit. Ja. Das traf ins Schwarze.

»Ich dachte schon, du legst eine Nachtschicht ein«, sagte Lisa. »Ich hab Brot gegessen. Hatte Hunger. Ich mach mal einen Wein auf.«

»Hier ist dein Riesling Spätlese. Und ich trink heute Schwarzriesling. Beide richtig temperiert. Hol die guten Gläser aus dem Wohnzimmerschrank.«

»Gibt's was zu feiern?«, fragte sie und zupfte an ihrem Flatterschal.

»Ja. Das erste Hochbeet ist fast fertig, Grund genug.«

»Also, dann Prost!«

Sie hatte den Wein hinuntergekippt wie Wasser. Eine Flasche geleert, noch eine und noch eine. Bei der dritten Flasche war es aus ihr herausgesprudelt:

»Wenn Manu zurück ist, f-f-fliegen wir in die Sonne. Im Mai. Hat er versprochen. Last minute. Günstig. War – war noch nie im Süden. Mir ist al-les recht. Weit weg … Land gewinnen … Hick. Jah-re-lang kein Urlaub. Der Arme. Nicht normal. Immer nur Arbeit. Hält k-k-kein-er aus. Tschuldigung.« Die Flasche war ihr aus der Hand geglitten und hatte das Glas zerschlagen.

Das schöne alte Glas. Ein Erbstück von ihrer Mutter. »Halb so schlimm. Ich hol dir ein Wasserglas.« Sie hatte es wieder randvoll geschenkt.

»Prost! Im Herbst hei-ra-ten. Hei-ra-ten wir. Soll d-d-dir nichts sagen. Geheim. Pssst! Prost! Und Kinder. Fa-mi-lie. Vie-le Kin-der. Prost!«– Hochzeit – Kinder. Aus dem Mund einer Säuferin klang das bedrohlich. »Na, das sind ja schöne Nachrichten. Darauf müssen wir trinken! Prost!« Sie nippte an ihrem Glas, während Lisa ihres in einem Zug leerte.

»I-ich …«, hatte sie angesetzt und war dann plötzlich wie ein Sack auf den Boden gekippt.

Der Rest war eine Sache von Minuten gewesen. Sie hatte den Flatterschal über ihrer Kehle gekreuzt und dann aus Leibeskräften zugezogen. Sicher ist sicher. Kein Aufbäumen, kein Würgelaut. Sie war in sich zusammengesackt, als hätte sie keine Knochen. Wie leicht sie war. Nicht mal fünfzig Kilo, ein Hungerhaken eben. Saubere Sache. Kein Blut. Schubkarre, Gummistiefel, Garten, Plane und Planken von der Grube und schon war es geschehen. Reise, Hochzeit, Kinder – dazu würde es nicht kommen. Das Befüllen den Lochs war rasch geschehen. Die Erleichterung beflügelte sie und verlieh ihr neue Kräfte. Sorgfältig hatte sie den Grund festgestampft und in letzter Sekunde daran gedacht, das Drahtgeflecht gegen Wühlmäuse aufzulegen. Beim Aufschichten der Zweige und der Erde überfiel sie erneut diese bleierne Müdigkeit. Aber so nahe am Ziel aufgeben? Das gab es nicht.

In den folgenden Tagen hatte sie ihre Habseligkeiten verschwinden lassen. Wozu gab es öffentliche Papierkörbe und Container für Kleider und Schuhe?

Sie war doch glatt eingeschlafen auf der Gartenbank. Die Sonne, die Wärme. Sie zog Strümpfe und Schuhe an. Zeit, ins Haus zu gehen. Vor der Landesschau konnte sie gerade noch Manus Wohnung putzen und die Betten frisch beziehen.

»Manu«, würde sie bei seiner Rückkehr sagen, »komm, setz dich mal her zu mir. Ich hab eine traurige Nachricht für dich. Lisa ist weg. Sie hat alle Klamotten mitgenommen und vierhundert Euro aus meinem Geldbeutel.«

Ruhe und Frieden würden wieder bei ihnen einkehren. Und die Kürbisse würden dieses Jahr so gut wachsen wie noch nie. »Kürbis süß-sauer, einfach genial«, würde er im Spätjahr zu ihr sagen.

Daniela Maria Ziegler

»Isch bring enn umm ...!«

»Ball hodder misch so weit gebrocht! Ball isser reif! Dann bring isch enn umm!«, schennt der Grafiker unn knallt die Fenschdere zu. »Do kann ma sisch joo net konzendriere, bei dem Krach! Mescht wisse, wie isch denn Termin schaffe soll, wenn ma nie sei Ruh hot«, schennt er weider, klappt sei Nootbuck zu, schnappt sisch sein Schtaubsauger und saugt zornisch sei Wohnung dursch.

Unn die alt Fraa ausm Erdgschoss schiddlt blooß de Kopf, macht schdill ihr Fenschdere zu unn denkt: »Hot ma blooß noch die paar Johr, hodd aa sei Duur mit de Schmerze in de Gelenge unn dann noch des! Na ja, 's werd aa rumgehe ... wie alles ... awwer schaad isses um des bissl Zeit, was eim noch bleibt ...!« Unn laud sagt sie zu ihrm Goldfisch im Glas: »Ma kenntn graad nemme unn in der Luft verropfe, gell Fridolin?« Unn der Fridolin gibt erre nadierlisch rescht.

»Wääääääh! Rabääääääh«, schallts ausm erschde Schtock. Der kläāne Maxl is uffgewacht. Graad war er so schää eigschloofe. Die jung Muddi, sowieso mit de Nerve ferdisch, weil ihrn Klääner graad am Zahne is unn immer knängert, schimpft leis vor sisch hie: »Hädd er jetz net noch wadde kenne mitm Rasemähe. Kann mas net emol ä bissl wachse losse? Warum bedoniert er de Rase net ääfach zu?« Unn lauder ruft sie: »Jaa, Schätzele, isch kumm! Glei bin isch bei der!« Unn denke duut sie: »Dem Kerl gheert die Krutz abgedriggt mit seiner Krachmacherei!«

Unn die Docktorandin vumm dritte Schtock denkt sisch: »Jetz langt ma's. Jetz kriggter endlisch mol en Brief vunn mir. Des derf doch net wohr sei, dass en änzelner Mann die ganz Nachbarschafd tyrannisiert!« Unn schickt sisch åå, än schäner Brief zu schreiwe, mit erre Kopie fers Umweltamt. Soo! Äätschlbäätschl! Des hot er jetz davuu! »Gift gewwe kennt ma'm. Dann wär Ruh!«, knurrt sie vor sisch hie, während sie voller Elan mitm Schreiwe åfängt.

Der Nachber ahnt vunn alledem nix. Der schdeht uffm Schtandpunkt: Isch lärme, also bin isch. Wenn er sieht, dass sisch die dååmliche Grääslin vor seim Haus getraud hawwe, ihr Schpitze widder mehr als zwee Zentimeeder ausm Boode zu schtrecke, schteht er mit seim Rasemäher schunn parad. Dess is n Benziener, wohlgemergt. Denn schdellt er schunn unne in der Garasch å, damit alle wisse, dasses jetz de Grääslin an de Kraage geht, unn fährt im Kreschendo allmählisch die Schrääg nuff! Unn wenn er owwe sein Kumbl vunn iwwer der Schtrooß trifft, bringt ers ferdisch unn quadschd mit'm, solangs em Schbass machd. Derweil läfft awwer sei Huddl als weider ... Dass des deires Benzin koschd, issem egal. Er hots scheints! Ob gege den Kerl ä Kraud gewachse is? Mol sehe ...

An emme newlische Morge, frieh um viere kummt der Zeidungsträäger vunn neewedråå ausm Haus ... guckt niwwer in de Vorgarde ... dort wächst kää Graas mehr ... alles is ratzekahl abgemäht ... er guckt noch emol unn noch emol, weil doo was liggt, was sunschd net doo liegt ... lang ausgschdreckt, mit glaasische Aage ... der Nachber, wo sein ledschder Schnaufer gedåå hot ... schdranguliert mit seim eigene Åålosser-Kaawl ...

Unner uns: Isch bin sischer, dass doo kääner was weeß und kääner was gheert unn gsehe hot, wenn der Kommissar kummt unn froogt .... Der Grafiker net, die jung Muddi unn ihrn Maxl aa net, net die alt Fraa ausm Erdgschoss unn aa net die Docktorandin ... Do kenne Sie Gift druff nemme ...!

Jochen Mast

Mann im Ohr

Der Garten war von einer rötlichen Mauer umgeben. Die Steine hatten alle unterschiedliche Farben und Größen und sahen wie Trümmersteine aus, die nach dem Krieg aus zerstörten Häusern zusammengesucht und zu einer Mauer aufgeschichtet worden waren.

Man sah ihr an, dass die Erbauer mühevoll für jeden Stein den idealen Platz gesucht hatten, sie wirkte dadurch stark und unzerstörbar.

Die Mauer umgab den Garten vollständig und grenzte ihn gegen die Nachbargrundstücke ab. Sie war so hoch, dass man nicht darüberschauen konnte. Keine Tür unterbrach die Mauer, sie schmiegte sich eng an das dreistöckige Mehrfamilienhaus im Lindenhof.

Je nach Stimmung des Betrachters wirkte sie wie ein Schutz oder wie ein Gefängnis, aber der Garten innerhalb der schützenden Mauer war nicht sehr gepflegt.

Die Forsythie in der einen Ecke wucherte ungehemmt, ein lila Fliederbusch stand ihr gegenüber, er war verblüht und einige seiner Ästchen ragten weit in den Himmel hinein als riefen sie um göttliche Hilfe. Der gelbe Ranunkelstrauch wuchs wild und bedrängte die Schaukel, von der die Farbe abblätterte.

Die Rasenfläche war gemäht, aber sehr schlampig, wie er fand. An den Rändern ragten große Grasbüschel heraus, die man mit einem Kantenschneider oder im Notfall auch mit einer Schere hätte korrigieren müssen. In das kleine Beet vor der Rasenfläche waren einige verwelkte Primelchen und Stiefmütterchen eingepflanzt worden, die in seinen Augen in den Bio-Müll gehörten.

Wie konnte man bloß so lieblos mit diesem wunderbaren Garten umgehen? Diese grüne Oase der Erholung, mitten in der Stadt.

Georg Vogel konnte es einfach nicht begreifen, es trieb ihm die Zornesröte ins Gesicht, sogar Tränen in die Augen. Er würde sich ganz anders um dieses Idyll kümmern.

»Barbara, jetzt geh halt mal zum Arzt!«, Peter schüttelte verständnislos den Kopf. Aber dann lächelte er verliebt, er war sehr stolz auf seine schöne Frau.

Sie saß neben ihm auf dem Bank der Essecke aus Kiefernholz, von dort aus konnte man wunderbar in den Garten hinaus sehen.

Der Garten. Sie hatten sich schon immer einen Garten gewünscht, als sie noch im Jungbusch wohnten. Es war auch viel praktischer gewesen, solange sie beide gearbeitet hatten. Doch seit der Geburt der Zwillinge Tobias und Verena war natürlich alles ganz anders geworden, die Kinder hatten ihnen die Augen geöffnet wie wichtig die Nähe zur Natur war.

Barbara und Peter waren sehr dankbar für den Zufall gewesen, dass die Hochzeit von Freunden Tage vor dem feierlichen Ereignis geplatzt war und eine Wohnung im Erdgeschoss mit Gartenbenutzung frei wurde.

Und welch ein Glück, dass der Vermieter von den Zwillingen begeistert war und ihnen die Wohnung gegeben hatte. Und das machte er trotz der langen Liste von Interessenten, die schon ewig auf diese grüne Insel scharf waren und sicherlich auch viel Geld unter der Hand bezahlt hätten.

Doch Herr Gaier war alles andere als ein solcher und das nicht nur wegen der unterschiedlichen Schreibweise, setzte sich mit einem Schulterzucken über all die Vorwürfe einer Ungerechtigkeit hinweg und entschied einfach zu ihren Gunsten.

»Ich bin ein alter Mann und habe keine Kinder und meine liebe Frau ist vor Jahren gestorben. Ich kann mir den Luxus leisten, aus dem Bauch heraus zu entscheiden. Nehmen Sie die Wohnung! Aber … werden Sie glücklich damit. Das ist die Bedingung. Deal sagt man heute, nicht wahr?«

Sein faltiges Gesicht hatte sich zu einem breiten Grinsen verschoben.

Barbara sah ihren Mann mit schiefgelegtem Kopf an. Für eine Sekunde genoss sie die Stille, es war einer jener seltenen Momente, als die fast zweijährigen Zwillinge gleichzeitig schliefen.

»Du hast recht, ich sollte zu einem Arzt gehen. Oder in eines dieser Geschäfte, die Hörgeräte verkaufen. Aber...« und sie sah ihn traurig mit ihren grünen Augen an. »... das ist so unangenehm! Das ist doch eine Rentnersache! Nicht-gut-hören-können.« Eine Träne rollte ihre Wange hinunter.

Peter öffnete den Mund, um sie einmal mehr daran zu erinnern, dass in Deutschland laut einem Artikel, den er gelesen hatte, fünfzehn Millionen Menschen schlecht hörten. Eine Volkskrankheit also. Aber Barbara wusste, was kommen würde und ließ ihn nicht zu Wort kommen.

»Lass gut sein, mein lieber und fürsorglicher Ehemann. Ich habe ja schon Angst, hinauszugehen, weil ich die Autos zu spät höre. Ich kümmere mich nächste Woche darum. Versprochen!« Dann setzte sie sich auf seinen Schoss und küsste ihn innig.

»Wenn die Kids wieder wach sind, gehen wir ein wenig in den Waldpark spazieren, ja? Unser Garten ist ja toll, aber vielleicht treffen wir ja jemanden? Uli und Kirsten vielleicht? Die sind oft am Spielplatz an der Jugendherberge!«

Georg Vogel saß am Fenster und blickte durch den strahlend weißen Vorhang auf die Straße. Hasserfüllt kniff er die Augen zusammen, als er die junge Familie aus dem Haus gehen sah, eine Falte bildete sich auf seiner Stirn.

Sie gehen weg? Warum? Sie haben doch den Garten. Seine Hände öffneten und schlossen sich zwanghaft, als würden sie einen imaginären Hals zudrücken.

Die junge Familie liebte den Garten auf ihre Weise. Peter liebte ihn, weil es für ihn eine willkommene Entspannung von der Arbeit war, die Kinder liebten ihn wegen des Sandkastens, der Schaukel, den vielen Krabbeltieren, den Blumen und weil sie sich einfach fürchterlich dreckig machen konnten. Matschkuchen war das Größte. Und Barbara liebt den Garten, weil sie ihre Familie über alles liebte. Mit den neidischen Nachbarn war es allerdings nicht immer einfach.

All jene, die gerne selbst Herr über den Garten geworden wären, ließen sie deutlich spüren, dass sie hier zu Unrecht wohnten. Spitze Bemerkungen über den schlechten Zustand des Gartens waren noch die harmlosesten Anfeindungen.

Im Haus selbst trafen sie auf keinen spürbaren Widerstand. Über ihnen waren nur kleine Wohnungen, die zumeist von Studenten bewohnt waren, die nie daheim waren. Nur der etwas merkwürdige Herr aus der dritten Etage war kein Student, er verließ das Haus jeden Morgen im Anzug.

Wenn man ihn im Hausgang traf, murmelte er mit gesenkten Augen eine formelle Begrüßung.

Barbara hatte zunächst vermutet, dass er einfach nur schüchtern war und Angst vor Frauen hatte, aber er verhielt sich Peter gegenüber genauso.

Der Mannheimer Morgen kam meist morgens um halb sechs. Da sie draußen keinen Briefkasten hatten, wurde die Zeitung einfach unter der Tür durchgeschoben und sie waren die Einzigen, die eine bekamen.

Barbara stand meist vor sechs Uhr auf, um in Ruhe ins Bad gehen zu können und vielleicht ein paar Minuten für sich zu haben. Auch an diesem Tag öffnete sie leise die Haustür, um die Zwillinge nicht zu wecken, und ging hinaus, nur mit dem rosa Bademantel bekleidet, den sie zu Weihnachten bekommen hatte.

Erschrocken zuckte sie zusammen und zog unwillkürlich den Gürtel etwas enger, als ihr der Nachbar aus dem dritten Stock lächelnd gegenüber stand und die Zeitung in der Hand hielt. Unwillkürlich dachte sie, dass er der Dieb ist, der die Zeitung stiehlt, denn hin und wieder war der

Mannheimer Morgen nicht da, aber die Zustellerin schwor, geliefert zu haben.

Dann schüttelte sie den Kopf. Es konnte einfach nicht sein, dass dieser gut gekleidete und vornehme Herr klaute.

»Darf ich sie Ihnen reichen? Es ist sehr kühl im Hausgang!«

Der kann ja sprechen! dachte Barbara erstaunt. Aber ihr in die Augen sehen, das konnte er nicht.

»Wie bitte? Ich habe Sie nicht verstanden!«

Der Mann im grauen Anzug beugte sich etwas vor und wiederholte laut: »Frau Weber, hier ist Ihre Zeitung! Ich gebe sie Ihnen lieber, es ist sehr kalt im Hausgang!«

Barbara nickte dankbar, nahm die Zeitung und ging hinein. Sie hatte wohl doch etwas laut gesprochen, denn die Zwillinge waren aufgewacht.

Als Peter abends nach Hause kam, küsste er zuerst liebevoll seine Frau, bevor er sich nach den Kindern umsah. »Sie sitzen in der Wanne! Große Buddelei im Garten!«

Da fiel ihr Blick auf ein Kärtchen, das im Flur lag. Neugierig hob sie es auf, las und reichte es dann Peter.

»Kennst du den vielleicht? Georg Vogel. Hörgeräteakustiker bei Wescher in der Meerfeldstraße«, sagte sie laut. Sie sprach sehr laut, so wie die meisten Menschen, die nicht gut hörten. »Ob das der Vogel aus dem dritten Stock ist? So ein Zufall!«

Peter zuckte mit den Schultern und schaute lächelnd ins Bad, aus dem lautes Platschen und fröhliches Kreischen schallte.

»Frag ihn doch mal, ob er dich beraten kann! Wenn wir schon einen Hörgeräteakustiker kennen.«

Nur wenige Tage später wiederholte sich die Zeitungsszene am frühen Morgen. Barbara hatte sich viele Gedanken gemacht, wie sie Herrn Vogel auf die Visitenkarte ansprechen sollte. Klingeln wollte sie nicht, denn sie fand ein zufälliges Treffen besser. Am Ende dachte der komische Vogel sie wollte etwas von ihm. Sie lachte wegen des Wortspiels.

Als er ihr mit der Zeitung in der Hand gegenüber stand, war es dann doch ganz einfach. »Vielen Dank für die Visitenkarte! Und dafür, dass Sie so diskret waren, mein Hörproblem nicht direkt anzusprechen!«

Der Mann blickte verlegen zu Boden und nestelte an seiner schwarz-gelben Krawatte.

»Wenn Sie, wenn Sie …«, stotterte er und rote Flecken erschienen auf seinen Wangen, » … eine diskrete Beratung möchten, also nicht im Geschäft, dann kann ich gerne zu Ihnen kommen oder Sie zu mir.« Barbara strahlte. Darauf hatte sie gehofft.

»Gerne! Vielleicht könnten wir uns bei uns treffen? Nach unserem Urlaub? Wissen Sie, wir fahren auf einen Bauernhof in den Schwarzwald. Ideal für die Kinder.«

Seine Miene verfinsterte sich.

»Urlaub? Sie fahren weg? Warum denn? Sie haben doch den Garten! Kann es etwas Schöneres geben, als im eigenen Garten Urlaub zu machen?«

Er wurde richtig laut und Barbara war etwas irritiert wegen seinem emotionalen Ausbruch. Was ging ihn das an? Aber sie wollte jetzt keinen Streit vom Zaun brechen, denn es war ihr viel zu wichtig, einen Lösungsansatz für ihr Hörproblem gefunden zu haben. »Ich melde mich, wenn wir wieder da sind!«

Vogels Stimme veränderte sich schlagartig vom Aggressiven zum Flehenden. »Darf ich gießen? Und mich ein wenig um den Garten kümmern, bis Sie wieder da sind? Ja?« Seine wässrig blauen Augen strahlen wie die eines kleinen Jungen, der beim Bäcker einen Lutscher bekommen hatte.

»Wenn Sie das machen möchten, sehr gerne. Wir sind ab Samstag für zwei Wochen weg.« Kopfschüttelnd zog sich Barbara in ihre Wohnung zurück wie in einen sicheren Bau.

»Danke!«, rief ihr Vogel hinterher und blieb noch einige Minuten regungslos und in Gedanken versunken im Hausgang stehen. Und malte sich aus, was er alles in dem Garten verändern würde. Er hatte ja jetzt einen Freibrief. Für ganze zwei Wochen.

***

Peter stand im Garten und konnte nicht fassen was er sah. Sie waren gerade aus dem Urlaub gekommen und er erkannte ihren Garten nicht wieder. Die Büsche waren geschnitten, der Rasen akkurat gemäht, die Rasenkanten angepasst, der Sandkasten geputzt und die Schaukel gestrichen.

Ein klein wenig zornig rief er zu seiner Frau, die auf dem Balkon stand: »Barbara! War er das? Während wir in Urlaub waren? So hatte ich mir das »Gießen« nicht vorgestellt!«

***

Sie klingelte und er öffnete sofort. Als hätte er hinter der Tür gewartet. »Hallo, Frau Weber! Kommen Sie doch herein!«

Es klang auswendig gelernt. Dann sah sie sich um. Möbel im Stil der 70er Jahre, alles sehr bunt, Orange war die Hauptfarbe.

Er bat sie, sich zu setzen. Ein kugeliger Sessel, hart und unbequem. Grün. Über dem Tisch baumelte eine Lampe mit Bommeln, natürlich in Orange. Auf dem Tisch lag ein kleiner Karton mit einem kleinen beigen Gerät sorgfältig eingebettet in einem Schaumstoffkissen. Ein Hörgerät.

»Ein Im-Ohr-Gerät. Digital. Sechzig Dezibel Verstärkung. Probieren Sie es für ein paar Tage. Nein, solange Sie wollen«, fügte er hinzu und strahlte begeistert, bevor er hoffnungsvoll fragte: »Darf ich heute den Rasen mähen?«

***

Barbara war sehr glücklich mit dem Gerät. Es war wie das Eintauchen in eine neue Welt! Nein, wie in die alte Welt, die sie kannte, zu der sie aber den Zugang verloren hatte. Sie konnte hören! Alles! Wie früher!

Autos und Straßenbahnen stellten keine Gefahr mehr dar. Sie konnte sich darauf verlassen, die Kinder im Garten zu hören. Sie musste nicht mehr alle paar Minuten auf den kleinen Balkon gehen, um zu sehen, dass mit den Zwillingen alles in Ordnung war.

Aber Barbara begann jetzt auch, ihren Mann Peter mit anderen Augen zu sehen. Hatte er sie nicht immer belächelt, weil sie nicht hören konnte? Hatte er sie nicht von den Kindern ferngehalten, weil er besser mit ihnen sprechen konnte? Er hatte sie vor Freunden und ihren Eltern lächerlich gemacht und gemeint, sie würde es nicht mitbekommen.

Manchmal wunderte sie sich, woher diese Gedanken kamen, denn sie hatte früher nicht so gedacht. Hatte sie es schon immer bemerkt und es wurde ihr jetzt erst bewusst? Barbara konnte nachts nicht schlafen, sie schwankte zwischen den Glücksgefühlen, die Welt wieder mit allen Sinnen zu erleben, und den Zweifeln an ihrem Mann. Sie musste den Konflikt lösen. Sie wollte nicht mit Peter darüber sprechen, denn viel Vertrauen hatte sie bereits verloren.

***

Vogel saß an seinem Küchentisch, eine starke Lampe strahlte auf das silbern glänzende Hörgerät, das auf einer Gummimatte vor ihm auf dem Tisch lag. Seine Zunge war zwischen die Zähne geklemmt während er konzentriert das Gerät wieder zusammenbaute. Mit dem neuen Baustein, der es ihm erlauben würde, zu ihr zu sprechen. Morgen würde er ihr das neue Gerät bringen.

Es war nicht leicht gewesen, an flüssige, transmerdale Psychopharmaka heranzukommen, die er in das erste Hörgerät eingebaut hatte und die nun über eine Membran in ihren Körper diffundierte. Er hatte ihr so eine neue Wahrnehmung aufgebaut, die er jetzt aktiv nutzen würde. Sein Blick fiel auf die Uhr, erschrocken sprang er auf. Der Rasen musste noch gemäht werden! Er hat es erst gestern getan, aber heute wollte Vogel unbedingt den neuen, teuren Rasenmäher testen und zwar bevor der Mann heim kam. Der sah ihn schon ganz komisch an. Ob er etwas gemerkt hatte?

***

Blaulicht tanzt über den Wendekreis am Ende der Rheindammstraße. Barbara verschwand im Krankenwagen, begleitet von zwei kräftigen Pflegern. Die weiße Jacke umschloss eng ihre Arme. Nachbarn standen beieinander und tuschelten: »Sie hat ihren Mann erstochen! Können Sie sich das vorstellen? Das war so eine glückliche Familie! Wer hätte das gedacht? Die armen Kinder! Die Großeltern haben sie schon abgeholt!«

Vogel lehnte auf dem Fensterbrett, er hatte ein gelbes Kissen darauf gelegt. Das Blaulicht spiegelte sich in seinen Brillengläsern. Er lächelte und schloss das Fenster. Das Beet musste noch umgegraben werden, die toten Pflanzen mussten weg! Und die beiden Hörgeräte würde er dann dort auch beerdigen. Und morgen würde er mit Herrn Gaier wegen des Gartens sprechen.

Kerstin Lange

Marie im Glück

Ich hatte großes Glück. Das sagten alle. Dass ich meinen Exfreund losgeworden war. Dass ich so schnell eine neue Wohnung gefunden hatte, ohne Makler, bezahlbar, mitten in der Speyerer Altstadt und mit Blick auf den Dom. Nur zwanzig Minuten Fahrzeit bis zu meiner Arbeitsstelle. Mit Stellplatz vor dem Haus und Gartennutzung. Ein Idyll. Der Vermieter, ein ruhiger, besonnener Rentner, Herr Werner Bergmeister, hatte sein Haus vor einem halben Jahr renoviert und das Erdgeschoss in zwei Appartments zwecks Vermietung verwandelt. »Ich freu mich über junge Menschen um mich herum«, kommentierte er meine Unterschrift unter dem Mietvertrag.

Mein Nachbar, Georg W. Schickedanz, begrüßte mich ebenso herzlich und stellte sich als Versicherungsmakler vor. Er bot mir an, wenn ich mal Fragen hätte, stände er mir immer zur Verfügung. Das neue Auto versicherte ich bei ihm. Es schien eine gute Idee, den Fachmann direkt im Haus zu haben. Marie im Glück, dachte ich. Besser als ein Sechser im Lotto. Eigentlich.

Im Nachhinein entpuppte sich Herr Schickedanz als nicht ganz so netter Mensch. Er trennte weder seinen Müll ordentlich, noch nahm er mit der Lautstärke seiner Musik Rücksicht auf Herrn Bergmeister und mich. Was mich jedoch wirklich ärgerte, waren sein Auto und sein Parkverhalten.

Georg W. Schickedanz fuhr einen Geländewagen. Ein sehr großes, sehr hohes und vor allem sehr breites Auto. Macht ja Sinn bei einer Wohnung mitten in der Stadt, dachte ich jedes Mal, wenn ich ihn durch die schmalen Straßen der Speyerer Altstadt fahren sah. Leider befand sich mein Parkplatz direkt neben seinem. Wenn ich spät abends nach Hause kam, war Georg W. Schickedanz bereits daheim und sein fahrbares Wohnzimmer thronte auf dem Stellplatz. Wie immer zu weit links. Die übriggebliebene Lücke, begrenzt zwischen einer Hecke und dem SUV, war gerade so groß, dass mein Kleinwagen ohne viel Platz rechts und links hineinpasste. Jeden Abend beobachtete Georg W. Schickedanz, wie ich hochkonzentriert mein Fahrzeug millimetergenau in die Lücke setzte. Er applaudierte und sah schamlos zu, wie ich mich aus dem Auto zwängte und dabei der Rock meines Kostüms Stückchen für Stückchen höherrutschte.

Ein Gespräch mit ihm blieb erfolglos. »Sie können ja richtig gut parken, für eine Frau. Bewundernswert.« Er lächelte süffisant, scannte mich von oben bis unten, und sein Blick ruhte auf meinem Dekolleté, während sich in seinen Mundwinkeln Speichel bildete. Ich war so wütend, dass mir keine Erwiderung einfiel. Meine Stimme klang schrill, als ich: »Sie ... Das ist doch ...«, hervorbrachte. Mehr fiel mir angesichts seiner Dreistigkeit nicht ein und zu meinem Schreck stellte ich fest, dass sich Tränen der Wut in meinen Augen sammelten.

Das Gespräch mit dem Vermieter verlief erfreulich bei einem Glas Wein, allerdings ohne Ergebnis.

Wie viele Mordvarianten sich in Millisekunden finden ließen, war mir bis zu dem Zeitpunkt nicht bewusst. Ich plante, ihn umzubringen. Langsam und qualvoll. Ihn zu fesseln und zu zwingen, zuzuschauen, wie ich mit einem Vorschlaghammer auf sein geliebtes Auto einschlug. Danach vergiftete, erstach und erwürgte ich ihn. Diese Gedankenspiele halfen, mit der Situation umzugehen, sie erträglich zu machen. Ändern tat sich nichts.

Der Versuch, woanders zu parken, schlug fehl, da in der Innenstadt beinah überall gebaut wurde. Und wofür zahlte ich schließlich jeden Monat Miete! Es blieb mir gar nichts anderes übrig, als Abend für Abend diese Herausforderung anzunehmen. Den Impuls, sein geliebtes Fahrzeug zu touchieren, verwarf ich aus Angst vor Blessuren an meinem Wagen und vor einem Hochstufen der Versicherung.

Irritierend fand ich, dass niemand in der Nachbarschaft schlecht über Georg W. Schickedanz sprach. Nach und nach erfuhr ich, dass er sehr umtriebig im Verkaufen seiner Policen war. Beinah jeder war Kunde bei ihm. Er überprüfte auch Herrn Bergmeisters Verträge und unterbot die bestehenden Policen. Herauskam eine Ersparnis von mehreren hundert Euro im Jahr. Verständlich, dass unser Vermieter hochzufrieden war und die Parkplatzsituation, das falsche Mülltrennen sowie die laute Musik klaglos hinnahm.

Bis zu diesem Tag im Mai.

Es fing ganz harmlos an. Ein dunkler Fleck breitete sich auf meiner Schlafzimmerdecke aus. Ich informierte Herrn Bergmeister und wir standen beide ratlos mit in den Nacken gelegten Köpfen und rätselten, was die Ursache sein könnte. Der Vermieter bestellte einen Experten, der ebenso unschlüssig war. Der Fleck veränderte sich nicht, der Handwerker fand nichts und murmelte von heftigem Regen und eventuell einer undichten Stelle am Balkon eine Etage höher. Um die Ursache genau zu ermitteln, käme er demnächst, es sei ja nicht so dringend. In der Wohnung von Herrn Georg W. Schickedanz schien alles in Ordnung. Seltsamerweise kam er nicht einmal hinzu, um sich den Schaden anzuschauen. Mir war es egal, denn er war der letzte Mensch, den ich in meinem Schlafzimmer sehen wollte.

In den frühen Morgenstunden der darauffolgenden Nacht löste sich ein großes Stück meiner Schlafzimmerdecke. Ein Brocken traf mein Bett und streifte um Haaresbreite meinen Kopf.

Herr Bergmeister benahm sich sehr zuvorkommend, ein wahrer Schatz. Während er mich beruhigte, rief er erneut den Handwerker, der umgehend kam.

»Wasser geht seinen eigenen Weg«, murmelte der Klempner mit wichtiger Miene und suchte kopfschüttelnd die durchlässige Stelle. Nach Stunden fand er sie: ein undichtes Rohr im Badezimmer des Hausbesitzers. Zwischendurch ließ sich auch Herr Schickedanz kurz blicken, versicherte: »Alles kein Problem, wozu haben Sie die Versicherung im Haus«, und verschwand wieder.

Der Handwerker arbeitete schnell und sauber und präsentierte die Rechnung noch am letzten Arbeitstag. Herr Bergmeister schnappte mehrfach nach Luft, als er den Betrag sah.

»Wofür hat man den Fachmann im Haus«, sagte er und klingelte bei Georg W. Schickedanz. Dieser öffnete, nickte, nahm den Umschlag, tat ansonsten sehr beschäftigt und schloss ohne ein weiteres Wort die Tür.

Seltsamer Typ, dachte ich nicht zum ersten Mal und ging mit Herrn Bergmeister auf seine Dachterrasse. Ein Glas Weißwein trinken. Wie immer Grauburgunder, wie immer war es ein friedlicher und sehr schöner Abend mit netten Gesprächen. Ich erzählte von meinem Exfreund und meinem Leben in der Bank. Er hörte mir zu, gab Ratschläge, und im richtigen Moment schaute er schweigend mit mir auf den Dom. Ein Idyll, das die Schrecken des Wasserschadens vergessen ließ. Doch das Idyll hielt nicht lange an.

Als ich ein paar Tage später nach Hause kam und mich über den SUV ärgerte, der an diesem Abend besonders weit links parkte, lief Herr Bergmeister aufgeregt auf mich zu. Er winkte mit einem Brief in der Hand. Ich quälte mich erfolgreich in die Parklücke und als ich ausstieg, überfiel er mich bereits mit einem Wortschwall. »Keinen Cent«, rief er, »Nichts, null, nada steht hier. Die Versicherung zahlt nicht. Für Wasserschäden kommen sie erst zwei Jahre nach Bestehen der Police auf. Glaubt man das?«

Ich war sprachlos. Entsetzt. Ich machte mir Sorgen um Herrn Bergmeisters Gesundheitszustand. Die Wangen rot, um die Nase blass, atem- und fassungslos stand er vor mir.

Den Umgang mit aufgeregten Bankkunden hatte ich gelernt. »Wir finden eine Lösung. Ganz sicher. Wenn Sie Geld ...« Ich brach ab. »Sie wissen ja, dass ich bei einer Bank ...«

»Nein. Geld ist nicht das Problem. Aber der Schickedanz erklärte mir gerade, ob ich denn nicht das Kleingedruckte gelesen habe. Das stände da drin. Das sagt er mir einfach so ins Gesicht.« Seine Stimme wurde ganz leise, als er weitersprach: »Diese menschliche Enttäuschung, wissen Sie?«

Was hatte er erwartet?

»Er wirkte so nett und kompetent.«

Nett? Kompetent? Ich schnaufte. Der Vermieter schien die laute Musik und den Ärger mit dem Müll ausgeblendet zu haben. Von der Parkerei mal ganz zu schweigen.

»Und dann sein Fahrzeug. Das geht gar nicht.«

Ich nickte überrascht.

»Es tut mir leid, dass Sie so viel Unannehmlichkeiten hatten.«

Was soll man darauf erwidern? Ich berührte seinen Arm und sagte: »Alles wird gut. Wir finden einen Weg.«

»Worauf Sie sich verlassen können.« Da war ein Ton in der Stimme, der mich aufhorchen ließ. Was bedeutete das? Oder waren das die Nachwehen der schlechten Nachricht der Versicherung? So etwas setzte jedem zu, ging an niemandem spurlos vorbei. Gemeinsam tranken wir noch ein Gläschen und diskutierten über das Schreiben, ohne zu einem Ergebnis zu kommen.

Kurz vor dem Einschlafen fiel mir auf, dass Herr Bergmeister in der Vergangenheitsform gesprochen hatte. Dass ich so viel Unannehmlichkeiten gehabt hatte. Wie meinte er das? Oder war das nur eine Redensart?

Am nächsten Abend überraschte mich ein leerer Parkplatz. Ich genoss die Freiheit beim Einparken, stieß die Fahrertür weit auf und stieg breit lächelnd aus. Herr Bergmeister erwartete mich an der Haustür. Daran könnte ich mich gewöhnen, dachte ich. Ich lächelte ihm zu. Er sah besser aus, schien den Schock überwunden zu haben, auch wenn seine Stimme sehr getragen klang. »Es gibt etwas, was ich Ihnen mitteilen muss.«

Ich erschrak. Die nächste Hiobsbotschaft? Bitte nicht noch ein Wasserschaden, schickte ich ein Stoßgebet zum Himmel.

»Herr Schickedanz hatte einen Unfall.« Seine Stimme tönte noch immer salbungsvoll, doch ohne Trauer oder einer anderen Emotion. »Oh«, erwiderte ich. Mein Mitleid hielt sich in Grenzen. »Liegt er im Krankenhaus? Wie ist das passiert?«

»Sein Auto. Die Bremsen haben versagt. Auf der Stelle tot. Vermutlich ein Marder, der im Motor ein Kabel angefressen hat. Sie sollten Ihren Wagen überprüfen lassen.«

Ich nickte, mir fiel keine angemessene Antwort ein. Aber von Mardern hatte ich noch nie etwas hier in der Gegend gehört. Ich schämte mich für meine Gedanken, dass ich nun keine Parkplatzprobleme mehr haben würde. Das konnte ich keinesfalls laut sagen und blickte stattdessen auf meine Schuhe.

Herr Bergmeister räusperte sich. »So ist das Leben. Trinken wir einen Ruländer zusammen?«, fragte er nach einer angemessenen Pause.

Ich nickte. Gemeinsam gingen wir zu Bergmeisters Terrasse. »Es gibt auch gute Nachrichten«, sagte er, als wir saßen. Ich blickte auf. »Ich habe heute mit meinem Finanzberater gesprochen, meine Aktien haben sich gut entwickelt. Den Wasserschaden kriege ich auch so abgefangen.« Was für ein Glück, dachte ich, sagte aber wieder kein Wort. Stattdessen fragte ich mich nicht zum ersten Mal, mit was Herr Bergmeister früher sein Geld verdient hatte. Es musste sich jedenfalls gelohnt haben. »Meine Autowerkstatt lief ganz gut und ich konnte sie profitabel verkaufen«, antwortete er, als hätte er meine Gedanken erraten.

Ich verschluckte mich am Weißwein und sah ihm eindringlich ins Gesicht, als der Hustenanfall vorüber war. Immer noch keine Regung, kein Zucken der Mundwinkel oder Augenlider. »Ist schon lange her. Jetzt genieße ich meinen Ruhestand. Mit Menschen, die ich mag.« Ein Augenzwinkern, oder bildete ich mir das nur ein? »Georg W. Schickedanz passte nicht so richtig, oder?«

Irgendwie hatte er recht. Ich schob die dunklen Gedanken zur Seite und nahm einen großen Schluck. Marie im Glück, dachte ich, und lächelte Herrn Bergmeister zu.

Lilo Beil

Sühne

Der Bus startete, fuhr am Ludwigshafener Hauptbahnhof vorbei in Richtung Autobahn.

Barbara blickte in die Nacht hinaus und sah eigentlich nichts als ihr müdes Gesicht, das sich in den Scheiben des Transitbusses spiegelte.

Jola neben ihr starrte geradeaus, schon seit Stunden, regungslos wie eine Puppe und stumm.

Nie wieder würde sie in diese Stadt kommen, nie wieder.

Ab und zu drückte Barbara die linke Hand der Freundin, ein kleines Zeichen von Solidarität.

Ich werde schweigen wie ein Grab, sagte der leichte Händedruck. Du warst nicht die Einzige, die gezögert hat. Es sollte so sein.

Du kannst dich auf mich verlassen wie früher, wenn wir in der Schule dem Lehrer einen Streich spielten und zueinander hielten, auch wenn mit Schlägen gedroht wurde.

Die anderen Frauen im Bus waren Unbekannte, keine einzige stammte aus Jolas und Barbaras Region. Die meisten würden gleich nach der polnischen Grenze aussteigen, nicht wie sie beide weiter bis zum Südosten Polens, nach Krosno, fahren müssen, eine endlose Reise durch die Nacht und einen langen grauen Tag.

Sie waren am Abend nach Herrn Krämers Beerdigung abgereist. Barbara, weil ihre sechs Wochen bei Frau Berger vorbei waren, Jola, weil sie nun, wo Herr Krämer tot war, nicht mehr gebraucht wurde. Nein, nie mehr würde Jola in die Pfalz kommen. Nie mehr nach Deutschland.

Die anderen Frauen im Bus schliefen oder unterhielten sich flüsternd, andere packten ihre Brote aus, aßen und tranken ihren Tee oder Kaffee aus Thermoskannen.

Barbara nahm die Plastiktasche, die sie neben ihren Füßen abgestellt hatte, als wolle sie prüfen, ob noch alles da war. Sie lächelte unwillkürlich, als sie das obere Päckchen mit dem lustigen Aufdruck sah: rosa Bärchen auf dunkelblauem Grund, mit einer rosafarbenen Schleife versehen.

Helga hatte ihr das Geschenk zugesteckt, Frau Bergers ältere Tochter. Die kleine Maria würde sich freuen. Sie war gerade ein Jahr alt geworden und konnte schon ein wenig laufen, aber es war eher ein Wackeln auf unsicheren Beinchen.

Barbaras Herz schlug höher, wenn sie an die Enkelin dachte, ihr Ein und Alles.

Helga Schmitt-Berger war eine freundliche Frau, die Barbara jedesmal Geld zusteckte und die nie ohne Geschenke erschien, wenn sie ihre wöchentlichen Besuche bei der pflegebedürftigen Mutter machte. Sie machte keinen Hehl aus ihrem schlechten Gewissen der jüngeren Schwester, Gisela, gegenüber, die, da sie in Ludwigshafen-Friesenheim wohnte wie die Mutter, eingebunden war in die häusliche Pflege.

Das Einkaufen, die Arztbesuche mit der Mutter, die bürokratischen Dinge und vieles mehr blieben an Gisela hängen. Die Organisation der Pflege durch die polnischen Frauen.

Helga, die jeden Dienstag regelmäßig ihren »Muttertag«, wie sie es nannte, absolvierte, wohnte mehr als eine Autostunde entfernt, in Bruchmühlbach in der Westpfalz.

Die Schwestern verstanden sich gut, doch auch ohne offenen Vorwurf sah sich Helga immer in der Schuld der jüngeren Schwester und der jeweiligen polnischen Frau, die gerade im Einsatz war.

Am letzten Dienstag, dem »Muttertag« der älteren Schwester, war es passiert.

Barbara bekam eine Gänsehaut, sie sah, wie die kleinen Härchen an ihrem Unterarm sich aufrichteten. Jola neben ihr saß unverändert steif und reglos, eine Automatenpuppe.

Barbara erinnerte sich:

Helgas Auto war gerade vorgefahren, die Geschenke wurden ins Haus gebracht, es wurde im Flüsterton gesprochen, denn die alte Frau Berger schlief gerade. Sie war eine sehr anstrengende Patientin, die rund um die Uhr betreut werden musste, da sie fast völlig bewegungslos war, gefüttert und gewindelt werden musste, zunehmend verwirrter wurde und nun, im fortgeschrittenen Stadium der Parkinsonschen Krankheit, auch unter Schmerzen litt.

Heute morgen hatte sie Barbara noch schlimmer beansprucht als sonst, hatte zunächst ungeduldig wie ein kleines Kind schon um 11 Uhr ihr Mittagessen verlangt und der armen Barbara, die in Windeseile das Mahl bereitete, schließlich alles ins Gesicht gespuckt.

Als Frau Bergers Tochter die Geschenke, die nicht zuletzt Symbole ihres schlechten Gewissens waren, auspackte, fühlte sich Barbara plötzlich erschöpft und ausgelaugt, und sie musste sich sehr beherrschen, dass sie nicht unhöflich reagierte.

Warum pflegst eigentlich DU deine Mutter nicht, so wie ICH es getan habe mit meiner eigenen Mutter, ganze vier Jahre lang, während der sie langsam vor sich hin faulte, zerfressen vom Krebs und am Ende wahnsinnig?

Was sie nicht alles gefaselt hatte in einem Gemisch aus Polnisch und Deutsch, denn Deutsch hatte sie im Krieg gelernt, wo sie als Zwangsarbeiterin in einem süddeutschen Bauerndorf schuften musste, und von ihr kannte Barbara die Sprache ein wenig. Barbara, 1951 geboren, war mehrmals gezüchtigt worden vom strengen Lehrer, weil ihr deutsche Sätze herausrutschten. Deutsch, die Sprache der verhassten Unterdrücker, die dem Land Polen so viel Leid gebracht hatten.

Ein Wirrwarr von unsinnigem Zeug kam aus dem Mund der sterbenden Frau, die vorher nie von ihrer Zeit in Deutschland gesprochen hatte, obwohl sie die Tochter etwas Deutsch lehrte.

Nicht mehr daran denken, an jene vier schrecklichen Jahre.

Lieber eine fremde deutsche Frau pflegen als die eigene Mutter.

Es war schrecklich, den täglichen Verfall der geliebten Mutter ansehen zu müssen. Einer Mutter, die einmal so tüchtig gewesen war, ein Vorbild. Sie sollte Frau Bergers Tochter keinen Vorwurf machen.

»Danke, Helga, viel, viel Danke für alles«, sagte Barbara in ihrem nicht ganz perfekten Deutsch. Diese Sprache war so schwierig, sie würde sie nie lernen. Sie drückte der Frau, die es doch so gut mit ihr meinte, die Hand.

Die schönen Geschenke und die extra Scheine konnte sie gut gebrauchen. Sie lebte nicht üppig mit ihrem Mann in der kleinen Dreizimmerwohnung in Gdansk. Ihre Tochter mit der Kleinen war finanziell abhängig von ihr seit der Schwiegersohn die Arbeit verloren hatte.

Da klingelte das Telefon.

Barbara nahm den Hörer ab. Eine aufgeregte Frauenstimme am andern Ende sagte auf Polnisch: »Komm bitte gleich, wenn es möglich ist. Ich habe eine Überraschung für dich, glaube ich.«

Es war Jola, die um die Ecke einen Demenzkranken betreute. Herr Krämer wohnte in der Luitpoldstraße und die beiden Freundinnen besuchten sich gegenseitig, wenn sie einmal abgelöst wurden und für kurze Zeit ihrem Frondienst entkommen konnten.

Wenn Helga zum »Muttertag« auftauchte, konnte Barbara für ein Stündchen zu Jola rübergehen.

Frau Berger war gerade aufgewacht, wurde von Barbara zurechtgemacht und mit dem Rollstuhl ins Wohnzimmer geschoben. Sie würde eine ganze Weile Ruhe geben, Helga würde ihrer Mutter Kaffee mit dem Strohhalm zu trinken geben und sie mit Kuchen füttern. Ihr die Hände, die nach und nach erstarrten, ein wenig massieren.

Nach Jolas Telefonat neugierig geworden, zögerte Barbara nicht lange und ging in die Luitpoldstraße.

Karl Krämer war noch viel anstrengender als die alte Frau Berger.

Er war körperlich mobil trotz seiner Alzheimer-Erkrankung, und er musste ständig davon abgehalten werden, wegzulaufen. Einmal war er unten am Rhein, genau gesagt am Mundenheimer Altrheinhafen, aufgegriffen worden, völlig orientierungslos und außer sich vor Empörung darüber, dass der nette Ausflug nun zu Ende war. Außerdem wurde er gelegentlich handgreiflich, auch sexuell, und er beschimpfte Jola. Er nannte sie nur »Olga« und bedachte sie mit Schmähungen. »Polenschlampe« war einer der freundlicheren Ausdrücke. Er kniff auch Barbara jedesmal in den Po und stellte sich ab und zu in unzüchtiger Weise zur Schau. Ekelhaft. Kurzum, Karl Krämer war eine große Aufgabe für jede Pflegerin.

Keine kam jemals wieder und alle sechs Wochen fand ein neuer Wechsel der pflegenden Frauen statt.

Als Barbara in der Luitpoldstraße ankam, öffnete Jola, eine Zigarette in der Hand, die Tür. Sie führte Barbara auf die Terrasse, damit sie weiterrauchen konnte. »Ich habe hier das Rauchen wieder angefangen«, sagte sie zu ihrer Freundin. »Und das nach drei Jahren Standhaftigkeit«. Aber »ohne« werde ich hier auch noch verrückt. Irgendwie muss sich der Mensch ja abreagieren.«

Barbara rutschte ungeduldig auf ihrem Klappstuhl hin und her.

»Die Überraschung, von der du am Telefon gesprochen hast?«

»Kommt sofort.«

Jola drückte die Zigarette aus und ging ins Wohnzimmer. Sie kam mit einem Pappkarton wieder.

Auf dem Deckel stand zu lesen: Sammelsurium.

Das Kästchen enthielt alte Fotos.

»Das habe ich beim Auswaschen der Kommode entdeckt, ganz weit hinten«, sagte Jola. »Er schlief gerade, da war ich ein bisschen neugierig und habe mir die Fotos angesehen und dies hier entdeckt.«

Sie schob Barbara ein gelbliches Foto über den Tisch.

Es fiel auf die Rückseite. Heuernte 1942.

Barbara drehte das Foto um. Es zeigte eine Gruppe von jungen Leuten bei der Heuernte. Einige stützten sich auf Heugabeln, andere lehnten am Heuwagen oder saßen im Gras.

Vor einer Birke war ein hübsches weizenblondes Mädchen in einem geblümten Sommerkleid zu sehen, das ein Bündel Heu in den Händen hielt.

Daneben ein großer junger Mann mit einer schwarzen Haartolle, der auf das Mädchen herunterblickte. Liebevoll. Die beiden schienen ein Paar zu sein. Ein heimliches Paar? Sie fassten sich nicht an, es war nur dieses Lächeln in den beiden jungen Gesichtern, das ihr Bündnis verriet.

Und da war ein zweiter junger Mann auf dem Foto zu sehen, der dem ersten glich, aber er war kleiner, stämmiger. Er stand schräg hinter den beiden und schaute zu ihnen hin, ohne dass sie es zu merken schienen. Es gibt den Spruch, dass Fotos nicht lügen. Wenn dieses Bild die Wahrheit sprach, so sagte es: Da wird einer von Eifersucht zerfressen. Er liebt das weizenblonde Mädchen und hasst den Mann daneben.

»Das ist doch meine Mutter als ganz junges Mädchen«, rief Barbara aus.

»Ja, das dachte ich mir, dass sie es ist. Ich habe sie auch gleich wieder erkannt. Vom Hochzeitsfoto in eurem Flur. Da war sie ja auch noch so jung. Und der hier ist Karl Krämer.«

Jola deutete auf den kleinen Stämmigen hinter dem Liebespaar.

»Und der junge Mann neben meiner Mutter ist Rudolf, stimmt`s?«

»Rudolf Krämer, Karls älterer Bruder. So muss es sein, ja«, bestätigte Jola.

Die Freundinnen schwiegen.

Und dann schilderte Barbara der Freundin die Szene, die sich beim Tod ihrer Mutter abgespielt hatte.

Jola steckte sich eine neue Zigarette an.

Für Barbara machte alles nun Sinn. Die vermeintliche Verwirrtheit in den Worten ihrer sterbenden Mutter. Sie hatte ständig von einem Rudolf gesprochen, den sie liebe, und sie hatte einen Karl angefleht, er möge Rudolf nichts tun, lieber sie töten als ihn. All das viele Blut, hatte sie geschrien, all das viele Blut. Du hast ihn getötet, schrie sie immer und immer wieder. Die Halluzination einer Sterbenden, hatte Barbara gedacht. Ich bin keine Polenschlampe, das waren ihre gestammelten Worte, ich liebe deinen Bruder. Das Gemisch aus Polnisch und Deutsch, wirres Kauderwelsch, bekam nun, so viele Jahre später, eine klare Bedeutung, Puzzleteil fügte sich an Puzzleteil.

Karl Krämer, der alle seine Pflegerinnen Olga nannte und Polenschlampe. Olga, wie Barbaras Mutter hieß.

Das letzte, entscheidende Puzzleteil lieferte Jola. Sie wusste, dass der einundzwanzigjährige Rudolf Krämer im Jahre 1942, als er auf Heimaturlaub in seinem Dorf war, zu Tode gekommen war. Die Familie hatte in Schwegenheim, nicht weit von Speyer, gewohnt. Eine Bauernfamilie. Erst nach dem Krieg war Karl Krämer nach Ludwigshafen gezogen. Es hieß, dass Rudolf, der »kein Nazi war« und der einmal »etwas gegen den Führer gesagt hatte«, von einigen Schlägern ermordet worden war. Mit einer polnischen Zwangsarbeiterin soll er was gehabt haben. Das war verboten. Rassenschande. Für kurze Zeit soll Karl Krämer verdächtigt worden sein, aber es gab keine Beweise für seine Schuld am Tod des Bruders. Der Fall war nie aufgeklärt worden und nach dem Krieg breitete sich das große Schweigen über jeden Versuch der Wahrheitsfindung.

Karl Krämers Schwiegertochter hatte Jola einmal von der »alten Geschichte mit dem Onkel Rudolf« erzählt, unter vier Augen. Sie solle aber nichts weitersagen, das sei doch ein wunder Punkt in der Familie.

Jola und Barbara schauten sich lange das Foto an.

Das Foto, auf dem zwei Brüder zu sehen waren.

Einer der beiden würde bald seinen Bruder erschlagen.

Kain und Abel.

Bilder lügen nicht.

Aus dem Schlafzimmer ertönte plötzlich ein röchelndes Geräusch. Karl Krämer war erwacht. Es schien ihm nicht gut zu gehen. Jola stürzte in das Zimmer des Kranken, der nach Luft rang.

»Er hat wieder einen seiner Anfälle. Ich muss den Hausarzt anrufen.« Sie stürzte ans Telefon.

Da war nur eine Stimme auf dem Anrufbeantworter. Der Hausarzt war in Urlaub und gab die Adresse seines Vertreters an.

»Es soll so sein. Schicksal.«

Jola sagte es mit ganz leiser Stimme.

»Es kann warten.«

Seelenruhig ging sie auf den kleinen Balkon hinaus, doch diesmal steckte sie sich keine neue Zigarette an. Sie saß nur regungslos da und starrte auf die roten Geranien, die sie gestern erst in zwei Kübel eingepflanzt hatte.

»Wir können doch nicht ...« Barbara schüttelte die Freundin.

»Wir können was nicht? Er ist ein ... ein Mörder.«

Sie erschrak selbst, als sie das Wort aussprach.

Barbara war eine Weile lang wie versteinert, setzte sich neben Jola.

Doch dann lief sie zum Telefon, machte den notwendigen Anruf.

Als die Urlaubsvertretung endlich kam, konnte nur noch der Tod von Karl Krämer festgestellt werden.

»Besser so«, sagte der Arzt lakonisch, während er den Totenschein ausstellte. »Der Mann war doch völlig daneben, wie ich von meinem Kollegen weiß.«

Barbaras und Jolas schockierte Mienen lesend, besänftigte er die beiden Frauen. »Sie trifft kein bisschen Schuld. Alte Leute sterben eben.«

Er wusch sich die Hände und übernahm es selbst, Herrn Krämers Sohn und Schwiegertochter, die in Ludwigshafen-Gartenstadt wohnten, vom »plötzlichen Ableben des Herrn Vaters« zu unterrichten.

Barbara nahm die schluchzende Jola in die Arme.

Draußen wurde es langsam heller. Man erkannte einen See, von Nebel eingehüllt.

Barbara drückte wieder leicht Jolas linke Hand und diesmal kam eine Reaktion.

»Ich hab es für deine Mutter getan … das Zögern«, flüsterte sie in Barbaras Ohr. »Sie war immer so lieb zu mir, wenn ich früher bei euch daheim war.«

Barbara sagte nichts und schaute auf die große Plastiktüte hinunter, die an ihren Füßen stand.

»All die schönen Sachen. Wie wird sich meine Kleine freuen«, dachte sie.

Gestern Abend, bevor der Transitbus abfuhr, hatte Gisela, Frau Bergers jüngere Tochter, vorsichtig, aber dennoch mit einer dringlichen Bitte angefragt: »Werden Sie nochmal wiederkommen zu unserer Mutter?«

»Ja, ich glaube schon«.

Bestimmt komme ich wieder, dachte Barbara nun.

Ich komme wieder. Zur Sühne.

Markus Guthmann

Ein sanfter Tod

»Hallo, mein Schatz. Schön dich zu sehen. Hast du dir es etwa anders überlegt? Willst du wieder bei mir einziehen?«

Der Mann, der ihr gerade die Tür geöffnet hatte, widerte sie an. »Lass mich einfach nur rein. Ich muss mit dir reden«, sagte sie.

»Du hast es dir also nicht anders überlegt«, antwortete der Mann lachend. Er strich sich die schütteren Haare glatt, auf denen die ranzige Pomade glänzte und schloss den abgetragenen, viel zu engen Bademantel, der seinen beachtlichen Bauch nur unzureichend verhüllte.

Sie konnte nicht glauben, dass sie diesen Mann einmal geliebt hatte. Das lag zwar eine Ewigkeit zurück, aber sie musste blind gewesen sein. Sie hätte viel früher merken müssen, dass er sich über die Jahre in ein unappetitliches Scheusal verwandelt hatte. »Hör mal, lass uns noch ein letztes Mal vernünftig miteinander reden.«

Der Mann lachte wieder. »Mein Anwalt hat dir die Bedingungen genannt. Wir waren eine Zugewinngemeinschaft und deine Praxis war bedeutend erfolgreicher als meine Internetgeschäfte. Du musst nur einwilligen.«

»Du ruinierst mich.«

»Vergiss nicht, dass ich dich jahrelang auf deinem Weg unterstützt und deinen Abschluss erst ermöglicht habe. Ich war es auch, der dir geholfen hat, das Studium in Heidelberg zu finanzieren und die ersten Jahre als Assistenzärztin zu überbrücken, als du in Handschuhsheim in der Klinik gearbeitet hast. Du warst alles andere als eine Großverdienerin. Meine Geschäfte liefen damals gut.«

»Du meinst deine Betrügereien mit den geklauten Kreditkartendaten?«

»Damals war es dir egal, woher das Geld kam.«

»Du warst deswegen vor Gericht!«

»Und bin freigesprochen worden«, antwortete er gelassen.

»Ja, aus Mangel an Beweisen, weil du rechtzeitig alle Daten deiner verdammten Geschäfte gelöscht hast.«

»Aber dein Konto auf den Cayman-Inseln war gut gefüllt und wir haben eine Weile richtig gut weitergelebt.«

»Das ist vorbei. Ich will, dass du mich in Frieden lässt.«

»Das tue ich doch, meine Liebe. Du brauchst nur einzuwilligen.«

»Du verdienst doch mittlerweile selbst wieder Geld, durch deine bescheuerte Alibiagentur.«

»Das stimmt, aber mit einer vernünftigen Anschubfinanzierung würde sie noch viel besser laufen.« Er rieb sich unwillkürlich die Hände, als er an sein neuestes Internetprojekt dachte. Es war unglaublich, wie viele Menschen seine Alibis brauchten und der Markt würde bestimmt noch mehr hergeben, wenn er ordentlich investieren konnte. Er offerierte verschiedene Stufen der Dienstleistung und alles war nur eine Frage des Preises. Für ein paar Kröten erhielt der Klient eine wichtigtuerische SMS auf sein Handy geschickt, um einen mehr oder weniger unangenehmen Termin unterbrechen zu können. Griffen sie tiefer in die Tasche, dann erhielten sie gefälschte Einladungen und Reisebelege, um ihre Abwesenheiten zu erklären. Sogar fiktive Arbeitsverhältnisse hatte er in seinem Angebot und alle diese Dienstleistungen waren in einer Preisliste geregelt. Das mit Abstand einträglichste Geschäft aber waren untreue Ehepartner, die Alibis für ihre Seitensprünge brauchten. Frauen, die das Alibi ihres Liebhabers gleich mitbuchten, waren dabei die besten Kunden.

Die blonde, überaus attraktive Frau blickte sich in der verwahrlosten Wohnung um. »Ich hasse dich«, zischte sie.

»Umso besser, dann sollte dir deine Entscheidung leicht fallen.«

»Das tut sie, da kannst du dir sicher sein.«

»Ich kann dir natürlich wie immer ein bisschen helfen und entgegenkommen«, sagte er und ließ seinen Bademantel ein wenig auseinanderklaffen. »Ich könnte dir den alten Mercedes lassen.«

»Ich denke, ich habe keine andere Wahl«, antwortet die Frau resigniert. Sie trug ein teures, perfekt sitzendes Kostüm, das ihre schöne Figur ausgezeichnet zur Geltung brachte.

Der Mann nickte. Speichel lief ihm den Mundwinkel herunter und er merkte, wie sein Glied steif wurde. »Das hast du richtig erkannt. Du hast keine andere Wahl. Noch bin ich der Einzige, der weiß, dass dein erstes Staatsexamen gefälscht ist, weil du zu blöd für das Studium warst.«

»Ich bin heute eine gute Ärztin!«, erwiderte sie heftig.

»Und das wird so bleiben, wenn du auch in Zukunft mitspielst. Außerdem habe ich nie daran gezweifelt, dass ein riesiges Potential in dir steckt. Nur deswegen habe ich mich in die Prüfungssysteme eingehackt und die Zeugnisse nachgemacht. Mit unserer beider Skrupellosigkeit hätten wir es weit bringen können«, sagte er seufzend. »Was meint denn eigentlich dein neuer Freund zu der ganzen Angelegenheit?«, fragte er schließlich.

»Er wundert sich, dass es mit der Scheidung so langsam vorangeht.«

»Das kann ich mir denken«, sagte der Mann schmunzelnd. »Weiß er, dass du hier bist?«

»Nein, natürlich nicht. Du und ich hatten eine klare Abmachung.«

Der Mann nickte und nahm einen Umschlag vom Schreibtisch. Er entnahm ihm ein gebundenes Buch und einige Papiere. »Das ist der Tagungsband von deinem medizinischen Kongress und hier dein Namensschild. Wichtig sind ebenfalls die Hotelrechnung und die bereits abgestempelte Bahnkarte. Außerdem findest du in dem Kuvert Visitenkarten von Ausstellern und anderen Teilnehmern sowie eine Auswahl an Prospekten und Werbegeschenken der Sponsoren. Verteil den Kram in deinem Gepäck. Dein Name wird auf allen Tagungslisten erscheinen und im Augenblick bist du fünfhundert Kilometer weiter im Norden, beim gemeinsamen Abendessen der Kongressteilnehmer.« Er machte eine Pause und grinste anzüglich, bevor er fortfuhr: »Das werden bestimmt ein paar schöne Tage so wie früher, aber jetzt bist du dran.«

Die Frau schluckte schwer und begann wortlos ihre Bluse aufzuknöpfen. Dann zitterte sie am ganzen Körper und hielt abrupt inne. »Okay, aber zuerst brauche ich einen Drink. Einen starken.«

Der Mann wischte sich Speichel vom Kinn. »Nun hab dich nicht so. Wir sind schließlich immer noch Mann und Frau. Aber greife zu. Ich nehme zur Feier des Tages den sechzehn Jahre alten Lagavulin. Den kann ich dir auch nur empfehlen.«

Die Frau hantierte mit den Gläsern und kam mit zwei gut gefüllten Gläsern zurück. Sie verzog keine Miene und blickte durch ihn hindurch. Schließlich nahmen beide einen großen Schluck.

»Was macht deine Praxis?«, fragte er.

»Gut, ich habe gerade eine Fortbildung für Palliativmedizin gemacht.«

»Was ist das denn?«

»Ich helfe Menschen friedlich und entspannt zu sterben.«

»Geht das wirklich? Friedlich und entspannt zu sterben? Ich denke, sterben ist immer ein harter Weg für einen Menschen.«

Die Frau hatte eine ernste Miene aufgesetzt und nickte. »Schon, aber ich kann etwas gegen die Schmerzen tun. Es ist eine lindernde, keine heilende Medizin.«

»Dann bist du jetzt so etwas wie ein Todesengel«, stellte er lachend fest.

Die Frau blickte ihn aus schmalen Augen an. Sie antwortete nicht und beobachtete nur, wie ihm das Glas aus der

Hand glitt. Verwirrt blickte er nacheinander auf das zersprungene Glas und die Frau. Die Erkenntnis traf ihn wie ein Schlag, obwohl er seine erschlaffenden Glieder schon nicht mehr richtig kontrollieren konnte.

»Was hast du mir gegeben?«

»Einen Cocktail aus Valium und Fentanyl. Das Erstere lässt dich wehrlos und schlaff werden, das Zweite ist ein synthetisches Opiat, das ich dir in einer absolut tödlichen Dosis verabreicht habe. Du wirst einfach einschlafen und dann ersticken. Aber keine Angst, du merkst nichts. Ein sanfter Tod.«

Der Mann geriet in Panik. Er wollte aufspringen, doch stattdessen rutschte er langsam vom Sofa auf den Boden. »Damit kommst du nicht durch«, keuchte er.

»Natürlich komme ich damit durch. Ich habe schließlich ein perfektes Alibi, oder hast du vergessen, dass ich gerade in Hamburg bin?« Die Frau knöpfte ihre Bluse zu. Dann kramte sie zwei kleine Medizinflaschen aus ihrer Handtasche. »Das sind Mitbringsel aus deinem letzten Thailandurlaub. Du bekommst das Zeugs in den Apotheken neben den Puffs, die du immer besuchst. Siehst du die Schriftzeichen auf dem Etikett?« Der Mann blickte angestrengt, konnte aber schon nichts mehr erkennen. »Und damit jeder an einen Selbstmord glaubt, werde ich noch eine E-Mail von deinem Computer verschicken.« Sie holte einen Zettel aus ihrer Handtasche. »Ich habe ein bisschen geübt, bevor ich deine Wortwahl und deinen Schreibstil getroffen habe. Ich denke, ich konnte schon immer viel von dir lernen«, sagte sie, doch er hörte ihre Stimme schon längst nicht mehr.

JOCHEN MAST

Werde ein Wolf!

Der Mann lag auf dem Hotelbett und hätte gerne mit Mai-Lin telefoniert, aber bei ihr war es jetzt mitten in der Nacht. Er war letzte Woche aus China angekommen und er dachte oft an sie.

Er wusste genau, was Familie und Ehre in China bedeutete. Sie waren das Wichtigste und mündliche Absprachen zählten mehr als seitenlange Verträge. Er sprach Mandarin Chinesisch und kannte die Kultur wie kaum ein anderer Europäer.

Mai-Lin kam aus einer der Städte der »zweiten Linie« im Westen Chinas. Also einer jener urbanen Moloche, die nach dem zwölften Fünfjahresplan mehr Aufmerksamkeit aus Peking bekommen sollte. Mai-Lins Familie war wenig begeistert, als sie einen Europäer heiraten wollte, aber er konnte sie durch seine Kenntnisse beeindrucken. Sein zukünftiger Schwiegervater hatte seine Erwartungen an die Worte eines großen chinesischen Wirtschaftsführers angelehnt: »Wer mit dem Wolf geht, sollte selbst ein Wolf sein, sonst wird er von den Wölfen gefressen. Also werde ein Wolf.«

***

Demir Erkan, der junge Polizeikommissar saß im Auto und pfiff eine Melodie. Er liebte deutsche Schlager, was ihm immer viel Spott einbrachte. Aber das konnte den dunkel-haarigen Hünen mit dem Fünfmillimeter-Haarschnitt nicht erschüttern. Sein Handy blinkte. Durfte das wahr sein? Er war fast daheim. Es war sein Kollege Weidig, da musste er ran gehen. »Demir? Wo bischte denn? Du muscht kommen! Fahrerflucht in der Siemens-Schtrase!« Wenn Weidig aufgeregt war, sprach er Dialekt.

»Ä Schwerverletzter, ä Rollerfahrer. Der Däder hat Fahrerflucht begonge.«

»Bin unterwegs, Bruder!«, antwortete Erkan, wendete das Fahrzeug und setzte das Blaulicht mit dem Magnethalter auf das Dach. Genau in diesem Moment kam über den Funk die Meldung: »Mord im Gewerbegebiet Ost, Höller AG.« Das geht ja heute ab, dachte Erkan, der liebend gerne in die Mordkommission wechseln wollte.

***

Der Mann war selbstverständlich in das Familienunternehmen von Mai-Lins Vater eingestiegen, das Nahrungsmitteltechnik lieferte, die in China mehr und mehr Bedeutung gewann. Zwar war in diesem Bereich die westliche Technologie der chinesischen noch überlegen, aber wegen dem Milchpulverskandal kauften viele Chinesen vorzugsweise ausländische Produkte. Wie viele andere chinesische Unternehmen strebte auch die Familie eine westliche Kooperation an. Ein potenzieller, deutscher Partner war bald gefunden, die ersten Gespräche hatten unter strengster Geheimhaltung stattgefunden. Jedoch hatte der Finanzvorstand des Zielunternehmens heftigen Widerstand geleistet, sie befürchtete mittelfristig das Abwandern geistigen Eigentums und das Aus des eigenen Unternehmens. Dies entsprach auch dem Plan der Familie. »Löse das Problem!«, hatte Mai-Lins Vater angeordnet.

***

Erkan war am Unglücksort angekommen und Weidig eilte auf ihn zu. »Die arm Sau wurde von einem Audo gerommt. Er is im Kronkehaus und schafft's wahrschoins grad so. Bremsspure gebt' kennie, abber Lackspure habbe mer dafür reischlich.«

Erkan schüttelte den Kopf. »Keine Bremsspuren? Der Fahrer war wohl total besoffen. Was machte der Pizzafahrer denn überhaupt hier um diese Zeit? Hier im Industriegebiet arbeitet doch keiner mehr.«

***

Hauptkommissarin Schreiber von der Mordkommission saß auf ihrer Terrasse und nippte an einem Glas Rotwein. Der Mord bei der Höller AG gab ihr Rätsel auf. Auf den Finanzvorstand war geschossen worden, aber beim Motiv tappte sie immer noch im Dunkeln, denn die Frau war überall beliebt gewesen. Sie hatte das Unternehmen vor dem sicher geglaubten Konkurs gerettet und die Mitarbeiter dankten ihr dafür. Lieferanten und Kunden empfanden das genauso. Darüber hinaus war sie glücklich verheiratet und ihr Privatleben vollkommen unauffällig. Sie lebte nicht über ihre Verhältnisse und es gab keinerlei Hinweise auf kriminelle Verbindungen.

Schreiber hatte alle Polizei-Hausaufgaben gemacht, war aber der Lösung keinen Schritt näher gekommen. Die Tat selbst war professionell durchgeführt wurden. Ein Schuss in die Brust und ein anderer aus nächster Nähe in den Kopf. Ein kaltblütiger Mord, wie er im organisierten Verbrechen üblich war

***

»Georg, hast du schon das Ergebnis von der Lackuntersuchung von dem Roller?«, rief Erkan ins Nachbarbüro. Im gleichen Augenblick stürzte Weidig herein. Aufgeregt zeigte er auf den Gang hinaus. »Wir brauche die Lackspure ni mie, denn da drause sitzt`er!«

»Ganz ruhig! Wer sitzt wo?«

Weidig atmete tief durch. »Drause sitzt enner, der wo de Pizzafahrer umgeniet habbe will.«

Erkan sprang auf und stürmte hinaus. Auf der Bank vor ihrem Büro saß ein vornüber gebeugter Mann, der das Gesicht in den Händen vergraben hatte. Mit großen Schritten ging Erkan auf ihn zu. »Sie möchten eine Aussage zu dem Unfall in der Siemensstraße machen?«

Der Mann hob langsam den Kopf und zeigte Erkan sein rundes verheultes Gesicht. »Ja, ich muss mein Gewissen erleichtern, wissen Sie.«

***

»Ich fasse mal zusammen«, sagte Erkan, als er das Protokoll ausgedruckt hatte. »Sie sind in Kaiserlautern geboren und leben jetzt in China und sind vor sieben Tagen das erste Mal seit zehn Jahren wieder nach Deutschland gekommen. Sie haben die Zeit damit verbracht herumzufahren und Orte, die sie aus Ihrer Jugend kennen, aufzusuchen. Sie wohnen im Hotel Blumengarten und haben jede Nacht dort geschlafen. Nächste Woche wollten Sie wieder zu Ihrer Familie nach China fahren. Ist das so weit korrekt?«

Der Mann nickte schwach und Erkan fuhr fort. »Sie haben sich einen Audi A8 am Flughafen in Frankfurt geliehen, den Sie die ganze Zeit gefahren haben.« Erkan machte eine Pause und sah den wieder Mann an. »Am Samstagabend waren Sie mit dem Auto auf dem Weg zurück zum Hotel, bekamen plötzlich eine starke depressive Stimmung, haben sich an der Tankstelle an der Bergstraße eine Flasche Wodka gekauft und diese auf einem Parkplatz zur Hälfte getrunken. Dann haben Sie sich im Gewerbegebiet West verfahren, an der Kreuzung Siemens-Boschstraße den Pizzafahrer übersehen und überfahren. In Panik haben Sie Fahrerflucht begangen.«

Erkan sah den Mann an, der noch nicht einmal für den Schwerverletzten aus dem Auto gestiegen war. »Sie bedauern den Vorfall außerordentlich und sind bereit die Konsequenzen der Tat auf sich zu nehmen.«

Der Mann nickte und unterschrieb wortlos das Protokoll.

***

»Darf ich mich zu dir setzen?«. Mit dem Kantinen-Tablett in den Händen stand Erkan vor Kriminalhauptkommissarin Schreiber, die in ihrem Tomatensalat herumstocherte. Sie war in Gedanken versunken und schreckte hoch. Erkan grinste sie mit strahlend weißen Zähnen an. Sie lächelte zurück und deutete mit einer einladenden Geste auf den gegenüberliegenden Stuhl.

»Bist du mit deinen Mordermittlungen weitergekommen?«

»Nicht wirklich, aber die Durchführung des Verbrechens deutet auf Profis hin. Das Ganze erinnert mit an die chinesischen Tiraden.«

Erkan wurde hellhörig. »Was produziert denn die Höller AG eigentlich?«

»Maschinen zur Verarbeitung von Lebensmitteln«, antwortete Schreiber.

»Merkwürdiger Zufall«, dachte Erkan.

***

Die Gerichtsverhandlung neigte sich dem Ende zu, der Richter würde bald das Urteil sprechen. Der Mann saß aufrecht auf der Anlagenbank und wurde von seinen beiden Anwälten flankiert. Er hatte ein volles Geständnis abgelegt und wiederholte sein Bedauern über den Unfall ausgedrückt.

Die Familie hatte alles organisiert und er hatte es ausgeführt. Den Fahrer für den A8 und die Anwälte. Und natürlich die Schlüssel zu den Türen der Höller AG und die Pistole.

Gab es ein besseres Alibi für ein Verbrechen als ein anderes Verbrechen?

Er hing seinen Gedanken nach, als der Richter das lächerlich milde Urteil verkündete. Er lächelte und dachte an Mai-Lin, die er bald wiedersehen würde.

Sie waren jetzt eine Familie, eine große Familie, in der sich jedes Mitglied immer gegenseitig helfen würde.

Marcus Imbsweiler

Wenn es dunkel wird

Zur violetten Dauerwelle trug Lady Stapleford ein Rüschenkleid in Altrosa. Auf solchen Gleichklang legte sie großen Wert, denn der Rest der Welt bestand aus Misstönen und Disharmonie.

Nehmen wir beispielsweise ihren Neffen Mortimer. Wie der hinter ihrem Geld her war! Oder Kusine Betsy, die auf den Schmuck der Alten lauerte. Während Rechtsanwalt Dr. Marvelstone die Lady nach Strich und Faden betrog, mischte Gwendolyn, die ältliche Hausangestellte, etwas in ihren Tee. Dann gab es noch Sir Archibald, den schmierigen Kunsthändler, sowie General Dodge, der einen Arm in Indien gelassen hatte. Wirklich eine saubere Gesellschaft.

Als alle zum Dinner im Salon versammelt waren, erhob sich Lady Stapleford und kündigte eine wichtige Erklärung an. Ihr Testament betreffend.

Das war der Moment, in dem Hans-Rüdiger Bertsch auf den Generalschalter drückte.

Mit einem Schlag ging das Licht aus.

Zu mehr, als um auf einen Schalter zu drücken, konnte man einen Hans-Rüdiger Bertsch nicht gebrauchen, so die einhellige Meinung aller Neckargemünder. An mangelnder Beliebtheit lag es nicht, im Gegenteil. Hans-Rüdiger Bertsch gehörte zu den beliebtesten Neckargemündern überhaupt. Er war gutmütig, zuvorkommend, bescheiden. Hilfsbereit war er auch. Und genau das war das Problem.

Wenn Hans-Rüdiger irgendwo half, wurde es teuer. Er konnte nicht Auto fahren, traf keinen Nagel, trampelte durch Blumenbeete. Beim Grillen rutschten ihm die Nürnberger durch den Rost, alle 25 Stück. Ein einziges Mal ließ man ihn die Linien auf dem Fußballplatz nachziehen. Sir Archibald hätte seine Freude an dem Ergebnis gehabt.

Natürlich bewarb sich Hans-Rüdiger um eine Rolle im neuen Stück des Neckargemünder Volkstheaters. Natürlich bekam er keine. Aber weil er so gutmütig war und den ablehnenden Bescheid so verständnisvoll hinnahm, wurde ihm die Lichtregie des Abends übertragen. Die Lichtregie in der englischen Krimikomödie »Wenn es dunkel wird«. Kompliziert war die Sache nicht. Es gab einen einzigen Schalter, den Generalschalter, und es gab ein Stichwort. Das Stichwort hieß: »Testament«. Wenn Lady Stapleford auf der Bühne des Neckargemünder Volkstheaters das Wort »Testament« in den Mund nahm, drückte Hans-Rüdiger Bertsch auf den Schalter. Dann wurde es dunkel im Saal.

Völlig dunkel.

Nur die beiden Notausgang-Leuchten, irgendwo sehr weit hinten, glommen. Ansonsten sah man die Hand vor den Augen nicht. Auf der Bühne erregte Stimmen, Schritte, etwas fällt um, jemand schreit auf – und als das Licht wieder aufflammte, lag Lady Stapleford tot am Bühnenrand.

Erdrosselt?

Erschlagen?

Gift?

Sir Archibald? Mortimer, der missratene Neffe? Betsy, die lüsterne Kusine? General Dodge, Gwendolyn, Dr. Marvelstone?

Sämtliche Neckargemünder hielten den Atem an.

Und natürlich waren sämtliche Neckargemünder erleichtert, dass wieder Helligkeit herrschte. Dank Hans-Rüdiger Bertsch, das muss einmal gesagt werden! Der Herr über Licht und Nacht. Generalbevollmächtigter des Generalschalters. Wenn es dunkel wurde, begann er zu zählen. So hatte es ihm der Regisseur eingetrichtert. Bis zehn. Langsam und im Dunkeln. Nicht hudeln, Hans-Rüdiger! Bei der Zehn angelangt, drückte er den Schalter erneut, und alles blinzelte ins Licht.

Bis auf Lady Stapleford natürlich.

Nach der Premiere nahm es gar kein Ende mit den Glückwünschen und Danksagungen für Hans-Rüdiger Bertsch. Das habe er wunderbar gemacht, lobte der Regisseur. Exzellent getimt, nickte Dr. Marvelstone. General Dodge wollte ihm einen Orden verleihen, Kusine Betsy hauchte ihm ein Küsschen auf die Wange.

Auch das Publikum war voll Bewunderung. Zwar baten einige Mütter, Hans-Rüdiger möge nur bis sieben oder acht zählen, die Dunkelheit sei doch arg bedrückend, und man solle auch an die anwesenden Kinder denken; aber da stießen sie auf den Widerstand der Schauspieler, die meinten, sie müssten während des Dunkels weiterspielen, das verlange ihre Rolle, Ortswechsel und spitze Schreie, solche Sachen, da seien die zehn Hans-Rüdiger-Sekunden gerade ausreichend. Sogar eher knapp.

Deshalb blieb alles beim Alten. In der zweiten Vorstellung ebenso wie in der dritten. Hans-Rüdiger Bertsch zählte. Nicht bis neun, nicht bis elf, sondern bis zehn. Schalter. Dito die vierte Vorstellung, die fünfte, die sechste. Lady Stapleford hauchte im Dunkeln ihr Leben aus, und so geschickt der Mörder sich auch anstellte, am Ende wurde er doch enttarnt.

Aber dann kam Vorstellung Nummer sieben.

Vielleicht hätten die Mitglieder des Neckargemünder Volkstheaters doch ein anderes Stück wählen sollen. Schließlich saßen, wie erwähnt, Kinder im Publikum. Vor allem aber saß dort Hans-Rüdiger Bertsch. Gutmütig, zuvorkommend, bescheiden. Geradezu der Gegenentwurf zum Personal auf der Bühne, Lady Stapleford einmal ausgenommen.

»Oh, wie ich die Alte hasse!«, keifte Kusine Betsy, sobald sie alleine war.

Gutmütig konnte man das nicht nennen.

»Standrechtlich erschießen sollte man sie«, brüllte General Dodge.

War das etwa zuvorkommend?

»Wann schiebt sie endlich die Penunzen rüber?«, knirschte Mortimer, der Neffe.

Bescheidenheit sah anders aus.

Hinten in seiner Lichtregie-Kabine saß Hans-Rüdiger Bertsch, und wenn ihm vor Entsetzen nicht gerade der Mund offen stand, runzelte er die Stirn oder schüttelte den Kopf. Dann fiel das Wort »Testament«, und er drückte den Schalter.

Eins.

Zwei.

Drei.

Bei zehn wurde es wieder hell im Saal. Entseelt lag sie da, die arme Lady Stapleford, Opfer ihrer böswilligen, egoistischen, raffgierigen Clique. Mortimer hatte Schulden, Gwendolyn ein uneheliches Kind, Dr. Marvelstone wurde erpresst, Sir Archibald schmuggelte Altertümer. Sie alle brauchten Geld, sie waren skrupellos und bereit, über Leichen zu gehen.

Natürlich nur im Dunkeln.

Sechs Vorstellungen lang sah sich Hans-Rüdiger dieses Treiben stirnrunzelnd und kopfschüttelnd an, zählte bis zehn, drückte seinen Schalter. Dann kam die siebte Vorstellung. Eine Vorstellung, die in die Annalen Neckargemünds einging.

Warum? Nun, dazu bedarf es einiger Vorabinformationen. Sie sind zum Verständnis der Vorgänge unerlässlich, also bitte aufmerken! Zum Beispiel sollte man wissen, dass der Gemeindesaal, in dem die Neckargemünder Volkstheatertruppe auftrat, 300 Besuchern Platz bot. Angekommen? Gut. Man sollte ferner die Höhe der Eintrittspreise kennen: 12 Euro normal, ermäßigt 10. Auch gut. Vor allem aber sollte man von Eberhard Knötenbrech gehört haben, dem Schatzmeister des Volkstheaters.

Knötenbrech war ein schmächtiger Mann mit Schnauzer, dem der Griff der Stahlkassette mit den Abendeinnahmen tief in die gelbe Haut schnitt. Darüber hinaus war Knötenbrech Besitzer einer Schrotthandlung in Neckargemünd sowie Unterstützer des Bürgermeisterkandidaten Claus mit c Wenk, der jede Vorstellung von »Wenn es dunkel wird« besuchte, aber selten bis zum Ende blieb. Claus mit c Wenk galt als Favorit der Bürgermeisterwahl, weil er regelmäßig bei Frau Hutmacher einkaufte, in deren Feinkostladen man alles über die Neckargemünder und deren momentane Befindlichkeit erfuhr. Frau Hutmacher wiederum klagte sehr über ihren zukünftigen Schwiegerenkel, den ebenso tätowierten wie arbeitslosen Marvin Groß, aber in diesem Fall waren sogar dem zukünftigen Bürgermeister die Hände gebunden. Für Marvin und seine Tätowierungen hatte Tamara Hutmacher ihren damaligen Freund, einen gewissen Kazmierczak, verlassen, obwohl der Arbeit hatte. Welcher Art diese Arbeit war, blieb allerdings sein Geheimnis, und über den wortkargen, bärtigen Kazmierczak hatte sich Oma Hutmacher damals noch viel bitterer beklagt als über Marvin Groß.

Ungefähr so wie Lady Stapleford über ihren Neffen Mortimer.

Claus mit c Wenk, Marvin, Tamara, Frau Hutmacher, Kazmierczak: Alle diese Menschen saßen um Punkt 20 Uhr in der siebten Vorstellung von »Wenn es dunkel wird« und warteten darauf, dass es dunkel wurde. Nur Eberhard Knötenbrech nicht. Er öffnete fünf Minuten nach Vorstellungsbeginn geräuschlos die Saaltür, schlich zu seinem reservierten Platz in der letzten Reihe links und stellte die Geldkassette mit den Abendeinnahmen zwischen seine Füße. So, wie er es an den sechs Abenden zuvor gemacht hatte. Von seiner Lichtregie-Kabine konnte Hans-Rüdiger Bertsch alles ganz genau verfolgen.

Und nun überlegen Sie mal.

300 zahlende Gäste. 10 bis 12 Euro Eintritt. Dazu Wechselgeld sowie die eine oder andere großzügige Spende von

Neckargemünder Honoratioren. An die 5000 Euro kamen da schon zusammen.

So.

»Einen Tausender mehr oder weniger«, erregte sich Mortimer auf der Bühne, »das merkt die Alte doch gar nicht!«

Kurz danach betätigte Hans-Rüdiger den Generalschalter.

Aus Sicht des Publikums war die siebte Vorstellung eine Vorstellung wie jede andere. Etliche Zuschauer kannten das Stück bereits, andere hatten so viel davon gehört, dass es keine echte Überraschung war, als plötzlich das Licht ausging. Sagte ja schon der Titel. Trotzdem, Dunkelheit war Dunkelheit, sie sorgte für erhöhte Aufmerksamkeit, für weite Pupillen, für Atemlosigkeit. Jeder spürte: Dies ist der Höhepunkt des Stücks. Jetzt muss etwas passieren!

Komischerweise passierte überhaupt nichts.

Zumindest nichts Unübliches. Das Stimmengewirr auf der Bühne – Bist du das, Mortimer? Oh, diese Elektriker! Finger weg, Sie Flegel! –, die spitzen Schreie, der Sturz. Sterbensbereit lag Lady Stapleford am Rand der Bühne, auch wenn im Dunkeln nicht der kleinste Zipfel ihres altrosa Rüschenkleides zu erkennen war. Der General schimpfte, der Rechtsanwalt riss anzügliche Witze.

Dann herrschte Stille.

Stille und Dunkelheit.

Und jetzt?

Tja.

Wer das Stück kannte, und das waren, wie erwähnt, nicht wenige, den beschlich der Verdacht, dass sich die aktuelle Dunkelheit irgendwie anders anfühlte als die in den Vorstellungen zuvor. Der begann sich zu fragen, ob die zehn Hans-Rüdiger-Sekunden von heute nicht länger dauerten als die zehn Hans-Rüdiger-Sekunden früher.

Es wurde nämlich überhaupt nicht mehr hell!

Schon drehten sich die ersten Köpfe Richtung Lichtregie-Kabine. Was zwar niemand sah, aber trotzdem ein Gefühl der Zusammengehörigkeit erzeugte. In der Kabine war es stockfinster, wie überall im Saal. Seltsam, nicht einmal die Notlichter leuchteten. Diese Dunkelheit!

Auf der Bühne räusperte sich jemand. Vernehmlich, es war eine Art Weckruf. Hans-Rüdiger Bertsch, wir könnten jetzt … Hallo? Ein Flüstern in Reihe 3. Etwas raschelte, von irgendwo kam ein unterdrücktes Kichern, dann ein Gähnen, ein Husten, ein Scharren von Füßen.

Stand da nicht jemand auf?

Herrgott, warum wurde es nicht hell?

Warum?

Nun, es wurde nicht hell, weil Hans-Rüdiger Bertsch den Schalter nicht betätigte. Und das tat er nicht, weil er sich längst nicht mehr in seiner Kabine befand.

Auch für Hans-Rüdiger hatte die siebte Vorstellung von »Wenn es dunkel wird« begonnen wie jede andere. Fünf Minuten nach Öffnung des Vorhangs war Eberhard Knötenbrech in den Saal geschlichen, hatte seinen Platz eingenommen und die Geldkassette zwischen seine Füße gestellt. Irgendwann erhob sich Lady Stapleford, das Wort »Testament« fiel, Hans-Rüdiger tippte auf den Generalschalter.

Und zwar im Stehen.

Denn: Kaum war das Licht erloschen, öffnete er die Kabinentür. Geräuschlos, er hatte sie nämlich nach der letzten Vorstellung gründlich geölt. Dann huschte er hinaus. Eberhard Knötenbrechs Platz war nicht zu verfehlen. Weder im Schlaf noch im Dunkeln. Und es war ja dunkel, stockfinster sogar, dafür hatte Hans-Rüdiger selbst gesorgt, indem er die beiden Notbeleuchtungen mit schwarzem Tesakrepp abgeklebt hatte.

Bei zwei war er zur Tür hinaus, bei sechs kniete er hinter Knötenbrechs Stuhl. Hans-Rüdiger zählte, o ja, auch in diesem Moment, während der siebten Vorstellung. Nur merkte er es nicht, so konzentriert war er bei der Sache. Sieben – mit der linken Hand stützte er sich an einem Stuhlbein ab; acht – mit der rechten tastete er nach vorne; neun – er fühlte das kühle Metall der Kassette.

Dann kam die Zehn.

Und mit ihr ein gewaltiger Schmerz in Hans-Rüdigers Hüfte.

Er spürte, dass etwas über ihm war, dass etwas auf ihm zusammenbrach. Aber was? Er hatte keine Ahnung. Seine Hand hatte sich von der Geldkassette gelöst und tastete nach der Ursache des Schmerzes. Das Etwas über ihm berappelte sich, rollte von ihm herunter und verschwand. Im Verschwinden ließ es ein Grummeln hören, eine gewissermaßen professionelle Unmutsäußerung, die zu routiniert klang, um echt zu sein. Wie Politiker grummeln, wenn ihnen das Volk seine Unterstützung entzieht.

Siebzehn.

Bei dem Mann, der im Dunkeln Hans-Rüdigers Hüfte gerammt hatte, handelte es sich um niemand anderen als um Claus mit c Wenk, den Neckargemünder Bürgermeisterkandidaten. Er blieb, wie erwähnt, höchst selten bis zum Schluss einer Vorstellung, eigentlich nur so lange, bis jeder im Saal seine Anwesenheit zur Kenntnis genommen hatte. In der regelmäßig wiederkehrenden Dunkelheit sah er eine ideale Gelegenheit, sich zu verdrücken. Die zehn Hans-Rüdiger-Sekunden waren zwar eher knapp bemessen, um von den Ehrenplätzen in Reihe 1 zum Notausgang zu gelangen, aber Claus mit c Wenk war in seiner Jugend ein passabler Mittelstreckler gewesen.

Außerdem kannte er den Weg.

Dass sich ihm allerdings kurz vor Ende seiner Flucht, exakt bei Zählsekunde 10, eine menschliche Hüfte in Kniehöhe entgegenstemmen würde, damit hatte er nicht gerechnet. Der Bürgermeisterkandidat purzelte über den knienden Hans-Rüdiger Bertsch, schlug der Länge nach hin, stöhnte kurz auf, und hastete weiter. Nun aber in die falsche Richtung. Regelrecht aus der Bahn geworfen hatte es ihn, ähnlich einem Himmelskörper, der sich der Sonne nähert, weshalb Wenk ins Trudeln kam, hilfesuchend eine Hand ausstreckte, jedoch nicht die Klinke der Saaltür erwischte, sondern das Gebiss von Frau Hutmacher.

Es war eben verdammt finster im Saal. Nicht einmal die Notbeleuchtung, wir erinnern uns, stand zur Verfügung. Denkbar, dass Frau Hutmachers Gebiss in der Dunkelheit ähnlich schimmerte wie eine metallene Türklinke. Wenks Hand jedenfalls bekam das Ding zu fassen, das reflexartig zuschnappte – zum Glück, muss man sagen, denn so merkte der indisponierte Bürgermeisterkandidat gleich, dass an dem Gebiss noch ein funktionstüchtiger Körper dranhing. Dass es der von Frau Hutmacher war, merkte er nicht, aber das spielte auch keine Rolle. Unter Preisgabe etlicher Hautschuppen zog er seine Hand zurück und wechselte erneut die Fluchtrichtung.

An dieser Stelle verlassen wir Claus mit c Wenk – für den Moment.

Mittlerweile nämlich hatte sich vorne in Reihe 4 Marvin Groß erhoben, um nach dem Rechten zu sehen. Das war so sein Ding, gewissermaßen Marvins Lebensinhalt: nach dem Rechten zu sehen, Arbeitslosigkeit hin oder her. Am liebsten sah er auf dem Fußballplatz nach dem Rechten, in diversen Kneipen, bei seiner Freundin. Der Mensch braucht ja eine Beschäftigung. Also stand Marvin Groß auf, drehte sich um und schickte einen zürnenden Blick Richtung Lichtregie-Kabine. Den leider niemand bemerkte, es war ja dunkel. Dann fiel ihm ein, dass in der Reihe hinter ihnen, etwas schräg versetzt, sein alter Widersacher und Vorgänger Kazmierczak saß, der immer noch Tamara nachstellte, egal welche Beleidigungen man ihm an den

Kopf warf. Marvin stützte sich mit einer Hand an der Stuhllehne ab, beugte sich nach links und versetzte der Stelle, an der er Kazmierczaks Backe vermutete, eine schallende Ohrfeige. Dann machte er, dass er davonkam. Mit Elan und mit Grund.

Denn auch wenn sich an betreffender Stelle eine Backe befunden hatte, war es doch eine sehr weiche, komplett haarlose Backe gewesen, also keinesfalls die Backe des bärtigen Kazmierczak. Als Folge seiner 180-Grad-Wende beim Aufstehen hatte Marvin Groß im Dunkeln rechts und links verwechselt. Der Getroffene war viel zu perplex, um zu protestieren. Außerdem argwöhnte er, das gehöre zum Stück. Kazmierczak wiederum durchschaute die Zusammenhänge sofort, warf sich schräg nach vorn, um seinem Nebenbuhler im Schutz der Dunkelheit die Kehle zuzudrücken oder wahlweise durchzubeißen, kam jedoch zu spät. Der Stuhl war leer – fast jedenfalls. Tamara Hutmacher nämlich fühlte sich von der nicht enden wollenden Finsternis ermuntert, einmal Marvins Tätowierungen tastend zu erkunden, auch die unter seinem T-Shirt und die noch tiefer versteckten. Als sie nun tastete, stieß sie in haarige Zonen vor, auf ein struppiges Etwas, das ihr irgendwie bekannt vorkam. Auch Kazmierczak, der Betastete, identifizierte die tastende Hand in seinem Bart als die seiner Exfreundin, packte sie in einer Mischung aus Rührung und Zorn und begann, Tamara zu sich herüber zu zerren. Von Reihe 4 nach Reihe 5, in Zahlen ausgedrückt. Übrigens gingen all diese Manöver, die erfolgreichen und die fehlgeleiteten, relativ geräuscharm über die Bühne – nicht lautlos natürlich, aber doch ohne jenen Lärm, den sie andernorts und im Hellen verursacht hätten. Trotz allem wusste man, was sich gehört und dass sich die echte Bühne nicht hier befand. Sondern dort, wo die gemeuchelte Lady Stapleford auf ihre Entdeckung und die potentiellen Mörder auf ihren Einsatz warteten.

Immer noch blieb es dunkel im Saal.

Zurück zu Claus mit c Wenk. Der so kurz vor dem Ziel an gleich zwei Hürden gescheitert war: erst an Hans-Rüdiger Bertschs Hüfte, dann am Gebiss von Frau Hutmacher. Noch war er glimpflich davongekommen. Was sind schon ein paar Hautschuppen, solange das Licht nicht angeht? Bloß die Orientierung hatte er verloren, wusste nicht, ob rechts oder links oder geradeaus.

Und dann verlor er auch noch drei Zähne.

Eberhard Knötenbrech nämlich, als Schrotthändler wie als Schatzmeister ein energischer Verfechter des Privateigentums, hatte sehr wohl gemerkt, dass sich zwischen seinen Füßen eine Hand zu schaffen machte und dass das Interesse dieser Hand der prall gefüllten Geldkassette galt. Sofort hob er die Kassette vom Boden auf und drückte sie, von mütterlichen Gefühlen übermannt, an seine Brust. Was dann passierte, kann man sich denken. Knötenbrech vernahm nicht nur die Unmutsäußerung des stolpernden Bürgermeisterkandidaten in seinem Rücken – freilich ohne zu wissen, wer ihr Urheber war –, er hörte auch, wie Frau Hutmachers Gebiss zuschnappte – was er wohl gedacht hätte, hätte er Wenks Hand zwischen ihren Zähnen gesehen? –, und er registrierte sogar das leise Quietschen, das entstand, als der Politiker auf dem Absatz kehrt machte. Damit war klar, dass es der Dieb und Angreifer weiterhin auf die Geldkassette abgesehen hatte, weshalb Knötenbrech aufsprang, ausholte und dem anderen die knapp 5000 Euro mit bemerkenswerter Präzision in die Fresse wuchtete.

Bei völliger Dunkelheit wohlgemerkt.

Claus mit c Wenk war weit davon entfernt, Knötenbrechs Attacke den gebührenden Respekt zu zollen, denn erstens hatte er Schmerzen, zweitens fehlten ihm drei Schneidezähne, und drittens konnte er nicht wissen, warum er zur Zielscheibe schatzmeisterlichen Offensivgeists geworden war. Soweit er sich erinnerte, hatte bislang nur einer mit Prügeln gedroht, General Dodge nämlich, als ihm Sir Archibald dumm kam. Aber da hatte es sich um das rhetorische Muskelspiel eines Kriegsversehrten gehandelt. Und vor allem: um Theater.

Vielleicht torkelte Claus mit c Wenk deshalb nach dem verheerenden Geldkassetten-Attentat Richtung Bühne, auf wackligen Füßen, beide Lippen aufgeplatzt, mit sich und der Welt hadernd. Als er endlich am Bühnenrand Halt fand, wandte er sich um und versuchte, die Schwärze, hinter der sich das Neckargemünder Publikum verbarg, mit seinem Blick zu durchdringen.

In diesem Moment ging das Licht an.

Claus mit c Wenk hielt sich die Hand vor die Augen. Die Zuschauer machten Ah und Oh, einige schrien auf, so unerwartet kam der Anblick des blutüberströmten Mannes nach langer, schwerer Dunkelheit. Die tote Lady Stapleford, die gleich neben Wenk am Bühnenrand lag, konnte nicht anders, sie schlug beide Augen auf. Als sie sah, welche Spur der Verwüstung Knötenbrechs Kassette im Politikergesicht hinterlassen hatte, übergab sie sich auf ihr altrosa Rüschenkleid. Gwendolyn – die mit dem unehelichen Kind – eilte ihr zu Hilfe. Hinten im Zuschauerraum klappte Frau Hutmacher ihr Gebiss auf und zu, dass es im Kiefergelenk knackte. In Reihe 5 drosch Enkelin Tamara auf ihren Exfreund ein, so weit dessen Klammergriff es zuließ; ihre Beine zappelten noch in Reihe 4. Nur Marvin Groß bekam, da aus dem Saal geflüchtet, von der ganzen Aufregung nichts mit.

Vorne nahm Claus mit c Wenk die Hand von den Augen. Seine Lider flatterten. Er wollte etwas sagen, etwas Wichtiges, Menschheiterschütterndes. Schließlich war er gerade Opfer mehrerer Anschläge geworden, einer Anschlagskette, die auf perfide Planung schließen ließ, auf ein tückisch durchdachtes Konzept. Das Drehbuch einer Verschwörung, jawohl, das war es, dagegen konnte jedes Theaterstück mit Mord und Totschlag einpacken.

Die Welt als Bühne – so etwas in der Art wollte Claus mit c Wenk seinen Wählern verkünden. Doch als er den Mund öffnete, kam nur ein blutiges Blubb heraus. Und ein amtsmüder Schneidezahn. Geräuschlos fiel das gute Stück zu Boden.

26.

26, das war das Einzige, was Hans-Rüdiger Bertsch zu Protokoll gab. Wie sehr man ihn auch bedrängte, wie geschickt man ihn aus der Reserve zu locken versuchte – die Antwort lautete immer gleich: 26. Warum er den Schalter so spät betätigt habe? Ob er eingenickt sei? Was er zum Anschlag auf den Bürgermeisterkandidaten sagen könne?

26, nickte Hans-Rüdiger Bertsch, und irgendwann ließ man ihn in Frieden. Nun war endgültig der Beweis erbracht, dass der Kerl zu blöd für die einfachsten Tätigkeiten war. Was sechs Mal gut ging, konnte beim siebten Mal immer noch in die Katastrophe münden. Stimmt's, Hans-Rüdiger?

26, nickte Bertsch.

Dabei war es ganz einfach. Als Hans-Rüdiger nach Hüftattacke (10), Rückzug (15-22) und vorsichtigem Schließen der Kabinentür (24) wieder an seinem Arbeitsplatz eintraf, war er zählend bei 26 angelangt. Die 26 beinhaltete alles für ihn: Marvins Ohrfeige, Frau Hutmachers Gebiss, Geldkassette und Schneidezähne. Die komplette Dunkelheit also. Nur Claus mit c Wenks missglückte Ansprache lag außerhalb ihres Geltungsbereichs, im Hellen nämlich.

Insgesamt gesehen hatte Hans-Rüdiger Bertschs Ruf nicht gelitten, auch nach der siebten (unvollständigen) Aufführung von »Wenn es dunkel wird« nicht. Nach wie vor galt er als gutmütig, zuvorkommend und bescheiden, vielleicht sogar als noch ein wenig gutmütiger – soll heißen: beschränkter – als zuvor. Du meine Güte, wie er da in seiner Kabine saß, den dicken Finger über dem einzigen Schalter weit und breit, die Ohrmuscheln rot von der intellektuellen Herausforderung! So einer hegte keine bösartigen Gedanken! Der konnte sich einfach nicht an den Abendeinnahmen des Neckargemünder Volkstheaters vergriffen haben!

Moment.

Den Abendeinnahmen?

O ja, gab ein hochgradig erregter Eberhard Knötenbrech zu Protokoll, o ja, allerdings, die Geldkassette, die mit dem Geld, sie sei ihm während der Aufführung entwendet worden, einfach so, komplett, obwohl er sie wie einen Augapfel gehütet habe. Aber die lange Dunkelheit, der Konzentrationsverlust, die Stimmen ringsum, man bedenke! Und vielleicht, nein, ganz bestimmt sei der Dieb derselbe, der auch den Bürgermeisterkandidaten so übel zugerichtet habe.

Er holte Luft. Schade um das schöne Geld. Wirklich schade.

Was im Nachhinein ein schlechtes Licht auf die Rollenvergabe im Neckargemünder Volkstheater wirft: Wie kann man den mit Abstand begabtesten Schauspieler nur zum Schatzmeister machen?

Verdächtigt wurde denn auch nicht Eberhard Knötenbrech, sondern Marvin Groß. Wegen seiner Flucht, der Ohrfeige und natürlich wegen seiner Tätowierungen. Nachweisen konnte man ihm zwar nichts, aber Tamara war er los, dafür sorgte Frau Hutmacher. Kazmierczak hatte die Schnauze voll von Neckargemünd, er wanderte nach Australien aus. Ohne Tamara.

Hans-Rüdiger Bertsch schaute wieder regelmäßig bei den Fußballern vorbei. Er hoffte, dass sie ihn noch einmal die Linien ziehen lassen würden, aber sie ließen ihn nicht.

Ein paar Wochen später ging Frau Hutmacher zum Zahnarzt, um sich das Gebiss richten zu lassen, und traf dort Claus mit c Wenk, der noch immer ziemlich ramponiert aussah.

Jetzt, sagte Wenk, wolle er erst recht Bürgermeister von Neckargemünd werden. Er hoffe auf einen Opferbonus.

Außerdem habe er als einziger Kandidat alle sieben Aufführungen von »Wenn es dunkel wird« besucht.

Sechseinhalb, verbesserte Frau Hutmacher.

Sechseinhalb, genau.

Dann öffnete sich die Tür des Wartezimmers, und Lady Stapleford kam herein. Nicht in ihrem altrosa Rüschenkleid, sondern in weißem Kittel, denn sie war Zahnarzthelferin.

»Frau Hutmacher?«

Claus mit c Wenk nahm eine Zeitschrift vom Stapel. Bevor sich die Wartezimmertür wieder schloss, hörte er die Hutmacher noch fragen: »Und wer hat Sie nun ermordet?«

Da lachte der Bürgermeisterkandidat zufrieden.

Markus Guthmann

Kurzer Prozess

You must remember this
A kiss is just a kiss, a sigh is just a sigh.
The fundamental things apply
As time goes by.

Wladimir sieht mich schräg von der Seite an, aber er freut sich, dass es mir wieder so gut geht. Ich bin bald schuldenfrei, habe einen sicheren Job und liebe eine tolle Frau. Ich hatte schon andere Zeiten erlebt. Da ging es mir nicht so gut. Ich hatte gesoffen, gekifft und gehurt. Manchmal hatte ich mir auch etwas von dem Zeug eingeschmissen, mit dem ich jeden Tag zu tun habe. Mein Beruf, meine Ehe und meine Kohle sind den Bach runtergegangen. Das habe ich jetzt alles hinter mir! Es könnte mir echt viel schlechter gehen. So wie etwa dem Typ, der hier vor mir liegt. Wurstwarenfabrikanten sind schon reiche Säcke. Dieser hier war millionenschwer.

Wir haben die äußere Besichtigung abgeschlossen und die Kopf- und Halsöffnung hat, wie erwartet, keinen Befund erbracht. Wladimir greift zur Rippenschere aus Edelstahl und schneidet entlang der Knorpel-Knochengrenze von unten nach oben, das es nur so kracht. Wladimir kommt aus dem Osten und ist der geschickteste Handwerker hier am Institut. Aber manchmal glaube ich, dass einer seiner vorherigen Arbeitgeber in Transsylvanien wohnte. Nach der Fixierung mit dem Rippenspreizer und der routinemäßigen Sichtprüfung öffne ich den Herzbeutel mit einem lambdaförmigen Scherenschnitt und entnehme eine Blutprobe. Es ist, wie ich erwartet hatte. Das Herzmuskelgewebe ist stellenweise gelblich-grau verfärbt und labberig. Ganz klar die Folgen eines akuten Herzinfarktes. Wir machen weiter, öffnen schließlich die Bauchhöhle. Spätestens jetzt, wenn wir den Darm der Länge nach aufschneiden, laufen sie alle weg. So ist es auch mit der jungen Kommissarin von der Kripo, die der Staatsanwalt geschickt hat. Mit Würgelauten und blassem Gesicht ist sie weggerannt. Jetzt steht sie auf der Terrasse und raucht. Ob das für den offensichtlichen Zustand ihres Magens gut ist, wage ich zu bezweifeln.

So, das war's. Das in zentimeterdicke Scheiben geschnittene Gehirn stopfen wir in den Brustkorb und den Schädel polstern wir mit der Rheinpfalz von letzter Woche aus. Herrmann wird noch so richtig belesen nach seinem Tod. Der gelernte Metzger hatte zuletzt nur noch seine Fabrik im Kopf. Kein Wunder, dass es ihn so umgehauen hat. Wladimir näht alles wieder schön zu, während ich den Obduktionsbericht vervollständige. Tod durch hyperintensiven Herzinfarkt, schreibe ich in einfachem Deutsch, damit es auch noch der letzte Kripobeamte kapiert.

And when two lovers woo
They still say, "I love you." On that you can rely
No matter what the future brings
As time goes by.

Es ergibt wirklich alles einen Sinn. Wir wissen von seiner Frau, dass der überarbeitete Unternehmer in den letzten Wochen immer wieder über Schmerzen in der Brust klagte, aber nicht zum Arzt ging. Dann kam noch das Verfahren hinzu. Der Prozess, der gestern beginnen und in dem er als Hauptbelastungszeuge gegen einen Konkurrenten aussagen sollte. Ilsa, seine Frau, hatte auch erklärt, dass er letztes Wochenende stark erkältet war. Ja, dieser Stress kann einen umbringen, zumal er die Fünfzig schon überschritten hatte. Gestern, die Verhandlung hatte gerade begonnen, ist er im Sitzungssaal des Amtsgerichts umgekippt. Einfach so, während des Prozesses, auf den er so lange gewartet hatte. Herrmann war ein echter Streiter gewesen. Einmal auf die Fährte gesetzt ließ er nicht mehr locker, aber als Vorsitzender seiner Innung hatte er den guten Ruf seiner Branche zu verteidigen. Herrmann meinte Beweise zu haben, dass sein Konkurrent vergammelte Schweinsköpfe in seiner Wurst verarbeitete. Von eitrigen Geschwüren und Schimmelbefall war die Rede. Die angeblich leckeren Wurstprodukte wurden deutschlandweit verkauft und warben teilweise mit dem Gütesiegel „Aus ökologischer Produktion". Herrmann hingegen war penibel, was Hygiene und Qualität betrifft. Nicht umsonst gelten seine Leberknödel und Hausmacherwürste als beste der Pfalz, weil sie frisch wie beim Schlachtfest schmecken und hervorragend zu einer Rieslingschorle passen.

Schade, dass Ilsa eine Weile auf Tauchstation geht. Aber sie muss das Ganze erst mal hinter sich bringen und die Fabrik verkaufen. Da einer ihrer Konkurrenten gerade Probleme mit seinem guten Ruf hat, wird sie sogar noch einen höheren Preis erzielen können. Sie hasst Blutwurst und dem potentiellen Käufer kann es nicht schnell genug gehen. Das kann mir nur recht sein.

Wladimir ist schon gegangen. Ich tausche noch schnell die Behältnisse mit dem Blut und dem Urin aus. Ich habe in den letzten Wochen schon vorgesorgt und geeignete „Spender" mit der gleichen Blutgruppe gefunden. Es spielt bei meiner Arbeit keine Rolle, ob ich ein oder zwei Gläser Körperflüssigkeit zurückstelle. Ich darf nachher nur nicht vergessen das blutige Zeugs von Herrmann in den Abguss zu schütten, denn fast alle Fremdsubstanzen können im Blut und im Urin nachgewiesen werden.

It's still the same old story
A fight for love and glory. A case of do or die.
The world will always welcome lovers
As time goes by.

Tja, Herrmann. Ich habe dich erst heute so richtig kennengelernt, aber deine tolle Frau kenne ich schon ein paar Wochen länger. Ohne mich hätte sie es nicht geschafft. Vorgestern habe ich ihr den Amphetamin-Cocktail gegeben, den du gestern Morgen in deinem Kaffee hättest finden können. Ein bisschen einfältig warst du ja schon, und dass du gerade voll unter Dampf wegen deinem Prozess standst, kam uns gerade recht.

Ich ordne noch eine Weile die Papiere, dann freue ich mich, wie schon ein paar Mal an diesem Tag: Ilsa, ich glaube, dies ist der Beginn einer wunderbaren Freundschaft!

Gudrun Wilhelms

Busenwunder

Verdi ist nicht mein Lieblingskomponist und Otello nicht meine Lieblingsoper. Eifersucht liegt mir fern, deshalb kann ich nicht viel mit Eifersuchtsdramen anfangen. Da liegt mir Falstaff näher mit seinem *Alles in der Welt ist Narrheit, wir sind als Narren geboren …*

Doch wer in Mannheim ein Opern-Abonnement hat, der geht zu den Opernabenden. Egal, was gespielt wird. So war das auch in meiner Familie. Das hat mich geprägt. Ich gehöre allerdings nicht zu den Leuten, die glauben, mit einem Opern-Abo würden sie *dazugehören*. Ja, *wozu denn eigentlich?*, frage ich mich manchmal.

An dem bewussten Abend im Mai hatte ich nicht die geringste Lust, mich für die Oper fertigzumachen. Die Arbeit, schwierige Patienten … Ich weiß am Ende des Tages, woher meine Müdigkeit kommt. Am liebsten hätte ich eine Mahler-Sinfonie aufgelegt und mich auf der Couch ausgestreckt. Ein Liveorchester und eine Opernbühne brauche ich gar nicht zum Musikgenuss. Ich schließe einfach die Augen und lasse die Musik in mich fließen.

Aber es war Duschen angesagt, Haare waschen, aufwendiges Make-up, das ganze Theater. Und dann noch die Kleiderfrage. Jedes Mal die Qual der Wahl. Als ich schließlich vor dem großen Spiegel stand, war meine Müdigkeit wie weggeblasen. Mein Herz machte einen Hüpfer: der hellblonde Bob, das dramatische Augen-Make-up und das Spitzenkleid im Nude-Look. Einfach perfekt.

Franzi hat das Kleid für mich geschneidert. Ein Hingucker. Der Schnitt ist so geschickt, dass er meine üppige Oberweite nicht allzu deutlich hervortreten lässt. Untenrum Größe 36, obenrum 42, Frauen verstehen, was das bedeutet: Hosen, Röcke, Pullis, Blusen von der Stange – kein Problem. Kleider von der Stange – besser nicht, zu viele Änderungen. Was soll's, ich kann mir eine gute Schneiderin leisten. Und zu meiner Figur stehe ich voll und ganz. Ich brauche keine Push-up-BHs, keine Brustvergrößerung. Bei mir ist alles Natur. Andere schätzen das ebenso, denn seit der Oberstufe sagen meine Freunde liebevoll Busenwunder zu mir. Die Anrede ist als Kompliment aufzufassen, kein Fünkchen Ironie oder Häme liegt darin. Viele Männer mögen eben Frauen mit ansehnlicher Oberweite. Seitdem diese Tatsache in meinem Bewusstsein verankert ist, laufe ich nicht mehr mit eingezogenen Schultern herum, sondern nehme Haltung an. Das macht einen besseren Eindruck und stärkt den Rücken. Körperlich bin ich sowieso gut in Form. Judo und Kraftraum, manchmal habe ich das Gefühl der Unbesiegbarkeit. Brünnhilde, nicht Inga. Beim Sport sind große Brüste hinderlich, daher tape ich sie wie die Cheerleader.

Vor dem Spiegel stieg ich gleich in die puderfarbenen hochhackigen Schuhe. Was sollte ich denn sonst tragen zu dem tollen Kleid? Für einen Opernabend halte ich das aus. Mit dem Taxi direkt vors NTM, durch Vorhalle und Foyer stöckeln, Aufgang A hinauf, Reihe 4, Platz 18. Kaum angekommen, schmerzen meine Füße. Frauen sind doch verrückt. Tun sich so was an, um schöner, eleganter, größer zu erscheinen. Wenn die Lichter des Opernhauses ausgehen, ziehe ich immer die Schuhe aus.

Und dann rollte es vor meinen Augen und Ohren ab, das Drama um Liebe und Hass, Intrigen, Eifersucht und Wahnsinn, ohne dass mich die Bilder und Töne wirklich erreichten. Ich dachte die ganze Zeit an meinen vollen Terminkalender, an Patienten, die mir mit ihrem Geschwätz auf die Nerven gehen. Meine Praxis boomt, ich habe ein gutes Renommee, aber kaum noch Freizeit. Sieht so eine positive Bilanz aus? Als Ärztin würde es mir vielleicht ähnlich ergehen. Doch dazu ist es ja nicht gekommen. Mein Medizinstudium habe ich nämlich nach dem Physikum an den Nagel gehängt. Die endlose Sitzerei und Büffelei waren einfach nichts für mich. »Du hast ein goldenes Händchen, Inga«, sagte mein damaliger Freund Alex zu mir, als ich ihm wieder mal die verspannte Nackenmuskulatur massierte. »Warum wirst du eigentlich nicht Physiotherapeutin und Masseurin? Damit würdest du sicher großen Erfolg haben.« Alex hatte den richtigen Riecher gehabt. Er ist übrigens mehrfacher Vater und inzwischen Chef der Kardiologie an der Uniklinik Mainz. Wenn er in Mannheim und Umgebung zu tun hat, ruft er mich regelmäßig an. »Wann können wir uns sehen? Immer noch solo, Inga? Ich kann's nicht glauben. Du ziehst doch alle Blicke auf dich. Allein deine Brüste, ich kann sie nicht vergessen. *Busenwunder* ... Ich nehm dich als Zweitfrau, wie wär's? Zu Unizeiten wolltest du mich nicht. Aber mit vierzig bist du bestimmt einsichtiger geworden.«

Alex, der Scherzkeks.

Warum ich Single bin? Ganz einfach, der Richtige war noch nicht dabei. Aber an Angeboten hat's mir nie gefehlt, auch nicht an zweideutigen. Neulich sagte ein alter, schwerreicher Knacker bei der Rückenmassage: »Wenn Sie mir jetzt eine Ganzkörpermassage geben, Frau Moll, – Sie verstehen, was ich meine? – dann können Sie von mir haben, was Sie wollen.« Und ob ich verstand. »Dafür sind die Damen von einschlägigen Etablissements zuständig, das sollten Sie doch wissen«, habe ich gekontert. »Bitte, verlassen Sie sofort meine Praxis.« Bei solchen Vorfällen muss man knallhart reagieren, sonst hat man beruflich verspielt.

Den Mord an Desdemona habe ich nicht mitbekommen und den Rest der Oper auch nicht. Ich war eingeschlafen. Erst bei dem tosenden Schlussapplaus bin ich aufgeschreckt. Schnell meine Schuhe an und an den Leuten vorbeigedrückt: »Entschuldigung – Tschuldigung – Tschuldigung.« Das mache ich immer so, denn ich habe keine Lust, auf dem Weg hinunter ins Foyer die Kommentare der Musikkenner zu hören:

»Desdemona war heute indisponiert. Etwas dünn in den Höhen.« – »Hat eine gute Stimme, der Otello. Aber überhaupt keine Bühnenpräsenz. Jammerschade.« – »Wer Placido Domingo als Otello erlebt hat, für den gibt es keinen anderen Otello.« Alles Klugscheißer. Sollen sich mal auf die Bühne stellen und singen! Dazu käme es aber nicht, weil sie in die Hose pinkeln würden vor Angst. Opernsänger. Ich habe Hochachtung vor ihnen. Der schwerste künstlerische Beruf überhaupt.

Gerade will ich den Handlauf nehmen, um heil unten anzukommen, da seh ich ihn. Er steht etwa zwei Meter von der untersten Stufe entfernt und schaut hinauf. Schlank, elegante Erscheinung. Kein Handlauf, sag ich mir, er schaut dich an. Konzentrier dich und lauf ganz natürlich. Leichter gesagt als getan! Er hat dunkles, grau meliertes Haar und einen offenen Blick. Lächelt er mich an? Herzklopfen, weiche Knie, warme Wogen in meinem Körper. Mein Gott, was für ein Mann! Was mach ich jetzt nur? An ihm vorbeigehen und ihn nie wiedersehen? Ihn ansprechen: »Entschuldigen Sie, ich habe mein Handy vergessen. Haben Sie eines dabei?« Zu plump. Er ist nicht der Typ Mann, den man einfach anspricht. All das schießt mir durch den Kopf – und dann lass ich mich spontan hinfallen. Direkt vor seinen Füßen. Volles Risiko. Glatte Bauchlandung. Bühnenreif. Er ist sofort bei mir und hilft mir auf. Bei seiner Berührung überläuft's mich heiß und kalt.

»Das ist mir noch nie passiert. Eine schöne Frau zu meinen Füßen. Haben Sie sich verletzt?« Er schaut mir in die Augen. Seine sind blau.

»Nicht der Rede wert. Das Knie tut weh. Geht vorbei. Die Schuhe. Es waren die Schuhe.«

»Warten Sie. Ihre Tasche. Ist alles rausgefallen. Ich sammle es ein für Sie.« Lippenstift, Hausschlüssel, Eintrittskarte, Handy, ein Geldschein, mehr ist nicht drin. Ich sehe, er trägt keinen Ring, aber was besagt das schon heutzutage.

»Sind Sie sicher, dass Sie gehen können? Sind Sie mit dem Auto hier? – Nein? Darf ich Sie dann zu einem Wein einladen nach dem Schreck?«

Wir sitzen in der Vinebar am Wasserturm und trinken Champagner. Und reden und reden. Ich fühle mich wie im Traum, meine, er weiß schon alles über mich, so vertraut kommt er mir vor. Er heißt Paul Meyerhofen, ist fünfzig, Anwalt und Steuerberater. Arbeitet viel, kommt viel rum. Wohnt in der Oststadt. Liebt Wagner und Mahler. Otello mag er weniger, aber er braucht die regelmäßigen kleinen Fluchten ins Kulturleben. Seine Freunde waren an diesem Abend nicht in der Oper – zum Glück, sagt er verschmitzt. In der Pause hat er sie gesucht und nach der Vorstellung am Aufgang A auf sie gewartet. Und dann kam ich. Wenn ich nicht hingefallen wäre – er hätte nicht gewagt, mich anzusprechen. Das Theater ist zwar ein geeigneter Ort, um mit Menschen in Kontakt zu treten, aber was hätte er wohl sagen sollen? »Verzeihen Sie, wie spät ist es bitte?« Blödsinnig. – »Darf ich Ihnen ein Kompliment machen? Sie sehen wunderbar aus.« Distanzlos. – »Darf ich Sie zu einem Glas Wein einladen?« Damit wäre eine Abfuhr vorprogrammiert gewesen. Ein Brummen, sein Handy.

»Ja, die Vorstellung ist zu Ende.« – »Nein, bin noch mit Freunden unterwegs. Wie immer.« – »Kann ich nicht sagen. – Bitte warte nicht auf mich. Gute Nacht.«

Mit Freunden unterwegs? Warum sagt er das? Er ist verheiratet! Ich wusste es. Alle tollen Männer sind verheiratet. Mit Frauen, die ihnen abends hinterhertelefonieren. So ein Pech.

»Meine Mutter. Sie ist ans Bett gefesselt. Macht sich ständig Sorgen. Die Möglichkeit, mich telefonisch zu erreichen, ist eine Beruhigung für sie. Die will ich ihr nicht nehmen.«

Um ein Uhr früh schließt die Vinebar, und er fährt mich nach Feudenheim. »Das ist eine Fügung des Schicksals, dass Sie Physiotherapeutin sind«, sagt er, als er vor meinem Haus in der Schützenstraße hält. »Meine Mutter ist mit der letzten Therapeutin überhaupt nicht klargekommen. Machen Sie auch Hausbesuche und würden Sie diese Aufgabe übernehmen? Schauen Sie in Ihren Terminkalender, ob es noch Lücken gibt.« Er begleitet mich bis zur Haustür, und ich sage: »Danke für den schönen Abend. Ich hab darüber glatt vergessen, dass ich ein gefallenes Mädchen bin.«

Wie auf Watte gehe ich ins Haus. Ich bin in einem Zustand, einem Zustand! – Ich kann ihn nicht beschreiben. Paul ... Ich lege eine CD auf, gehe ins Bad und schminke mich ab. Meine braunen Augen wirken fast schwarz.

... Du kennst mich wieder, du lockst mich zart, es zittert durch all meine Glieder deine selige Gegenwart!

Das passt. Jessye Norman, Strauss-Lieder. Paul ... Ich gehe unter die Dusche und höre durch das Rauschen des Wassers:

... Hände, lasst von allem Tun, Stirn, vergiss du alles Denken, alle meine Sinne nun wollen sich in Schlummer senken. Und die Seele, unbewacht, will in freien Flügen schweben, um im Zauberkreis der Nacht tief und tausendfach zu leben.

Mein Knie tut ziemlich weh. Ich werd's überleben. Der Einsatz hat sich gelohnt. Nur so hab ich ihn kennengelernt.

... Rings sich die Täler neigen, es dunkelt schon die Luft. Zwei Lerchen nur noch steigen nachträumend in den Duft. Tritt her und lass sie schwirren, bald ist es Schlafenszeit. Dass wir uns nicht verirren in dieser Einsamkeit. O weiter, stiller Friede! So

tief im Abendrot. Wie sind wir wandermüde – ist dies etwa der Tod?

Aber nein, das ist nicht der Tod. Im Gegenteil. Mit ihm beginnt ein neues Leben. Was für ein Glück, dass ich mich aufgerafft habe, in die Oper zu gehen. Bald seh ich ihn wieder. Und wenn ich auch keine Termine mehr frei habe, werde ich mir für seine Mutter Stunde um Stunde freischaufeln. Ans Bett gefesselt. Furchtbares Schicksal. Ich werde alles tun, damit sie sich besser fühlt.

*

Um 16 Uhr stehe ich vor dem Haus in der Oststadt. Es signalisiert Tradition und Reichtum, wirkt aber wenig einladend in seiner Größe und Wuchtigkeit. Auf dem Messingschild an der Tür ist zu lesen:

Prof. Dr. Heinrich Georg v. Meyerhofen
Prof. Dr. Paul Georg v. Meyerhofen

Rechtsanwälte und Steuerberater

Adlig sind sie und mit Titeln behängt. Er hat sich mit *Paul Meyerhofen* vorgestellt. Sympathisch, wie alles an ihm.

»Ah, guten Tag, Frau Moll. Frau von Meyerhofen erwartet Sie. Ich bin ihre Gesellschafterin, Gabriele Gutfleisch. Bitte hier entlang. An die Tür hängen wir während der Behandlung immer das Schild: *BITTE NICHT STÖREN*, damit keine Unterbrechung erfolgt. Wenn Sie das bitte in Zukunft tun wollen.«

Das Zimmer sieht aus wie eine große Gruft. Die Gardinen sind zugezogen, bloß keinen Sonnenstrahl reinlassen. Furchtbar.

»Soso. Sie sind also die neue Physiotherapeutin«, sagt die blasse alte Frau mit den stechenden Augen, die von Kissen gestützt im Bett sitzt. Ihre Abneigung spüre ich sofort. Schade, Abneigung erschwert meine Arbeit. Aber ich bin hochprofessionell und habe gelernt, mit solchen Gegebenheiten umzugehen.

»Wie geht es Ihnen, Frau von Meyerhofen?«, sage ich und rücke den Stuhl an ihr Bett.

»Dumme Frage. Ich bin seit vielen Jahren bettlägerig, wie soll's mir da schon gehen. Fangen Sie jetzt an. Physiotherapie ist schrecklich anstrengend für mich. Ich bin immer froh, wenn sie zu Ende ist.«

»Ich schlage vor, wir beginnen heute mit einer Massage. So lerne ich Ihren Körper und seine schwachen Punkte kennen.«

»Er besteht nur aus schwachen Punkten. Reden Sie nicht und tun Sie was.« Auf ihre Schreie bin ich nicht gefasst: »Sind Sie wahnsinnig? Wollen Sie mich umbringen?«

»Frau von Meyerhofen, anfassen muss ich Sie schon bei einer Massage. Ich gehe so sanft wie irgend möglich vor. Wenn Sie das nicht aushalten können, muss ich die Behandlung abbrechen.«

Daraufhin sagt sie nichts mehr, aber sie wimmert und jammert, während ich Arme, Schultern und Rücken durcharbeite. Muskeln sind kaum noch vorhanden. Das kommt dabei heraus, wenn man sich nicht mehr bewegen kann.

»Jetzt habe ich Sie aber verschreckt mit meinem Jammern«, sagt sie, nachdem ich mich bis zu ihren Füßen vorgearbeitet habe. »Ich denke, das genügt für heute. Danke. – Mögen Sie Marzipan? Meine einzige Sünde. Jeden Tag esse ich eine große Packung. Was habe ich denn sonst im Leben. Auf dem Tisch dort drüben steht immer eine Schachtel für Besucher. Bedienen Sie sich ohne Aufforderung. Sie dürfen essen, soviel Sie wollen. Sie können es sich leisten«, sagt sie, indem sie mich von oben bis unten mustert. Das ist wohl ihre Art einzulenken.

»Sie sind sehr tapfer, Frau von Meyerhofen«, sage ich. »Es ist nicht leicht, sich auf eine neue Therapeutin einzustellen. Ich mag Marzipan furchtbar gern! Wenn ich eine Packung geöffnet habe, kann ich gar nicht mehr aufhören.«

Plötzlich lächelt sie. »Genauso geht es mir. Nehmen Sie die Schachtel mit. Es ist allerfeinstes Lübecker Marzipan. In Edelbitter-Schokolade. Ich stamme aus Lübeck. Machen Sie bitte die nächsten Termine mit Frau Gutfleisch aus. Auf Wiedersehen, meine Liebe.«

Das muss der Hausarzt sein. Durch den langen Flur eilt er mir entgegen. »Sie sind die neue Physiotherapeutin? Da haben Sie ja gerade Bekanntschaft mit Frau von Meyerhofen gemacht. Ich möchte ganz offen mit Ihnen reden. Seit dem Tod ihres Mannes hat sie sich völlig aufgegeben. Organisch ist sie einigermaßen gesund, aber Muskulatur und Skelett sind in einem alarmierenden Zustand. Und die Psyche … Seit Jahren verlässt sie praktisch nicht mehr das Bett, geschweige denn das Zimmer. Das Leben ist Bewegung – und wer die Bewegung aufgibt, der gibt sich selbst auf. Doch wem sage ich das! Wir können sie nicht auf die Füße stellen und zum Gehen zwingen. Wir können sie nur psychologisch betreuen, so weit das eben geht. Ich habe oft versucht, Paul, äh, Herrn Professor von Meyerhofen davon zu überzeugen, seine Mutter dauerhaft in einer Einrichtung unterzubringen. Dort gibt es andere Therapiemöglichkeiten. Dazu ist er nicht bereit. Er sagt, es würde ihr das Herz brechen, dieses Haus zu verlassen.«

Was für ein Schicksal … Dieser Klotz an seinem Bein. Und trotzdem ist er fröhlich. Woher nimmt er nur die Kraft?

Seine Mutter sei begeistert von mir, sagt er mir abends am Telefon. Ob ich Lust hätte, am Samstag mit ihm ins *Marly* zu gehen. Ambitionierter Koch, wunderbare kreative Küche. »Wie schön«, sage ich, »dann seh ich meinen alten Kumpel wieder. Er hat uns bereits zu Studienzeiten bekocht.«

»Sie kennen den Chef! So ein Zufall. Er hat schon lange einen Michelin-Stern verdient. Sie wissen sicher, sein Lokal ist jetzt in Mannheim, direkt am Rhein. Ehemaliger Getreidespeicher – das ergibt bestimmt ein besonderes Ambiente. War noch nicht dort.«

Der Starkoch verwöhnt uns nach allen Regeln der Kunst. Für mich macht er sogar ein paar Schmankerln, die nicht auf der Karte stehen. Hinter Pauls Rücken zeigt er mir den hochgestreckten Daumen und lächelt mir zu: toller Mann, Inga.

Als wir ein paar Stunden später vor meinem Haus vorfahren, sagt Paul:

»Ich hoffe, Sie haben den Abend genauso genossen wie ich. Montag muss ich nach London, am Freitag bin ich zurück. Schauen Sie mal auf Ihren Terminkalender, ob wir uns am Wochenende sehen können. Hier ist meine Handynummer.«

»Dann machen wir gleich Nägel mit Köpfen. Ich lade Sie für Samstagabend ein. Ich kann zwar nicht mit Starköchen konkurrieren, aber ich koche gern. Gibt es etwas, was Sie nicht mögen?«

»Haferbrei«, sagt er und lacht über das ganze Gesicht. »Gute Nacht. Sie sind wunderbar.«

*

»Frau von Meyerhofen hatte eine schlechte Nacht, sie ist sehr missgestimmt«, sagt Frau Gutfleisch beim nächsten Termin. »Ich würde gerne nach der Behandlung mit Ihnen sprechen, haben Sie da noch einen Moment Zeit? Mein Zimmer ist dort, dritte Tür rechts.«

»Mir bleibt nichts erspart«, tönt es mir entgegen. »Erst die schlaflose Nacht – und nun kommen auch noch Sie. Ich bin viel zu erschöpft, um die Therapie über mich ergehen zu lassen.«

»Wollen wir nicht von dem wunderbaren Lübecker Marzipan kosten, Frau von Meyerhofen? Dann sieht die Welt gleich ganz anders aus.«

»Sie haben recht«, sagt sie. Während sie sich aus der Packung bedient, entspannt sich ihr Gesicht zusehends. »Auf dem Tisch dort liegt eine Schachtel für Sie. Wenn nichts mehr hilft, dann hilft Marzipan. Es liegt wahrscheinlich an den wunderbaren Erinnerungen, die damit verbunden sind. Meine behütete Kindheit, meine sorglose Jugend. Die vielen Möglichkeiten, die mein Elternhaus bot. Wissen Sie, ich war eine verwöhnte höhere Tochter. All die Zuwendungen habe ich auch in meiner Ehe erfahren. Mein Mann hat mich auf Händen getragen. Wir haben uns 1960 beim Deutschen Springderby kennengelernt. In Hamburg. Ich war fünfundzwanzig, er fünfzig. Liebe auf den ersten Blick. Er hat mich vom Fleck weg geheiratet.« Sie seufzt und legt die Schachtel beiseite. »Als er starb, war mein Leben zu Ende. Ich hörte auf, die zu sein, die er in mir sah. Sie machen sich keine Vorstellungen, was das bedeutet. Weiterleben ohne seine Liebe, seine Fürsorge – die reine Qual. Es war ja abzusehen, dass er als Erster gehen würde – der große Altersunterschied – aber jeder dachte, er würde ewig leben. Er war so voller Kraft, so voller Schwung, bis zu seinem letzten Tag. Das war vor zehn Jahren. Herzschlag. Ich konnte nicht einmal Abschied nehmen.«

»Winkeln Sie das linke Bein an und strecken Sie es langsam aus. Dasselbe mit dem rechten Bein. Anwinkeln, ausstrecken, … Frau von Meyerhofen, Sie haben viele glückliche Ehejahre gehabt. Und nun sind Sie umgeben von Menschen, die alles Erdenkliche für Ihr Wohlbefinden tun. Ihr Sohn …«

»Hören Sie auf. Sie wissen nicht, wie es in mir aussieht. Was bilden Sie sich eigentlich ein, über Dinge zu sprechen, die Sie nichts angehen. Wir machen für heute Schluss. Ich kann nicht mehr.«

Diese Frau! Sie hätte allen Grund zur Dankbarkeit. Stattdessen führt sie sich auf wie ein ungezogenes Kind. Jede andere Patientin würde ich in den Wind schießen, wenn sie mir auf diese Art käme. Aber sie ist seine Mutter. Ich versuch's weiter mit ihr.

»Sie hat die Behandlung abgebrochen, das habe ich mir gedacht.« Frau Gutfleisch nickt mir zu. »Frau von Meyerhofen ist eine schwierige Dame. Ich denke, Sie sollten ein paar Informationen von mir bekommen, damit Sie die Gesamtsituation besser einschätzen können. Ich bin seit über zwanzig Jahren in diesem Haus und kenne Frau von Meyerhofen sehr gut. Im Grunde ist sie eine tragische Person. Nach dem Tod ihres Mannes hätte sie ihr Leben völlig neu gestalten können, denn alle Möglichkeiten standen ihr offen. Sie war Ende sechzig, topfit, an Reisen und Gesellschaft gewöhnt. Doch sie hat den Weg der Verweigerung und der Isolation gewählt und wurde damit zum Problem für ihre Umgebung. Herr Prof. von Meyerhofen ist der Hauptleidtragende, denn seine Freundlichkeit und Loyalität verbieten es ihm, seine Mutter in die Schranken zu weisen. Sie hat es geschafft, dass seine Ehe nach kurzer Zeit in die Brüche ging. Ihn teilen? Das kam für sie nicht in Frage. Die junge Frau von Meyerhofen hat die Scheidung eingereicht, weil sie das ständige Einmischen der Schwiegermutter nicht mehr ertragen konnte. Herr Prof. von Meyerhofen hat kein zweites Mal geheiratet. Aber auch seine folgenden Beziehungen hielten nicht lange. Frau von Meyerhofen hat eine Art, die selbst sehr verliebte Frauen in die Flucht treibt. Seit Sie ins Haus kommen, Frau Moll, ist sie wieder in Alarmstimmung. Sie sind jung, attraktiv und bringen die Sonne mit. Grund genug für die alte Dame, unruhig zu werden. ›Geht da etwas vor zwischen meinem Sohn und der neuen Physiotherapeutin – was meinen Sie?‹, hat sie mich nach Ihrem ersten Besuch gefragt. ›Wie kommt Paul dazu, mir ausgerechnet diese Person zu empfehlen? Es gibt Physiotherapeuten wie Sand am Meer. Ob er sie neulich in der Oper kennengelernt hat? Er war so kurz angebunden, als ich ihn nach der Vorstellung anrief.‹ Ich wollte Sie das wissen lassen, Frau Moll.«

Die ewige Geschichte: die eifersüchtige Mutter. Beißt alles weg, was ihr in die Quere kommt. Ruiniert das Leben ihres Sohnes – diese Egoistin. Zum Glück habe ich nicht viel Zeit, um noch lange darüber nachzudenken. In der Praxis warten schon die Patienten.

Am Feierabend höre ich den Anrufbeantworter ab.

Nachricht 1: *Inga, was ist los mit dir? Du hast dich seit Ewigkeiten nicht blicken lassen. Judith hat dich neulich in der Vinebar gesehen. Wer ist er? Ruf mich an! Ich platze vor Neugier.*

Typisch Kathrin. Wochenlang ist sie auf Tauchstation, doch kaum wittert sie einen Mann, steht sie wieder auf der Matte.

Nachricht 2: *Hallo, Frau Moll. Frau Gutfleisch am Apparat. Frau von Meyerhofen hat mich darum gebeten, den Termin für Donnerstag abzusagen. Sie fühlt sich nicht wohl. Können Sie am Freitag kommen? Bitte um Rückruf. Einen schönen Abend.*

Nachricht 3: *Hallo. Hier ist Paul. Sie sind wohl noch in der Praxis. Habe gerade mit einem Klienten im Dorchester gegessen. Alain Ducasse, 3 Sterne. Das nächste Mal müssen Sie unbedingt mitkommen. Gehe jetzt ins Konzert. Danach ruf ich nochmal an.*

Mir zittern die Knie. Seine Stimme! Er ist gerade mal einen Tag weg, und schon hab ich Sehnsucht nach ihm. Ich mache mir Risotto mit gebratenem Spargel und Parmesanspänen. Um halb elf klingelt das Telefon.

»Hallo. Sind Sie noch wach? – Höre ich da im Hintergrund die Lieder eines fahrenden Gesellen?«

»Ja. Toll, dass Sie die Musik übers Telefon erkennen! Hab gerade an Sie gedacht. Die zwei blauen Augen ...«

Er lacht. »Ich bin der fahrende Geselle. Da muss ich eine kleine Änderung vornehmen. Es heißt: O Augen braun, warum habt ihr mich angeblickt? Ihren ersten Blick im Theater werde ich nicht vergessen. Er ging mir durch Mark und Bein. Blitzschlag, sagen die Franzosen. Ich habe das noch nie erlebt. Über das Essen bei Ducasse will ich nicht reden. Das ist zu profan. Ich möchte Ihnen lieber sagen, dass ich Sie vermisse. Ich freue mich sehr auf Samstag.«

»Ich mich auch. Das Menü steht fest: Pellkartoffeln mit Quark.«

»Ich würde sogar Haferbrei essen, nur um bei Ihnen zu sein.«

»Wenn das kein Opfer ist. Ich weiß es zu schätzen. Gute Nacht, Paul.«

»Gute Nacht, Inga. Träumen Sie süß.«

Beim Einschlafen höre ich sein Lachen. Blitzschlag, *le coup de foudre*, bedeutet auch Liebe auf den ersten Blick. Kann man Gänsehaut kriegen vor Glück? ‚Das nächste Mal müssen Sie unbedingt mitkommen.' O ja, nichts lieber als das. ‚Ich vermisse Sie.' Wenn du wüsstest, wie sehr ich dich vermisse – dir würde vielleicht himmelangst. *Die zwei blauen Augen von meinem Schatz, die haben mich in die weite Welt geschickt. Da musst ich Abschied nehmen vom allerliebsten Platz! O Augen blau, warum habt ihr mich angeblickt? Nun hab' ich ewig Leid und Grämen* ... O nein, kein Leid, kein Grämen. Die Zuneigung ist nicht einseitig. Er denkt auch an mich ... *War alles, alles wieder gut! Ach, alles wieder gut. Alles! Alles, Lieb und Leid und Welt und Traum!* Haferbrei, denke ich. Und dann nichts mehr.

*

Arbeit hilft, wenn man sich nach jemand sehnt. Die Stunden und Tage gehen dann schneller vorbei. Abends stehe ich lange vor meinem Kleiderschrank und probiere ein Kleid nach dem anderen an. Nein. Alle nichts für diesen Abend. Ich renne in den Keller. Das enge Chiffonkleid mit dem Leoparden-Print. Das ist es! Franzi hat es letztes Jahr für mich kreiert, und ich hab es sofort in den Keller gehängt. Gewagter Ausschnitt. Schwer zu tragen. Aber wie gemacht für Samstag. Als ich vom Keller hochkomme, blinkt der Anrufbeantworter. Kathrin.

Ich find das nicht fair, Inga. Ich sprech auf deinen AB, und du rufst nicht mal zurück. Wahrscheinlich bist du mit deinem neuen Verehrer pausenlos auf Achse. Vergisst dabei völlig deine Freunde. Solltest du nicht. Judith meint, dein Neuer ist Paul von Meyerhofen, der Anwalt. Wenn das stimmt, dann gute Nacht, Marie. Er war mit einer Industriellentochter verheiratet. Tolle Frau. Die alte Meyerhofen hat sie vergrault. Ein Drama. Duldet kein weibliches Wesen neben sich. Sie wird sich nicht ändern, diese Frau. Glaub mir.

Du sagst mir nichts Neues, Kathrin. Aber ich lass mich nicht vergraulen. Ich werde kämpfen um diesen Mann. Ich liebe ihn. Keine hohen Schuhe, die goldfarbenen Ballerinas. Ich will beim Servieren nicht herumstaksen wie ein Storch im Salat. Zu anstrengend. Wo ist der hautfarbene BH, der meine Brüste gut im Zaum hält? Kein Schmuck, nur ein schönes Make-up. Ich suche passenden Lidschatten und Lippenstift heraus: Braun- und Goldtöne, die betonen meine braunen Augen.

Ich wälze alle meine Kochbücher und gehe in die Kochforen im Internet. Reine Zeitverschwendung. Wenn's drauf ankommt, greife ich auf Gerichte zurück, die ich im Schlaf beherrsche. Ihm wird's schon schmecken. Toskanische Brotaufstriche, ein paar Antipasti. Vielleicht gebratene Zucchini, rote und gelbe Paprika und braune Champignons mit einer Vinaigrette? Das ist was fürs Auge und geht ruckzuck. Zeitaufwendiger sind die Ravioli. Aber hausgemacht ist hausgemacht. Dann Lammfilets. Zum Nachtisch eine Crème au caramel, eine Mousse, ein Eis? Oder alles? Nur ruhig Blut. Beim Vorbereiten sprudelt es nur so in meinem Kopf: Zuletzt biegt sich der Tisch, und die Hälfte bleibt übrig. Das ist halt meine Art. Barocke Fülle – genau wie meine Oberweite! Jetzt rufe ich Kathrin an, sonst ist sie mir ernstlich böse. Der Anrufbeantworter.

Hallo Kathrin. Danke für deine Anrufe. Bin total ausgelastet, deshalb rufe ich erst jetzt an. Paul ist ein wunderbarer Mann und seine Mutter eine schwierige Person. Das habe ich schon gemerkt. Aber ich kenn mich aus mit schwierigen Personen. Also keine Sorge, ich hab alles im Griff. Ich bin am Wochenende mit Paul verabredet. Wie wär's mit Dienstagabend auf einen Wein? Bei mir? Da können wir dann ausführlich reden. Mach's gut.

*

Ich weiß sofort, woran ich bin, als mich Freitagnachmittag der Blick von Frau von Meyerhofen trifft: Er hat etwas Lauerndes, Hinterhältiges. Ahnt sie etwas? Die Intuition gestörter Mütter ist besonders gut entwickelt.

»Mir geht es zwar kein Jota besser, Frau Moll, aber Frau Gutfleisch sagte, ich dürfe die Behandlung nicht so lange unterbrechen«, empfängt sie mich. »Essen Sie Marzipan, meine Liebe, und entspannen Sie sich. Sie wirken abgehetzt. Oder täusche ich mich?«

Diese Schlange. Ich habe mein normales Pensum absolviert. Aber ich bin nicht müde. Paul kommt heute zurück. Und morgen kommt er zu mir. Im Übrigen habe ich diese Woche jede freie Minute genutzt, um mich in die Sonne zu legen. Ich nehme schnell Farbe an und sehe aus wie nach einer Woche Mallorca. Die Gesundheit und die Jugend in

Person – verglichen mit diesem bleichen Nachtgespenst im Bett.

»Mir geht es gut, Frau von Meyerhofen. Meine Arbeit ist anstrengend, aber sie ist ein gutes Training für mich. Ich arbeite körperlich und muss mich auch geistig bewegen. Für viele Patienten bin ich nämlich eine Klagemauer, von der noch gute Ratschläge erwartet werden.«

»Sind Sie damit nicht überfordert?«, sagt sie spitz. »Sie sind schließlich keine Psychiaterin.«

»Das ist nicht nötig. Ich habe viele Jahre Berufserfahrung und einen gesunden Menschenverstand. Höchstwahrscheinlich bin ich psychisch gesünder als so mancher Psychiater. Das ist von großem Vorteil. Das spüren meine Patienten.«

»Sie sind ja sehr von sich überzeugt. Minderwertigkeitskomplexe kennen Sie wohl nicht.«

»Ich habe keinen Anlass dazu. Seit meinem 25. Lebensjahr bin ich Vollwaise und habe meine berufliche Existenz aus eigenen Kräften aufgebaut. Mit dem, was ich erreicht habe, kann ich zufrieden sein. Daher sehe ich keinen Grund, mich in ein Mauseloch zu verkriechen.«

»Nun fangen Sie endlich mit der Behandlung an«, ist alles, was sie darauf sagt.

»Nehmen Sie bitte beide Arme hoch und spannen Sie sie an. Halten Sie die Spannung. Gut. Nun senken Sie die Arme ganz langsam ab. Dasselbe nochmal.«

»Mein Sohn war die ganze Woche in London. Heute kommt er zurück. Gott sei dank! Mir geht es immer schlecht, wenn er weg ist. Hat er Sie angerufen?«

»Frau von Meyerhofen, ich denke, ich muss Ihnen keine Auskunft über mein Privatleben geben«, sage ich.

»Da denken Sie ganz falsch«, schreit sie. »Das ist keineswegs Ihre Privatangelegenheit! Ich bin davon mindestens so betroffen wie Sie! Wenn Sie es genau wissen wollen: Ich habe meinem Sohn dieselbe Frage gestellt. Er hat sie mit Ja beantwortet! Er ist wenigstens ehrlich.«

»Auch ich bin ehrlich. Aber ich trenne strikt Berufliches von Privatem. Das müssen Sie mir schon zugestehen.«

»Diese Trennung ist in diesem Fall wohl nicht möglich. Und ich gestehe Ihnen gar nichts zu. Sie tun meinem Sohn nicht gut. Eine Mutter spürt so etwas. Ich kann Ihnen auf den Kopf zusagen, von welchem Zeitpunkt an sich sein Verhalten mir gegenüber geändert hat: am Abend der Otello-Aufführung! Ich konnte die ganze Nacht nicht schlafen, nachdem er mich am Telefon so abgekanzelt hat. Abgehängt. Als sei ich eine lästige Anruferin, nicht seine Mutter. An diesem Abend muss er Sie getroffen haben. Geben Sie es zu. Es kann gar nicht anders sein.«

»Frau von Meyerhofen, ich bin hier zur Physiotherapie, nicht zum Verhör. Wenn Sie mir in dieser Weise entgegentreten, sehe ich keinen Sinn mehr darin, meine Behandlungen fortzusetzen. Ich gehe dann lieber.«

»Nein! Beruhigen Sie sich. Bleiben Sie. Paul wäre ungehalten, wenn er sich schon wieder nach einer neuen Therapeutin umsehen müsste.«

Sie reicht mir die Packung mit dem Marzipan, aber es ist keine Versöhnungsgeste. Aus ihrem Blick spricht Feindseligkeit.

»Meine Liebe«, sagt sie, »nach all dem, was Sie mir sagten, ist Ihnen Realismus nicht fremd. Daher werden Sie sich keine Illusionen machen, was die Beziehung zu meinem Sohn betrifft. Sie werden niemals eine Stellung in diesem Haus einnehmen. Niemals.«

»Seien Sie beruhigt, Frau von Meyerhofen. Ich reflektiere nicht auf Ihr Haus, denn ich besitze selbst eines. Und auf die Versorgung durch einen Mann bin ich schon gar nicht angewiesen. Sollte ich eines Tages heiraten, dann geschieht es aus Liebe. Aus reiner Liebe.«

Sie, die Widerspruch nicht gewöhnt ist, schaut mich mit offenem Mund an. »Ich erwarte Sie Montagnachmittag«, sagt sie. »Nehmen Sie das Marzipan mit.«

Ich steige ganz ruhig ins Auto. Es musste so kommen, es war abzusehen. Es hat Vorwarnungen gegeben. Warum soll es mir besser ergehen als meinen Vorgängerinnen? Als ich in Feudenheim ankomme, habe ich das ganze Marzipan aufgegessen. Ich habe ein mulmiges Gefühl in der Magengegend.

Den Tisch richte ich gleich, bloß keine Hektik morgen. Es soll ein Fest werden. Er kommt zu mir. Otello sei Dank! Zum Teufel mit der Eifersucht und Missgunst der alten Meyerhofen! Mit mir wird sie ihr übles Spiel nicht treiben. Mit mir nicht. Allmählich werde ich ein bisschen unruhig. Es soll doch alles klappen, alles ganz leicht und zwanglos wirken. Es wäre eine Lüge, wenn ich behaupten würde, dass ich ihn nicht beeindrucken will. Und wie ich ihn beeindrucken will! Den Abend soll er nicht vergessen. Ach, Paul! Das Telefon. Paul.

»Hallo, ich bin wieder in Mannheim. Wir haben uns leider um eine halbe Stunde verpasst. Ich hätte Sie so gern gesehen. Meine Mutter ist auf Krawall frisiert. Ist heute Nachmittag etwas vorgefallen?«

»Wie man's nimmt. Sie hat mich ins Kreuzverhör genommen. Aber das erzähle ich Ihnen nicht am Telefon. Ich freue mich sehr auf morgen. Wann wollen Sie kommen? 19 Uhr? Ist das in Ordnung?«

»Ja. Bitte machen Sie sich keine großen Umstände. Ich bin mit allem zufrieden.«

*

Ich fahre am Morgen raus und entdecke tatsächlich noch eine ungemähte Wiese: Margeriten, Salbei, Klatschmohn, Glockenblumen. In Glasvasen arrangiert – ein Hauch. Dazu viele Teelichte und weiße Kerzen in den Kerzenhaltern. Musik? Ich lege *Lieder eines fahrenden Gesellen* in den CD-Player. Danach laufe ich im Haus herum wie ein Tiger im Käfig, obwohl alles bis ins kleinste Detail vorbereitet ist.

Und endlich ist es Abend. Er steht vor der Tür und strahlt. Ich denke, mein Herz muss mir gleich zum Hals herausspringen.

»Ich freue mich, dass ich hier bin. Der fahrende Geselle hat Ihnen Musik mitgebracht. Ich hoffe, Sie haben diese Aufnahme noch nicht. *Tristan und Isolde* mit Windgassen und Nilsson, Bayreuth 1966.«

Tristan und Isolde, ein Drama von Liebe und Tod! Ich hätte nicht gewagt, diese Musik aufzulegen, und nun kommt sie von ihm: magnetisch, betäubend-schwebend, entrückt. Die nie zu stillende Sehnsucht – erst im Tod liegt Erlösung.

»Schönes altes Haus. Stilvoll eingerichtet«, sagt er beim Umhergehen. »Ich hab's mir nicht anders vorgestellt. Sogar Wiesenblumen haben Sie gepflückt. Sie passen zu Ihnen. Soll ich die Kerzen anzünden?«

Beim Prosecco erzähle ich ihm die Geschichte des Hauses, die auch die Geschichte meiner Familie ist. Sage ihm, dass ich vor 15 Jahren meine Eltern verloren habe. Unfall auf ihrem Heimweg von den Schwetzinger Festspielen – Geisterfahrer. »Sie sind immer noch bei mir. Ich höre die Kommentare und Empfehlungen meines Vaters, fühle, wie meine Mutter mir über den Kopf streicht. Es waren souveräne, tolerante Menschen. Mein Vater als Arzt hatte überhaupt kein Problem damit, dass ich mein Medizinstudium schmiss. ‚Du wirst deinen Weg schon machen', sagte er mir immer. Das war für mich Beruhigung und Bestätigung in einem. Er wäre bestimmt zufrieden, dass ich im Erdgeschoss meine Praxisräume habe, das Haus aber in seiner Struktur erhalten blieb.«

Wir sitzen am Tisch wie ein altvertrautes Paar, das einen Jahrestag feiert. Zu zweit, Gäste nicht erwünscht. Wache ich oder träume ich? Ich kann es nicht fassen. Da sitzt er mir gegenüber, der Mann meiner Träume. Aber er ist ein Mann zum Anfassen, und er wird ganz konkret: Er begeistert sich für das, was auf den Tisch kommt.

»Die Brotaufstriche und die Antipasti, einfach köstlich. Und die Ravioli mit dem gebratenen Salbei, ein Gedicht. So viel Arbeit. Ich hab Ihnen doch gesagt, Sie sollen sich keine großen Umstände machen!«

»Ach«, sage ich, »das hat mir Spaß gemacht. Ich habe die ganze Zeit an Sie gedacht. Schenken Sie Wein nach.«

Er erlebt es selten, dass eine Gastgeberin alles selbst zubereitet. Wieviel einfacher ist es, im Delikatessengeschäft einzukaufen und dann noch zu behaupten, man habe alles selbst gemacht. Aber er schmeckt das sofort heraus. Mein Essen – einfach fantastisch. Zum Beweis nimmt er mehrfach nach. Auch die Lammfilets mit den Balsamico-Tomaten sind gelungen.

Nach dem Essen führe ich ihn in den Garten, zeige die alten Bäume, die Rosenrabatten und meinen Platz zum Sonnen. Nicht einsehbar.

»Bedeutet das, dass Ihre Bräune nahtlos ist?«, sagt er und lächelt mich an.

»Ja«, sage ich und werde rot. »Heute ist es leider zu frisch, sonst hätten wir draußen gegessen. Gehen wir wieder rein? Wie wär's mit einem Dessert? Crème au caramel, Mousse au chocolat, Erdbeereis?«

»Selbstgemacht?«, fragt er. »Dann bitte von allem ein bisschen.«

Das haut mich um. Ein Kopfmensch, ein Feingeist, der in vollen Zügen genießen kann. Mein Gott, das ist zu schön, um wahr zu sein. Ich würde ihn am liebsten in die Arme nehmen und abküssen für dieses ‚von allem ein bisschen'.

»Sie sind eine Künstlerin«, empfängt er mich. »Schön angerichtet. Nicht jede Köchin hat ein Gespür für Ästhetik. Für Nachtisch kann ich mich sehr erwärmen. Für Süßigkeiten weniger. Marzipan mag ich überhaupt nicht. A propos ...«

Zu dumm, dass jetzt das Kreuzverhör seiner Mutter zur Sprache kommt. Aber was soll's. Ich sag ihm frei heraus, wie ich auf ihre Ungehörigkeiten reagiert habe.

»Das war richtig so. Verbiegen Sie sich bloß nicht. Sie schulden meiner Mutter keinerlei Rechenschaft. Früher war sie ein anderer Mensch. Doch seit dem Tod meines Vaters ist sie völlig verändert. Ich habe den Fehler gemacht, zu sehr auf ihre Launen einzugehen. Damit ist jetzt Schluss.«

Ich gehe in die Küche, um Wein zu holen, und er kommt mir nach. Er nimmt mich in die Arme und küsst mich. Nicht einmal, zweimal. Er küsst mich unentwegt. Und ich erwidere seine Küsse, denn nichts habe ich mir sehnlicher gewünscht. »Den Wein trinken wir später, einverstanden? Zeigst du mir das Haus?«

Der Rest ergibt sich von selbst. O sink' hernieder, Nacht der Liebe … Was wir erleben, ist reine Ekstase. Jetzt fehlt nur noch ganz wenig, und ich werde wahnsinnig, denke ich. In diesem Augenblick brummt sein Handy. »Jetzt nicht«, sagt er und drückt es aus. »Entschuldige«, sagt er zu mir, »ich habe nicht daran gedacht, es abzustellen.« Er wendet sich meinen Brüsten zu und vergräbt sein Gesicht in ihnen. »Du hast die schönsten Brüste der Welt«, murmelt er, und dann folgt das furiose Finale. Wir liegen klatschnass und schwer atmend nebeneinander, als er sagt:

»Ich habe vom ersten Augenblick an gewusst, dass du die Frau meines Lebens bist. Ich liebe dich. Willst du mich heiraten?«

Zum Glück bin ich in der Horizontalen, sonst würde ich umfallen. Ich stoße einen Seufzer aus.

»Was ist?«, sagt er, »du brauchst nicht gleich zu antworten, wenn du dich überrumpelt fühlst.«

»Ich fühle mich nicht überrumpelt, der Seufzer bedeutet Ja! Ja, ja, ja!«, rufe ich und werfe mich auf ihn. »Ich liebe dich!«

Während ich die zweite Flasche Saint-Emilion und Gläser hole, hat er Tristan und Isolde aufgelegt, und die Musik flutet durchs Haus:

O sink' hernieder, Nacht der Liebe, gib Vergessen, dass ich lebe, nimm mich auf in deinen Schoß, löse von der Welt mich los! So stürben wir, um ungetrennt, ewig einig, ohne End',

Ohn' Erwachen, ohn' Erbangen, namenlos in Lieb' umfangen …

Er schaut auf sein Handy, während ich Wein einschenke. »Es war meine Mutter. Ich habe ihr gesagt, ich möchte einen friedlichen Abend verbringen. Ohne Störung. Nun ja. – Auf unser Wohl, Liebste!«

… ganz uns selbst gegeben, der Liebe nur zu leben, ohne Nennen, ohne Trennen, neu Erkennen, neu Entbrennen; ewig endlos, einbewusst: heiß erglühter Brust höchste Liebeslust!

*

Beim Frühstück klingelt sein Handy. Er ist ganz ruhig und sachlich. Natürlich, es geht ihm gut. Bald fährt er nach Hause. Dann schaut er nach ihr. Bis bald.

»Ich will gar nicht weggehen«, sagt er. »Ich habe aber noch was für morgen vorzubereiten.«

»Das ist in Ordnung. Wenn du magst, kannst du ja später wiederkommen. Mach dir keinen Druck.«

Ich lege mich auf die Couch und höre den ganzen Tristan. Liebe verfeinert das Empfinden für Musik. Die verzehrenden Steigerungswellen der Violoncelli im Vorspiel, der aufwühlende Tristan-Akkord und seine endgültige Auflösung nach Isoldes Liebestod … Im Jenseits sind alle Dissonanzen aufgehoben. Ist das ein Trost? Ich heule wie ein Schlosshund. Vor Ergriffenheit. Und vor Glück.

Am frühen Abend steht er wieder vor der Tür. Er hat seiner Mutter gesagt, dass er mich heiraten wird. Sie war gar nicht überrascht. Sie will seinem Glück nicht im Weg stehen. Ich kann nicht glauben, was ich höre. ›Sie werden sich keine Illusionen machen, was die Beziehung zu meinem Sohn betrifft. Sie werden niemals eine Stellung in diesem Haus einnehmen. Niemals.‹ Und plötzlich dieser komplette Sinneswandel? Unwahrscheinlich. Aber ich sage nichts. Ich will die Stunden mit ihm nicht verderben. Nein, er möchte keine Reste mit mir essen. Er weiß etwas Besseres. Er nimmt mich bei der Hand und führt mich nach oben.

*

»Ich rufe dich aus Frankfurt an«, sagt er mir um die Mittagszeit. »Ich komme heute Abend zu dir. Weiß noch nicht, wann. Ist das in Ordnung?«

Ich arbeite gleich viel beschwingter nach dieser Botschaft. Am Nachmittag fahre ich zu seiner Mutter.

»Machen Sie sich auf etwas gefasst«, sagt Frau Gutfleisch an der Tür. »Frau von Meyerhofen ist in einer merkwürdigen Verfassung. Ihre Freundlichkeit schlägt ganz plötzlich um in Aggression. Und dann schreit sie, dass einem angst und bange wird. Ich kann mir keinen Reim darauf machen. Vermutlich ist es am besten, ganz behutsam mit ihr umzugehen. Ich hänge gleich das Schild BITTE NICHT STÖREN an die Tür.«

»Na, Sie hatten sicher ein ausgefülltes Wochenende.« Ihr Blick ist voller Hass. »Sie sehen reichlich abgekämpft aus, meine Liebe. Berufstätigkeit und anstrengende Wochenenden, das hinterlässt Spuren bei einer Frau in Ihrem Alter. Ränder unter den Augen, das sagt alles.«

»Guten Tag, Frau von Meyerhofen«, sage ich. »Mir geht es gut. Dasselbe hoffe ich von Ihnen.«

»Als ob Sie mein Befinden interessieren würde, Sie falsche Person«, zischt sie, »Sie brauchen sich nicht zu verstellen. Ich weiß, was vorgefallen ist. Ich bin auf dem Laufenden! Als ich meinen Sohn am Samstagabend anrief, lagen Sie mit ihm im Bett. ‚Jetzt nicht', sagt er und legt auf! ‚Jetzt nicht!' Ich bin noch nie im Leben so gedemütigt worden. Und Sie sind schuld daran. Bilden Sie sich bloß nicht ein, dass Sie Paul für sich gewinnen können, nur weil Sie mit ihm schlafen! Mein Sohn hatte Frauen en masse. Vermutlich hat er mit allen geschlafen. Keine hat er geheiratet. Schminken Sie sich alle Hoffnungen ab.«

»Frau von Meyerhofen, entspannen Sie sich bitte. Legen Sie Ihre Arme auf die Bettdecke und schließen Sie die Augen. Wir beginnen mit ein paar Atemübungen. Sie werden Ihnen gut tun. Während ich auf drei zähle, atmen Sie bitte ein. Während ich auf vier zähle, atmen Sie aus. Ganz ruhig.«

»Wollen Sie mich zum Narren halten? Jetzt schreiben Sie mir noch vor, wie ich zu atmen habe. Sie sind wohl verrückt!«

»Atemtechnik ist ein wichtiger Bestandteil der Entspannungstherapie«, sage ich ruhig, »sie ist nicht meine Erfindung. Wollen wir es nicht einmal versuchen?«

»Ich denke gar nicht daran, mich von Ihnen herumkommandieren zu lassen. So weit kommt es noch! Ich muss gar nichts machen. Und schon gar nicht so einen sinnlosen Kram. Wenn Sie denken, Sie könnten sich auf diese Art bei mir einschmeicheln, sind Sie auf dem Holzweg. Meinen Segen werden Sie nie bekommen, egal, wie Sie sich anstrengen. Nie! Hören Sie? Und jetzt ist mir kalt. Ich stecke meine Arme unter die Bettdecke. Ich brauche keine Entspannungsübungen.«

»Frau von Meyerhofen, ich kann Ihre Erregung nicht verstehen. Was ist denn eigentlich passiert?«

»Sie niederträchtige Person. Das wissen Sie doch ganz genau. Sie Flittchen, Sie Hure! Zu einer Ehe wird es nicht kommen! Niemals! Nur über meine Leiche!«

Es dauert nur einen Augenblick, dann werfe ich mich auf sie. Im Reflex. Dann eben über deine Leiche! Mit aller

Macht drücke ich meine Brüste auf ihr Gesicht. Wofür sie gut sind, meine Brüste … *Busenwunder!* Sie lassen diese Frau ein für alle Mal verstummen. Endlich Frieden, Erlösung ... Ich fühle das Zappeln ihrer Arme und Beine unter der Bettdecke und erhöhe den Druck. Mein konsequentes Muskeltraining zahlt sich aus. Und dann ist plötzlich Ruhe.

Sie liegt da mit offenem Mund und offenen Augen. Ja, damit hast du nicht gerechnet, du böse alte Frau.

Ich setze mich in den Ohrensessel und greife nach dem Marzipan. Die Packung ist geöffnet, aber noch voll. Die ersten Stücke stopfe ich schnell in den Mund. Seit dem Frühstück habe ich nichts gegessen. Die nächsten esse ich langsam und bedächtig. Zucker, Nervennahrung. Ich muss jetzt ganz cool bleiben. Wenn die Schachtel leer ist, schreie ich los und laufe auf den Gang. »Hilfe! Hilfe! Frau von Meyerhofen geht es schlecht.« Den Rest werden Frau Gutfleisch und der Hausarzt übernehmen. Die Schachtel ist leer. Ich bleibe noch ein paar Minuten sitzen. Mache die Augen zu. Ruhe mich ein bisschen aus. Ich bin doch etwas mitgenommen. Muss mich erst wieder fangen. Die Aufregung. Deshalb ist mir übel. Ist doch klar. Aber warum diese Krämpfe? Nur ruhig. Geht vorbei. Jetzt bloß nicht schlappmachen. Mir ist so elend. Ster-bens-e-lend. Schwindlig. Die Luft. Ich bekomme schlecht Luft. Öffne die Bluse, lehne mich zurück. Nützt nichts. Wie wenn man mir, man mir die Luft, die Luft – abdreht … Das Marzipan? Das Mar-zi-pan! Sie, sie – hat – doch – nicht …

Die-se – He-xe ... Die-se – Ver-bre-che-rin …

Daniel Morawek

Kommissar Müller greift nach den Sternen

1.

Es sieht nicht appetitlich aus, wenn jemand einen drei Kilo schweren Ziegelstein auf den Kopf bekommen hat. Vor allem nicht, wenn der Stein aus etwa sechzig Meter Höhe geflogen kam und das Flugobjekt genau auf der Stirn aufgeschlagen ist. Kurzum: In so einem Fall wird die sofortige optische Identifizierung der Leiche zu einem echten Problem.

»Was für eine Sauerei.«

»Hm. Ja«, erwiderte Kommissar Müller und ließ die Plastikplane wieder auf den leblosen Körper herabsinken.

»Zum Glück hab ich einen guten Magen«, fuhr Kommissar Krüger fort. »Ich hab vorhin Hackbraten gegessen. Jetzt hab ich grad ein Déjà-vu.«

Müller hatte noch gar nicht zu Abend gegessen. Er war gerade beim abendlichen Joggen am Rheinufer gewesen, zu dem seine Frau ihn verdonnert hatte, als das Telefon klingelte.

Mittlerweile war die Sonne komplett untergegangen. Es waren sogar ein paar Sterne am Abendhimmel zu sehen. Die Alte Sternwarte und der Leichenfundort erstrahlten im Licht von vier Halogenstrahlern. Die Fassade des Gebäudes wies zahlreiche Beschädigungen auf. Müller bemerkte zum ersten Mal, dass die einzelnen Stockwerke unterschiedlich groß waren. Da gab es das Erdgeschoss und darauf eine Art Zwischengeschoss, die deutlich breiter waren als die oberen Stockwerke. Der Kommissar betrachtete das Baugerüst und den Bauzaun, mit dem das Erdgeschoss der historischen Sternwarte eingefasst war. Lediglich ein schmaler Durchgang zum Hauptportal des Gebäudes stand offen. Der so zwischen Gerüst und Zaun entstandene Tunnel wurde von einer Bretterkonstruktion bedeckt. Wenn das eine provisorische Absperrung zum Schutz gegen herabfallende Ziegel sein sollte, dann hielt sich der Nutzen der Maßnahme in Grenzen.

Blitzlichtgewitter riss ihn aus seinen Gedanken. Neben der Leiche stand plötzlich ein Fotograf, der hinter die Polizeiabsperrung getreten war.

»Krüger, bist du so gut. Kümmerst du dich darum, dass der Pressefuzzi hinter der Absperrung verschwindet?«

»Warum ich?«

»Komm, sieh's als Chance. Vielleicht macht er ja auch ein paar Paparazzi-Fotos von dir.«

Müller zog seinen Dezernats-Kollegen gerne damit auf, dass Krüger erst zur Polizei gegangen war, nachdem sie ihn auf der Schauspielschule nicht genommen hatten. Krügers größter Traum war es nach wie vor, einmal im Tatort mitzuspielen.

Als Krüger gegangen war, blickte Müller wieder zur Sternwarte. Er bat einen der uniformierten Kollegen einen Scheinwerfer etwas höher auf die Fassade des Gebäudes zu richten, damit er besser sehen konnte.

»Och, du meine Güte. Der arme Jakowski.«

Es war einer der Künstler, die in der Sternwarte ihre Ateliers hatten. Müller hatte ihn vorhin zurück ins Gebäude geschickt. Ein kleiner Mann, weit jenseits der Sechzig, mit neonpinkem Schal, ebenso hautengen wie knallgelben Leggings und einem schwarzen T-Shirt, auf dem ein Totenkopf aus Glitzersteinen prangte. Ganz klar: Das war ein Wichtelpunk!

Eigentlich sollte der Wichtelpunk in seinem Atelier in der Sternwarte warten, bis Müller oder einer der Kollegen zur Befragung vorbeikämen. Jetzt tanzte er ihm vor der Nase rum und hantierte an der Plastikplane, mit der der Tote bedeckt war.

»Finger weg!«

»Ist ja schon gut«, sagte der Wichtelpunk, ließ die angehobene Plane aber nicht los.

»Man wird sich wohl noch dafür interessieren dürfen, wenn ein Kollege die Flatter macht!«

»Sie wissen, wer das ist?«

»Wieso? Ist das nicht der Jakowski? Der hat doch das Atelier über mir.«

»Wieso sind Sie sicher, dass er das ist? Wir haben keine Papiere bei dem Mann gefunden.«

»Na ja, ich dachte. Von der Statur her – und den hässlichen Ringen am Finger.«

»Die erkennen Sie eindeutig wieder?«

»Klar, und dann natürlich die roten Lackschuhe, die sind sowas von dekadent extrovertiert. Tja. Ein bisschen exzentrisch war er schon.«

»Wie gut kannten Sie den Herrn Jakowski?«

»Ach«, der Wichtelpunk winkte ab. »Die Sternwarte ist groß. Man ist sich kaum mal im Flur über den Weg gelaufen.«

»Und sonst so? Kein Austausch unter Künstlern?«

»Nein. Wir haben bestenfalls mal gegenseitig eine Ausstellungseröffnung besucht. Wir kennen uns flüchtig. Aber eigentlich macht hier jeder sein eigenes Ding.«

»Hatten Sie Ihren Nachbarn heute schon gesehen?«

»Nein. Ich war seit heute Mittag in meinem Atelier. Ich bereite gerade eine große Ausstellung vor. Objekte aus Metall. In kaltem Stahl ergründe ich die Abgründe der menschlichen Seele. Das wird atemberaubend, epochal!«

»Und dann arbeiten Sie auch bis in die späten Abendstunden?«

»Kunst kennt keine Stechuhr. Als Ihre Kollegen bei mir geklingelt haben, war ich gerade mit der Flex beschäftigt. Deshalb habe ich von dem Unfall ja auch nichts mitbekommen.«

»Okay. Dann können Sie von mir aus jetzt meinen Kollegen Ihre Kontaktdaten hinterlassen und nach Hause gehen. Und die Plane loslassen.«

Der Wichtelpunk tat wie ihm geheißen. Allerdings nicht, ohne vorher noch dreimal den Kopf zu schütteln.

»Der arme Jakowski. Jetzt wird er nie den künstlerischen Durchbruch erleben. Wobei, vielleicht wird er nun durch seinen Tod bekannt.«

»Das wird ihn sicher trösten«, sagte Müller trocken.

Als der Wichtelpunk abgedampft war, kam Krüger zurück zum Leichenfundort.

»Sagt dir der Name Jakowski was?«, fragte Müller.

»Jakob Jakowski? Das ist einer von den Künstlern aus der Sternwarte.«

»Ich sehe, du kennst dich aus mit der lokalen Kunstszene.«

»Ob er bekannt ist, weiß ich nicht. Aber ich hab den Namen an den Klingelschildern da vorne gelesen.«

»Ich fürchte, jetzt ist er Gulasch.«

»Wer, der Jakowski?«

»Jap.«

Müller zeigte mit einer Kopfbewegung in Richtung des abgedeckten Körpers.

»Arme Sau«, murmelte Krüger. »Und jetzt? Rufen wir den Staatsanwalt an?«

Beim Wort Staatsanwalt zog sich Müller der – sowieso schon leere – Magen zusammen. Fritz Piepenreuther, von Müller in Gedanken gerne Flitzpiepe genannt, war karrieregeil, selbstzentriert und sprach nicht Deutsch, sondern Paragrafonesisch.

Müller atmete tief durch und sammelte sich. Dann sagte er: »Ruf den Staatsanwalt an.«

»Du meinst also nicht, dass es ein Unfall war?«

Müller machte einen Schritt zurück und hob den Kopf.

»Schau dir doch die Sternwarte an. Was siehst du? Zum Beispiel bei den Stockwerken.«

»Na ja, die unteren beiden Stockwerke sind etwas breiter, darüber läuft das ganze Gebäude etwas zusammen.«

»Genau. Und sonst?«

»Tja, da ist das Gerüst und die Absperrung, die extra zum Schutz vor herabfallenden Brocken hingestellt wurde. Schon verrückt.«

»Wenn ich also ein Ziegel wäre und aus 60 Meter Höhe fallen würde und dabei noch vier, fünf Meter von meinem eigentlichen Fallweg abkommen wollte, um genau hier auf dem Weg zu landen – meinst du nicht, dass ich dann etwas Schwung holen sollte?«

2.

Er war komplett ausgelaugt, als er am nächsten Morgen am Tatort ankam. Seine Frau hatte ihn gefühlte drei Stunden vor Sonnenaufgang geweckt – zum gemeinsamen Joggen. Schließlich wurden sie am Vorabend vor Beendigung ihrer Runde unterbrochen. Er persönlich hätte auf das Nachholen gerne verzichten können.

»Stell dich nicht so an«, hatte seine Frau gesagt, als er japsend am Rheinufer stand. »Es geht hier schließlich um deine Gesundheit.«

***

Die Szenerie um die Alte Sternwarte sah bei Tageslicht weniger bedrohlich aus als in der Nacht zuvor. Auch die Überreste des armen Jakowski hatten die Profis der Kriminaltechnik und der Gerichtsmedizin mittlerweile eingesammelt.

»Du siehst irgendwie aus wie durch den Fleischwolf gedreht«, begrüßte ihn Krüger. »Schlecht geschlafen?«

»Reden wir nicht darüber. Gibt es schon neue Erkenntnisse der KTU?«

»Nein. Aber in der Sternwarte wimmelt es schon wieder von fleißigen Künstlern.«

»Na, dann los.«

Sie betraten den Turm durch den Haupteingang und landeten in einer Vorhalle, die mit ihren grauen Wänden und den von der Decke baumelnden Kabeln den Charme einer Baustelle – nicht den eines Baudenkmals – ausstrahlte. Der optische Eindruck besserte sich etwas, als sie ins Treppenhaus kamen. Doch auch hier rieselte der Putz von den Wänden. An einigen Stellen hatten Künstler Skizzen auf die Wände gemalt.

»Ist es noch weit?«, fragte Müller, nachdem sie gefühlte 3.000 Treppenstufen hinter sich gelassen hatten und immer noch kein Ateliereingang in Sicht war.

»Warum schwitzt du so? Bist wohl nicht im Training. Bei deiner Wampe tut dir das bisschen Sport gerade gut.«

Müller überhörte den spöttischen Kommentar wohlwollend.

Geschätzte 5.000 Stufen später landeten sie im ersten Stock im Atelier von Wolfram Gittler. Der Künstler saß verdreht auf einem Stuhl am Fenster, bleich wie eine Marmorstatue und tat sich mit dem Reden schwer.

»Wie gut kannten Sie den Herrn Jakowski?«

»Wie, wie – ich weiß gar nicht, wie so etwas passieren kann –«

»Hatten Sie regelmäßig Kontakt?«

»– er – er war doch gestern noch, ganz lebendig – wie kann so was passieren –«

»Haben Sie den Herrn Jakowski denn gestern noch gesehen?«

»– er hatte sich doch noch verabredet – mit seinem Galeristen – wie kann denn so was sein –«

»Herr Gittler, Sie waren doch gestern Abend in der Sternwarte, als der Vorfall passiert ist«, sagte Krüger.

»– dass – dass sowas passiert – kann doch gar nicht sein –«

»Komm«, sagte Müller und packte seinen Kollegen an der Schulter. »Wir kommen später wieder.«

Nach weiteren 10.000 Stufen landeten sie beim Wichtelpunk. Der eigentlich Wilhelm Billinger hieß, wie Kommissar Müller jetzt erfuhr. In Billingers Atelier standen überall mannshohe Metallsäulen herum. An einigen Stellen waren kleinere Metallstücke an die größeren angeschweißt. Wie in einem Wald aus Eisen, dachte Müller. Gruselig.

»Wem gehört die Sternwarte eigentlich? Sie sind ja nur Mieter, oder?«, fragte Müller.

»Richtig, wenn auch zu einer sehr geringen Miete. Diese Ateliers sind eine Art Stipendium der Stadt Mannheim für Künstler.«

»Also gehört die Sternwarte der Stadt?«

»Na ja, sozusagen. Eigentlich dem Land Baden-Württemberg. Die Stadt hat einen Pachtvertrag, der in ein paar Jahren ausläuft. Danach ist die Zukunft ungewiss. Der Zustand des Gebäudes ist so schlecht, dass das Land eigentlich keinen großen Wunsch verspürt, die Sternwarte zurückzuerhalten. Auch wegen der Instandhaltungskosten. Das ist einer der Gründe, warum mittlerweile über neue Nutzungskonzepte nachgedacht wird. Aber seien Sie mal ehrlich – können Sie sich vorstellen, wie man das Gebäude zu schicken Etagenwohnungen umbauen soll?«

»Nicht, wenn Sie keinen Aufzug dazu bauen«, sagte Krüger, und warf Müller ein schiefes Lächeln zu.

»Also mir machen die Stufen eigentlich nichts aus«, sagte Billinger. »Da bleibe ich wenigstens im Training.«

Krüger schlug seinem Kollegen auf den Bauch.

»Sag ich doch.«

»Sagen Sie mal«, unterbrach Müller, bevor das Gespräch gänzlich in eine Richtung abdriften konnte, die für ihn nicht von Vorteil war. »Heißt das, dass Sie in der Gefahr stehen, als Künstler vor die Tür gesetzt zu werden?«

»Ich glaube nicht, dass es so weit kommt. Außerdem haben wir hier alle einen Mietvertrag auf Lebenszeit.«

»Das heißt, man bekommt Sie gar nicht ohne Weiteres hier raus?«

Billinger nickte.

»Wie hoch ist denn die Ersparnis im Gegensatz zu einem Atelier, das Sie selbst mieten müssten?«

»So viel ist das auch nicht. Im Jungbusch gibt's genügend Hinterhöfe, wo die jungen Künstler günstige Räume finden können. Es hat aber vor allem einen Vorteil hier zu sein: der Prestigegewinn. Man gehört zu einer Handvoll Künstlern, die die Stadt zu ihren Besten zählt.«

Müller machte sich Notizen.

»Kommen wir noch mal zu dem Toten«, sagte er. »Herr Gittler hat etwas von einem Galeristen erzählt, mit dem Jakowski sich treffen wollte.«

»Tja, der Jakowski hatte zwar einen Galeristen, aber der sitzt in Heidelberg und hat schon lange nichts mehr von ihm ausgestellt. Ich habe Jakowski mal darauf angesprochen. Er reagierte gereizt und ausweichend. Da hatte ich ihn auf dem falschen Fuß erwischt. Es ist nicht leicht als Künstler, wenn man nie so richtig den Durchbruch hatte. Und dann auch noch immer älter und älter wird. Also ich habe bald meine große Ausstellung und da wollte ich Ihnen mal –«

»Äh, vielen Dank. Aber wir müssen jetzt weiter.«

* * *

Als sie das Dach betraten, hielt Müller einen Moment inne.

»Krasse Aussicht!«

»Muss ja«, sagte Krüger, »immerhin haben sie von hier aus früher die Sterne beobachtet.«

Die Sterne konnten sie am helllichten Tag und ohne Teleskop nicht sehen. Dafür konnten die Kommissare auch heute noch bis weit in die Rheinebene auf der einen Seite und über das gesamte Stadtgebiet auf der anderen Seite blicken. Und das ganz ohne Teleskop.

Die beiden machten sich an die Arbeit und suchten nach einer Stelle in der Fassade, an der ein Ziegel fehlte. Doch auch nach einer ganzen Weile konnten sie nichts entdecken.

»Da brauchen wir einen Sachverständigen«, sagte Müller.

»Das kann dauern, bis die Ergebnisse vorliegen.«

»Wie immer.«

Bis dahin würden sie einfach davon ausgehen, dass jemand mit einem Ziegelstein hier hochgekommen war und diesen runtergeschmissen hatte.

»Mögliches Tatmotiv?«, fragte Müller seinen Kollegen.

»Vielleicht ein Nachwuchs-Künstler. Er will die Anerkennung der Stadt Mannheim und in die Sternwarte ziehen. Aber da die Künstler alle auf Lebzeiten hier bleiben dürfen, gibt es keine andere Lösung, als einen von ihnen aus dem Weg zu räumen.«

Müller zuckte mit den Achseln.

»Eine Möglichkeit.«

Sie verließen das Dach und gingen in Jakowskis Atelier, das im obersten Stockwerk der Alten Sternwarte lag. Überall standen Farbdosen, Kisten und Staffeleien herum, lagen Stofffetzen, Pinsel und Stifte auf dem Boden verstreut, die Gemälde standen wild gestapelt an den Wänden. In einer Ecke des Raums lag eine Matratze. Jakowski hatte sich in seinem Atelier offensichtlich auch gerne die Nächte um die Ohren geschlagen. Die größte Aufmerksamkeit erregte bei Müller allerdings der Taschenkalender, mit dem schwarzen Ledereinband, der aufgeschlagen auf einer Arbeitsplatte lag. Der gestrige Tag war rot eingekringelt. Für 20 Uhr war ein Termin eingetragen. Das war in etwa die Uhrzeit, in der sich der tödliche Zwischenfall ereignet hatte.

»Treffen mit Gal.«, las Müller laut vor. »Ich gehe mal davon aus, dass Gal. nicht die Abkürzung für Gallionsfigur ist.«

Er packte den Terminkalender in einen Plastikbeutel und steckte diesen ein. Dann sah er sich die Kunstwerke von Jakowski näher an. Es gab eine ganze Reihe von Bildern, auf denen mit Neonfarben kurze Sätze auf schwarzen Untergrund gesprüht waren. »Wer bin ich?«, »Wer bist du?« oder einfach nur »Identität?« stand auf den Bildern. Dann gab es noch eine umfangreiche Serie von Werken, auf denen Köpfe in düsteren Farben abgebildet waren, die aber bei näherem Betrachten aus zwei verschiedenen Personen zusammengestückelt waren.

»Wow«, sagte Krüger, der hinter Müller getreten war und ihm über die Schulter blickte. »Jakowski beschäftigt sich mit Identitätsproblemen.«

»Seit wann interessiert du dich für so was?«

»Wenn's gut gemacht ist.«

»Für mich sieht das eher aus, als litt Jakowski unter einer Persönlichkeitsstörung.«

»Na ja, Künstler eben.«

* * *

Als die Kommissare zehn Minuten später den Rückweg durchs Treppenhaus antraten, passte sie Billinger vor der Tür seines Ateliers ab.

»Da sind Sie ja, gut, dass ich Sie noch erwische. Ich habe da gerade eine E-Mail bekommen.«

»Eine E-Mail?«

»Ja, ja, kommen Sie, kommen Sie.«

Der Wichtelpunk war ganz aus dem Häuschen und hüpfte zurück in seine Höhle. Die Kommissare folgten ihm.

»Weil Sie doch nach dem Galeristen gefragt haben. Das ist unglaublich. Das müssen Sie sich ansehen!«

Er führte sie an einen Schreibtisch, auf dem ein Laptop stand. »Hier, hier, sehen Sie. Sehen Sie.«

JAKOWSKI, stand dort zu lesen, DIE UMFASSENDE RETROSPEKTIVE EINES UNSERER GRÖSSTEN MALER. ER GING VIEL ZU FRÜH VON UNS. DER GENIALE MALER JAKOB JAKOWSKI WURDE OPFER EINES TRAGISCHEN UNFALLS. MIT TIEFEM BEDAUERN UND IN GROSSER TRAUER LADEN WIR ZUR SCHAU SEINER ATEMBERAUBENSTEN WERKE!

VERNISSAGE MIT SEKTEMPFANG, 04. FEBRUAR // KUNSTHALLE MANNHEIM.

IN GEDENKEN, DIE MITARBEITER DER GALERIE ROSSO

Unter dem Text prangte ein Foto von Jakowski. Ein trauriger alter Mann, mit Nickelbrille, Glatze und einem schmalen Schnurrbart.

»Das ist doch ungeheuerlich, finden Sie nicht!«, rief Billinger.

Allerdings, dachte Müller. Der Maler ist noch nicht mal obduziert, die Nachricht des Todes heute noch nicht in der Tagespresse erschienen, von einem feststehenden Beerdigungstermin ganz zu schweigen – und die Geschäftemacher haben schon alles für den großen Ausverkauf vorbereitet.

»Die haben sogar die Kunsthalle ins Boot bekommen!«, sagte Billinger. »Da konnte der Jakowski zu Lebzeiten nur von träumen! Jetzt kriegt er das alles posthum in den Arsch geschoben. Wenn das so einfach ist, dann sollte ich vielleicht überlegen, ob ich mir nicht auch einen Ziegel auf den Kopf haue!«

3.

Auch bei ihrem zweiten Besuch bei Wolfram Gittler stand dieser noch offenkundig unter Schock, weswegen Müller den Polizeipsychologen anrief, damit der Mann professionelle Betreuung erhielt. Was hatte der Mann nur gesehen? Von seinem Balkon aus hatte er den besten Ausblick im ganzen Gebäude. Müller und Krüger sahen sich noch ein wenig in Gittlers Atelier um – das aufgeräumteste in der gesamten Sternwarte – und traten dann auf die Terrasse. Von hier hatten sie einen sehr guten Überblick über den unteren Teil der Fassade, doch auch von hier konnten sie nicht erkennen, dass irgendwo ein Ziegel herausgebrochen war.

Nachdem der Polizeipsychologe nach zwanzig Minuten noch immer nicht angekommen war, verließen sie Gittler und baten ihn, in seinem Atelier zu warten, was wahrscheinlich total unnötig gewesen war. So wie Gittler reglos auf seinem Stuhl saß, wirkte es nicht, als würde er in der nächsten Zeit freiwillig irgendwo hingehen.

Die Kommissare liefen zu Fuß die wenigen Blocks zurück ins Präsidium. Auf ihrem Weg sprachen sie nicht viel und Müller ließ, in Gedanken versunken, seinen Blick über das Schloss streifen und versuchte dabei die Puzzleteile, die sie bisher zusammengetragen hatten, in seinem Kopf zusammenzubringen. Doch es kam nicht einmal der Ansatz eines Bildes dabei zustande.

Im Büro wartete auf Müller, als er den Computer einschaltete, eine private E-Mail seiner Frau. Der Text war kurz: *Na, schon erholt von heute Morgen?*

Müller verkniff es sich, die Mail zu erwidern und griff zum Telefon, um diesen Galeristen – Professor Doktor Doktor Guido Rosso – anzurufen. Ob man die Unititel heutzutage im Dutzend bekam? Und wofür brauchte ein Galerist eigentlich einen Professorentitel?

»Guido? Nein, der ist momentan nicht im Haus«, erklärte ihm die Stellvertreterin von Herrn Professor Doktor Doktor Rosso, Frau Doktor Doktor Di Lorenzi.

»Wie kann ich ihn erreichen?«

»Das wird schwierig. Er befindet sich zurzeit in der Schweiz. Er hat mir heute Morgen aus Genf eine E-Mail geschickt. Dort trifft er sich mit einem Privatsammler.«

»Und da hat er nicht etwa sein Handy mitgenommen, dass man ihn auch erreichen könnte?«

»Das schon, damit hat er die Mail ja verschickt. Aber momentan ist es ausgeschaltet. Ich habe selbst vor einer Viertelstunde versucht ihn anzurufen.«

»Warum hat er denn ein Handy, wenn er es ausschaltet?«

»Oh, das ist nicht ungewöhnlich. Wenn er sich mit Kunden trifft, dann braucht er seine volle Konzentration. Die Schweizer Privatsammler fordern für gewöhnlich die gesamte Aufmerksamkeit von Guido.«

Müller stellte sich vor, wie Professor Doktor Doktor Rosso mit seinem Kunden, beide ein Champagner-Glas in der Hand, über einen Schweizer Golfplatz stolzierte, hinter ihnen die mächtige Kulisse des Matterhorns, und dazu den Ricola-Song pfiff.

»Wissen Sie etwas von einem Treffen, das Rosso und Herr Jakowski gestern Abend vereinbart hatten?«

»Ja, Jakob Jakowski! Ein wahrhaft talentierter Maler! Leider viel zu früh von uns gegangen.«

Nicht schon wieder, dachte Müller. Diagnose posthume Lobhuddelei-Anfälle.

»Guido wollte sich gestern Abend mit ihm in Mannheim treffen. Ich denke, es ging darum eine neue Ausstellung zu planen. Aber, dass es jetzt so schnell zur Ausstellung gekommen ist – Er war wirklich ein ganz großer Maler. Ja, das war er.«

»Wissen Sie, ob das Treffen gestern zustande gekommen ist?«

»Keine Ahnung. Davon hat Guido mir nichts geschrieben.«

»Und wie haben Sie diese Ausstellung so schnell organisieren können, wenn Guido auf Reisen ist?«

»Guido kommuniziert häufig per Mail mit mir. Heute Morgen schickte er mir die Bitte, bei der Kunsthalle anzurufen und alles in die Wege zu leiten. Guido weiß, dass er sich auf mich verlassen kann. Unser Arbeitsverhältnis ist auf Augenhöhe.«

»Klar. Wissen Sie, woher Rosso so schnell vom Tod des Künstlers erfahren hat?«

»Tut mir leid. Da müssen Sie ihn wohl selbst fragen.«

»Noch mal zurück zur Kunsthalle. Das geht einfach so, dass Sie da morgens anrufen und dann stellen die sofort eine Sonderausstellung zusammen?«

»Aber ich bitte Sie! Bei einem Künstler wie Jakob Jakowski steht das doch außer Frage!«

Müller atmete tief durch und ließ sich die Handynummer von Rosso geben und die E-Mail, die dieser an seine

Stellvertreterin geschrieben hatte, weiterleiten. Doch die Mail lieferte keine neuen Informationen. Und das Handy war – wie vorhergesagt – ausgeschaltet. Müller schickte Rosso selbst eine E-Mail und eine SMS mit der Bitte um sofortigen Rückruf.

Dann suchte er die Telefonnummer des Kunsthallen-Kurators heraus, mit dem er sich im vergangen Sommer drei oder vier Mal getroffen hatte. Das Museum hatte im Zuge seiner anstehenden Generalsanierung des Jugendstil-Baus ein neues Sicherheitskonzept entwickelt. Dazu wurden standardmäßig auch externe Berater von Versicherungen, Feuerwehr und der Kriminalpolizei hinzugezogen. Eigentlich sollte Krüger gehen, aber da er ein ausgesprochener Kunstmuffel war, drückte er Müller den Auftrag aufs Auge. Nicht wissend, dass Müller sich sehr wohl für Kunst interessierte. Auch wenn er sich gerade mit der modernen Kunst, für die die Kunsthalle bekannt war, oft schwer tat. Nur weil irgendwelche Kunstmuftis einen neuen Trend ausriefen, war ein Werk in seinen Augen noch lange keine Kunst. Seiner Meinung nach musste ein Kunstwerk den Betrachter sofort in seinen Bann ziehen. Dieser ganze moderne Schnickschnack sollte erst einmal den Zahn der Zeit überdauern. So wie der sanierte Jugendstil-Bau, den fand Müller immer schon faszinierend. Also übernahm er Krügers Posten bei den Gesprächen mit dem Museum – natürlich ohne Krüger zu sagen, dass ihm die Museumsrundgänge Spaß machten. Es war nie verkehrt, wenn der Kollege einem noch einen Gefallen schuldig war.

»Jakob Jakowski?«, fragte der Kurator. »Ja, ein tragischer Unfall.«

»Und da organisieren Sie sofort eine Sonderausstellung, die innerhalb von ein paar Tagen stattfinden soll?«

»Nein. So flexibel sind wir natürlich nicht. Wir sind ein großes Haus. Aber die Galerie hat sich heute Morgen bei uns gemeldet und die Räumlichkeiten gemietet.«

»Okay, das heißt, Sie vermieten die Räume.«

»Natürlich. Auch unser Heinrich-Vetter-Forum im Hauptbau kann gemietet werden. Steht auch auf unserer Homepage. Das ist alles kein Geheimnis.«

Müller musste lachen. So viel zu Jakowskis sagenumwobenen Ruf.

»Ein paar Bilder haben wir natürlich im Depot von Jakowski«, fuhr der Kurator fort, »aber die Galerie wird ihre eigenen Bestände mitbringen.«

»Haben Sie mit den Künstlern aus der Alten Sternwarte viel zu tun?«

»Doch, ja. Sie zählen allesamt zu den wichtigsten Malern unserer Stadt.«

»Und die Situation der Sternwarte? Beobachten Sie die?«

»Sie meinen den baufälligen Zustand? Schade, dass die Stadt sich nicht besser darum kümmert. Es ist wichtig, dass wir unseren Künstlern die Möglichkeit bieten, ihrer Arbeit nachzugehen, ohne sich ständig Sorgen um die nächste Miete zu machen. Es gibt mittlerweile ein Aktionsbündnis zum Erhalt der Sternwarte. Ich habe da auch eingezahlt. Aber leider habe ich das Gefühl, dass das den Künstlern dort alles ziemlich egal ist. Gittler ist wohl der Einzige, der sich überhaupt für den Erhalt der Sternwarte einsetzt.«

Nachdem er aufgelegt hatte, packte Müller seine Sachen zusammen und machte sich auf die Suche nach Krüger, den er im Nebenzimmer dabei erwischte, wie er mit gezogener Waffe vor einem Spiegel stand.

»Sieht es so besser aus?«

Breitbeinig stand Krüger da. Er hatte beide Hände um den Lauf geschlossen und drückte die Waffe so weit von seinem Körper wie nur möglich.

»Oder so?«

Krüger nahm die Pistole jetzt mit einer Hand und hielt sie schief, ein bisschen so wie die Gangster in Pulp Fiction.

»Wie oft hast du im Dienst bisher deine Waffe einsetzen müssen?«, fragte Müller.

»Na ja, im Tatort gibt es am Ende immer eine Verfolgungsjagd.«

Müller schüttelte den Kopf.

»Ich geh zur Leichenschau. Kommst du mit? Oder spielst du erst noch den Paten Teil 1 bis 3 durch?«

* * *

Der unappetitliche Anblick, den Jakowski bot, hatte sich seit gestern nicht zum Besseren gewendet. Jetzt lag er da, nackt auf der Bahre, vom Kopf immer noch nicht viel zu sehen und zusätzlich um ein paar neue Einschnitte des Gerichtsmediziners erweitert. Was Krüger nicht davon abhielt genussvoll auf einem belegten Brötchen herumzukauen, das er irgendwo aus den Untiefen seines schwarzen Ledermantels zauberte.

»Die Leiche wirft viele Fragen auf«, sagte Dr. Quand, ein kleiner Mann, mit großer Brille und großen Ohren.

»Sie meinen, neben der Frage, woran er gestorben ist?«

»Das war ganz eindeutig die Wunde am Schädel.«

Der Gerichtsmediziner war nicht dafür bekannt, sich für Humor erwärmen zu können. Nicht einmal für den Galgenhumor, den man eigentlich ganz natürlich entwickeln müsste, wenn man tagein und tagaus in kalten, tageslichtbefreiten Kellern mit entstellten Leichen zu tun hatte.

»Der Mann wurde nach seinem Tod noch bewegt. Nur ein kleines Stück. Aber man sieht es deutlich an den Unterseiten der Hände. Hier, sehen Sie die Abschürfungen.«

»Vielleicht hat jemand an ihm gerüttelt«, sagte Krüger. »Als er da so leblos rumlag, da wollte er eben gucken, ob er noch lebt.«

Krüger fand das offensichtlich lustig. Doch Quand lachte wieder nicht.

»An den Ringen wurde nach seinem Tod herummanipuliert. Man sieht es deutlich an den Fingern. Sehen Sie hier. An diesen Stellen wurde das frische Blut verschmiert, bevor es trocknen konnte.«

Der Doktor zeigte auf die Blutflecken zwischen den einzelnen Fingern.

»Was meinen Sie mit manipuliert?«

»Ich kann es noch nicht genau sagen. Eventuell hat jemand versucht ihm die Ringe abzustreifen, es dann aber nicht hinbekommen und wieder zurückgeschoben. Ich habe aber noch etwas anderes gefunden.«

Quand ging zu einer Ablage und nahm einen Plastikbeutel mit einem einzelnen braunen Haar.

»Das klebte am Kopf der Leiche, oder besser gesagt an dem, was davon übrig war.«

»Und?«, fragte Krüger

»Der Tote hatte eine Glatze, nicht wahr?«, sagte Müller, der sich gerade das Foto von Jakowski wieder ins Gedächtnis rief, das sie in der Mail gesehen hatten.

»Exakt. Hier bitte sehr.«

Quand überreichte den Plastikbeutel.

»Vielleicht finden Ihre Kriminaltechniker heraus, zu wem der genetische Fingerabdruck passt.«

Quand ging noch einmal zur Ablage und holte einen Bogen mit Fingerabdrücken, die er von der Leiche genommen hatte, und reichte diesen ebenfalls an Müller.

»Hier. Falls Sie die für die Identifizierung der Leiche brauchen sollten.«

»Danke. Wir hatten einen Zeugen, der schon am Tatort eine Identifikation vornehmen konnte.«

»Von dem da?« Quand zeigte auf die entstellte Leiche. »Respekt!«

***

Als sie das Universitätsklinikum verließen, klingelte Müllers Handy.

»Und?«, fragte Krüger, der Müllers irritierten Geschichtsausdruck gesehen haben musste. »Was gibt's nun wieder?«

»Jetzt will Gittler sich von der Sternwarte schmeißen.«

4.

Zum zweiten Mal an diesem Tag liefen sie bei der Alten Sternwarte auf. Der Vorplatz hatte sich wieder gefüllt. Uniformierte Beamte, Schaulustige und ein paar Sanitäter – was auch immer die ausrichten wollten, wenn Gittler wirklich sprang. Der Maler saß in sechzig Metern Höhe auf der Brüstung und blickte hinab. Mit den Füßen wippte er hin und her. Müller wurde schon vom bloßen Hinaufblicken schwindlig. Ein Mann mit einem Megafon brüllte beschwichtigende Worte hinauf, die aber keine Wirkung bei Gittler zu zeigen schienen. Es handelte sich um den Polizeipsychologen.

»Ich verstehe das nicht«, sagte der Psychologe, als er die Kommissare sah. »Als ich zu ihm kam, ist er erst ausgeflippt, hat Sachen um sich geworfen, dann ist er weggerannt. Den ganzen Weg hinauf bis aufs Dach. Ich konnte ihn nicht mehr festhalten. Die Tür zum Dach hat er hinter sich verriegelt, den Schlüssel von innen stecken lassen.«

»Schon gut. Ist die Feuerwehr alarmiert?«

Der Psychologe nickte. »Aber wenn die nicht bald kommen!«

In diesem Moment richtete Gittler sich auf der Brüstung auf. Ein Raunen breitete sich unwillkürlich unter den Anwesenden aus.

»Komm«, sagte Müller zu Krüger. Sie stürmten ins Gebäude. Rannten die Treppe hinauf. Diesmal kam Müller der Weg erstaunlich kurz vor. Erst als sie oben ankamen, nahm er den stechenden Schmerz wahr, der sich überall durch seine Atemwege und die Eingeweide bohrte.

Die Tür zum Dach war, wie sie feststellen mussten, aus massivem Eisen. Wenn sie dagegentraten, würden sie höchstens ihre Knochen brechen, aber ganz bestimmt nicht die Tür.

Billinger und zwei uniformierte Kollegen standen bereits an der Tür und rüttelten erfolglos mit einem Schlüssel am Schloss.

»Er hat den Schlüssel von innen stecken lassen«, verkündete Billinger, als er die Kommissare sah, und dann, zur Tür hingewendet: »Wolfram, mach keinen Scheiß. Du wirst auch mal wieder eine Ausstellung kriegen. So schlecht sind deine Bilder nicht. Du brauchst dich nicht gleich runterstürzen!«

»Bei der Tür hilft der Trick mit der Kreditkarte wohl nicht«, sagte Krüger keuchend.

Müller verkniff sich in dieser Situation den Kommentar, dass der Trick mit der geschlossenen Tür und der Plastikkreditkarte überhaupt nie funktionierte. Außer vielleicht wenn Filmkameras in der Nähe waren. Müller rief die Anwesenden zu sich und trieb sie ein paar Stufen die Treppe hinab. Krügers verwirrter Gesichtsausdruck wurde noch verwirrter, als Müller rief: »Deine Pistole, los!«

Doch dann schien Krüger zu verstehen, denn seine Miene hellte sich umgehend auf. Blitzschnell zog er die Waffe aus dem Halfter. Es dauerte nur einen Sekundenbruchteil, bis er die Pistole mit beiden Händen umklammerte und breitbeinig an die Wand gelehnt abdrückte. Die Männer duckten sich, um Querschlägern auszuweichen. Tatsächlich funkte es gefährlich auf dem Metall und irgendwo rieselte Putz von der Wand. Krüger feuerte noch ein zweites Mal. Wieder funkte es, doch die Tür sprang nicht auf. Er sah mit irritiertem Blick zu Müller und hob die Schultern, wie um zu sagen: »Und was jetzt?«

Müller sprang aus seiner Deckung auf, sprintete auf die Tür zu, nahm mit seinem Oberkörper Schwung und tatsächlich: Als er sich gegen die Tür warf, sprang diese auf. Die Durchschlagskraft einer Neun-Millimeter-Pistole konnte es also immer noch mit einer Kreditkarte aus Plastik aufnehmen, wenn es um das Öffnen von Türen ging.

Als Müller das Dach betrat, konnte er Gittler nicht mehr auf der Brüstung stehen sehen. Für einen Moment dachte er, der Maler sei gesprungen. Oder durch den Krach, den sie veranstaltet hatten, so sehr zusammengefahren, dass er vor Schreck vom Dach gestürzt war. Doch dem war nicht so.

Gittler saß in der Mitte der Dachterrasse in sich zusammengesunken und stammelte unverständlich vor sich hin. Müller ging zu ihm und kniete sich neben ihn.

»Das geht nicht –«, murmelte Gittler. »Das kann doch nicht sein –«

»Was geht nicht?«, fragte Müller, die Stimme gedämpft.

»– auf einmal waren es zwei – zwei – das kann nicht sein –«

»Zwei was?«

»– erst war er eins, dann war er zwei – das gibt es gar nicht –«

Gittler sah ihn nicht an. Vielleicht merkte er gar nicht, dass Müller neben ihm saß. Der Kommissar dachte nach. Dann fragte er: »War da noch ein zweiter Mann bei Jakowski?«

Gittler antwortete nichts, also wiederholte Müller seine Frage. Jetzt presste Gittler die Zähne zusammen, wiegte vor und zurück und fing an zu singen.

»Humpty Dumpty saß auf dem Wall. Humpty Dumpty erprobte den Fall.«

»Wer war der zweite Mann?«

Doch Gittler sang einfach weiter. Die Augen starr geradeaus.

»Und Tweedle Dee und Tweedle Dum, stritten sich mit Kawumm.«

In diesem Moment kamen Krüger und zwei Sanitäter dazu, dicht gefolgt von Billinger.

»Ah, wusste ich doch gleich. Dem Gittler fehlt der Killerinstinkt. Das merkt man auch an seiner Kunst«, verkündete Billinger, der nun, da sein Künstlerkollege nicht gesprungen war, sofort wieder einen flotten Spruch auf den Lippen hatte. »Der bringt sowas einfach nicht fertig.«

Jetzt kam auch der Psychologe aufs Dach, der die Sanitäter anwies, Gittler einzusammeln und nach unten zu bringen.

»Warten Sie«, sagte Müller. »Ich muss herausfinden, was er gestern Abend gesehen hat.«

»Der Mann ist zutiefst verwirrt, wir nehmen ihn jetzt erst mal mit.«

»La, la, la, la, la –«

»Aber –«

»Lass sie«, sagte Krüger. »In dem Zustand bringen wir sowieso nichts aus ihm raus.«

***

Die Sonne war bereits am Untergehen, als sie wieder im Büro saßen. Müller an seinem Schreibtisch und Krüger ihm gegenüber auf der anderen Seite des Raums, die Beine lässig auf den Tisch gelegt und die Arme hinter dem Kopf verschränkt.

»Gittler hat irgendwas davon gesagt, dass erst einer da war und dann zwei.«

»Zwei Personen meinst du? Vielleicht Jakowski und sein Galerist.«

Müller zuckte mit den Schultern.

»Und dann?«, fragte Krüger. »Jakowski bekommt den Ziegel auf den Kopf, der Galerist ist erschrocken, rüttelt noch mal an dem Toten –«

»– fummelt an Jakowskis Ringen rum und fährt am nächsten Tag, ohne sich bei den Behörden zu melden, zu einem Kunden als wäre nichts gewesen«, ergänzte Müller.

»Tja. Vielleicht war es auch jemand anders. Und dieser Jemand will Jakowski die wertvollen Ringe stehlen. Hat dann aber Skrupel oder wird von irgendjemandem in seinem Tun unterbrochen und muss abhauen.«

»So schnell, dass ihm ein Haar ausfällt und im Wegrennen auf die Leiche geweht wird.«

»Zum Beispiel.«

Müller lachte kurz auf. Dann schüttelte er den Kopf.

»Im Tatort hätten wir den Täter jetzt schon gefasst«, sagte Krüger.

Müller hob den Kopf und zog eine Augenbraue hoch.

»Weil der Mörder am Ende immer der erste und unauffälligste Charakter ist, der den Kommissaren über den Weg gelaufen ist?«, riet er.

»Nein«, sagte Krüger. »Weil der Täter immer gefasst wird, kurz, nachdem der Kommissar die Waffe zieht und rumballern darf.«

5.

Galerist Rosso war auch am Abend nicht zu erreichen. Also hatte Müller recht pünktlich Feierabend gemacht. Heute konnten sie nicht mehr viel ausrichten. Seine Frau hatte Mitleid mit ihm. Spontanes abendliches Joggen stand nicht an. An einem spontanen Abendspaziergang zum Rheinufer und zurück kam er allerdings nicht vorbei.

Er war die ganze Zeit über in Gedanken versunken, hing seinem Fall nach und redete nicht viel. Was seine Frau auch drei oder vier Mal ansprach. Nie würde er mit ihr reden, pflegte sie wie immer in solchen Momenten zu behaupten. Was natürlich maßlos übertrieben war. Um abzuschalten, zappte er sich später am Abend planlos durch die Fernsehprogramme und blieb schließlich bei einer Tatort-Wiederholung hängen, bis er auf der Couch einschlief.

***

»Ich wollte Sie auch gerade anrufen«, sagte Frau Doktor Doktor Di Lorenzi. Sein Anruf bei ihr war das Zweite, was er an diesem Morgen im Büro erledigte. Das Erste, was

Müller gemacht hatte, war sich auf der Homepage der Galerie ein Foto von Rosso anzusehen. Rosso hatte braunes Haar. So wie das Haar, das der Gerichtsmediziner an der Leiche gefunden hatte. Verwunderlich war allerdings, wie jung Rosso auf dem Bild aussah, wo er doch laut seiner Biografie Jahrgang 1946 sein sollte. Ob der Galerist auch zu den eitlen Zeitgenossen gehörte, die sich mit einem zwanzig Jahre alten Foto präsentierten?

»Guido hat sich noch immer nicht bei mir gemeldet.« Frau Di Lorenzi klang aufgeregt.

»Dafür hat der Privatsammler, mit dem sich Guido gestern treffen wollte, mich eben angerufen. Guido ist nicht zum Termin erschienen. Ich habe sofort versucht, Guido anzurufen, aber sein Handy ist immer noch ausgeschaltet. Das ist dann doch sehr ungewöhnlich. Ehrlich gesagt, mache ich mir Sorgen, was Guido zugestoßen ist!«

Zugestoßen? Von wegen, dachte Müller und lachte innerlich. Es war wohl eher so, dass Rosso ein Haar am Tatort hinterlassen und sich dann abgesetzt hatte.

***

Der Staatsanwalt war auf hundertachtzig, als Müller sein Büro betrat. Wahrscheinlich hatte er bereits den gesamten Vormittag über ununterbrochen heiße Luft geredet, jedenfalls war sein Kopf gerötet und der gesamte Körper hatte sich wenig ästhetisch im maßgeschneiderten Anzug aufgeplustert, wie ein Ballon. Kurz vor dem Platzen.

»Das ist wirklich eine unschöne Geschichte, mit der Sie sich da beschäftigen, Erster Kriminalhauptkommissar Müller« – Staatsanwalt Flitzpiepe redete ihn immer mit dem kompletten Dienstgrad an – »Sehr unschön!«

Wie der Staatsanwalt es sagte, klang es, als wäre Müller höchstpersönlich verantwortlich für den Mord, so als hätte er dem armen Jakowski den Ziegelstein eigenhändig auf den Kopf geschlagen.

»Wussten Sie«, fuhr er fort, »dass ich mich privat für den Erhalt der Alten Sternwarte einsetze? Das ist ein kulturhistorisches Denkmal unserer Stadt, wie es kein zweites gibt! Und wussten Sie, dass die Sternwarte bereits 1774 eingeweiht wurde? Damit ist sie eins der ersten astronomischen Forschungszentren in Mitteleuropa. Mensch – Wolfgang Amadeus Mozart und Benjamin Franklin waren dort zu Gast!«

Müller wusste es nicht. Zu seiner Schande musste er sich eingestehen, dass er sich mit der Geschichte der Sternwarte bisher noch nicht eingehend beschäftigt hatte. Wieso eigentlich nicht? Das sollte er nachholen.

Ihm war allerdings auch nicht klar, was das alles mit den Ermittlungen zu tun hatte. Außer vielleicht wenn man bedachte, dass der Staatsanwalt sich auch sonst mit der gesamten Stadtpolitik und Kommunalprominenz bestens verstand, deren Interessen selbstredend teilte, und immer darauf bedacht war, dass das Kapitalverbrechen in schummrigen Hafengassen und Arbeitersiedlungen blieb, aber sich nicht auf die Teile der Stadt ausbreitete, in denen er seinen Freundeskreis hatte. Und schon gar nicht, wenn das Kapitalverbrechen seinen dunklen Schatten auf glänzende kulturhistorische Denkmäler legte.

Müller wollte sich von Piepenreuther nicht länger die Laune verderben lassen und brachte ihn schnellstmöglich auf den neusten Stand der Ermittlungen.

»Und jetzt?!«, sagte der Staatsanwalt – halb Frage, halb Drohung.

Müller hob die Schultern.

»Für den Anfang könnten Sie uns die Genehmigung erteilen, das Handy von Rosso zu orten.«

»Ich dachte, das ist ausgeschaltet?«

»Zurzeit ja, aber wir können zumindest den Ort herausfinden, an dem das Handy zuletzt benutzt wurde.«

»Alles, was der schnellen Aufklärung dieser unschönen, ja ich muss es wiederholen, dieser unschönen Angelegenheit dient. Aber denken Sie daran, Erster Kriminalhauptkommissar Müller, ich will Resultate sehen. Am besten schon gestern!«

6.

Das Ergebnis der Ortung war allerdings ausgesprochen interessant: Zum letzten Mal gesendet hatte Rossos Handy nicht etwa auf halbem Weg in die Schweiz. Auch nicht in Heidelberg, wo Rosso wohnte und seine Galerie hatte. Ausgeschaltet wurde das Mobiltelefon wenige Minuten, nachdem Rosso die E-Mail an seine Assistentin gesendet hatte. In einem Männerwohnheim im Mannheimer Stadtteil Jungbusch.

Die Möglichkeiten der Mobilfunk-Ortung waren mittlerweile so gut, dass die Techniker auf einem Satellitenbild von Mannheim sogar die Position des Handysignals innerhalb des Gebäudes festlegen konnten. Lediglich in welchem Stockwerk vermochten sie nicht zu sagen. Die Kripo war fest entschlossen, alle Zimmer im betreffenden Gebäudeflügel auf den Kopf zu stellen. Müller rief noch einmal bei Frau Doktor Doktor Di Lorenzi an, um sich nach Rossos Handy-Modell und der Farbe zu erkundigen. Ein Smartphone mit einer weißen Plastikhülle. Der Staatsanwalt hatte den Durchsuchungsbefehl unterschrieben, ohne mit der Wimper zu zucken. Auch die Heimleitung war kooperativ und der Hausmeister führte Müller und Krüger gerne durch das Haus.

»Im zweiten Stock wohnt ein Mann, den wir vorgestern Nacht als Notfall aufgenommen haben«, erklärte der Hausmeister. »Komische Type.«

»Inwiefern?«, fragte Müller.

Die meisten Männer, denen er im Flur begegnete, würde er auf den ersten Blick ohne Weiteres in die Kategorie komische Typen stecken.

»Er hatte keine Papiere bei sich und hat uns auch nicht seinen Namen sagen wollen. Total durch den Wind. Aber was ist das Erste, nach was er fragt? Ein Rasierer. Wollte sich erst mal hübsch machen.«

»Und da haben Sie nicht die Polizei gerufen, wenn Sie einen unidentifizierten Gast haben?«

»Na ja. Oft brauchen die Tippelbrüder ein paar Tage zum Ausnüchtern, wenn sie bei uns ankommen. Ist nicht ungewöhnlich, dass die verwirrt sind. Wie es mit ihnen weitergeht, klären wir dann mit dem Sozialamt.«

Sie klopften.

Keine Antwort.

»Da sind zwei Herren von der Kriminalpolizei, die sich mal bei Ihnen umsehen wollen«, sagte der Hausmeister und wartete keine Reaktion ab, bevor er die Tür öffnete und eintrat.

Auf der Kopfseite des Zimmers saß ein Mann in einem zerknitterten Anzug auf dem Bett. Das Gesicht war eingefallen, fahl und faltig. Braune Haare. Konnte das Rosso sein? Jedenfalls nicht der jugendlich frische Rosso von dem Foto. Die braunen Haare des Mannes saßen auf den zweiten Blick auch etwas schief. Ein Toupet. Was auf den dritten Blick nicht weiter verwunderlich war: Wenn Rosso 1946 geboren wurde, war es kaum anzunehmen, dass sein Naturhaar immer noch so schön braun war. Das Toupet wirkte aber nicht billig, mit Sicherheit handelte es sich um Echthaar. Außerdem war das Toupet ziemlich exakt der Frisur auf dem Foto von Rosso nachempfunden. Wenn man sich zwanzig oder fünfundzwanzig Jahre zu dem Bild auf der Homepage dazudachte, konnte es schon möglich sein, dass dieser jämmerliche Haufen Rosso war. Dann fiel Müllers Blick auf das Mobiltelefon, das auf dem kleinen Tisch an der Wand lag. Ein Smartphone in einer weißen Plastikhülle.

»Professor Rosso?«

Der Mann zuckte zusammen.

»Müller von der Kriminalpolizei. Sind Sie Professor Rosso?«

»Äh. Ja. Ja, natürlich.«

Der Hausmeister nickte Müller anerkennend zu. »Respekt. Bei Ihne' babbelt er ja fast wie'n Wasserfall.«

Doch Rosso weigerte sich noch ein Wort mehr mit ihnen zu reden, also nahmen sie ihn mit aufs Revier. Krüger machte den Vorschlag Rossos Assistentin anzurufen, aber Müller hielt das für keine gute Idee.

»Lass uns erstmal probieren, ob wir auch so etwas aus ihm herausbekommen.«

Der Galerist machte weiterhin einen verwirrten und verschreckten Eindruck, doch nachdem sie ihn zur Vernehmung auf die kleine Couch in ihrem Büro gesetzt hatten, und nach zwei Tassen Kaffee, schien Rosso sich zu beruhigen.

»Haben Sie sich vorgestern Abend mit Jakowski getroffen?«

Rosso schwieg und starrte sie nur an. Müller befürchtete schon, dass da nichts mehr kommen würde, und Rosso irgendwann im Lauf der letzten zwei Tage völlig den Verstand verloren hatte und sie ihn gleich zu Gittler in die Klapse weiterleiten konnten. Doch dann antwortete er plötzlich. Ruhig und klar verständlich.

»Ich wollte ihn treffen, ja. In seinem Atelier.«

»Aber?«

»Als ich an der Alten Sternwarte ankam, da lag er dort. Welch ein großer Künstler.«

Rosso senkte den Blick.

»Und dann?«

»Ich weiß nicht. Ich stand unter Schock. So etwas habe ich noch nie gesehen.«

»Jakowski wurde nach seinem Tod bewegt.«

»Ja, das kann sein. Ich habe ihn gepackt und gerüttelt. Wie unsinnig, ich weiß, aber ich habe die Kontrolle verloren.«

»Wie haben Sie erkannt, dass es Jakowski war?«

»Es war seine Kleidung. Seine Ringe. Die ganze Erscheinung. Ja. Ich weiß es jetzt wieder: Ich wollte sichergehen, dass er es ist. Ich glaube, ich habe sogar seine Ringe angefasst. Irgendwann bin ich aufgestanden und einfach ziellos durch die Straßen geirrt.«

»Aber nicht sehr lange. Ziemlich schnell sind Sie ins nächste Wohnheim für Obdachlose gegangen.«

Rosso hob die Schultern.

»Ich weiß nicht mehr, wie ich dort gelandet bin.«

»Aber eine E-Mail konnten Sie am nächsten Morgen von Ihrem Smartphone aus an Frau Di Lorenzi schreiben.«

»Warum nicht? Ein toter Künstler bedeutet ein gutes Geschäft. Ich wollte nichts anbrennen lassen.«

Müller und Krüger sahen sich an. Beide runzelten die Stirn.

»Entschuldigen Sie uns einen Moment«, sagte Müller. »Sollen wir Ihnen noch einen Kaffee mitbringen?«

»Gerne.«

* * *

Müller und Krüger standen am Kaffeeautomat. Doch Müller holte sich nur eine heiße Schokolade.

»So was trinkst du?«, fragte sein Kollege.

»So was trinkst du?«, entgegnete Müller und deutete auf Krügers Kaffeebecher. »Dafür sind mir meine Geschmacksnerven zu schade.«

Müller trank nur ein, zwei Mal in der Woche einen Kaffee. Und bei der Quote sollte der Kaffee auch das Wort Genussmittel verdienen. Die heiße Schokolade im Revier schmeckte zwar auch mies, aber irgendwas musste er ja trinken.

»Was hältst du von dem Kerl?«

Krüger zuckte mit den Schultern.

»Total ballaballa.«

»Es macht tatsächlich wenig Sinn, was er uns erzählt. Erst kann er sich an nichts erinnern, dann fällt ihm plötzlich wieder ein, dass er an den Ringen rumgefuchtelt hat, dann geht er ins Männerwohnheim, wo er noch verwirrter wird, aber trotzdem nicht zögert, per Mail eine Ausstellung zu organisieren.«

»Das mit den Ringen ist interessant«, sagte Krüger. »Dass er einfach so davon erzählt hat – wir haben ihm nichts davon gesagt – bedeutet, dass er wohl tatsächlich derjenige war, der an den Ringen herumhantiert hat.«

»Stellt sich nur die Frage, was der wahre Grund dafür war.«

»Und jetzt?«

»Jetzt nehmen wir ihn mit zum Tatort und rekonstruieren das Geschehen. Und hoffen, dass er sich in irgendwelche Ungenauigkeiten verstrickt, damit wir was haben, wo wir ansetzen können.«

In diesem Moment klingelte Müllers Handy. Es war der Polizeipsychologe, der aus dem Zentralinstitut für seelische Gesundheit anrief und verkündete, dass sich Wolfram Gittler im Laufe des Tages überraschend gefangen habe und unbedingt mit den Kommissaren sprechen wollte.

»Das ist doch mal was. Wir sind gerade auf dem Weg zur Alten Sternwarte. Können Sie ihn dort vorbeibringen?«

***

Wieder einmal war die Sonne am Untergehen, als sie den Tatort erreichten. Krüger musste sich auf den Asphalt vor der Sternwarte legen und dann sollte Rosso zeigen, wie er das gemacht hatte mit den Ringen. Und vor allem, was er danach gemacht hatte.

»Ich bin dort in die Unterführung getorkelt. Jetzt weiß ich es wieder – mir war schlecht, ich habe mich übergeben!«

»Zeigen Sie mal, wo das war.«

Krüger erhob sich. Er geleitete Rosso zur Unterführung, die nur wenige Meter vor der Sternwarte den schmalen Fußgänger- und Fahrradweg unter die Straße führte. Müller blieb noch einen Moment stehen, da er in diesem Augenblick den Polizeipsychologen und Gittler aus der anderen Richtung ankommen sah.

Gittler wirkte immer noch recht blass. Die Haare waren zerzaust. Aber er stammelte nicht mehr ununterbrochen wirres Zeug.

»Ich werde alles erzählen«, sagte Gittler, als er vor Müller stand.

Das war doch mal was.

»Die Wahrheit liegt mir wie ein Ziegelstein im Magen, ich muss es rauslassen.«

Passend der Vergleich mit dem Ziegelstein, dachte Müller.

»Der Stein, der Jakowski erschlagen hat, stammt nicht von der Fassade. Es gibt hinter der Sternwarte einen kleinen Schutthaufen –«

Weiter kam er nicht. Krüger und Rosso kamen den Weg von der Unterführung hochgelaufen. Als Gittler die beiden sah, wich innerhalb von einer Sekunde auch noch das letzte bisschen Farbe aus seinem Gesicht.

»Da – da – da –«

»Was ist?«

»Tweedlee Dum und Tweedle Dee –«

Oh, nein. Bitte nicht wieder singen, dachte Müller.

Gittler gab jetzt nur noch Gluckslaute von sich und fing schließlich an zu keuchen. Der Psychologe war zu ihm getreten. Gerade noch rechtzeitig, denn Gittler verlor das Bewusstsein und sackte in sich zusammen.

Als der erneut gerufene Krankenwagen mit Gittler und dem Polizeipsychologen abfuhr, betrat Müller den Innenhof der Sternwarte und sah sich den Schutthaufen näher an. Stur starrte er auf den Dreckberg, als könnte er darin die Lösung aller Menschheitsfragen finden. Dabei dachte er weniger an den Schutt – die Frage nach der Tatwaffe war lange geklärt – sondern er ließ die Begegnungen der letzten zwei Tage in seinem Kopf noch einmal aufleben. Der Galerist, der sich im Männerwohnheim versteckte und aus dem Untergrund Ausstellungen organisierte. Der verschreckte Gittler. Der Gerichtsmediziner mit seiner Ring-Entdeckung. Das waren die Schuttstücke, die er zusammensetzen musste.

»Also ich versteh' gar nichts mehr«, sagte Krüger, der zu seinem Kollegen in den Hof getreten war. »Welchen Geist hat Gittler denn diesmal gesehen?«

»Er hat etwas von Tweedle Dum und Tweedle Dee gesungen. Ich fürchte, er hat den Verstand verloren.«

»Also ich fand Alice im Wunderland ja immer super.«

Was ihm jetzt gerade noch fehlte, war, dass Krüger anfing, über Filme zu referieren.

»Ich hab die Disney-Version geliebt, als ich Kind war. Wegen Tweedle Dee und Tweedle Dum wollte ich Schauspieler werden!«

»Du weißt schon, dass Alice im Wunderland ein Zeichentrickfilm ist?«

Unfassbar, dass Krüger nicht einen Moment ernst bleiben konnte. Müller musste an die verstörenden Identitätsbilder von Jakowski denken. Mit den Köpfen, die aus zwei verschiedenen Personen bestanden. So war Krüger auch. Halb Polizist, halb Cartoon-Figur.

»Tweedle Dee und Tweedle Dum sind doch witzig. Nicht nur, dass beide genau gleich aussehen, sie machen auch ständig dieselben Bewegungen, sagen immer dasselbe. Dabei sind sie ja zwei Personen. Das ist doch zum Schießen!«

Schießen, das war ein gutes Stichwort. Müller hatte Lust auf Krüger zu schießen. Nur ins Bein oder in den Fuß. Er wollte Krüger ja nicht ernsthaft verletzten. Hauptsache, sein Kollege würde endlich die Klappe halten und ihn nicht weiter beim Nachdenken stören.

Krüger schien die bösartigen Schwingungen aus Müllers Richtung nicht wahrzunehmen. Jedenfalls fing er an, die Tanzschritte von Tweedle Dee und Tweedle Dum nachzuahmen. Müller wollte schon zu seiner Pistole greifen. Doch dann hatte er einen Geistesblitz.

»Wiederhol' noch mal, was du gerade gesagt hast!«

»Dass ich Alice im Wunderland liebe?«

»Der andere Teil, mit Tweedle Dee und Tweedle Dum.«

»Ähh, beide sehen genau gleich aus, sie machen auch ständig dieselben Bewegungen, sagen dasselbe. Dabei sind sie zwei Personen –«

»Interessant.«

»Sag ich doch.«

Müller schwieg einen Moment. Dann sagte er: »Ich glaube, ich weiß jetzt, was hier vor sich gegangen ist.«

»Ehrlich?«

»Ja. Bringst du mal Rosso her, dann werden wir sehen, ob ich recht habe.«

»Oh, Scheiße«, sagte Krüger, während er über seine Schulter sah.

»Was denn?«

»Ich hab ihm gesagt, er soll vorne am Eingang warten.«

Nun wandte sich auch Müller um, bis er den Eingang vor der Sternwarte sehen konnte. Der Galerist hatte sich abgesetzt. Wieder einmal.

7.

Die Kommissare schafften es gerade bis vor das Eingangsportal der Alten Sternwarte, als ihnen Billinger über den Weg lief.

»Ah, die Herren Polizisten sind schon wieder hier. Warum sagen Sie mir denn nicht Bescheid, dass Sie da sind? Ich wäre doch sofort runtergekommen. Ich war zwar gerade beim Schweißen. Für meine Ausstellung, Sie wissen schon. Aber wenn man helfen kann.«

»Der hat mir gerade noch gefehlt«, murmelte Krüger.

»Sie haben nicht zufällig gerade einen Mann im Anzug weggehen sehen – der Galerist von Jakowski?«

»Rosso war hier? Ja, aber da müssen Sie mich doch erst recht rufen, wenn die Kunstprominenz uns beehrt. Jetzt bin ich wirklich böse mit Ihnen.«

Billinger lachte.

»Rosso ist uns gerade abgehauen«, sagte Krüger.

»Ja, wie? Was? Warum haben Sie ihn denn dann nicht gefesselt? Mit den Handschellen ans Geländer. Sie sind doch die Polizei?«

»So einfach ist das nicht«, unterbrach ihn Müller. »Herr Rosso war bisher nur Zeuge. Wir sind ja hier nicht in Nordkorea.«

»Ja, richtig«, Billinger lachte wieder.

»Können wir noch mal an Ihren Computer?«, fragte Müller, bevor das Niveau dieser Unterhaltung noch weiter absinken konnte.

»Klar.«

Als Müller die fünfzigtausend Stufen hinaufstieg – es zog schon wieder bedrohlich in den Beinen – lenkte er sich ab und stellte Billinger noch ein paar Fragen.

»Setzen Sie sich eigentlich für den Erhalt der Sternwarte ein?«

»Ich? Ach was. Das bringt doch nichts. Das entscheiden doch am Ende eh die Politiker. Dafür ist mir meine Zeit zu schade.«

»Aber Gittler soll sich stark engagieren. Das hat man mir zumindest bei der Kunsthalle erzählt.«

»Ja, ach der. Das ist schon obsessiv. Der hat auch schon Politiker bei Infoveranstaltungen öffentlich beschimpft. Einmal war ein Gutachter von der Stadt da, das war, bevor dieses Baugerüst hier aufgestellt wurde, und da hat Gittler sich fast mit dem armen Mann geprügelt.«

»Warum denn?«

»Gittler will unbedingt, dass das Gebäude saniert wird. Aber das konnte der Gutachter ihm natürlich nicht versprechen. Ganz unter uns«, Billinger blieb stehen und sah zu den Kommissaren. »Das ist total kleinbürgerlich. Das ist, wie wenn einer Krawall im Kleingartenverein macht, weil der Nachbar den Rasen falsch gemäht hat. Komplett gaga!«

Gaga vielleicht, dachte Müller. Aber dafür fügte sich in seinem Kopf gerade ein weiteres Puzzleteil zusammen.

Sie erreichten das Atelier des Wichtelpunks – endlich, noch ein Schritt weiter und Müller hätte ernsthaft zu Schnaufen begonnen – und gingen zum Laptop. Der Rechner war bereits angeschaltet, der Bildschirmschoner lief noch, und Billinger brauchte nur einen kurzen Moment, um auf Müllers Geheiß die E-Mail der Galerie herauszusuchen, in der die Jakowski-Ausstellung angekündigt wurde.

Krügers Gesicht fror ein, als die Einladung und darunter das Bild von Jakowski erschien.

»Alter Schwede!«, rief er.

Müller rang sich ein Lächeln ab. »Wusste ich's doch!«

Die Kommissare mussten sich Jakowskis Schnurrbart wegdenken, ebenso die Nickelbrille, und dafür das Toupet über die Glatze dazu, dann war es ganz eindeutig. Der Mann, den sie im Männerwohnheim aufgegriffen hatten, war nicht Rosso. Es war Jakowski, der Rossos Toupet trug. Ein klarer Fall von Identitätsdiebstahl.

* * *

Der Flüchtige tauchte auch nach einer groß angelegten Fahndung nicht mehr auf.

»Damit lassen sich seine Motive natürlich nur noch erraten«, sagte Müller, als er mit Krüger durch die weitläufigen Flure des Uniklinikums irrte.

Sie betraten das Krankenzimmer, in dem Gittler lag. Es schien dem Maler eigentlich wieder ganz gut zu gehen, wie er da in seinem Bett lag und Fernsehen schaute. Doch als Gittler die beiden Kommissare sah, zuckte er unwillkürlich zusammen.

»Sie schon wieder.«

Gittler stöhnte auf.

»Dann ist es wohl so weit. Sie wollen sicher hören, was wirklich passiert ist.«

»Sie haben den Ziegel geworfen«, schlug Müller vor.

»Es war ein Unfall. Seit Jahren geht das jetzt so mit der Frage, was aus der Alten Sternwarte werden soll. Und in der Zwischenzeit fällt uns langsam die Decke über dem Kopf zusammen. Sie haben ja gesehen, wie es im Turm aussieht. Also wollte ich ein Zeichen setzen. Ein bisschen Staub aufwirbeln. Ich wusste ja nicht, dass –«

Gittler seufzte. Es dauerte einen Moment, bis er sich wieder fing.

»Ich wusste, dass Rosso sich mit Jakowski treffen wollte«, fuhr Gittler schließlich fort. »Rosso, das ist doch eine von diesen High-Society-Schmeißfliegen. Der hat überall in der Region seine Finger drin, wo es irgendwie um Champagner-Partys und Geld geht. Was denken Sie, wie der sonst an die Leute kommt, die bereit sind für den Ramsch, den er ausstellt, so viel Geld zu zahlen? Rosso hat auch beste Kontakte zur Politik. Also wollte ich ihm einen kleinen Schreck einjagen. Ich bin zum Schutthaufen gegangen und habe mir einen Stein geholt. Dann bin ich aufs Dach gegangen, weil ich dachte, von da oben sieht mich keiner. Auf meinem Balkon hätte er mich sofort entdeckt. Und dann –«

»Damit ich das richtig verstehe«, sagte Krüger. »Sie wollten Rosso einen Stein vor die Füße werfen, damit er einen ordentlichen Schreck bekommt, und sich dann bei seinen Freunden in der Politik beschwert, dass die Sternwarte endlich renoviert werden muss?«

»Das ist richtig«, sagte Gittler. »Aber ich wollte niemanden treffen. Das müssen Sie mir glauben. Wie sollte ich denn aus der Entfernung überhaupt zielen können?«

»Aber dann tauchte plötzlich ein zweiter Mann auf?«

»Ja«, Gittler wurde jetzt wieder bleich, seine Stimme überschlug sich, als er weitersprach. »Jakowski muss vor das Gebäude getreten sein, um Rosso zu begrüßen. Ich sah es gerade in dem Moment, als ich mit dem Stein in beiden Händen Schwung holte. Aber da war es schon zu spät. Der Stein entglitt meinen Händen, und, und – der arme Jakob –«

»Das war nicht Jakowski, den Sie getroffen haben.«

Gittler sah irritiert auf.

»Sie haben Rosso erwischt.«

Gittlers Gesichtsausdruck war jetzt eingefroren. »Aber –«

»Jakowski hat die Gelegenheit genutzt, um seinen eigenen Tod vorzutäuschen und sich als sein Galerist auszugeben«, sagte Müller. »Über die Motive für diese Tat können wir momentan nur spekulieren. Der echte Jakowski hat sich aus dem Staub gemacht.«

Der leise Anflug eines Lächelns auf Gittlers Lippen.

8.

Die Jakowski-Ausstellung war ein großer Erfolg. Die Presse braucht immer einen guten Aufhänger, wenn eine Geschichte auf die Titelseite soll, und die Betreffenden nicht zufällig von Beruf Bundespräsident oder Verteidigungsminister sind. Und die Nachricht, dass ein Künstler in die Identität seines toten Galeristen geschlüpft war und sich nun auf der Flucht vor dem Gesetz befand, war für die Medien sogar noch besser als die ursprüngliche Nachricht vom Künstler, dem ein Ziegelstein den Kopf zerschmettert hatte.

Im Feuilleton diskutierte man heftig darüber, dass Jakowskis Werk – dessen große Kunst bisher in den Augen der Kritiker unverständlicherweise kaum beachtet wurde – sich seit jeher mit der Frage beschäftige, was Identität eigentlich sei. Somit, so waren sich auch die Kunstprofessoren einig, sei Jakowskis Rollentausch an sich als Performance-Kunst zu verstehen. Jakowski, das Gesamtkunstwerk!

Auch Frau Di Lorenzi schien den Tod ihres Vorgesetzten recht schnell verarbeitet zu haben. Sie dachte gar nicht daran, die Ausstellung stoppen zu wollen und ging in ihrer neuen Rolle als alleinige Leiterin der Galerie voll auf. Ein paar Funken des lodernden Ruhms Jakowskis schlugen außerdem auf Wolfram Gittler nieder, der sich nun vor Gericht wegen fahrlässiger Tötung würde verantworten müssen. Auch er hatte keine Probleme mehr, einen renommierten Galeristen in Frankfurt zu finden.

»Schade, dass wir Jakowski haben laufen lassen«, sagte Krüger, als er zusammen mit Müller durch die Ausstellung lief, die mittlerweile um weitere Exponate erweitert worden war, und bald ein Drittel der gesamten Ausstellungsfläche der Kunsthalle ausmachte. »Jetzt werden wir nie erfahren, was im Kopf eines Genies vor sich geht.«

Müller lachte. »Dir gefällt das also immer noch so gut, was er da gemalt hat?«

Sie blieben vor einem riesengroßen Gemälde stehen, bestimmt fünf mal fünf Meter, das aus einer durchgehenden schwarzen Fläche mit ein paar weißen Farbklecksen darauf bestand.

»Na ja, nicht dass meine achtjährige Nichte das nicht auch hinbekommen würde. Aber wie er sich als Star inszeniert hat, das hat schon was.«

»Da würdest du dir gerne eine Scheibe abschneiden, schon klar. Aber mach dir keine Sorgen. Ich glaube nicht, dass wir Jakowski das letzte Mal gesehen haben.«

Müller sollte recht behalten. Jakowski konnte dem Rummel um seine Person keine zehn Tage lang standhalten. Dann stand er eines Abends plötzlich in der Ausstellung und ließ sich feiern. Als die Polizei auftauchte, ging er bereitwillig mit. Dass die Festnahme seinem Image nicht schaden würde, ganz im Gegenteil, war klar.

»Ich wusste, dass Rosso keine neue Ausstellung mit mir machen wollte«, sagte Jakowski bei der ersten Vernehmung. »Der hat doch nur noch mit Zahnarzt-Warteraum-Bildern gehandelt, die echten Künstler hat er nach und nach fallen lassen.«

»Warum haben Sie sich dann mit Rosso getroffen?«

»Das war seine Idee, ich glaube er wollte mir nur höflich sagen, dass er mich nicht mehr vertreten wollte. Als dann der Ziegel auf seinen Kopf fiel, war das für mich wie ein Wink des Himmels.«

Jakowski zog dem Galeristen seine Schuhe und seine Ringe an, klaute ihm das Toupet und machte sich aus dem Staub.

»Und Sie dachten, damit kommen Sie durch?«

»Warum nicht?«

Die öffentliche Stimmung war so sehr auf Jakowskis Seite, dass er zwar noch wegen Betruges und Identitätsmissbrauchs angeklagt würde. Aber statt einer Gefängnisstrafe, würde es auf Bewährung hinauslaufen.

Das war Müller spätestens klar, nachdem er dem Staatsanwalt seinen abschließenden Bericht vorgetragen hatte.

»Großartige Arbeit«, sagte Staatsanwalt Flitzpiepe und klatschte in die Hände. »Erster Kriminalhauptkommissar, Sie haben Mannheim zurück auf die Landkarte der zeitgenössischen Kunst geholt!«

Tja, was sollte er darauf antworten? Müller hob die Schultern. Dann nickte er und ging pünktlich Feierabend machen. Er spazierte vom Präsidium ohne Ziel durch die Gegend. Als er vor der Alten Sternwarte ankam, blieb er stehen und blickte nach oben. Die Sonne war bereits untergegangen und er konnte sogar ein paar Sterne am Himmel über dem Gebäude sehen. Er hätte nicht sagen können, wie lange er so da stand und dort hinauf schaute, als ihn ein plötzliches Verlangen überkam. Aus unerklärlichen Gründen würde er jetzt gerne joggen gehen.

Ob er seine Frau anrufen sollte?

Marcus Imbsweiler

Fleisch

»Stopp!«

Kröger, der eben in sein Mettbrötchen beißen wollte, erstarrte. Mit aufgerissenem Mund glotzte er seine Tochter an.

»Weißt du, was die Tiere erdulden mussten, die du da isst?«, fragte Claudia. »Hast du eine Ahnung, mit welchen Medikamenten sie vollgestopft wurden? Wie man sie gequält hat? Wie sie gehalten wurden? Worunter sie …?«

»Ruhe«, knurrte Kröger und biss zu.

»Um ein Kilogramm Fleisch zu erzeugen, benötigt man zehn Kilogramm Getreide. Weltweit wird ein Drittel der fruchtbaren Böden für die Fleischproduktion verwendet.«

»Ist ja gut.«

»Fleisch tötet, Papa!« Claudias Stimme kippte.

»Nun reicht's aber!« Kröger legte das halb gegessene Mettbrötchen beiseite und ließ seine Faust auf den Frühstückstisch sausen. »Ab in dein Zimmer!«

»Reinhard«, versuchte Krögers Frau zu besänftigen, doch da stürzte Claudia schon hinaus. Schluchzend.

»Und komm erst wieder runter, wenn du zu Ende pubertiert hast«, schrie ihr Kröger hinterher.

Oben knallte eine Tür. Gleich darauf hörte man Musik aus der Ferne. Claudias Lieblingssendung, das SWR-Rockbüffet.

»Du bist zu streng mit dem Kind«, seufzte Krögers Frau, während sie ihm die Krawatte glattstrich.

Kröger nahm den Autoschlüssel vom Haken. »Soll ich mir von einer Vierzehnjährigen, bei der die Hormone verrückt spielen, das Frühstück vermiesen lassen?«

»Nein, aber …«

»Apropos Hormone.« Trotz Schlüssel in der Rechten zog er seine Frau eng an sich heran. Körperkontakt! Mit der linken Hand fuhr er ihr unter den Saum der Pyjamahose. »Wann ziehst du endlich die Unterwäsche an, die ich dir geschenkt habe?«

»Bald.«

»Du weißt doch, wie mich das ...«

Er vollendete den Satz nicht. Sein heißer Atem schlug ihr ins Gesicht. Sie dachte: Mettbrötchen. Im Gegensatz zu ihrem Gatten frühstückte sie immer süß.

»Am Wochenende«, sagte sie.

»Am Wochenende«, nickte er. Seine Hand wühlte sich durch die rückwärtigen Regionen der Frau. Knetete ihren Hintern. Walkte, drückte, presste, kniff. Ich lasse mir, dachte er. Ich lasse mir doch nicht das Frühstück! Quetschte, massierte, modellierte. Von einer Vierzehnjährigen!

»Bis heute Abend«, sagte seine Frau und machte sich frei.

Krögers Sekretärin hatte nicht den breiten, weichen Hintern, wie ihn seine Frau hatte. Alles an ihr war hager und spitz. Die Wangenknochen, die Ellbogen, einfach alles. Mit der holst du dir blaue Flecken im Bett, dachte er. Der Gedanke kam ihm gewohnheitsmäßig, jeden Morgen im Büro, auch wenn er rein theoretischer Natur blieb. Die Frau war zwei Jahre älter als er!

»Leiche im Schlachthof«, begrüßte sie ihn. »Wank und die Spusi sind schon unterwegs.«

»Mann, Frau, Hund?«

»Wank ist männlich, soviel ich weiß.«

»Die Leiche.«

»Eine Frau. Azubi oder so was. Schöne Krawatte, Herr Kröger.«

Er nickte und wandte sich zum Gehen.

»Chef!«

»Was?«

»Das wird ja wohl länger dauern. Könnten Sie rasch hier unterschreiben?« Sie schob ihm ein Blatt hin. »Eine Initiative für vegetarische Menüs in der Kantine.«

Kröger erstarrte. Der Mettbrötchengeschmack lag noch auf seiner Zunge. »Was? Wofür?«, stieß er hervor.

Das Knochenweib errötete. »Ich meine, wie kann es sein, dass eine Polizeikantine dieser Größe … Ein vegetarisches Gericht am Tag ist doch nicht zu viel verlangt.«

»Das unterschreibe ich nicht. Nicht zwischen Tür und Angel. Wo soll das noch enden mit dieser Fleischfeindlichkeit? Eine Tote im Schlachthof haben wir schon!«

»Das hat doch nichts mit unserer Initiative zu tun.«

»Im Schlachthof!« Schnaubend machte Kröger auf dem Absatz kehrt. Während er ging, knetete seine Hand die Luft. Walkte sie kräftig durch.

»Laura Motschmann, 17 Jahre alt.« Breitbeinig stand Wank hinter der Toten. Von der Wand lachten Poster mit rosa Ferkeln und rundäugigen Kühen. Wank fuhr sich durch seinen Dreitagebart, während er referierte. »Praktikantin in der Schlachthof-Verwaltung. War heute schon sehr früh im Betrieb, früher als sonst, sagt ihre Chefin. Von der wurde sie auch gefunden.«

»So gefunden?« Kröger zeigte auf die Leiche. Das Mädchen lag auf dem Rücken, Arme ausgestreckt, Kopf zur Seite gedreht.

»Sie wurde nicht bewegt, heißt es.«

»Wer's glaubt.«

»Vier Stiche«, sagte Dr. Mayer, die Polizeiärztin. »Alle von vorn. Aber …«

»Was, aber?«

Die Grauhaarige winkte ab. »Das schaue ich mir erst noch genauer an.«

»Wenn Sie mit den Leuten vom Schlachthof sprechen wollen, die warten nebenan in der Küche.« Wank machte ein paar Schritte um die Tote herum. »Zumindest die von der Verwaltung. Schöne Krawatte, Chef. Neu?«

»Geht so.«

»Aber schon mit Fleck.« Wank begann, am Schlips seines Vorgesetzten zu fummeln. »Sieht aus wie ein Fettspritzer.«

»Mett. Und jetzt Finger weg! Ich will mit den Schlachtern sprechen.«

Brummend stand Kröger vor einem Monitor. Es war ein wohliges Brummen, denn was er sah, gefiel ihm. Der Monitor war in zwölf einzelne Felder unterteilt, und jedes Feld zeigte einen Schlachthofraum. Bei manchen blieb die Perspektive unverändert, bei anderen wurde zwischen unterschiedlichen Kameraeinstellungen gewechselt. Es gab Kühlräume, Lagerräume, Arbeitsräume. Im größten von ihnen standen Dutzende von Männern in Schutzkleidung und zerteilten Tiere. Sie schnitten und sägten Kadaver. Innerhalb weniger Minuten bewegte jeder von ihnen mehr Fleisch, als Kröger pro Jahr aß.

Und das wollte etwas heißen.

»Wank!«, rief er.

»Ja?«

»Schauen Sie sich das an.«

»Was?«

»Das hier. Schauen Sie es sich genau an!«

Wank schaute. Sein Dreitagebart knisterte, als er sich am Kinn kratzte. »Also, meins ist das nicht, Chef.«

»Gehören Sie auch zu diesen Radikalen von der Kantineninitiative?«

»Nö, wieso?«

»Was ist das hier?« Kröger zeigte auf eines der unveränderlichen Bilder. Durch einen ansonsten leeren Raum liefen drei Förderbänder. Auf den Bändern lag Fleisch. Fleisch in Stücken. Manchmal nur Fetzen oder ein Knochen, dann wieder größere Klumpen, Haufen, Breiiges. Von den Bändern tropfte alles in einen großen Container.

Einen Container voll Fleisch.

»Reste, die beim Zerteilen anfallen, nehme ich an«, sagte Wank. »Irgendwo wird das Zeug dann verfüttert.«

»Man könnte Hack draus machen.«

»Wenn Sie meinen.«

»Oder Fleischwurst. Schön kleinmahlen – lecker.«

»Jedenfalls wird dieser Container irgendwann abgeholt. Was damit passiert, müssen Sie die Leute vom Schlachthof fragen.«

»Sollten die nicht hier sein?«

»Eins weiter, Chef.«

In der Küche der Schlachthofverwaltung lief das Radio. Wank nickte kennerisch. Das SWR-Rockbüffet; er hatte es bei der Herfahrt ebenfalls gehört.

»Finden Sie das angemessen angesichts des Mordes an Ihrer Mitarbeiterin?«, schnarrte Kröger in die Runde.

Jemand drückte auf den Aus-Knopf.

Stille.

Kröger sah sich um. Fünf Personen. Die beiden Frauen verschüchtert, niedergeschlagen, die Männer um Fassung bemüht. Auf dem Tisch ein Glücksschwein als Spardose, Kaffeebecher mit Kuhgesichtern. Ein Poster, das den Bundeslandwirtschaftsminister beim Verzehr eines T-Bone-Steaks zeigte.

»Guten Morgen«, beendete Kröger das Schweigen.

»Morgen.«

»Was daran gut sein soll«, richtete sich einer der Männer auf, »müssen Sie mir …«

»Ganz alter Spruch«, unterbrach ihn Kröger. »Uralt. Höre ich jeden Tag. Zum Motiv, meine Damen und Herren. Haben Sie schon einmal daran gedacht, dass hier ein Radikalvegetarier am Werk gewesen sein könnte?«

Irritiertes Kopfschütteln.

»Gab es in der Vergangenheit bereits Attacken gegen Mitarbeiter des Schlachthofs?«

»Nein.« Das waren alle. Wie aus einem Mund.

»Moment.« Die eine der Damen hob den Kopf.

»Ja?«

»Die kleine Motschmann war Vegetarierin.«

»Bitte?«

»Glaube ich jedenfalls. Ich hab sie nie Fleisch essen sehen.«

»Und dann arbeitet die hier im Schlachthof? Als Praktikantin? Oder als eingeschleuste Agentin?«

»Also, das sehen Sie jetzt falsch.« Errötend begann die Dame zu erklären: In der Verwaltung sei das nicht so mit dem Fleischkonsum und der Fleischnähe, sie seien ja auch räumlich getrennt von den Schlachträumen, hier habe man mit Stückzahlen und Prozenten zu tun, nicht mit Tieren. Ein Bürojob wie jeder andere. Ob Rathaus oder Schlachthof, das spiele keine Rolle.

»Räumlich getrennt?«, fragte Wank. »Was heißt das?«

»Dass Sie einen Schlüssel brauchen, um den Verwaltungstrakt zu betreten.«

»Und wer hat den?«

»Nur die Mitarbeiter der Verwaltung.«

»Interessant.« Kröger nickte sinnend mit dem Kopf. »Sehr interessant.«

Es war nicht exakt zu entscheiden, worauf sich seine Bemerkung bezog: auf die mit Musterprodukten des Schlachthofs gefüllte Kühlvitrine vor ihm oder auf das, was ihm Dr. Mayer von der Seite zuraunte. Beides war geeignet, seine Aufmerksamkeit zu wecken, die Fleischportionen in der Vitrine ebenso wie die halblauten Informationen der Polizeiärztin, die ihre Rede gestenreich unterstützte. Sie hob eine Hand, ballte die Faust, führte ein imaginäres Messer, trat vor, trat zurück.

»Interessant«, wiederholte Kröger. Und dann, eindeutig zu Dr. Mayer und nicht zur Vitrine gewandt: »Sind Sie sicher?«

»Kein Zweifel, Kröger.«

»Nun denn.« Er drehte sich um klatschte in die Hände. »Wie viele Mitarbeiter hat die Verwaltung insgesamt? Mitarbeiter mit Schlüssel, meine ich.«

»Dreizehn«, meldete sich einer der Herren.

»Dann rufen Sie die her. Jetzt.«

Keine fünf Minuten später war die Küche voller Menschen. Kröger hielt ein leeres DIN-A4-Blatt in die Höhe und sagte, er benötige von jedem eine Schriftprobe. »Der Name genügt. Hier ist ein Stift.«

Nach dreizehn Unterschriften nahm er das Blatt und warf es in den Papierkorb.

»Wer von Ihnen ist Vegetarier?«, rief er.

Zwei Personen meldeten sich. Eine Frau, ein Mann.

»Aber nicht konsequent«, erklärte der Mann unterwürfig. »Ab und zu mal ein Salamibrot, verstehen Sie?«

»Verhaften.«

Die zwei rissen Mund und Augen auf. Und nicht nur sie. Selbst Wank runzelte die Stirn.

»Echt jetzt, Chef? Beide?«

Kröger legte ihm eine Hand auf die Schulter. »Kleiner Scherz am Rande. So ein Fleischverächter hätte gar nicht den Mumm, vier Mal zuzustechen! Von Dr. Mayer weiß ich, dass der Täter Linkshänder war. Und mit links hat hier nur einer seinen Namen geschrieben.« Ohne die Hand von Wanks Schulter zu nehmen, wandte er sich langsam den Schlachthofmitarbeitern zu, fixierte sie, einen nach dem anderen, bis sich sein Blick an einem jungen Kerl festhakte. Einem Milchgesicht mit Seitenscheitel. »Der da!«, brüllte Kröger und ließ seinen Zeigefinger nach vorne schnellen.

Alles hielt den Atem an.

War das nicht eine hübsche kleine Inszenierung? Rechts antäuschen, links zuschlagen – Kröger fühlte eine große innere Zufriedenheit. Lange hielt sie allerdings nicht an, und das lag an seinem Untergebenen. Kriminalkommissar

Wank nämlich glotzte bloß Löcher der Begriffsstutzigkeit in die Schlachthofluft. Rat- und tatenlos stand er da, woran sich auch nichts änderte, als das Milchgesicht auf dem Absatz kehrt machte und Fersengeld gab.

»Wank!« Kröger stampfte mit dem Fuß auf. »Bewegung!«

»Was? Ja, Chef. Soll ich …?«

»Aber bisschen plötzlich!«

Verfolgt von den eingeschüchterten Blicken der Schlachthofmitarbeiter, machte sich Wank auf die Verfolgung. Noch lange hallten seine Schritte durch den Flur.

»Dilettanten«, fluchte Kröger und begab sich ins Nebenzimmer. Er brauchte nicht lange zu warten, bis der Flüchtige auf einem der Monitorfelder erschien. Bei der Chefin der Ermordeten erkundigte er sich nach dem Standort der Kamera, dann tappte er ebenfalls los.

So ein teilbarer Bildschirm ist eine feine Sache. Man hat nicht bloß einen Fernsehkanal, sondern zwölf. Man kann Schlachter, Putzfrauen und Bürokräfte gleichzeitig überwachen. Man kann ihre Gesichter heranzoomen bis auf Pickelgröße oder die Perspektive wechseln. Da fühlt man sich doch gleich wie bei einem amerikanischen Geheimdienst. NSA! CIA! Ein bisschen wenigstens.

Vor dem großen unterteilten Schlachthofmonitor saß niemand. Es gab Wichtigeres zu tun: trauern, tratschen, telefonieren. Wie ging es nun weiter? Wann durfte man wieder seinen Job machen? Das Fleisch wartete nicht. Es wollte verarbeitet werden. Es musste! Die Menschen draußen, sie brauchten Fleisch, Vegetarier hin oder her. Ohne Schlachthof brach alles zusammen. Alles.

Auf dem Monitor tauchte Kommissar Wank auf. Obere Reihe, zweites Feld von links. Es war ein Kühlraum, den Wank in raschen Schritten durchmaß. Blick nach rechts, Blick nach links, kein Flüchtiger zu sehen. Offenbar hatte Krögers Mitarbeiter seine Geistesgegenwart wiedergefunden. Sehr schön. Er verließ den Kühlraum und mit ihm das dazugehörige Monitorfeld.

Gleich darauf erschien er in der mittleren Reihe ganz rechts. Dort wurden Bottiche mit einer dunklen Flüssigkeit umhergerollt. Blut? Schwappendes Tierblut? Wank wuselte zwischen den Mitarbeitern hindurch, fragte, gestikulierte. Er wurde hinausgedrängt. Keine Schutzkleidung, ganz klar, so ging das nicht. Ab mit dir ins nächste Feld!

Und so hüpfte Wank über den Monitor, bewegte sich von Feld zu Feld wie der Springer beim Schachspiel. Niemand sah ihn. Niemand sah seine Rösselsprünge, denn niemand saß vor dem großen Monitor. Für die Mitarbeiter in den Räumen des Schlachthofs war er bloß ein Eindringling, der zur Tür A hereinkam und durch Tür B wieder verschwand. Eine Sternschnuppe, rasch verglühend.

Und Wanks Chef?

Auch dafür hätte jemand vor dem Monitor sitzen müssen. Hätte seinen Blick auf das Feld mit den drei Fließbändern und dem Container richten müssen. Noch war es menschenleer. Noch.

Aber dann kam Kröger.

Genauer gesagt, kam zuerst der Flüchtige. Der Kommissar gleich hinter ihm. Tür auf, beide rein, ein Geknäuel aus Mensch war das. Kröger hatte das Milchgesicht gepackt, dieses ihn. Da wurde gezerrt und gekrallt und gefaustet. Auf der Strecke blieb: die Stabilität. Gemeinsam kam man ins Stolpern, stürzte ineinander verhakt auf eines der Fließbänder, wurde mitgeschleift, weitertransportiert, bis in den Container hinein. Immerhin, sie fielen weich. Mitten hinein in eine Landschaft aus Fleisch.

»Du Würstchen!«, brüllte Kröger. »Dich mache ich fertig!«

Was man vor dem Monitor natürlich nicht hörte. Aber dort saß ja keiner. Die Schläge des Kommissars fielen geräuschlos, seine Schreie blieben stumm. In den Feldern um ihn herum ging das Leben weiter. Das Schlachthofleben mit seinen aufgehängten Schweinehälften, den gespaltenen Kalbshüften, den vermummten Mitarbeitern. Ab und zu huschte Wank durchs Bild, suchte, fragte, hetzte weiter.

»Ich mache Frikassee aus dir!«, schrie Kröger und holte zum finalen Schlag aus.

Doch der Milchling wehrte sich. Kaum zu glauben, welche Kraft in seinen dünnen Ärmchen steckte. Er schubste Kröger um, einfach so, dass es den rücklings in die Fleischmassen haute. Der Kommissar tobte. Tier, wohin man griff! Er fühlte Haut an seiner Haut, Innereien, fettige Brocken, Schwartiges. Kaum kam er wieder in die Senkrechte. Stand ja schon bis über die Knöchel im Fleisch! Da sauste ihm eine Haxe entgegen, die der Junge zur Waffe zweckentfremdete. An der Schläfe getroffen, knickte Kröger erneut ein. Plumpste Kopf voran diesmal ins Rotweiße. Über sein Gesicht schmierte es, seine Lippen schmeckten Blut. Eigenes? Fremdes? Er wusste es nicht. Wollte sich ebenfalls bewaffnen, grapschte wild in den Klumpen herum, fand aber nur Hühnerklauen und Schweineöhrchen. Zack!, rauschte ihm die Haxe ins Kreuz. Kröger krümmte sich, schrie vor Schmerz, biss zu. Rohes Fleisch! Kein Aufstehen möglich, zu dicht fielen jetzt die Schläge, drückten ihn tiefer in die Abfälle hinein, in den Gestank und das Glitschige. Die Krawatte – wie es der wohl ging? Niemand konnte es ihm sagen, denn niemand saß vor dem Monitor und wurde Zeuge von Krögers Vermöbelung.

Oder besser: Verfleischlichung. Man musste schon genau hinschauen, wollte man den Kommissarskörper noch von den Tierkörpern unterscheiden, zwischen denen er lag. Sein rechtes Bein drückte gegen ein Rinderbein, aus weißlicher Masse starrte ihm ein Ochsenauge entgegen, um seine Hüfte legte sich Bauchspeck. Und da, wie er sich mit der Backe an einen halben Schweinskopf schmiegte, als wolle er eins werden mit dem Geschöpf. Bizarres Spiel der Natur! Kröger war Fleisch und wurde Fleisch, es drang in seine Kleidung, in seine Körperöffnungen, bemächtigte sich seiner, verschmolz mit ihm. Immer wieder schlug der jugendliche Mörder mit der Haxe auf ihn ein, trieb ihn tiefer und tiefer ins Innere des Containers. Es sah aus, als würde Kröger vom Fleisch gefressen.

Und es kam immer noch Nachschub. Von oben purzelten neue Kadaver auf ihn ein, die Fließbänder verrichteten stoisch ihre Arbeit.

Endlich ließen die Schläge nach. Kröger, halb erstickt, fühlte neue Hoffnung. Aus dem Gekröse auftauchen, einen Arm frei bekommen, den Oberkörper heben … Die Hoffnung trog. Das Milchgesicht über ihm hatte bloß die Waffe gewechselt. Hielt nun einen weiß schimmernden Knochen in der Hand, einen Knochen unter lauter Fleischabfällen, das muss man sich einmal vorstellen. Als das Ding seinen Schädel traf, schwanden Kröger die Sinne. Seufzend sank er zurück ins tote Tier.

Niemand hörte seinen Seufzer, niemand sah ihn versinken. Außer dem milchgesichtigen Mörder natürlich, aber der hatte nichts Besseres zu tun, als sich seines Knochens zu entledigen und aus dem Container zu krabbeln. Stumm lag Kröger im Fleische. Von den Fließbändern plumpste es weiter auf ihn herab.

Ansonsten herrschte Stille.

Im zweiten Monitorfeld oben links erschien Wank. Mensch, Junge, den Kühlraum kennst du doch schon! Jetzt merkte er es auch und verzog sich wieder. Keiner sah ihn.

Irgendwann hob sich die Seitenwand des Raumes mit den Fließbändern. Dahinter erschien ein LKW, der sich rückwärts auf den Container zubewegte.

Seit ihr Vater nicht mehr mit ihnen frühstückte, durfte Claudia schon am Morgen SWR-Rockbüffet hören. Die Fahrer des Container-LKW hatten die Sendung übrigens auch eingeschaltet, als sie den Schlachthof ansteuerten – aber das nur nebenbei.

Mannheim. Von dem vermissten Kriminalkommissar Reinhard K. fehlt nach wie vor jede Spur. Zuletzt wurde er auf dem Gelände des Schlachthofs gesehen, als er einen mutmaßlichen Straftäter festsetzen wollte. Der junge Mann, dem der Mord an einer Praktikantin zur Last gelegt wird, ist weiterhin flüchtig.

»Immer noch nichts«, seufzte Krögers Frau.

»Vermisst du ihn?«, fragte Claudia.

Ihre Mutter schwieg. Sie dachte daran, wie er ihren Hintern massiert hatte an jenem Morgen. Fleischbeschau mit Fingern.

»Er ist mein Mann«, sagte sie und stand auf, um ein Päckchen Mettwurst aus dem Kühlschrank zu holen.

Mannheim. Fleischprodukte aus heimischer Produktion genügen dank ihrer Frische und Reinheit weiterhin allerhöchsten Ansprüchen. Zu diesem Schluss kommen Forscher der Universität Hohenheim. Sie prämierten u.a. Fleischwurstartikel, deren Zutaten aus dem Mannheimer Schlachthof stammen.

»Stimmt«, sagte Krögers Frau gedankenverloren, während sie sich ein Mettbrötchen schmierte. »Die verwenden nur ganz frisches Fleisch. Das schmeckt man.« Sie legte das Messer beiseite und wollte zubeißen.

»Stopp!«, rief Claudia.

Ihre Mutter erstarrte.

Markus Guthmann

Ein besonderer Jahrgang

Aus Deidesheim kommen immer noch die besten Weine. Die Weinlagen der ortsansässigen Edelwinzer zählen zu den besten, die Deutschland zu bieten hat. Die Lage Pechstein, die im Nachbarörtchen Forst liegt und die überwiegend von Deidesheimer Winzern bestellt wird, ist vielleicht sogar die beste Rieslingweinlage der Welt. Perfekt nach der Sonne ausgerichtet, wird der Boden dieses einmaligen Weingartens schnell erwärmt, wodurch sich die Trauben hervorragend entwickeln können. Der Name rührt von den Basaltsteinen des einzigen Vulkans der Pfalz her, der sie vor Urzeiten ausgespuckt und über die Gegend großzügig verteilt hatte. Dadurch ist der Boden reich an Mineralien und die teilweise tiefschwarzen Steine speichern die Wärme zusätzlich. Der große Anteil von angeschwemmten Tonerden, die eine optimale Nährstoffaufnahme durch die Rebstöcke garantieren, sorgt für den richtigen Feuchtegrad. Nicht umsonst gelten die Weine als besonders fruchtig, ausgewogen und mineralisch.

Mit geschickten Handgriffen schraube ich den passgenauen Fassdeckel wieder auf. Dann drehe ich das Fass mit Hilfe des Flaschenzugs in die Waagrechte und setze es auf die vorbereiteten Fasshölzer. Jetzt muss ich nur noch die Gärpfeife im Spundloch montieren, die auch sofort wild zu blubbern anfängt. Diese Arbeit macht mir immer am meisten Spaß und ich fange an zu singen:

Non! Rien de rien ...
Non! Je ne regrette rien ...
Ni le bien qu'on m'a fait
Ni le mal tout ça m'est bien égal!
(Nein, überhaupt gar nichts
Nein, ich bereue nichts
Nicht das Gute, was mir Menschen getan haben
Nicht das Schlechte, das ist mir gleich!)

Die Liebe zu französischen Chansons habe ich während meines Weinbaupraktikums in Frankreich entdeckt. Überhaupt war ich der erste Pfälzer, der die ausgefeilten Weinbautechniken der Franzosen hierhergebracht hatte. Ich war es schließlich gewesen, der vor beinahe vierzig Jahren der »Pälzer Schwefelbrieh« den Kampf angesagt hatte. Ausgelacht hatten sie mich damals, bis sie alle selbst umgestiegen sind. Danach hat mir niemand gedankt und das fette Geschäft machen heute die Weingüter mit den »B's« und die anderen Protzburgen, während ich immer noch sehen muss, wo ich bleibe.

Ich blicke auf die Uhr. Es ist Zeit für das Frühstück. Die Pflege meiner besonderen Jahrgänge muss ich später fortsetzen. Alina, meine junge Frau, wird sonst ungeduldig. Ich verschließe den Gang sorgfältig, passiere die in Ehre gealterten Fässer, die eindrucksvoll zu beiden Seiten des Weißweinkellers aufgereiht sind. Die schönen Schnitzereien der Fronten und ihre Patina zeugen von den glorreichen alten Zeiten. Die Luft ist herbstlich frisch, als ich den Hof betrete und sie gierig einsauge. Trotzdem, jetzt nachdem die Ernte eingefahren ist, um in Ruhe im Keller zu vergären, liegt über Deidesheim ein säuerlicher Geruch der Fermentierung. Oder sollte es doch der Duft des Todes sein?

Ich selbst habe in Forst einmal einen Weinberg besessen, dessen Lage sogar noch bekannter als der Pechstein ist. Nämlich im »Forster Ungeheuer«, der bereits 1828 als Spitzenlage galt. Vom alten Bismarck stammt der Spruch: »Dieses Ungeheuer schmeckt mir ungeheuer«, womit er die Lage unsterblich gemacht hat.

Diese Geier haben mir den Weinberg abgeluchst, als ich in einer finanziell schwierigen Situation war. Die Weinbonzen haben mit dem korrupten Arschloch von der ortsansässigen Bankfiliale zusammengearbeitet. Ich erinnere mich genau daran, denn 1990 war ein Ausnahmejahrgang, der mit sechsundneunzig Parkerpunkten für den Pfälzer Riesling bewertet wurde. Aus diesem Jahr stammt übrigens auch der erste besondere Jahrgang in meinem Raritätenkabinett.

Mittlerweile gibt es in Deidesheim fünf Winzer der elitären Vereinigung Deutscher Prädikatsweingüter, aber ich wurde immer wieder abgelehnt. Auch bin ich bescheidener geworden und würde mich schon mit einer Kammerpreismünze begnügen, die bei Weitem kein Vergleich mit einer VDP-Mitgliedschaft ist. Aber damit hat es ebenfalls wieder nicht geklappt, während es bei meinen ortsansässigen Kollegen Gold, Silber und Bronze nur so geregnet hat. Da kann man schon neidisch werden.

Ich betrete die Küche, die dringend renoviert werden müsste. Alina sitzt bereits am Tisch. Wie üblich streckt sie apathisch die Hand nach mir aus. Obwohl sie noch keine dreißig ist, ist sie in letzter Zeit stark gealtert. Den versprochenen Nutzen hat sie mir bis jetzt noch nicht gebracht.

»Gib mir schon die Scheißtablette«, lallt sie und schüttet ein Wasserglas Wodka in sich rein. Um diese Zeit gebe ich ihr immer Valium, damit sie noch eine Weile stillhält, aber im Laufe des Tages braucht sie immer härteren Stoff. Trotz ihres immer noch guten Aussehens ist sie eine totale Fehlinvestition. Ich gebe ihr die Tablette und sie spült sie mit einem weiteren Wodka runter.

»Dieser alte Sack, wollte mir an die Wäsche«, sagt sie benebelt. Ich reagiere nicht und stelle das Frühstück auf den Tisch.

»Du solltest etwas essen«, sage ich sanft.

»Das kannst du dir sonstwo hinschieben, dann sparst du dir die Verdauung«, antwortet sie derb und schenkt sich wieder ein Glas ein, wobei sie die Hälfte verschüttet.

Ich sage nichts, zumal sie gerade wieder wegdämmert und ich sie heute nicht mehr gebrauchen kann. Ich schmiere mir ein Leberwurstbrot und trinke einen Schluck Rieslingschorle. Dann überlege ich, was ich als Nächstes tun sollte, denn beim Frühstück kommen mir immer die besten Ideen. Die Schlagzeile im überregionalen Teil der Rheinpfalz lenkt mich ab: »Noch immer keine Spur vom Vorsitzenden der Kammerpreisjury«. Der Artikel dreht sich um das rätselhafte Verschwinden des Juryvorsitzenden und ist sehr interessant.

Die Kammerpreismünzen werden von der Landwirtschaftskammer in Rheinland-Pfalz für besondere Qualitätsansprüche und zur Förderung des Absatzes an die teilnehmenden Winzer vergeben. Ein Sachverständigengremium vergibt bei einer verdeckten Probe Punkte auf einer Skala von null bis fünf. Die Ergebnisse aller Tester werden gemittelt und für eine goldene Kammerpreismünze muss der Wein durchschnittlich mehr als vierkommafünf Punkte erhalten. Fast zweitausend Betriebe nehmen in Rheinland-Pfalz an dem Wettbewerb teil, die jeweils durchschnittlich zehn Weine einreichen. Zwei Drittel der Weine erhalten eine Auszeichnung, aber meine hervorragenden Kreationen waren noch nie dabei. Auch Alinas Einsätze, die dazu dienen, die Meinung der Tester zu ändern, waren bisher ein Schlag ins Wasser. Ich wende mich wieder dem Artikel zu, der mit der Bemerkung endet, dass es bereits vor einigen Jahren einen ähnlichen Fall gegeben hatte. Der damals verschwundene Weintester gilt bis heute als vermisst. Ich wundere mich ein wenig, denn nach meiner Rechnung müssten es drei sein.

Ich gebe mir einen Ruck und lege die Lektüre zur Seite. Es gibt im Keller noch so viel zu tun, aber zuerst räume ich das Frühstücksgeschirr weg, denn Alina ist am Tisch eingeschlafen. Ich muss mir mal überlegen, wie es mit ihr weitergehen soll.

Non, rien de rien
Non, je ne regrette rien
C'est payé, balayé, oublié
Je me fous du passé!
(Nein, überhaupt gar nichts
Nein, ich bereue nichts
Das ist bezahlt, weggefegt, vergessen
Ich bin froh über die Vergangenheit)

Ich mache mich wieder auf den Weg in den Keller. Über drei Kilometer Weinkatakomben gibt es unter Deidesheim. Teilweise sind die Gänge über tausend Jahre alt und waren früher alle miteinander verbunden. Erst in neuerer Zeit wurden sie durch Parzellierung und Baumaßnahmen auseinandergerissen und unterbrochen. Mein Raritätenkeller ist ein unbekannter Teil davon, den ich selbst erst entdeckt habe, als ich das Weingut von meinen Eltern übernommen hatte. Aber das Weingut Reichsrat von Buhl besitzt heute fast ein Drittel der Keller. Das traditionsreiche Weingut, das wie die Weingüter Bassermann-Jordan und Dr. Deinhard 1849 bei der sogenannten Jordan'schen Erbteilung entstanden sind, gehören immer noch zu den renommiertesten Rieslingerzeugern der Welt und räumen ständig alle möglichen Preise ab. Bei ihnen wirken immer noch die goldenen Zeiten des neunzehnten Jahrhunderts nach, als die Deidesheimer Weine bekannter, beliebter und teurer als die französischen waren. Die großen Geister ihrer Zeit schätzten und tranken den Wein in unglaublichen Mengen und waren bereit, beinahe jeden Preis zu zahlen. Wilhelm Busch schöpfte daraus seine Inspirationen und Felix Mendelssohn-Bartholdy schrieb an einen Freund: »… wer nicht bei Buhl war, der weiß nicht, was Forster Riesling hernieden ist.«

Gedankenverloren öffne ich die Tür zu meinem Raritätenkeller. Den größten Teil nehmen auf der linken Seite die neun gefüllten Fässer ein, auf die ich mit Kreide den Jahrgang und die Parkerpunkte geschrieben habe. Der erste Jahrgang meiner Raritäten stammt von 1990 und ist mit sechsundneunzig Parkerpunkten nach wie vor unübertroffen. Das zweite Fass ist von 1996 und trägt den Zusatz »91T«, also einundneunzig Punkte und das »T« steht für die Klassifizierung: »immer noch säurelastig, jugendlich und langsam reifend«. 2000 war mit neunundsechzig Punkten und dem Zusatz »C«, das für »Warnung, zu alt« steht, ein totaler Reinfall in den Pfälzer Weinannalen. Ich stelle zu meiner Befriedigung fest, dass ich in den letzten Jahren immer häufiger neue Fässer dazustellen konnte, deren Jahrgänge fast immer über neunzig Parkerpunkten lagen.

In der Mitte des Raumes befindet sich das einzige Fass, das noch aufrecht steht und nicht liegt. Ein Kopf schaut heraus und glasige Augen sehen mich an.

»Ich habe gerade von dir in der Zeitung gelesen«, sage ich und stecke den Trichter in das Mundstück, das ich ihm zwischen die Zähne geklemmt und mit Klebeband fixiert hatte. »Es scheint dich keiner so richtig zu vermissen.«

Bedächtig öffne ich die erste Flasche meines besten Rieslings aus dem vergangenen Jahr und beginne den Inhalt in den Trichter zu schütten.

»Bist du immer noch der Meinung, dass dieser Riesling keine goldene Kammerpreismünze verdient hat?«

Ein vehementes, wenn auch erschöpftes Kopfschütteln war die Antwort und mit einem Plopp öffne ich die zweite Flasche. Ich rieche an dem Korken und befinde den Wein für einwandfrei.

»Tja, leider ist es für eine Meinungsänderung jetzt zu spät. Die diesjährige Prämierung ist rum. Naja, vielleicht klappt's ja im nächsten Jahr.«

Ich schütte noch ein paar Flaschen hinterher. Er soll schlafen, ich will ihn nicht unnötig quälen. Plutarch hat das erste Mal über Scaphismus berichtet, eine Hinrichtungsmethode die der persische König Artaxerxes über seinen Feind Mithridates verhängt hatte. Die Delinquenten wurden in einem Behältnis eingeschlossen und zwangsernährt, bis sie schließlich bei lebendigem Leib vergoren. Der arme Mithridates litt angeblich siebzehn Tage lang, aber wohl nur deshalb, weil er gleichzeitig der Sonne ausgesetzt war. Hier im kühlen Weinkeller konnte es meiner Erfahrung nach durchaus länger dauern.

Mein Blick schweift zu dem ersten Fass von 1990. Ein ganz besonderer Jahrgang mit der bereits erwähnten unerreichten Parkerzahl für Pfälzer Riesling. So viel Potential hätte ich dem feisten Bankbeamten, der mich um meine beste Weinlage betrogen hatte, gar nicht zugetraut. Da sind die mickrigen neunundsechzig Punkte für den kleinlichen Prüfer aus dem Jahr 2000, der meine Weinetiketten beanstandet hatte, schon eher nachvollziehbar.

Ich blicke nach rechts, wo die leeren Fässer lagern und überlege, welches ich für Alina reservieren soll. Automatisch fange ich an zu singen:

Balayées les amours
Et tous leurs trémolos
Balayés pour toujours
Je repars à zéro
(Weggefegt sind meine Lieben
Und all ihr Bangen
Weggefegt für immer
Ich fange wieder bei Null an)
Édith Piaf, 1915-1963

Andrea Bergen-Rösch

Die Insel

Ricarda Amundson warf einen letzten, prüfenden Blick auf ihren Schreibtisch. Es war Dienstagabend, der 29. Juli 2014. Den ganzen Tag schon waren dicke Regenwolken über Speyer hinweggezogen, dennoch hing immer noch eine schwülwarme Hitzeglocke über der Stadt. Die Schwüle störte die junge Kommissarin nicht weiter, aber sie hatte den ganzen Tag am Schreibtisch gesessen, sie brauchte dringend Bewegung. Mit zufriedenem Blick schwang Ricarda ihren Rucksack über ihre Schulter, alles, was auf ihrem Schreibtisch lag, konnte auch noch bis morgen warten, sie würde jetzt noch eine Stunde durch den Wald joggen und sich dann im Rhein abkühlen. Die junge Frau war schon fast draußen, da klingelte das Telefon. Sie zögerte nur kurz, ging zurück zu ihrem Schreibtisch und griff nach dem Hörer.

Eine weibliche Leiche, aufgefunden von der Putzhilfe am späten Nachmittag. Sieht nach Raubmord aus, die ganze Wohnung zerwühlt. Ja, die Spurensicherung ist bereits benachrichtigt. Ricarda notierte sich die Adresse. Sie würde den Tatort auf dem Nachhauseweg aufsuchen. Von ihrem Büro aus, das sich in unmittelbarer Nähe zum Dom befand, lag gleichermaßen alles auf dem Heimweg. Ein Umstand, den sie an Speyer ganz besonders mochte: städtisch mit viel Historie, aber klein und überschaubar.

Einen Tag davor, am 28. Juli 2014, war Dittmar Müller ungewöhnlich früh aufgewacht. Es war der Morgen seines vierzigsten Geburtstages. Unter der Schräge seines kleinen Schlafzimmers staute sich die Hitze, für den Nachmittag waren Wärmegewitter gemeldet. Dittmar erhob sich leise, schlich sich hinüber zum Badezimmer und schloss die Tür ohne einen Laut. Seit 15 Jahren waren sie verheiratet, seit acht Jahren schliefen sie in getrennten Schlafzimmern, und seit drei Jahren empfand es Susanne als besondere Zumutung, mit ihm zu schlafen oder überhaupt etwas mit ihm zusammen zu unternehmen, und sei es ein gemeinsames Frühstück anlässlich eines 40. Geburtstages. Susanne schlief am anderen Ende des Flurs und würde erst am späten Vormittag aufstehen. Doch heute wollte Dittmar nicht an Susanne denken und daran, dass in seinem Leben vieles nicht in Ordnung war. Sie lebten dank Susannes wohlhabenden Eltern in einer modernen Maisonettewohnung in der Altstadt von Speyer, und dank seines großzügigen Gehaltes hatten sie im Alltag keine Geldsorgen, alles andere würde sich irgendwann regeln. Heute hatte er Geburtstag, sagte er sich und griff zum Rasierapparat.

Seit fast einem Jahr wohnten sie in Speyer, er hatte die Entscheidung nicht bereut. Seine Ehe verlief zwar nicht harmonischer, nein, weder die Stadt noch die weiträumige Maisonettewohnung in der Altstadt hatten vermocht, ihrer Beziehung die entscheidende Wende zu bringen. Susanne war unzufrieden wie eh und je und verbrachte die meiste Zeit mit ihren Freundinnen beim Shoppen, in jüngerer Zeit auch beim Golfen. Ob sich unter den Freundinnen mittlerweile auch ein Freund befand oder ob vielleicht ein attraktiver Golflehrer in Susannes Leben getreten war, vermochte Dittmar nicht zu sagen. Er fürchtete die Auseinandersetzungen mit Susanne wie ein Kind die heiße Herdplatte. »Irgendwann wirst du mit ihr sprechen müssen«, sagte er zu seinem Spiegelbild und führte endlich den Rasierer zum Kinn.

Beim Einrichten der neuen Wohnung hatte er in allem nachgegeben – immerhin war sie von Susannes Eltern finanziert worden, was Susanne nicht aufhörte, zu betonen. Seit jeher Meister im Antizipieren der Wünsche seiner Mitmenschen, hatte er es tatsächlich geschafft, den üblichen Streit zu umgehen. Susanne hatte wie selbstverständlich das große Balkonzimmer für sich als Schlafzimmer gewählt. Er nahm für sich das kleinere Zimmer am Ende des Ganges und gönnte sich dort den Luxus eines kleinen Regals, das ausschließlich ihm gehörte. Dort fanden endlich seine französischen Bücher Platz, das Einzige, das er nach dem Tod seiner Mutter aus der elterlichen Wohnung mitgenommen hatte. Susanne hatte sich von Anfang an geweigert, die zerlesenen Bücher im gemeinsamen Bücherregal zu platzieren. Heute war Montag, er durfte nicht vergessen, sich einen neuen Band einzustecken.

Seine Französischbücher. Frankreich. Der Besuch der Ile des Embiez gehörte noch zu der Zeit, bevor er Susanne kennenlernte. Im Allgemeinen zog Dittmar es vor, auch die Erinnerung an die Insel, wie er sie bei sich nannte, zur Seite zu schieben. Einmal hatte er versucht, Susanne davon zu erzählen, aber sie hatte nicht richtig zugehört, und da hatte er es dann gerne auch gelassen. Alles hatte damit begonnen, dass er als Jugendlicher mit seiner Klasse zur Ile des Embiez ins Landschulheim fahren sollte. Nein, eigentlich hatte es noch früher begonnen, damals, mit seiner ersten Französischstunde in der Schule. Dittmar lächelte und strich zur Kontrolle über seine rechte Wange, dann nahm er die rotblonden Stoppeln auf der linken Seite in Angriff. Seine erste Französischstunde hielt Mademoiselle Beaudoire, eine französische Praktikantin, die nur kurz an ihrer Schule gewesen war, aber lange genug, um ihn für immer für diese Sprache zu begeistern. Mit der ersten Französischstunde war ihre Dreizimmerwohnung in der Spiegelfabriksiedlung plötzlich nicht mehr ganz so eng. Auch schien es plötzlich nicht mehr ganz so schlimm, dass sein Vater früh gestorben war. Die jüngste Krankheit seiner Mutter ließ sich viel leichter ertragen, und selbst das Gespött der anderen, weil er so schlaksig war, rotblond und mit Sommersprossen übersät, machte ihm nicht mehr so viel aus.

Dittmar klopfte den Rasierer aus, und weil er gerade so in Gedanken war und ausreichend Zeit hatte, wischte er auch gleich das Waschbecken sauber. Wäre alles anders gekommen, wenn es seine Eltern nach dem Krieg nicht nach Mannheim verschlagen hätte? Oder wenn es die Städtepartnerschaft Mannheim-Toulon nicht gegeben hätte? Dittmar ging zur Dusche und drehte den Hahn auf. Nein, seine Liebe zur französischen Sprache hatte weder mit dem Tod des Vaters noch mit der Städtepartnerschaft zu tun. Aber ohne die Initiative der beiden Städte und ohne die großzügige Geste des Pastis-Königs Paul Ricard, der nach dem Krieg die Ile des Embiez gekauft hatte, wäre auf der Insel nie das Camp Mannheim gebaut worden und seine Klasse wäre nie in den Genuss des Landschulheimaufenthaltes gekommen. Natürlich war ihm von Anfang an klar gewesen, dass es für ihn am Geld scheitern könnte. Nach dem Tod seines Vaters ging es immer nur ums Geld. Also verdiente er neben der Schule ein paar Pfennige beim Zeitungsaustragen. Und natürlich wollte ihm seine Mutter helfen. Sie tat es auf ihre ungelenke Art und überreichte ihm zu seinem Geburtstag anstelle von Geschenken ein kleines Säckchen mit Geld. Er sah sofort, dass es nicht reichen würde. Aber er sah auch, dass seine Mutter sich das Geld abgeknapst hatte, also tat er so, als ob er sich freute. Das war die Erwartung. Sie gibt sich Mühe und er hat sich zu freuen. Es reichte auch mit seinem Zeitungsgeld nicht. Die Klasse fuhr ohne ihn nach Südfrankreich.

Er war 19 und hatte gerade das Abitur in der Tasche, da konnte er nicht mehr an sich halten und trampte zusammen mit einem Freund nach Südfrankreich. Zur Insel. Es gab nur eine. Und seine Erwartungen wurden nicht enttäuscht. Die Ile des Embiez war noch schöner als er sie sich erträumt hatte. Winzig kleine Buchten, keine glich der anderen. Das Camp Mannheim, in dem seine Klasse übernachtet hatte, gab es immer noch und wurde gerade von einer Mannheimer Schulklasse besucht. Er kam sich sehr erwachsen vor und vermisste nichts. Sie hatten ein kleines Zelt dabei, so klein, dass es in Tonis Rucksack passte. Die erste Nacht schliefen sie unter freiem Himmel und wurden so verstochen, dass sie sich für die kommende Nacht eine geschützte Stelle suchten, wo sie ihr kleines Zelt aufbauen konnten. Sie waren sich nicht sicher, ob wildes Campen erlaubt war. Aber es klappte, niemand kam ihnen auf die Schliche – weder die Schnaken noch irgendein Aufpasser. Sie verließen die Insel nur wenige Tage später. Zuhause wartete sein Ferienjob auf ihn und unmittelbar daran sein Studium, seine Zukunft. Lange hatte er mit sich gerungen. Aber Französischlehrer gab es damals im Überfluss, und egal welches Leben er einmal führen würde, es würde definitiv eines sein, in dem er ausreichend Geld verdiente, und zwar unabhängig davon, ob irgendeine Schulbehörde gerade Lehrer einstellte oder nicht. Er entschied sich für Betriebswirtschaftslehre und verließ die Insel mit dem tiefen Versprechen, zurückzukehren. Zuhause angekommen, war seine Mutter gestorben.

Dittmar stellte die Dusche auf eiskalt. Für sein Leben nach der Insel reichte der kalte Abschluss-Schwall seiner morgendlichen Dusche dicke aus: Auflösen der elterlichen Wohnung und Verkauf aller Habseligkeiten außer seinen Französischbüchern. Dann zog er ins Studentenwohnheim, lernte Susanne kennen und dachte, dass alles gut werden würde. Ende der Geschichte.

Dittmar drehte den Hahn zu und trocknete sich ab. Zehn Minuten später war er angezogen. Kurz bevor er sein Zimmer verließ, griff er in seine Aktentasche und stellte das Buch der letzten Woche zurück ins Regal. Mit geschlossenen Augen strich er mit den Fingern seiner rechten Hand über die Buchrücken und zählte bis vierzig. Sein Mittelfinger blieb an einem schmalen, unscheinbaren Bändchen hängen. Er zog es heraus und steckte es in seine Aktentasche, ohne es weiter zu betrachten.

Auf dem Weg ins Büro machte er an einer der neuen Bäckerei-Filialen halt, für ein Croissant und einen Cappuccino. Oder doch besser einen Espresso, zur Feier des Tages, auch wenn dieser in Deutschland immer falsch schmeckte. Ein Espresso sollte kleiner sein, als man ihn hierzulande trank, nur ein winziger Schluck, und so stark, dass man viel Zucker brauchte. Wie hieß doch der Freund, der ihn damals auf die Insel begleitete? Toni? Dittmar fröstelte es in der klimatisierten Zone. Er kippte seinen Espresso hinunter und machte, dass er ins Büro kam.

Die Kündigung traf ihn völlig unvorbereitet. Er nahm die Worte wahr, wie man ein außergewöhnliches Ereignis wahrnehmen mag, einen Unfall mit dem Auto oder den erbarmungslosen Sog eines Strudels. Er stand vor dem Schreibtisch der Abteilungsleiterin, unfähig etwas zu tun. Sollte er sich umdrehen und einfach gehen? Stehen bleiben? Was tat und sagte man, wenn einem gekündigt wird?

»Dittmar, sind Sie ok? Es tut mir leid, ausgerechnet an Ihrem Geburtstag ...« Seine Chefin schaute ihn hilflos an. »Wenn ich irgendetwas für Sie tun kann ...«

Dittmar drehte sich wortlos um und ging hinüber in sein Büro. Was machte er jetzt? Sollte er Widerspruch einlegen? Klagen? Sich erst einmal verabschieden? Zuhause anrufen? Schlagartig wurde ihm klar, dass der Platz, an den er jetzt am wenigsten gerne gehen würde, sein eigenes Zuhause war. Zuhause. Susanne. Nun hatte er nicht einmal mehr eine Arbeit. Er wusste, dass sie ihn verlassen würde.

Und da kam sie, die Erleichterung. Verblüfft hielt Dittmar inne. Gerade ist ihm gekündigt worden, er weiß, dass dies die Scheidung von Susanne nach sich ziehen wird – und er ist erleichtert? Ja, er war erleichtert. Und es würde auch keine Klage gegen diese Kündigung geben, nicht von ihm. Weshalb auch – gegen eine Arbeit, die ihn eigentlich nicht interessierte? Eine Arbeit, die ihm jeden Monat sein Bankkonto auffüllte, das Susanne bis Ende des Monats wieder geleert haben würde? Eine Susanne, die ihn ebenfalls seit Langem nicht mehr interessierte und von der er nicht wusste, warum er bei ihr blieb. Und plötzlich war er sich gewiss: Er hätte diese Entscheidung schon viel früher treffen sollen.

Dittmar öffnete den Schrank, dort stand seine kleine Reisetasche für die Fälle, dass er sich im Büro doch einmal schnell umziehen musste oder die noch selteneren Fälle, wenn er an günstigen Sommertagen mit dem Fahrrad ins Büro kommen wollte. Er stellte die Tasche auf seinen Schreibtisch, öffnete die Schublade, räumte seine privaten Habseligkeiten in die Reisetasche, nahm sein Handy und rief sich ein Taxi. Dann legte er das Handy auf den Tisch, denn es gehörte ebenso wie sein Wagen nicht ihm, sondern der Firma, legte den Autoschlüssel daneben, ebenso sein Identitätskärtchen. Nachdenklich schaute er auf sein Mobiltelefon, dann nickte er, nahm es noch einmal hoch, tippte eine kurze SMS, legte das Handy zurück und verließ das Büro.

Als er aus dem Gebäude trat, fuhr unten gerade das Taxi vor. Eine gute halbe Stunde später betrat er den Mannheimer Hauptbahnhof. Zielgerichtet steuerte er die Verkaufsschalter im linken Trakt der Bahnhofshalle an. Es wunderte ihn kein bisschen, dass er sofort dran kam, ebenso wenig, dass die Fahrt 1. Klasse an diesem Tag noch ein Sparangebot übrig hatte und preiswerter war als die 2. Klasse. Er erwarb ein Ticket 1. Klasse für 99 Euro. Um 14:40 Uhr bestieg er auf Gleis 5 den TGV nach Marseille, suchte sich seinen Platz, verstaute die Reisetasche zwischen seinen Füßen und machte es sich auf seinem Sitz bequem. Einen Atemzug später war er eingeschlafen.

Er erwachte Viertel nach vier. Nur langsam kamen ihm die jüngsten Ereignisse wieder zu Bewusstsein. Kündigung, TGV. Er hatte es tatsächlich getan und sich in den Zug nach Südfrankreich gesetzt. In Karlsruhe und Baden-Baden mussten viele Passagiere zugestiegen sein. Jetzt, in Straßburg, gab es nicht einen freien Platz mehr. Es regnete. Dittmar verspürte Hunger und öffnete die Tasche zu seinen

Füßen. Er hatte außer dem Croissant am frühen Morgen noch nichts gegessen, aber in Mannheim immerhin noch daran gedacht, ein Sandwich für die Reise einzupacken. Seine Hand griff nach dem schmalen Buchband – heute war Montag, sein Buch der Woche! Seine Linke griff noch einmal nach unten und holte das Sandwich heraus, während er das Buch mit der rechten Hand bereits auf seinen zusammengepressten Oberschenkeln umdrehte, um den Titel zu lesen. Thérèse Desqueyroux. Er löste die Zellophanfolie von seinem Sandwich, ohne richtig hinzusehen. Er kannte die Geschichte der Desqueyroux gut und schätzte das Talent Mauriacs, der es verstand mit wenigen Sätzen ganze Welten heraufzubeschwören. Dittmar hatte immer Verständnis für Thérèse gehabt. Zunächst gefangen in engen familiären Verhältnissen, später tatsächlich gefangen gehalten von ihrem Ehemann als Antwort darauf, dass sie ihn fast vergiftet hätte. Dittmar biss in sein Sandwich, schlug das Buch wahllos in der Mitte auf und begann zu lesen.

Als er wieder aufschaute, stand die Sonne tief am Horizont und schickte ihre letzten Strahlen, dicke Wolken wölbten sich am Himmel. Der Zug durchquerte die Betonschluchten Lyons. Er konnte Thérèse noch immer verstehen. Eine Gefangene wie er selbst, wie er plötzlich fand, obwohl seine Gefangenschaft eigentlich nur darin bestand, dass es ihm nicht gelingen wollte, sich aus einem Leben zu lösen, in dem er nicht glücklich war. Klar, er hatte es nicht leicht gehabt, der Vater früh gestorben, als Jugendlicher eine schwerkranke Mutter zu betreuen, nie genug Geld. Aber Dittmar war ehrlich genug, um zu erkennen, dass Thérèse es ungleich schwerer gehabt haben musste. Er, Dittmar, hatte seine Chance gehabt: BWL-Studium, ein sehr gutes Gehalt, die Welt hatte ihm offen gestanden, aber er hatte es versäumt, durch die offene Tür zu gehen.

Tief im Westen sah er die schmale Mondsichel der Sonne folgen. Wenn die Sichel aussieht wie ein altes »z«, so hatte ihm seine Mutter einmal erklärt, dann ist sie zunehmend. Wenn sie sich wölbt wie ein »a«, dann ist sie abnehmend. Dittmar hatte noch nie gewusst, wie ein altes »z« aussah, aber die Rundungen des kleinen »a« waren ihm vertraut, und was er da am Himmel sah, war definitiv kein »a«. Also zunehmend. Mit zunehmendem Mond auf dem Weg zur Ile des Embiez. Sein Blick fixierte die Mondsichel, ein kleines Stück Hoffnung am ansonsten von dichten Wolken verhangenen Himmel.

Noch eine halbe Stunde bis Marseille. Mit dem Licht des Tages nahm auch seine Zuversicht ab. Es war verrückt, einfach gen Süden zu fahren, ohne Hotelreservierung. Ohne zu wissen, was er dort tun wollte. Aber nun war er fast da. Kindlicher Trotz verdrängte seine Zweifel. Immerhin hatte er heute Geburtstag. Dazu noch einen runden. Da würde man sich ja wohl noch einen Wunsch erfüllen dürfen. Zuhause, Susanne würde sich Sorgen machen. Würde sie nicht. Sei nicht albern.

Das Glück blieb ihm treu. Kurz vor 22 Uhr liefen sie mit etwas Verspätung in Marseille ein, genug Zeit für den Zug um 22:36 Uhr nach Toulon. Kurz vor halb zwölf kam er in Toulon an, und jetzt wollte er es wissen. Er erklärte einem Taxifahrer, dass er zur Ile des Embiez wolle, ob er ihn zur Fähre bringen könne. Ah, Le Brusc! 35 Minuten später sprang er an Bord, kurz darauf legten sie ab. Es war die letzte Fähre, die an diesem Montagabend zur Ile des Embiez übersetzte. St. Pierre prangte auf dem Schiffsrumpf.

Er konnte es kaum mehr erwarten. Nur wenige Passagiere kauerten auf den Bänken, er schenkte ihnen keine Beachtung. Die Überfahrt war kurz, etwa zehn Minuten, dann waren sie endlich da. Die Rampe wurde heruntergelassen, die anderen Passagiere erhoben sich. Dittmar hatte es plötzlich nicht mehr eilig. Er wollte den Moment für sich alleine haben, durch niemanden gestört. Er verließ das Schiff als Letzter.

Kurz darauf stand er auf einem kleinen Platz, hinter sich das Schiff, vor sich das Gebäude eines Supermarktes. Er hatte sein Ziel erreicht, er war auf der Insel. Und jetzt? Er hatte keinen Plan. Unschlüssig schaute er sich um. Als er das letzte Mal hier gewesen war, hatte ihm Toni den Sternenhimmel erklärt, Großer Wagen, Kassiopeia, der Schwan. Heute war der Himmel wolkenbedeckt. Doch der Wind wehte lau und warm, die Luft trug den Duft der Pinien, der Bougainvillea und des Oleanders. Die anderen Passagiere hatten sich zerstreut, die Letzten, das hatte er gerade noch gesehen, waren nach links abgebogen. Er folgte ihnen, bald im Zweifel, ob das klug gewesen war, denn er entfernte sich immer weiter vom Hafen. Doch auch dieses Mal war das Glück ihm hold. Nach wenigen Minuten stand er vor einem Gebäude, majestätisch erhob es sich gegen den Nachthimmel, ein Hotel. Er checkte ein, duschte. Noch immer spürte er diese Zerrissenheit in sich. In Speyer ging er am Abend immer noch auf ein Glas Wein unter Menschen. Meistens nicht aus Geselligkeit, sondern um sich im Hin und Her fremder Stimmen nicht mehr ganz so einsam zu fühlen. Danach konnte er meistens hervorragend schlafen. Mittlerweile war es Viertel nach eins, in der Hotelbar würde er noch ein Glas Rotwein bekommen. Er nahm sich die Desqueyroux und ging nach unten.

Der Ober hatte kaum die Karaffe Wein vor ihm abgestellt, da erhob sich die Frau vom Nachbartisch.

»Sie gestatten? Ich werde Sie nicht lange stören, Corinne!« Ungefragt rückte sie sich einen Stuhl zurecht und setzte sich zu ihm, er erinnerte sich dunkel, sie auf der Fähre gesehen zu haben. Amüsiert beobachtete er, wie sie ihren Wein nahm und sich zu ihm gesellte, als sei es das Selbstverständlichste auf der Welt.

»Sie brauchen wohl auch noch ein bisschen Gesellschaft vor dem Schlafengehen? Ich habe Sie auf der Fähre gesehen.« Corinne hatte rotblondes Haar, das ihr gerade so bis an die Ohren reichte. Sie saß noch keine fünf Minuten bei ihm, da hatte sie, in offensichtlich gewohnter Geste, ihre kurzen Haare über dem Ohr bereits zehn Mal nach hinten gestrichen, obwohl es da nicht viel zum Streichen gab, eigentlich gar nichts, denn die Strähne war viel zu kurz. Es schien ihm, als ob sie ihren Haaren, so kurz sie waren, von Anfang an klar machen wollte, in welche Richtung sie sich zu legen hätten. Wie bei einem Kind, dem man von klein auf die richtige Richtung weist, damit es sich nicht in die falsche Richtung entwickeln würde. Dittmar stellte fest, dass ihm diese Geste gefiel. Fasziniert schaute er ihren Bewegungen zu. Als sie ihm erzählte, dass sie Direktorin eines Schulzentrums in der Nähe Toulons sei, konnte er sich nur mit Mühe das Lachen verkneifen. Sie musste es ihm angesehen haben, denn sie blickte irritiert, aber um nichts in der Welt hätte er ihr offenbart, wie typisch er ihre Handbewegung für ihren Beruf fand, er wollte nicht, dass sie seinetwegen diese Geste unterließ, die ihm seltsam vertraut vorkam, wie aus einem früheren Leben. Während Corinne weitererzählte, musste er schließlich verblüfft feststellen, dass Corinnes Haare sich dem Willen ihrer Trägerin fügten und der Bogen hinter den Ohren bereits zu erkennen war, so kurz die Haare auch waren.

Es stellte sich heraus, dass Corinne aus beruflichen Gründen auf die Ile des Embiez gekommen war. Sie wollte für ihre Schule ein Besichtigungsprogramm beim ozeanografischen Institut organisieren.

»Sind Sie auch wegen des ozeanografischen Instituts hier? Nein? Dann vielleicht wegen des Festivals auf der Ile de Goua?« Corinne war unversehens in den lokalen Dialekt verfallen.

Dittmar musste schon wieder grinsen. Für deutsche Ohren und Gaumen, die jahrelang den Drill der Nasallaute erdulden mussten, kam die provenzalische Aussprache einer späten Genugtuung gleich. Unversehens hörte Dittmar sich sagen: »Nein, ich bin auch nicht wegen des Festivals hier. Mir ist heute Morgen gekündigt worden, ich werde mich scheiden lassen und lese im Moment die Thérèse Desqueyroux.«

Was ironisch gemeint war, wurde von ihr ohne Nebentöne aufgenommen. »Mon Dieu! Erzählen Sie!«

Er winkte ab. Doch schon wieder strich sie ihre Haare hinters Ohr, und vielleicht war es diese Geste, an der er sich nicht sattsehen konnte, dass er schließlich begann. Zögernd zunächst, doch Corinne wollte es genau wissen. Wo also sollte er beginnen? Es erschien ihm nicht richtig, sein Erlebnis mit der Insel zu schildern, ohne die Gesamtsituation der damaligen Zeit beleuchtet zu haben. Also begann er von vorn, unterbrach sich noch einmal und begann schließlich ganz von vorn, zu der Zeit, als seine Eltern nach dem Krieg als Flüchtlinge mit ihren Eltern nach Mannheim gekommen waren. Corinne nickte und meinte damit, dass sie die deutsche Partnerstadt Toulons sehr wohl kenne, Dittmar nahm es als Aufmunterung und suchte in seinem Gedächtnis nach den richtigen Worten. Bald gingen sie zum »Du« über. Corinne sprach seinen Namen aus wie »Did« und »maar«, mit der Betonung auf der letzten Silbe, was ihn in besonderem Maße an das Wort »Maar« erinnerte, Märchen, und ein Stück weit kam er sich auch wie im Märchen vor. Dittmar erzählte von seinem Vater, der ihn auf den sonntäglichen Spaziergängen zur Diffenébrücke geführt und jedes Mal auf die Inschrift des alten Bilfingergebäudes hingewiesen hatte: Der Anfang war schwer – doch schwerer das Ende. Vergiss das nie, mein Junge. Im Leben muss man durchhalten, man darf sich nicht unterkriegen lassen. Vielleicht hätte Dittmar den Spruch und seines Vaters Interpretation irgendwann vergessen. Aber gerade, als Dittmar aufs Gymnasium wechseln sollte, kam sein Vater bei einem Verkehrsunfall ums Leben. Dann kurz darauf die schwere Krankheit der Mutter. Der Anfang war schwer, doch schwerer das Ende. Dittmar beschönigte nichts. Seine Liebe zur französischen Sprache, der brennende Wunsch, endlich einmal genug Geld zu verdienen, endlich einmal die Schwere des Lebens hinter sich zu lassen. Irgendwann schwieg er, er war mit seiner Geschichte fertig.

Doch anstatt nun Fragen zustellen oder ihre eigenen Kommentare dazu abzugeben, fragte Corinne: »Und die Desqueroux, verstehst du alles, was Mauriac schreibt?«

»Ehrlich?«

»Mais vraiment!«

»Nein, tu ich nicht. Ist aber nicht schlimm, die Zusammenhänge versteht man schon.«

»Meine Schüler tun sich mit Mauriac schwer. Sogar wir Franzosen stolpern hier und da über Worte, die man heute nicht mehr benutzt.«

Dittmar nickte. »Vielleicht sind deine Schüler zu jung. Mauriac entfaltet seine Schönheit erst, wenn man das Leben ein bisschen kennengelernt hat.«

»Und du hast dich einfach in den TGV gesetzt?«

»Ich habe mir vorher eine Fahrkarte gekauft.«

»Tant mieux. Ich wusste nicht, dass es von Mannheim nach Marseille eine Direktverbindung gibt.«

Sie erhoben sich in stillem Einvernehmen wie ein altes Ehepaar und tauschten Bises aus.

»Bonne nuit.«

»Morgen bist du dran.«

Corinne nickte und strich sich die Haare hinters Ohr.

Er erwachte am nächsten Morgen wie aus einem tiefen Traum. Er sah das fremde Zimmer, die Gardine wehte sanft im Wind und ließ den Blick frei auf eine steinerne Balustrade. Langsam kehrte die Erinnerung zurück. Gestern Abend, das Hotel, die Bar, Corinne. Hatte er dieser Corinne tatsächlich seine Lebensgeschichte erzählt? Seine Kopfschmerzen bestätigten ihm zumindest den Genuss des vielen Rotweins.

Er schaute auf seine Uhr, es war bereits elf, und er war noch immer im Bett. Corinne hatte ihm angeboten, er könne sie ins ozeanografische Institut begleiten, aber früher, gegen neun. Dittmar reckte sich und ließ sich aufs Bett zurückfallen. Heute, wenigstens heute wollte er dieses Gefühl auskosten, auf der Insel zu sein. Ab morgen würde er beginnen, sich Gedanken zu machen, wie es weitergehen sollte.

Eine Stunde später ging er los. Für eine Begegnung mit Corinne schien es ihm zu früh, also nahm er den Weg, der nicht zum ozeanografischen Institut führte. Nach wenigen Minuten erreichte er den Übergang zur Ile de Goua. Corinne hatte am Abend glucksend erzählt, die kleine Nachbarinsel sei von Le Brusc aus ganz leicht über eine Fußgängerbrücke zu erreichen. Und von ihr aus sei es sogar möglich, zur Ile des Embiez zu waten, jedenfalls zu schwimmen, die winzige Meeresenge zwischen beiden Inseln sei höchstens einen Meter tief. Er hatte ihr gelauscht und beschämt gestanden, dass er sich damals nur wenig über die Insel kundig gemacht hatte. Aber Corinne hatte nur genickt und sich die imaginäre Strähne hinters Ohr gestrichen. In der Welt von Teenagern, meinte sie, seien andere Dinge wichtig als die Geografie des Aufenthaltsortes, was sie mit einer hanebüchenen Geschichte aus ihrem eigenen Leben unterstrich. Dieses Mal hatte er schallend gelacht, es war wie eine Befreiung.

Dittmar ließ sich Zeit mit dem Erkunden der kleinen Buchten. Er wusste plötzlich nicht mehr, was er eigentlich suchte. Und als er endlich bei den terrassenförmigen Bungalows des Camp Mannheim angekommen war, wurde ihm klar, dass er das Kapitel »Insel« schließen musste. Ein junger Mann kam ihm aus den Bungalows entgegen. Die kleinen Häuser wurden schon lange nicht mehr für Ferienlager genutzt. Stattdessen wohnten hier die Saisonarbeiter der Hotels. Dittmar stieg zum Plage des Allemands, zum Strand der Deutschen, hinunter. Eine einzelne Frau lag hier und sonnte sich. Nicht Corinne, wie Dittmar jetzt mit leisem Bedauern feststellte, denn mittlerweile hätte er sich über Corinnes Gesellschaft gefreut. Er erinnerte sich, dass die Felsen rechter Hand eine Biegung machten, und schritt ein paar Meter weiter, um ungestört zu sein. Er entledigte sich seiner Kleidung, legte sie auf einen Felsen, der hoch genug war, um von den Wellen nicht erreicht zu werden und watete ins Meer. Salzig schmeckte er das Wasser auf seinen Lippen, er tauchte und schwamm so weit hinaus, wie es ihm mit gutem Gefühl gerade noch möglich war.

Zurück am Ufer legte er sich auf den körnigen Sand, ungeachtet der trockenen Algenblätter, die hier überall herumlagen, und ließ sich vom warmen Wind der Insel in einen leichten Dämmerschlaf wiegen. Irgendwann jedoch begann das viele Salz auf seiner Haut zu jucken, und er nahm den kürzesten Weg ins Hotel, um zu duschen. Danach warf er sich aufs Bett und schlief sofort ein.

Dittmar erwachte davon, dass das Telefon an seinem Bett klingelte.

Corinne fragte, ob er mit ihr zu Abend essen wolle. Er war schlagartig hellwach. Sie verabredeten sich für eine halbe Stunde später zum Aperitif.

Das Abendessen knüpfte nahtlos an ihr vertrautes Geplauder vom Vorabend an, und einige Stunden später schlenderten sie Hand in Hand über den Port, sie passierten die Bildergalerie der Lebensstationen des alten Ricard. Corinne rümpfte die Nase über so viel Selbstdarstellung, und dann noch dieser Spruch: »Nul bien sans peine. J'ai travaillé pour le bonheur des hommes et la qualité de la vie. Nichts Gutes ohne Mühe. Ich habe für das Glück der Menschen gearbeitet und für ein besseres Leben.«

»Mag sein, dass das ein bisschen dick aufgetragen ist«, stimmte Dittmar zu. »Aber er hat ja auch viel bewirkt!«

»Mich stört nur die fehlende Bescheidenheit.«

»Jedenfalls hat der Spruch etwas Aufmunterndes. Man braucht als junger Mensch eine Perspektive.«

»Ricards Satz hätte dir wohl besser gefallen als der mit dem schweren Anfang?«

Dittmar grinste. Corinne wusste die Antwort ebenso gut wie er, er hatte ihr seine Geschichte erzählt, und die letzten Tage sprachen eine deutliche Sprache. »Vielleicht hätte ich mir Ricards Lebensweisheit etwas abgewandelt. Ungefähr so: ›Wenn du dir Mühe gibst, wird es dir vielleicht gelingen so zu leben, dass du zufrieden bist.‹«

»Das ist nun etwas zu viel der Bescheidenheit.« Corinne strich sich die Haare hinters Ohr und schaute ihn an. Da küsste er sie, und sie verschmolzen mit dem Wind der Insel, der sie wie von selbst ins Hotel zurücktrieb.

Am nächsten Morgen hatte Dittmar keine Schwierigkeiten mit dem Aufstehen, Corinne zog ihn an den Haaren und verschloss seine Proteste mit einem langen Kuss.

»Ich werde dich vermissen.«

»Du brauchst mir nur zu schreiben.« Corinne kritzelte ihre Adresse auf ein Stück Papier.

»Schreiben? Im Zeitalter von E-Mails und Handys?«

»Schreiben. Erstens hast du zurzeit gar kein Handy, und wenn du die Hürde eines Briefes nehmen musst, dann weiß ich, dass du mich wirklich sehen willst.«

Dittmar nahm den Zettel zu sich. Ihm fiel ein, dass Corinne erzählt hatte, dass WLAN und Handy-Empfang im Hinterland von Toulon eine Katastrophe sei. Schreiben also.

»Vielleicht komme ich dich auch besuchen.«

»Tant mieux.« Corinne strich sich die Haare hinters Ohr und lächelte. Es war die richtige Antwort gewesen. Dittmar wurde warm ums Herz. Der Abschied von der Insel bekam für ihn etwas Symbolisches. Dieses Mal brauchte er kein Versprechen, hierher zurückzukommen. Lag es an Corinne? Vielleicht. Jedenfalls schien die Magie der Insel einer reiferen Einsicht gewichen zu sein. Die Sicherheit, alles bewältigen zu können, er trug sie dieses Mal in sich. Er griff nach seinem Geldbeutel und verstaute Corinnes Adresse sorgfältig darin.

Das Kreditkartengerät an der Rezeption nahm seine Karte nicht an.

»Excusez-moi, Monsieur.« Der Portier begab sich mit der Karte in das Büro nebenan und blieb endlos lange weg. Dann kam er wieder und hielt ihm die Quittung zum Unterschreiben hin, irgendetwas sei wohl mit dem Gerät hier an der Rezeption nicht in Ordnung. Der Portier wirkte nervös. Corinne hatte bereits bezahlt und war schon einmal vorgegangen. Eilig unterschrieb Dittmar und steckte seine Kreditkarte wieder ein. Dann rannte er zum Hafen. Er hörte zwar noch, wie der Portier etwas hinter ihm her rief, aber er beachtete es nicht weiter.

In Le Brusc ging alles sehr schnell. Kaum hatte Dittmar die Rampe der kleinen Fähre verlassen, tauchten wie aus dem Nichts zwei Gendarme vor ihm auf. Noch ehe er irgendetwas sagen konnte, hatten sie ihm die Arme auf den Rücken gewunden und Handschellen angelegt. »Monsieur Dittmar Müller? Vous êtes arreté!«

Corinne sah ihn erschrocken an, da wurde er schon abgeführt.

»Aber ich sage Ihnen doch, es muss sich um ein Missverständnis handeln!«

Die Speyerer Kommissarin musterte ihn kühl. Sie war groß und hatte igellange schwarze Haare, die in alle Richtungen abstanden. In den letzten zehn Minuten hatte sie kein einziges Wort gesagt, was Dittmar zunehmend irritierte. Doch jetzt wandte sie sich ihm wieder zu.

»Wo waren Sie am Montag, den 28. Juli?«

»Das hatten wir doch alles schon.«

»Wo waren Sie am 28. Juli?«

»In Frankreich.«

»Sie lügen. Sie waren am Morgen bei Ihrem Arbeitgeber und nahmen Ihre Kündigung entgegen.«

Dittmar beugte sich auf seinem Stuhl nach vorn und verbarg sein Gesicht in den Händen.

»Herr Müller, hier geht es nicht um irgendwelche Kinkerlitzchen, hier geht es um Mord!«

Es war ein Alptraum. Susanne. Sie hatten sie tot in ihrer Wohnung gefunden, erschlagen. Ihr Schmuck war weg, der kleine Tresor geöffnet. Mit einem Schlüssel. Seinem Schlüssel. Das konnte sogar sein. Er trug den kleinen Tresorschlüssel nie bei sich.

»Jemand muss den Schlüssel genommen haben.«

»Herr Müller, hatten Sie vor, sich von Ihrer Frau zu trennen?«

»Nein! Wir hatten getrennte Schlafzimmer, jeder lebte sein eigenes Leben, aber deshalb bringt man den anderen doch nicht um!«

»Sie hatten also nicht vor, sich von Ihrer Frau zu trennen?«

»Nein. Doch. Aber erst seit vorgestern. Susanne wäre nie ...«

»Sie geben also zu, dass Ihnen Ihre Frau im Weg war!«

»Nein. Es war eher so, dass ...«

»... dass ...?«

»Susanne, sie hätte sich sofort von mir scheiden lassen, wenn sie von der Kündigung erfahren hätte.«

»Und da dachten Sie, Sie kommen Ihr zuvor?«

»Ja, ich schrieb ihr eine SMS. Vom Büro aus.«

»Wann hören Sie endlich auf, mir Märchen zu erzählen?« Die Kommissarin schaute ihn spöttisch an. »Wollen Sie mir weismachen, dass Sie ihre Ehe per SMS beenden?«

»Dann schauen Sie eben auf Susannes Handy, wenn Sie mir nicht glauben.«

»Das Handy Ihrer Frau ist seltsamerweise verschwunden. Und bevor Sie auf die Idee kommen, wir könnten Ihr altes Handy konsultieren – das ist platt gemacht.«

Die Kommissarin stand auf, und Dittmar wunderte sich einmal mehr über ihre Körpergröße. Mindestens ein Meter achtzig. Sie umrundete den Tisch und setzte sich auf die Tischkante neben ihm. Wie in einem drittklassigen Krimi, dachte Dittmar. Jetzt erzählt sie mir gleich, etwas von Motiv und Gelegenheiten.

»Herr Müller, Sie hatten sowohl das Motiv als auch die Gelegenheit, Ihre Frau zu töten.«

»Ich war doch gar nicht da! Ich war in Frankreich!« Dittmar wurde langsam wütend. »So fragen Sie doch Ihre Kollegen von der Kriminaltechnik, das sind doch die, die einem den genauen Todeszeitpunkt sagen können, oder etwa nicht?«

Die Kommissarin musterte ihn kühl. »Wir warten in der Tat noch auf das Ergebnis. Dennoch werden Sie uns nachweisen müssen, wo sie zur Tatzeit waren.«

»Im Hotel gibt es genug Zeugen, der Barkeeper...«

»... und diese mysteriöse Frau ...«

»Corinne, ja.«

»Von der Sie aber nicht wissen, wie Sie sie erreichen können.«

»Mir muss der Zettel mit ihrer Adresse aus dem Geldbeutel gefallen sein, als ich mit der Kreditkarte zahlen wollte.« Dittmar fiel ein, dass der Portier noch etwas hinter ihm hergerufen hatte. »So muss es gewesen sein!«

»Ein So-muss-es-gewesen-sein hilft uns aber nicht, Herr Müller, bei uns zählen Fakten.«

In dem Moment klingelte das Telefon. Die Kommissarin wandte sich um und griff nach dem Hörer. Dann ging sie um den Tisch und setzte sich zurück auf ihren Stuhl. Sie hörte einige Zeit zu. Bald begann ihre rechte Hand kleine Ornamente auf ihre Schreibtischablage zu kritzeln. Sie stellte nur kurze Zwischenfragen, hin und wieder warf sie einen Blick zu Dittmar hinüber. Schließlich meinte sie: »Ja, danke. Ist das bestätigt? Ok. Ich komme. Bis dann.«

Die Kommissarin legte den Hörer zur Seite und lehnte sich zurück. »Sie können gehen.«

Dittmar schaute die Kommissarin erstaunt an. »Ich bin frei?«

»Sieht so aus, ja.« Die Kommissarin zögerte, entweder war ihr die ganze Sache selbst unangenehm, was Dittmar sofort bezweifelte, oder sie war sich ihrer Sache doch noch nicht sicher. »Es gab gestern Abend einen Überfall in einer Wohnung in Hockenheim, gleiches Vorgehen wie bei Ihrer Frau, die Bewohner sind schwer verletzt. Zur Tatzeit, die uns die Kollegen aus Baden-Württemberg bestätigten, hatten wir Sie aber bereits hier in Gewahrsam. Das können Sie also schlecht gewesen sein«, fügte die Kommissarin mit leiser Ironie hinzu.

Immer noch zögernd stand Dittmar auf. »Und mein Alibi? Für den Zeitpunkt des Todes meiner Frau?«

»Der Gerichtsmediziner konnte die Todeszeit einschränken auf die Nacht von Montag auf Dienstag. Mitternacht bis zwei Uhr früh etwa.«

Dittmar schaute erleichtert auf. »Da war ich im Hotel, zusammen mit Corinne. Er setzte sich. »Aber das glauben Sie mir ja nicht.«

»Wir hatten noch einen Anruf. Aus Toulon. Eine Corinne Beaudoire hat sich gemeldet und Ihr Alibi von Montagnacht bestätigt.«

Beaudoire. Beaudoire? Corinne hieß Beaudoire? Dittmar wollte nicht einfallen, warum ihm der Name so bekannt vorkam. Aber er war sich plötzlich gewiss, es würde alles gut werden.

Lilo Beil

AKTENZEICHEN XY ungelöst.

Der Fall Peter Schäfer alias: Blumepeter

Lear: »... Du armer Schelm und Narr, mir blieb ein Stückchen vom Herzen noch, und das bedauert dich.«

Narr: »Wem der Witz nur schwach und gering bestellt,
Hop heisa bei Regen und Wind,
Der füge sich still in den Lauf der Welt,
Denn der Regen, der regnet jeglichen Tag.«

Aus: William Shakespeare: König Lear, Akt III, Szene 3

Ort: Kapuzinerplanken Mannheim. Eine Bank am »Blumepeter-Denkmal.« Auf der Bank zwei Personen, eine Frau und ein Mann, Generation 50 plus.

Er (*deutet mit dem Finger auf das Denkmal*): Der Blumepeter da oben, das war ja ein ganz pfiffiger Kerl. Ein echtes Mannheimer Original. Und seine Witze! Kennen Sie den mit dem Blumepeter seinem Knoddelkärschel?

Sie: Nein. Aber was ist ein Knoddelkärschel?

Er: Sie sind wohl nicht von hier?

Sie: Nein, nicht ganz.

Er: Dann kennen Sie auch nicht den Blumepeter?

Sie: Doch, wir Pfälzer Kinder haben uns immer viele Witze vom »Blummepeder« erzählt, aber den Ausdruck Knoddelkärschel kenne ich nicht, und den Knoddelkärschel-Witz kenne ich auch nicht.

Er (etwas misstrauisch): Eine Pfälzerin? Eine Linksrheinische? Egal, Sie können ja nichts dafür. Also mit seinem Knoddelkärschel ist der Peter immer rumgefahren und hat die Pferdeäpfel aufgelesen, die er dann für ein paar Pfennige an die Gärtnerei verkauft hat. Pferdewagen sind damals durch die Quadrate kutschiert worden, so um die Jahrhundertwende. War ja ein armer Teufel, der Blumepeter. Klein wie ein Zwerg, verwachsen und geistig zurückgeblieben. Mit dem Blumenkorb in der Hand ist er von Lokal zu Lokal gezogen und hat gerufen: Kaaf mer ebbes ab.

Sie: Ich weiß, ich weiß. Aber Sie wollten mir den Witz erzählen?

Er: Ach ja. Also der Blumepeter war eines Tages ganz verzweifelt. Sein Knoddelkärschel war weg. Bestimmt hatten es die bösen Mannemer Buben, die ihn immer ärgerten, irgendwo versteckt. Er hat es überall gesucht. Vergeblich. Am Abend hat er sich todmüde vom vielen Suchen hinter eine Bank im Park am Wasserturm hingelegt, um sich auszuruhen. Da hört er Stimmen. Ein junges Liebespaar nähert sich und setzt sich auf die Bank. Sie turteln. Der junge Mann sagt zu dem Mädchen: Wenn ich in deine Augen blicke, mein Liebling, dann sehe ich die ganze Welt. Da taucht plötzlich der große Kopf vom Blumepeter hinter der Bank auf, und eine Stimme kommt aus dem Dunkel: Ei, sieschd du dann aa mei Knoddelkärschel?

Die zwei Personen auf den Kapuzinerplanken lachen herzlich.

Sie: Das ist mal ein goldiger Witz.

Er (sichtlich in seinem Element): Gell? Ja. Und kennen Sie den, wo der Blumepeter in der Schule die junge hübsche Lehrerin in Verlegenheit bringt?

Sie: Nein.

Er: Also: Im Biologieunterricht fragt die Lehrerin: Kinder, wovon ernähren sich Blumen? Der Blumepeter meldet sich. Er sieht die Lehrerin an, die an diesem Tag eine Blume im stattlichen Ausschnitt trägt: Ei, vun Milch, Frollein. Die junge Lehrerin wird ganz rot und sagt: Aber nein, was sagst du da, Peter. Von Wasser natürlich. Da antwortet der

Blumepeter: Woher soll ich dann wisse, dass die Blum so en lange Stengel hott?

Er lacht schallend, sie ein klein wenig verhaltener.

Sie: Da sieht man wieder mal, dass die Blumepeter-Witze dem Peter Schäfer untergejubelt worden sind. Das hat er nie und nimmer erlebt oder gesagt.

Er *(konsterniert)*: Jetzt verstehe ich gar nichts mehr. Wieso Peter Schäfer? Und wieso untergejubelt?

Sie: Weil der Blumepeter, Ihr armer Teufel, wie Sie ihn nennen, in Wirklichkeit Peter Schäfer hieß und nie im Leben eine Schule von innen gesehen hat. Er konnte weder lesen noch schreiben, und er hat ganz unverständlich genuschelt, weil er an Asthma litt, zu seiner körperlichen und geistigen Anomalie dazu. Aber ich will Ihnen nicht den Spaß verderben. Vielleicht hat er ja auch den einen oder anderen Witz gemacht, er soll ja bei allem schlagfertig gewesen sein und das, was man bauernschlau nennt.

Er: Da weiß ich noch einen. Der ist aber ein bisschen versaut. Also, der Peter ist einmal nach Speyer ins Nonnenkloster gekommen, um bei den Dominikanerinnen seine Blumen zu verkaufen …

Sie *(wehrt ab)*: Ach, den kenn ich schon, den hat mein Vater uns im Konfirmandenunterricht erzählt. 1961. Übrigens war der Blumepeter nie in Speyer und auch nicht im Nonnenkloster.

Er: Wie? Den kennen Sie vom Konfirmandenunterricht? Komische Sachen lernen die Pfälzer Konfirmanden, muss ich schon sagen. Ihr Vater war Pfarrer? Haha: In de Palz geht de Parre mit de Peif in die Kerch, gell?

Sie: Pfeife hat mein Vater nicht geraucht, dafür aber Bali. Filterlos.

Er: Was? Die Sargnägel in der braunen Packung?

Sie: Genau die.

Er: Da war Ihr Vater aber ein ungewöhnlicher Pfarrer.

Sie: Ja, das war er. Er wollte Schauspieler werden. Hat dann aber Theologie studiert. Eine lange Geschichte. Egal.

Auf seine Art war er ein guter Pfarrer. So eine Art Blumepeter unter den Pfarrern. Und seine Schäfchen haben ihn geliebt. Trotzdem oder vielleicht gerade deshalb. Manchmal wird man dafür geliebt, dass man ANDERS ist. (Sie schaut versonnen vor sich hin). Er ist schon lange tot.

(Sie gibt sich einen Ruck). Soll ICH jetzt IHNEN mal einen Blumepeterwitz erzählen? Es ist ein politischer Witz. Aus der Zeit der braunen Diktatur.

Er: Ja klar. Ich höre.

Sie: Also: Der Blumepeter spaziert am Paradeplatz auf und ab und schlägt sich dauernd mit der flachen Hand vor den Kopf. Dabei murmelt er immer was vor sich hin. Da kommt ein feiner Herr und sagt zackig: »Heil Hitler!!!« Was soll der Unsinn, Mann? Was tun Sie da?

Der Blumepeter antwortet, indem er sich unbeirrt weiter die Hand vor den Kopf schlägt: Ei, des is moin persönlicher Hitlergruß. »Hitler?« Nää. Richtisch heeßt des: »Hütt'leer. Hütt'leer ...« Er grüßt den feinen Herrn mit »Heil Hüttleer!« ... und geht seines Wegs.

Er (lacht etwas verkrampft und unsicher): Ach je, der war aber mutig, der Blumepeter. Da hat er ja das KZ riskiert mit dem Witz damals.

Sie: Sehen Sie, nun hab ich Sie reingelegt mit meinem Blumepeterwitz. Der Blumepeter war schon 1919 in die Kreispflege nach Weinheim eingeliefert worden, weil er angeblich öffentliches Ärgernis erregt hat und nicht mehr tragbar war für die Mannheimer Stadtgemeinschaft. Da war er 44 Jahre alt, und 1929 ist er dann in die Anstalt nach Wiesloch gebracht worden. Er hat immer schrecklich Heimweh nach seinem Mannem gehabt und ist auch einmal aus der Kreispflege ausgebüchst.

Er: Sie wissen viel über den Blumepeter. Woher das Interesse?

Sie: Vielleicht, weil ich in Klingenmünster geboren bin, dem pfälzischen Wiesloch.

Er: Haha, in Klingenmünster geboren.

Sie *(leicht ironisch)*: Das freut mich aber, dass sogar die Kurpfälzer lachen, wenn ich meinen Geburtsort nenne. In Klingenmünster geboren. In Wiesloch geboren. Da kann man doch gleich sagen, dass man in der Klapsmühle geboren ist. Früher hab ich mich immer für meinen Geburtsort geschämt, weil alle gelacht haben. Dabei war halt damals, 1947, mein Vater nach Klingenmünster versetzt worden, um dort in der protestantischen Pfarrei seinen Kollegen zu vertreten, der noch bis 1948 in russischer Kriegsgefangenschaft war. Und ich weiß erst seit kurzer Zeit, dass die Naziärzte und »Pfleger« in Klingenmünster in der damaligen »Kreisirrenanstalt« und dem heutigen Pfalzklinikum viele Behinderte ermordet haben. Wie in Wiesloch auch und nicht nur dort. »Wilde Euthanasie« hieß das.

Er *(verständnislos)*: Euthanasie? Wilde Euthanasie?

Sie: Na ja. Euthanasie, Gnadentod, so hieß das beschönigend.

Gnadentod für die »Ballastexistenzen«, auch so ein Naziausdruck für die sogenannten »unproduktiven Volksgenossen«, die »Idioten«, wie auch der Blumepeter für die Nazis einer war. Das war die Aktion T4, nach der Villa in der Tiergartenstraße 4 in Berlin benannt, wo die braunen Bonzen 1939 die Vernichtung sogenannter »lebensunwerter Individuen« beschlossen haben. Sie schauen so entgeistert? Nie was davon gehört? Wo waren Sie die ganze Zeit? Sie sind doch auch kein Frühlingsküken mehr. Entschuldigung, ich wollte Ihnen nicht zu nahe treten, das Ganze wird ja auch erst seit den Achtzigerjahren aufgearbeitet. Na ja, was man so »aufarbeiten« nennt. Ungefähr 100 000 behinderte Menschen sind der Aktion T4 zum Opfer gefallen. Haben Sie nicht gewusst? Es gibt da eine große Dunkelziffer, denn die Braunen haben die offizielle Aktion T4 dann gestoppt, weil es Proteste gab, von einzelnen Kirchenvertretern zum Beispiel. »Das Volk ist noch nicht reif für diese Aktion«, sagten sich die Braunen. Und es wurde weitergemordet – »wild«, heimlich also. Man hat die Behinderten nicht mehr in Bussen in die Vernichtungslager gebracht, nach Hadamar, nach Grafeneck zum Beispiel, sondern man hat sie verhungern lassen, oder man hat sie totgespritzt. Die Angehörigen bekamen die Nachricht, der Angehörige sei an einer Lungenentzündung oder einer Herzinsuffizienz gestorben. Wie unser Blumepeter auch.

Er *(entsetzt)*: Der Blumepeter?

Sie: Vielleicht oder höchst wahrscheinlich. Aktenzeichen XY ungelöst. Krankendokumente sind verschwunden, dann wieder aufgetaucht, es gibt Widersprüche, Lücken. Viele Fragezeichen.

Er: Ich hab mal gelesen, dass er sanft entschlafen ist, der Blumepeter.

Sie: So würden alle es gerne glauben. Die linientreue Presse in Heidelberg und Mannheim hat das damals auch so verbreitet. Komisch war es schon, dass er ausgerechnet zwischen zwei Todestransporten nach Grafeneck »sanft entschlafen« sein soll. Vielleicht war er zu bekannt, zu beliebt, das ehemalige Mannemer Original, da wollte man ihn nicht mit hundert Anderen zusammen vergasen, das wäre ja eventuell bekannt geworden. So hat man den Blumepeter lieber »sanft entsorgt«.

Er *(zögerlich)*: Spekulationen.

Sie: Ich erzähle Ihnen aber nun Blumepeters allerletzten Blumepeterwitz. Wollen Sie ihn hören?

Er *(ziemlich verunsichert)*: Meinetwegen.

Sie: Also, am Bett vom Blumepeter steht ein Anstaltswärter im weißen Kittel. Es ist der 15. Juni 1940.

Der Wärter hält eine Spritze in der Hand. Der Blumepeter sagt mit Blick auf die Spritze: Bass uff, dass de disch net selwer spritze duschd. Und dann, mit Blick auf den Hitlerschnurrbart des Krankenwärters: Ei, bischd du de Chef persönlich, unsern Adolf? Awwer nee, isch glaab, du bischd der Annere, der wu em ähnlich sieht, der Kaschper aus Hollywood mit dem schwarze Schnorres un dem runde Hut un dem Stöckel, der mit dem Watschelgang? Wie heeßt er noch? Charlie Chaplin. Da stößt der Krankenwärter dem Blumepeter die Todesspritze in den Arm.

Er *(nun stark verunsichert, zögert ein wenig)*: Das soll ein Witz sein? Da kann ich nicht drüber lachen.

Sie: Das spricht für Sie.

Er *(schaut auf das Denkmal mit dem Blumepeter, ein bisschen nachdenklich geworden, und er kratzt sich verlegen am Kinn)*: Ein armer Teufel, ich hab es Ihnen ja gleich gesagt.

Sie *(steht auf, gibt ihm die Hand)*: Schön, Sie getroffen zu haben. Auf Wiedersehen. Und halten Sie mir den Blumepeter in Ehren, indem Sie weiterhin »seine« Witze erzählen. Sie sind ein guter Witze-Erzähler.

Er: Meinen Sie? Na dann. Auf Wiedersehen.

Der Mann erhebt sich langsam von der Bank und geht weg.

Fünf Minuten später kommt die Frau mit einem Blumensträußchen zurück. Sie gibt das Sträußchen dem Kleinen, Pfiffigen da oben auf dem Denkmal in die Hand.

Sie schaut in das metallene Gesicht, das vielleicht noch mit dem jüngeren Blumepeter Ähnlichkeit hat, der durch die Quadratestadt zog und mit verschmitztem Grinsen sagte: »Kaaf mer ebbes ab.«

Doch sie kriegt jene anderen Fotos nicht aus dem Kopf, die sie auch kennt. Die Fotos des 65-jährigen Blumepeter, vergreist, glatzköpfig, ausgemergelt, mit erloschenen Augen und resigniertem Gesichtsausdruck. Das eine Foto frontal, das andere im Profil aufgenommen, wie in einer Verbrecherkartei. In der Art eben, wie man in der Nazizeit vermeintlich »lebensunwerte« Menschen ins Bild gesetzt hat.

Irgendetwas in diesem Blick sagt: Ich weiß genau, was ihr mit mir und meinesgleichen vorhabt.

Ihr MÖRDER.

Armer Teufel, denkt die Frau, armer Teufel fürwahr.

Und mit hastigen Schritten verlässt sie die Stelle mit dem Denkmal, um zum Auto zurückzugehen, das sie in P6 geparkt hat.

Markus Guthmann

Ein Weingut mit Tradition

Unser Weingut hatte eine lange Tradition. Wir führten es bereits in der elften Generation und es bestanden beste Chancen, dass es in der zwölften auch so bliebe. Die Keimzelle unseres Weinguts war das alte Wohnhaus von 1698, aber Teile der dazugehörigen Keller dürften noch älter gewesen sein. Unsere Vorfahren hatten die Keller perfekt geplant und schufen damit optimale Bedingungen für den Ausbau unserer Weine. Unsere Philosophie war schon immer eine umweltschonende und nachhaltige Bewirtschaftung unserer Weinberge und das sollte sich in der Zukunft auch nicht ändern.

Anfang der Achtzigerjahre hatten wir das Weingut von meinem Vater und meinem Onkel übernommen. »Wir«, das waren mein Cousin und ich. Obwohl er von Weinbau keine Ahnung hatte, wollte er bei allen Entscheidungen mitschwätzen. Er galt als Verkaufsgenie, aber sein BWL-Studium hatte er geschmissen und sein Talent beschränkte sich darauf seinen Freunden Schrottkarren anzudrehen, bei denen er zuvor den Tachostand manipuliert hatte. Er zeigte auch keinerlei Interesse, mehr über das Winzerhandwerk zu lernen, weil seine Geschäftsideen aus dem Buch »In hundert Tagen zum Millionär« stammten. Es war wohl das einzige Buch, das er je gelesen hatte, denn Bücher über Weinbau, doppelte Buchführung oder Handelsgesetze zählten offensichtlich nicht zu seiner Lektüre. Wie oft hatte ich versucht, ihm wenigstens die allerwichtigsten Begriffe meines Handwerks beizubringen, aber er kapierte nichts. Die beste Zeit mit ihm waren jene Jahre, als er wegen Steuerhinterziehung im Knast gesessen hatte.

Doch vor einigen Monaten gab es eine erstaunliche Kehrtwende, weil er sich zum Sommelier hatte ausbilden lassen. Anfangs schöpfte ich ein klein wenig Hoffnung, denn schließlich war auch er ein Mitglied unserer traditionsreichen Winzerfamilie. Doch alle meine Erwartungen sollten wie eine Seifenblase zerplatzen. Neben seiner absoluten Lern- und Beratungsresistenz war sein Geruchssinn von der vielen Kokserei kaputt. Das waren denkbar schlechte Voraussetzungen für einen Sommelier, vor dem ich eigentlich die größte Hochachtung hatte. Dieser sehr traditionelle Beruf war aus dem mittelalterlichen Amt des Mundschenks hervorgegangen. Der Mundschenk, lateinisch Cellarius oder Pincerna, hatte sogar eine herausragende Vertrauensstellung bei Hofe und war noch lange Zeit später ein angesehenes Ehrenamt. So war einer der sieben Kurfürsten der Mundschenk des römisch-deutschen Kaisers.

Das Schlimmste war aber für mich, dass dieser Ignorant es nicht kapieren wollte, dass der Ruländer und der Grauburgunder die gleiche Traube waren und die Qualität eines Traditionsweins nichts mit dessen Namen zu tun hatte. Er hätte ja wenigstens so tun können, als verstehe er etwas von Wein, aber das Diplom, das in unserer Probierstube hing, hatte er sich wohl aus dem Internet heruntergeladen. Ich wollte gar nicht wissen, welchen Stuss er unseren Kunden bei den Weinproben erzählte, wenn ich nicht gerade in der Nähe war, um das Schlimmste zu verhindern.

Ich prüfte den Atemregler und zog die Luft durch das Mundstück ein. Meine Tauchausrüstung war uralt, aber die Druckluftflasche immer noch in Ordnung, als ich sie am Kompressor füllte. Das Mundstück war schon ein bisschen rissig und das Glas der Tauchmaske hatte einen Sprung, weil die Gerätschaften jahrelang auf dem Speicher gegammelt hatten. Aber für den bevorstehenden Tauchgang reichten sie vollkommen aus.

Aber zurück zum Ruländer und warum er mir so wichtig war: Der Ruländer war eine traditionsreiche Sorte in der Pfalz und untrennbar mit meinem Weingut verbunden. Ursprünglich stammte die Rebe aus dem Burgund und wurde

Anfang des 18. Jahrhunderts von dem Speyerer Kaufmann Johann Seger Ruland in seinem Garten wiederentdeckt. Ruland stammte aus der Gegend um Frankfurt und hatte eine Speyerer Bürgermeistertochter geehelicht, deren Familie ziemlich viel Kohle hatte. In Speyer heimisch geworden, kaufte er ein verwildertes Gartengrundstück, das seit dem Pfälzischen Erbfolgekrieg brachgelegen hatte. Dort fand er zwei ihm unbekannte Rebstöcke vor, deren vollreife, süße Trauben er alsbald kelterte. Der Wein schmeckte vorzüglich und Ruland machte einen Verkaufsschlager daraus. Der Kaufmann wurde steinreich und im ganzen Reich war vom »Speyeremer« oder »Vinum bonum« und bald darauf vom Ruländer die Rede. Die Rebsorte erwies sich als äußerst robust und lieferte schon damals säurearme, aber körperreiche Weißweine. So wie ich ihn ausbaute, hatte er meist ein feines Birnen- oder Ananasaroma und eignete sich vorzüglich zu leichten Gerichten oder als süffiger Sommerwein. Meine Lagenabfüllungen vom »Pilgerweg« waren bei meinen Kunden äußerst beliebt, was durch unzählige Auszeichnungen immer wieder bestätigt wurde.

Vor dreihundert Jahren hatte er auch deshalb einen so durchschlagenden Erfolg, weil er gerade durch seine Süße und durch die geringe Säure ausgleichen konnte. Man muss sich vorstellen, dass die Weine damals nicht unter den optimalen Bedingungen gekeltert wurden, wie sie heutzutage im Keller üblich waren. Es war keine Seltenheit, dass der Wein sauer wie Essig schmeckte und nur einen lächerlichen Öchslegrad vorweisen konnte. Kurzum, der Wein wäre ungenießbar gewesen, hätten ihn meine Vorgänger nicht mit dem verlässlichen Ruländer verschneiden können.

Die Pfalz ist immer noch eines der wichtigsten Anbaugebiete für den Ruländer und ich würde ihn niemals Grauburgunder nennen, bloß weil mein Cousin und die anderen Schickimicki-Winzer meinen, dass man ihn so besser verkaufen kann.

Nachdem ich mich überzeugt hatte, dass meine alte Tauchausrüstung einigermaßen funktionierte, stieg ich die steilen Stufen zum Fassweinkeller hinab.

Schon der Speyerer Pfarrer Georg Litzel hatte in seinem 1758 erschienen Büchlein über den Rheinwein aus Speyer trefflich geschrieben: »Am Rhein haben wir nicht nur den Wein zu unserem Tranck genug, sondern auch im Überfluß, daß wir den Ausländern davon mittheilen können. Es ist bekannt, daß der Rheinwein von Fremden abgeholet, und in die ganze Welt verführet wird.« Auch ich exportierte einen erheblichen Teil meiner exklusiven Ruländer-Kreationen ins Ausland.

Schnaufend, wie Darth Vader erreichte ich die letzten Stufen der Treppe und musste unwillkürlich daran denken, dass mein Vater immer nur mit dem Hund in den Keller gegangen war.

Das Buch von Litzel stand als kleiner Schatz in meinem Bücherregal. Er schwärmte geradezu von Speyer: »In diesem Speyerischen Paradiß wachsen Mandeln, Reps zum Oele, und Taback in Menge, und etliche Stunden davon Kastanien in ganzen Wäldern.« Wichtig für den Erfolg meiner Familie war die Tatsache, dass der Speyerer Wein nicht unbedingt in Speyer gewachsen sein musste, denn die katholischen Winzer von der Haardt hatten ihren Zehnten an den Bischof zu liefern. Die Winzer reagierten schnell auf die steigende Nachfrage und erhöhten die Produktion des göttlichen Trankes. Litzel schrieb dazu: »Wollte hinführo einer eine Beschreibung von Speyer machen, so könnte er anstatt des Gänsfüsserweins den Rulandswein setzen. Denn dieser ist nun in Gebrauch und Ruhm«. Unsere Urväter waren geniale Marketingstrategen, aber mein Cousin hatte von ihnen absolut nichts in seinen Genen.

Wie gesagt, unser Mußbacher Weingut hatte eine lange Tradition und wir haben jahrzehntelang den Ruländer nach Speyer und bald in die ganze Welt geliefert. Ganz in der Nähe unseres Weingutes stand übrigens das berühmt-berüchtigte Gutleuthaus, eine Herberge für Pilger, die von einer gewissen Barbara Engelhardt und ihrem Sohn betrieben wurde. Die Gegend galt als gefährlich, denn auf diesem Abschnitt des Jakobswegs zwischen Speyer und dem Kloster Hornbach verschwanden immer mal wieder Reisende. Bald stellte sich heraus, dass die Wirtsleute die Reisenden aus Habgier mit Hilfe einer Falltür ins Jenseits befördert hatten. Die Freundin des Sohnes, eine Magd aus dem Haardter-Schloß, wurde nämlich zufällig Zeugin der abscheulichen Taten. Barbara und ihr Sohn wurden daraufhin in Neustadt hingerichtet. Hundert Jahre später, beim Bau unseres Stammhauses kamen Skelette zum Vorschein, die von ihren vielen Missetaten sprachen. Unsere Straße hieß zwar »Am Hasenstein«, aber die älteren unter uns kannten sie nur unter dem Namen »Die Mordgass«.

Ich betrat den ältesten Teil des Kellers, den wir für exklusive Weinproben benutzen. Rechts und links von den Wänden standen wunderschön geschnitzte Weinfässer, deren schwarze Patina von glorreichen Zeiten sprach. Das älteste Fass stammte von 1758, dem gleichen Jahr wie Litzels Schrift, und trug unser Familienwappen: Ein Pokal, ein Rebstock und eine Jakobsmuschel. Wenn die alten Weinmacher hier hinunter gestiegen sind, dann hatten sie außer dem Hund noch eine Kerze in der Hand gehalten. Sie diente nicht nur zur Beleuchtung, sondern auch als einfacher Test dafür, wie viel Atemluft noch zur Verfügung stand, oder ob die Gärgase bereits gefährlich im Raum standen. Ich ging zu der kleinen unauffälligen Nische hinüber und drehte den Hahn der Kohlensäureflasche zu, die ich normalerweise für die Herstellung meines Seccos verwendete. Der Raum war nun genug mit Kohlensäure gefüllt, denn mein Feuerzeug ließ sich partout nicht entzünden. Wegen der Aufregung und weil ich den richtigen Umgang mit dem Tauchgerät nicht mehr gewöhnt war, fing ich an zu hyperventilieren. Zum Glück erinnerte ich mich an die Grundsätze meiner Tauchausbildung und hatte mich nach kaum einer Minute wieder im Griff.

Vor einer Viertelstunde hatte ich hier noch mit meinem Cousin getrunken, diskutiert und schließlich gestritten.

Ich hatte ihm unmissverständlich klargemacht: Der Ruländer ist ein Ruländer und bleibt ein Ruländer, auch wenn die ganze Welt jetzt Grauburgunder trinkt! Dieser Vollidiot. Wir tranken Rieslingschorle, aber dann gingen wir zu Wodka über, den ich ihm zum Schluss sogar in seine Schorle geschüttet hatte. Nichts gegen eine schöne Rieslingschorle, aber dieser Banause soff nur, da konnte er sich großspurig Sommelier nennen oder auch nicht. Der Streit war jedenfalls ein großartiger Anlass für mich, ihn im Keller alleine zu lassen. Ein schneller Handgriff beim Hinausgehen und das Ventil der Kohlesäureflasche stand offen.

Der Alkohol und die Kohlensäure. Mein Cousin saß regungslos auf einem Stuhl. Ich wollte nach seinem Puls fühlen, aber schon bei der leisesten Berührung kippte er zur Seite und knallte mit dem Kopf auf ein Fassholz. Wenig Blut floss aus der üblen Platzwunde, was bedeutete, dass noch ein bisschen Leben in ihm war. Aber es sollte gleich mit ihm zu Ende sein, denn eine solche Kohlensäurekonzentration überlebte niemand mehr als zehn Minuten lang. Ich nahm die Wodkaflasche und drückte sie ihm in die Hände, damit ein paar Fingerabdrücke darauf klebenblieben und steckte sie ein. Schließlich stieg ich mit der Kohlensäureflasche unter dem Arm und der Pressluftflasche auf dem Rücken wieder die Treppe hoch.

Gärgasunfälle gingen meistens tödlich aus und kamen trotz moderner Kellertechnik immer mal wieder vor. Das größte Risiko hatten jene Winzer, die besoffen im Weinkeller einpennten. Weil die Gase schwerer als Luft waren, sammelten sie sich am Boden zu einem tückischen Cocktail. In alten Zeiten waren daher Hund und Kerze unverzichtbare Begleiter für jeden im Keller arbeitenden Winzer. Wenn der Hund zusammenbrach oder die Kerze erlosch, dann war es für den Kellermeister allerhöchste Zeit zu verschwinden und irgendwie für eine bessere Lüftung zu sorgen. Aus diesem Grund hatten wir früher einen kleinen Wasserlauf im Keller, der von einer unterirdischen Quelle gespeist wurde, und dessen Sog das gefährliche Gas durch den Abfluss mit sich riss. Die Rinne war zwar noch vorhanden, aber der kleine Bach lange versiegt.

Ich stand wieder im Hof, atmete tief durch und schaute auf die Uhr. Es war an der Zeit – wenn auch total unnötig – die 112 anzurufen. Bis zum Eintreffen der Rettungskräfte hatte ich noch genügend Zeit, die Tauchausrüstung wieder zu verstauen und die Wodkaflasche in sein Auto zu legen. Da er schon einmal bei einer Trunkenheitsfahrt erwischt worden war, hatte die Polizei eine gute Erklärung für seinen hohen Promillespiegel. Eigentlich wollte ich seine Leiche in guter alter Tradition unter der Erde verschwinden lassen, aber wir lebten nicht mehr im 17. Jahrhundert, als Mordopfer frühestens hundert Jahre später als Skelett wiederauftauchten.

Nach diesem Tauchgang gehörte mir das Weingut ganz alleine und ich, Barbara Engelhardt III, konnte unbesorgt in die Zukunft blicken. Unwillkürlich kam mir wieder der alte Litzel in den Sinn: »Dem höchsten Preiß und Dank, dass er [der Allmächtige] uns zu Speyer in die Rheinische Lande gesetzet, in ein Canaan, da Milch und Honig innen fleust.«

Jochen Mast

Himmel und Hölle

Am frühen Morgen trafen sich die beiden Männer auf dem Wanderparkplatz Binsenfeld, die neuen Schuhe fest geschnürt und jeder hatte einen großen Rucksack auf dem Rücken.

Sie umarmten sich zur Begrüßung und riefen im Chor:

»Geht es mal wieder los, altes Haus?«

Sie lachten, dieser Spruch war das Ritual zu Beginn ihrer früheren Ausflüge.

Mit beschwingten Schritten marschierten Manfred und Rainer los, immer der Sonne entgegen, die bereits über den Gipfel des Geierbergs schaute. Er war mit seinen 482 Metern Gesamthöhe kein Berg im alpinen Sinne, jedoch durfte der Wanderer die zu bewältigenden Steigungen nicht unterschätzen, wenn man der offiziellen Beschreibung des Wanderwegs »Himmel und Hölle« Glauben schenken wollte. Der Gipfel des Geierbergs lag etwa in der Mitte der 42 Kilometer langen Strecke, in der dortigen Geierhütte würden sie übernachten.

Der erste Teil des Weges, der »Himmel«, ging steil nach oben, um dann recht ebenerdig und begleitet von herrlichen Ausblicken auf das Pfälzer Bergland zur Geierhütte zu führen.

Der Abstieg, die »Hölle«, erfolgte dann in langen Schleifen durch enge Schluchten, dunkle Wälder und vorbei an düsteren Seen.

Mit quietschenden Sohlen liefen die beiden Freunde den breiten Weg neben den Bahngleisen entlang und erzählten von längst vergangenen Zeiten, schließlich kannten sie sich bereits seit ihrer Einschulung. Danach hatten Rainer in München und Manfred in Kaiserslautern ihre Heimat gefunden.

Aber trotz Familie und räumlicher Distanz hatten sie sich nicht aus den Augen verloren und trafen sich alle paar Jahre zu einem gemeinsamen Event. In diesem Jahr war es eine Wanderung.

Sie waren noch keinen Kilometer gelaufen, da ließ sich Manfred auf eine Bank fallen, Rainer setzte sich lächelnd neben ihn, wohl wissend was jetzt kam.

Manfred holte aus seinem grünen Rucksack einen Flachmann und zwei Becherchen, breit grinsend goss er ein.

Sie nahmen sich in den Arm und stießen an.

»Du hast es nicht vergessen: zu Beginn einen Birnengeist!«

Sie sahen sich tief in die Augen und leerten die Becher in einem Zug. Manfred ließ sie in einem Plastiktütchen verschwinden und sprang auf.

»Los geht's! Lass uns den Geierberg erobern!«

Kaum hatten sie die Bahngleise passiert, führte der breite Weg steil den Berg hinauf. Zunächst erzählten sie noch oder sangen ein Liedchen, doch bald fehlte ihnen hierzu die Luft, was ihre Freude an der gemeinsamen Unternehmung jedoch nicht trübte.

Sie nutzten jede Bank zu einem kurzen Päuschen. Rainer holte Obst und Müsliriegel heraus, seine Frau Irene achtete sehr auf die Ernährung der Familie, mehr als ihm lieb war. Manfred hatte selbst geschmierte Wurst- und Käsebrote dabei.

Und so tauschten sie wie damals auf dem Schulhof.

»Gehst du eigentlich noch zum Segelfliegen?«, fragte Manfred kauend. »Das hattest du doch schon während des Studiums angefangen.«

Rainer nickte heftig und hielt einen 10-minütigen Vortrag, wie wunderbar das lautlose Schweben über den Wolken sei.

»Wie hast du das überhaupt bezahlen können als BAFÖG-Student?«

»Ach, du weißt doch, dass ich dank Mama perfekt Spanisch spreche. Ich hatte damals schon Kontakt zu einem Unternehmen in Venezuela für die ich technische Übersetzungen gemacht habe.« Er zwinkerte Manfred zu. »Mit denen bin ich heute noch im Geschäft. Es sind sogar ertragreiche Geschäfte«, fügte er hinzu und deutete auf seine protzige Armbanduhr.

Es kostete sie fast zwei Stunden, bis sie schnaufend den Höhenweg erreicht hatten.

»Give me Five!«, rief Rainer und Manfred schlug begeistert ein.

Beschwingt liefen sie den nun fast ebenen Weg entlang und verweilten immer wieder an den herrlichen Aussichtspunkten.

Am späten Nachmittag erreichten sie erschöpft die Geierhütte auf dem Gipfel des Geierbergs.

Der leutselige Hüttenwirt Arthur begrüßte sie herzlich mit heftigem Schulterklopfen, was dank seiner großen Hände die beiden ermüdeten Wanderer fast in die Knie zwang.

Dann führte er sie in die Gästekammer, die Manfred für sie reserviert hatte.

Rainer rümpfte die Nase, hielt sich aber zurück, bis der Wirt hinausgegangen war.

»Was ist das denn für ein Loch? Ein Doppelbett! Sind wir schwul oder was? Und die Toilette hinter dem Haus! Mensch, Manfred!«

Der blaffte zurück: »Bayerisches Zuckerpüppchen! Das ist eine Wanderung und kein Wellnessurlaub auf Sylt wie damals.« Dann fügte grinsend hinzu: »Mit anschließender Hühnerjagd!«

Die Stimmung war gerettet und sie gingen hinaus zu Arthur, der auf dem breiten Tisch vor der Hütte bereits das

Abendessen gerichtet hatte, lauter deftige Pfälzer Spezialitäten.

»Das ist doch etwas anderes als die fettigen Schweinshaxn und die faden Weißwürschterl seinerzeit in München! Süßer Senf, brrrrr!«, rief Manfred hämisch und schlug sich auf die Schenkel.

Rainer lächelte säuerlich und deutete auf die drei Flaschen Riesling. »Und das saure Zeug muss ich wohl auch trinken? Ein gescheites Weißbier gibt es hier ja wohl nicht. Ach, wenn die Pfalz halt noch bayerisch wäre …!«, verdrehte er die Augen.

Arthur verzog das Gesicht, sagte aber nichts und ging hinein. Manfred schämte sich sehr für seinen Freund.

Der Wein löste jedoch bald die Stimmung und als es dunkel wurde, wiesen die Platten deutliche Lücken auf.

Sie verabschiedeten sich von Arthur und gingen in ihre Zimmer.

Es war eine enge Stube, in der nicht viel mehr als das Doppelbett und ein Waschbecken an der Wand Platz hatten, aber es war sauber und mit Liebe dekoriert. Auf einem kleinen Tischchen stand eine weitere Flasche Riesling, der Schlummertrunk.

Manfred verschwand brummelnd in Richtung Toilette, er hatte die abwertenden Blicke seines Freundes sehr wohl bemerkt, dessen großkotzige Art ihm mittlerweile erheblich auf die Nerven ging.

Rainer ließ sich indessen rückwärts aufs Bett fallen und grinste.

Es war doch immer wieder eine Freude, Manfred auf die Palme zu bringen! Es war ihm schon zu Schulzeiten immer wieder gelungen, ihn vor den kichernden Mädels bloßzustellen! Das hatte ihm immer große Lacher auf Manfreds Kosten eingebracht. Trotzdem hatte er ihm Hilde ausgespannt, die seine große Jugendliebe gewesen war. Das hatte er Manfred nie verziehen. Missmutig verzog Rainer das Gesicht und sein Blick fiel auf Manfreds Rucksack. Hatte er sich bei dieser trüben Erinnerung nicht einen Schluck Birnengeist verdient? Ohne jede Hemmung öffnete er den oberen Reißverschluss, da lag auch schon der silbrig glänzende Flachmann neben dem unvermeidlichen Laptop, den Manfred immer mit sich herumschleppte. Freudig holte er ihn heraus, da fiel ihm der darunter liegende Gegenstand auf. Vorsichtig zog er mit zwei Fingern das Öltuch zur Seite. Eine Pistole! Eine Luger, die alte Wehrmachtspistole! Liebevoll gepflegt, Rainer kannte sich mit Waffen aus.

Eine heiße Welle lief durch seinen Körper.

Wozu brauchte Manfred diese alte Pistole? Er wusste ja, dass er bei einer Sicherheitsfirma arbeitete, die sich mit Zugangskontrollsystemen beschäftigte. Aber war das ein Grund, eine alte Waffe auf diese Wanderung mitzunehmen?

Es sei denn ... und eine zweite heiße Welle schüttelte ihn ... wusste Manfred etwa von seiner Affäre mit Hilde? Wollte er sich vielleicht rächen?

Da fiel ihm wieder der merkwürdige Zwischenfall bei der Rafting-Tour vor ein paar Jahren ein, als er nach einem Zusammenstoß mit Manfred beinahe ertrunken war.

Es hatte wie ein unglücklicher Zufall ausgesehen, aber vielleicht hatte er ihn schon damals töten wollen?

Der kleine Mann mit den schwarzen Locken schüttelte den Gedanken wie eine lästige Fliege ab und trank einen großen Schluck.

Manfred! Der war doch nicht im Entferntesten skrupellos genug, um so etwas durchzuziehen. Der alte Feigling.

Er legte den Flachmann sorgfältig zurück, sprang ins Bett und stellte sich schlafend.

Einen Moment später kehrte Manfred zurück. Er war überrascht, Rainer scheinbar schlafend im geblümten Bett vorzufinden und setzte sich auf den harten Stuhl neben dem runden Tischchen, um gedankenverloren die Flasche Riesling zu entkorken.

Nachdenklich betrachtete er seinen inzwischen wirklich schlafenden Freund und leerte bedächtig und mit sichtlichem Genuss die Flasche.

Nach einem ausführlichen Frühstück setzten sie die Wanderung fort, verließen den sonnenverwöhnten Höhenweg und betraten den dunklen Wald, den »Höllen-Teil« der Wanderung.

Es gab jetzt keine breiten Wege mehr, schmale Pfade zwangen sie zum Hintereinandergehen und erschwerten jedes Gespräch, womit beide Wanderer jedoch sehr zufrieden waren. Wie am ersten Tag machten sie an jeder Bank halt, aber Herzlichkeit und Ungezwungenheit waren verflogen und sie unterhielten sich verkrampft über Job und Familie. Als sie auf der vierten Bank pausierten, waren auch diese Themen verbraucht und sie schwiegen. Die Bank stand am Rande einer steilen Schlucht, wo in fünfzehn Meter Tiefe ein Bächlein plätschernd seinen Weg durch das Gestein fraß.

Ohne Vorwarnung platzte Manfred heraus:

»Rainer, wie war das eigentlich damals mit dem Job bei deinem Verein? Du warst dir damals so sicher gewesen, dass meine Kenntnisse gefragt sein würden und wir Kollegen würden. Selbst der Personalchef hatte mir so etwas wie eine Zusage gegeben. Und dann … plötzlich war alles vorbei.«

Rainer verdrehte die Augen.

»Manfred, mein lieber Manfred. Das sind doch uralte Geschichten. Ja, zu Beginn dachte ich wirklich, dein Spezialwissen über Sicherheitstechnik könnte wertvoll für uns sein.«

Manfred zuckte zusammen wie bei einem Stromschlag und Rainer ergänzte mit belehrender Stimme: »Dein Wissen hätten wir in der Tat brauchen können. Aber du und dein Auftreten. Du bist und bleibst zweitklassig und so jemanden können wir in einem Premium-Team einfach nicht brauchen, das musst selbst du verstehen. Der Personal-Fuzzi hatte das auch gleich kapiert und dich abgewimmelt.«

Der groß gewachsene Manfred sprang zornig auf, packte seinen Freund beim Kragen, zog ihn hoch und schüttelte ihn.

»Du Schwein! So war das also! Ich sollte dich …!«

Angeekelt stieß er ihn zu Boden.

» … umbringen?«, ergänzte Rainer lässig, noch auf dem Rücken liegend. Man merkte ihm die Angst nicht an, die ihn gepackt hatte. Eine Angst, wie er sie nicht mehr verspürt hatte, seit er das letzte Mal mit seinem Geschäftspartner aus Venezuela zusammengetroffen war und dieser ihm seine Vorstellungen verdeutlicht hatte.

Manfred schloss die Augen, schnaufte tief durch und reichte Rainer die Hand.

»Verzeih mir, mein Freund. Dieser düstere Wald tut uns beiden nicht gut. Lass uns das Ganze vergessen und weitergehen, wir haben noch einen weiten Weg vor uns.«

Er half Rainer auf die Beine, sie klopften sich gegenseitig auf die Schultern und marschierten weiter.

Äste knackten unter ihren Schuhen, Krähen krächzten, von Singvögeln war nichts mehr zu hören. Der Waldboden roch etwas modrig, kein Sonnenschein konnte durch die dichten Wipfel dringen. Hin und wieder zerrte ein Windstoß an den sich bereits verfärbenden Blättern und dunkle Wolken zogen hastig über den Himmel.

Rainer ließ Manfred den Vortritt, er hing düsteren Gedanken nach. Es wäre doch so leicht für Manfred gewesen, ihn in die Schlucht zu stoßen! Niemand hätte an einem Unfall gezweifelt! Aber vielleicht hatte er ja einen besseren Plan?

Die Pistole …

Bald hatten sie die Schlucht hinter sich gelassen und Rainer vermied es nach wie vor sorgfältig, die Führung zu übernehmen. So sehr ihm die Vorstellung auch lächerlich vorkam, dass Manfred ihn kaltblütig von hinten erschießen würde, ein Restzweifel blieb.

Sie ließen in stillem Einverständnis einige Bänke passieren, denn sie wussten beide nicht mehr, über was sie sprechen sollten.

Nach einem steilen Abschnitt standen sie schnaufend vor einem kleinen See, ein abgebrochener Baumstamm lag am Ufer. Das Wasser war mit einer grünen Schicht überzogen, kein Windhauch kräuselte die Oberfläche. Ein paar schwache Sonnenstrahlen kämpften sich durch die Wolkendecke und erhellten die kleine Lichtung ein wenig.

Manfred schmerzten die Knie von dem letzten steilen Wegstück, er schüttelte die Beine aus und atmete schwer.

Da verspürte er einen Stich. Seitenstechen?

Nein, das konnte nicht sein, der Schmerz war zu hoch und heftig. Hastig griff er sich an den Rippenbogen und traf Rainers Faust, die den Dolch fest umklammert hielt, der in seinem Brustkorb steckte.

Manfred konnte nur noch mit Mühe stehen, aber Rainer stützte ihn, ohne das Messer loszulassen.

»Warum?«, hauchte Manfred kraftlos, sein Blut tropfte auf den Waldboden. »Hilde?«

Rainer schüttelte den Kopf.

»Nein, ich nehme nur erstklassige Frauen. Außer mal zum Spielen.« Er grinste zynisch.

»Weißt du, mein Partner in Venezuela interessiert sich für Sicherheitstechnik, deine Sicherheitstechnik, um genau zu sein. Er möchte eine Möglichkeit haben, sich in die Systeme seiner Klienten einzuhacken. Und da du Blödmann ja selbst bei unseren Ausflügen deinen Laptop mit dem Quellcode für die Software mit dir rumschleppst, war die Gelegenheit zu günstig, ich musste es einfach tun. Dass ich dir gestern Abend in deiner Sauflaune das Kennwort entlocken konnte, hast du gar nicht kapiert. Du warst sogar noch stolz darauf, dass es unser Einschulungsdatum ist.«

Rainer ließ Manfred zu Boden sinken, beugte sich über ihn und flüsterte emotionslos: »Leb wohl, mein Freund.«

Mit Hilfe der vorsorglich mitgebrachten Seile beschwerte er die Leiche mit Steinen und ließ sie mitsamt dem Rucksack in den kleinen See gleiten. Natürlich nicht ohne zuvor den Laptop und die Luger an sich genommen zu haben! Munition hatte er jedoch nicht finden können. Wollte ihn Manfred am Ende doch nicht ermorden? Rainer wischte den Anflug von schlechtem Gewissen weg und folgte zügig dem schmalen Pfad, der durch hohes Gras in weiten Bögen hinunter ins Tal führte.

Manfred hatte er bereits vergessen, seine Gedanken waren bei seiner geliebten Lucia und ihrem gemeinsamen Leben in Venezuela. Einem erstklassigen Leben.

Lilo Beil

Vom Himmel gefallen

»Diese Gewölbe, sagte er, sind weitläufig.«

»Die Montresors«, entgegnete ich, »waren eine große und zahlreiche Familie.«

»Ich vergaß Euer Wappen.«

»Ein riesiger goldener Menschenfuß in einem azurblauen Feld. Der Fuß zertritt eine Schlange, deren Fangzähne sich in einer Ferse verbeißen.«

»Und das Motto?«

»Nemo me impune lacessit.« (Niemand verletzt mich ungestraft.)

»Gut!«, sagte er.

Aus: »Das Fass Amontillado« (E.A.Poe)

Vielleicht hätte ich doch ein wenig bescheidener sein sollen. Niemals, niemals wären sie auf meine Spur gekommen.

Meine Mutter hatte recht. Ich hätte mich schon gar nicht erst bei jenem Volkshochschulkurs in unserem schönen Städtchen Weinheim anmelden sollen. Sie war von Anfang an dagegen. »Bleib zuhause, mein Junge«, hatte sie gesagt. »Da können wir doch so gemütlich zusammen fernsehen.«

Doch das Thema hatte mich gereizt: »Amerikanische Autoren des 19. und 20. Jahrhunderts«.

Ich war begeistert. Hemingway, Steinbeck, Scott Fitzgerald, Arthur Miller, John Updike, Paul Auster, aber ganz besonders Edgar Allan Poe hatten es mir angetan. Seine unheimlichen schwarzen Erzählungen hatten mich schon als Schuljungen fasziniert. Die Abgründe der menschlichen Seele, die Grenze zum Wahnsinn, die lebendig Begrabenen und die Rachgierigen, die unheimlichen Gruften und Gewölbe, das war so alles nach meinem Geschmack.

Meine Begeisterung ging sogar so weit, dass ich altmodische Kleidung trug wie mein Idol um 1840 und dass ich mir sogar einen Schnurrbart wachsen ließ. Mit dem schwarz gelockten Haar über den ebenso schwarzen Augen und dem schwarz-weißen Habit hätte ich ein Bruder des genialen Schriftstellers sein können.

Die Warnungen meiner Mutter in den Wind schlagend, meldete ich mich bei der Volkshochschule an. Schon in der ersten Stunde wurde mir klar, dass ich hier in meinem Element sein würde.

Da stand kein belehrender Dozent am Pult und trug von oben herab etwas vor, nein. Wir sollten selbst unsere Lieblingsautoren und deren Werke vortragen und den andern Kursteilnehmern vorstellen. Jeder hatte gewiss schon etwas von einem amerikanischen Schriftsteller der letzten beiden Jahrhunderte gelesen. Da ich nicht nur ein Lesenarr war, sondern auch liebend gerne Schauspieler geworden wäre – hätte meine Mutter nicht ihr Veto eingelegt – durfte ich hier gleich zweien meiner Hobbys frönen. Es würde ein Fest werden.

In der ersten Stunde stellten wir uns zunächst den andern vor, wir durften über unsere bisherigen Erfahrungen mit amerikanischer Literatur sprechen und schon unsere bevorzugten Autoren erwähnen.

Damit es gerecht zuging, wurde gelost, was in welcher Reihenfolge vorgetragen werden sollte.

Ich war erst an dritter Stelle. Vor mir kam eine Frau dran, die ich für mich »Scarlett« nannte, denn sie sah aus wie Scarlett O `Hara aus »Vom Winde verweht«, dem alten Film mit Vivien Leigh und Clark Gable.

Scarlett, die schwarzhaarige Schöne. Und man stelle sich mein Erstaunen vor, als sie wie zur Bestätigung meiner Wahrnehmung sagte: »Was ich vorstellen möchte? Meinen Lieblingsroman »Vom Winde verweht« von Margaret Mitchell. Ich habe den Roman schon zweimal gelesen und den alten Film schon fünfmal gesehen.«

Ich freute mich schon unbändig auf »Scarletts« Vortrag und sollte nicht enttäuscht werden. Auch sie, so dachte ich, während sie las, hatte bestimmt zur Bühne gehen wollen.

Die dunkle, warme Stimme passte wundervoll zu ihrer fraulichen Ausstrahlung, weich und stark zugleich. Dunkle Stimme, dunkles Haar und dieser Mund.

Ich könnte nicht mehr sagen, welche Stelle des Romans sie vortrug. Ich sog nur das Timbre ihrer Stimme ein, und plötzlich merkte ich, dass ich verliebt war. Zum ersten Mal im Leben, und immerhin war ich schon 41 Jahre alt.

Das musste die große Liebe sein, von der alle sprachen.

Ich ging an jenem Abend wie auf Wolken schwebend heim und vermied es, meiner Mutter zu begegnen, die vorm Fernseher saß und sich »Ödipussi« mit Loriot anschaute. Der gewohnte Gutenachtkuss fiel diesmal aus.

Am nächsten Morgen beim Frühstück war sie etwas schnippisch, weil ich ihr nicht Gute Nacht gesagt hatte, aber ich beruhigte sie mit der Erklärung, der Volkshochschulkurs sei ganz schön anstrengend – ich sei derlei nicht gewöhnt und hundemüde gewesen am Vorabend.

»Sind die Leute da nett?«

»Na ja, es geht«, antwortete ich mit gespielter Gleichgültigkeit.

»Sind auch Frauen mit dabei?«, kam die besorgte Frage.

Ich kramte beflissen in meiner Aktentasche herum und murmelte etwas wie: »Ein paar schon, aber es sind die üblichen Bildungsmuttis und ältere Lehrerinnen.«

Meine Mutter schaute beruhigt drein. Ich gab ihr einen flüchtigen Kuss auf die Wange, schnappte schnell meine Aktentasche und ging in mein Büro in der Ehretstraße.

Ich fieberte dem Mittwochabend entgegen – dem Volkshochschulabend. Endlich. Heute war ich an der Reihe, und natürlich trug ich etwas von Edgar Allan Poe vor, meinem Idol.

Es sollte meine Lieblingsstory sein. »Scarlett« sollte meine Lieblingsstory hören. Es war »Das Fass Amontillado«, eine typische Edgar Allan Poe-Geschichte voller Rachsucht. Es gibt am Ende einen Eingemauerten, im Narrenkostüm und mit Schellenkappe.

Während des Karnevals lockt der Erzähler, Montresor, seinen vermeintlichen Widersacher Fortunato, einen Weinkenner und begeisterten Weintrinker, unter dem Vorwand, er wolle ihm ein Fass vom exquisiten und in der Saison äußerst raren Amontillado zeigen, in die unterirdischen Gänge Venedigs. Unterwegs wird kräftig gezecht, doch am Ende wartet nicht das Fass Amontillado, sondern der Tod auf den gutgläubigen und nichtsahnenden Fortunato.

Stein für Stein mauert dieser den zeternden und immer nüchterner werdenden »Feind« in dem Gewölbe ein.

Meine Lesung war ein Erfolg. Ich genoss es, meine Zuhörer in den Bann zu ziehen. Als ich mit bebender Stimme das Motto der Montresors las: »Nemo me impune lacessit« (Niemand verletzt mich ungestraft), schaute ich mich im Raum um. Scarlett, meine Scarlett, saß kreidebleich da, ihr Mund war vor Schreck ein wenig geöffnet. Nie sah sie reizender aus. Ich endete meine Geschichte. Edgar Allan Poe wäre stolz auf mich gewesen. Eine Weile saßen alle wie erstarrt, doch dann rief jemand »Bravo. Bravissimo«, und alle klatschten wie wild.

Scarlett klatschte nicht. Sie war wohl zu überwältigt von der Kraft und der Leidenschaft meines Vortrags. Ich hatte sie beeindruckt. Auch an jenem Abend gab ich meiner Mutter nicht den gewohnten Gutenachtkuss.

Am nächsten Morgen schwieg sie beim Frühstück und sprach auch abends nicht mit mir. Erst als ich ihr am Tag darauf Blumen überreichte, war sie mir wieder gut.

»Du hast dich irgendwie verändert, mein Junge«, sagte sie, aber ich schwieg.

Der ersehnte Mittwochabend kam. Meine Scarlett war nicht da. Krank? Ich langweilte mich diesmal, zumal ein pensionierter General an der Reihe war. Er hatte darauf bestanden, die amerikanische Nationalhymne vorzutragen – er war NATO-begeistert – und anschließend zu erläutern, weshalb sie für ihn der Höhepunkt der amerikanischen Poesie war.

Ich ging noch vorher leise aus dem Saal.

An jenem Abend war meine Mutter glücklich. Sie bekam ihr Küsschen.

Auch am nächsten Mittwoch war meine Scarlett nicht da, und ich wurde unruhig. Der Kursleiter sagte uns, sie habe den Kurs verlassen. Ohne Begründung. Ich versuchte, die Adresse zu erfahren, aber der Kursleiter besaß nur eine Namensliste. Er hatte an diesem Abend unsere genauen Personalien registrieren wollen und machte sich nun Vorwürfe, das nicht schon am ersten Abend getan zu haben. Er war zu vertrauensselig gewesen.

Im Telefonbuch war Scarletts Name – sie hieß übrigens Beate Becker – nicht eingetragen. Ich musste Scarlett – alles in mir sträubte sich, sie Beate zu nennen – finden, was in einer Stadt nicht einfach war.

Vielleicht wohnte sie nicht in Weinheim, sondern in einem der umliegenden Dörfer?

Mein Leben wurde nun unruhig. Ich war selten zuhause, ich musste viele Blumensträuße kaufen, um meine Mutter zu besänftigen, die »ihren lieben Jungen von früher« nicht wieder erkannte. Ich wurde hagerer und hagerer und glich Edgar Allan Poe mehr denn je zuvor. Ich hatte immer mehr das Gefühl, dass Scarlett nicht in unserer Stadt wohnte, sondern außerhalb. Es war ein instinktives Wissen um die Wahrheit.

Ich klapperte das Weschnitztal von Birkenau bis Fürth ab, durchkämmte die Ortschaften der Bergstraße von Dossenheim bis Hemsbach, suchte auch in Heddesheim, Ladenburg und Lampertheim nach meiner Scarlett.

Eines Samstags fuhr ich wieder einmal mit dem Auto raus aufs Land. Meine Mutter hatte ich schmollend vor dem Fernseher zurück gelassen. Es gab gerade die Verfilmung des englischen Romans »Söhne und Liebhaber« von D.H.Lawrence.

Ziellos fuhr ich umher, dann hielt ich an einem kleinen Café irgendwo im Odenwald. Wochenendausflügler waren hier, meistens Familien und ältere Leute in zünftiger Wanderkluft.

Hier würde ich meine Scarlett bestimmt nicht wieder finden. Was hatte mich nur hierher geführt? Ich verstand mich selbst nicht. Doch ich hatte Lust auf Kaffee und Kuchen, und daher nahm ich an einem kleinen, runden Tisch Platz. Das Café hatte mehrere Nischen, die nicht gleich einsehbar waren. Es war gemütlich, aber es gab für meinen Geschmack zu viele Spitzendeckchen und Strohblumengestecke. Doch der Kuchen war gut – sehr gut, der Kaffee ebenfalls. Ich streckte mich behaglich aus.

Ich hatte meinen Kuchen halb gegessen, als ich aufhorchte. Aus der Nische um die Ecke ganz in meiner Nähe vernahm ich eine weiche, dunkle Frauenstimme.

Ein Mann lachte. Die Frauenstimme lachte mit. Es war Scarletts Stimme. Es gab keinen Zweifel, ich hatte sie gefunden, meine Geliebte.

» … und dann all diese Langweiler in dem Kurs. Bildungstussis, pensionierte Oberlehrer und so, ich hab es nicht mehr ausgehalten. Gut, ich hab mal was vorgelesen, eine Stelle aus »Vom Winde verweht« von Margaret Mitchell. Kennst du nicht? Na sowas, das kennt doch jeder, und wenn nicht den Roman, dann den Film.«

Der Mann lachte, Scarlett lachte.

»Na ja, die Literatur ist wohl nicht deine starke Seite, dafür hast du andere Qualitäten.«

Der Mann lachte, Scarlett lachte. Er anzüglich, sie wie eine Turteltaube.

»Wie ich gesagt habe, alles Langweiler«, fuhr Scarlett fort.

»Und da war einer, der besonders eklig war. Schwarzhaarig, altmodische lockige Frisur, schwarzer Schnurrbart, buschige Augenbrauen, altmodische Fliege und Weste wie ein Großvater, dabei war er erst um die vierzig und das Schlimmste: so stechende schwarze Augen. Wie glühende Kohlen. Der hat mich angeguckt, als wolle er mich mit seinen Blicken durchbohren. Ich glaube sogar, der hatte es auf mich abgesehen. Als er seine Geschichte vorlas, irgendeine Gruselgeschichte mit einem lateinischen Spruch drin, ist es mir eiskalt den Rücken runter gelaufen. Eklig, mir wurde fast übel. Schwarzhaarige Männer mag ich sowieso nicht. Blonde Männer sind sexy, so wie du. Also, kurz und gut, ich bin nicht mehr hingegangen, und abgemeldet hab ich mich auch nicht. Ich wollte dem Kerl nicht mehr begegnen. Gott sei Dank, dass ich dich getroffen habe und in deinen Club eingetreten bin. Fallschirmspringen ist doch was anderes als amerikanische Literatur.«

»Fallschirmspringen ist wie Sex, stimmt `s?« sagte die Männerstimme.

»Ein bisschen, ja«, erwiderte Scarlett und lachte wieder dieses Turteltäubchenlachen. »Aber nichts gegen dich.«

Ich saß vor meinem Kuchen, stocksteif. Ich bezahlte an der Theke und schlich mich aus dem Café wie ein begossener Pudel.

Am Abend war meine Mutter glücklich, dass der »gute Junge wieder mal mit ihr vor dem Fernseher saß«. Ich war bleicher als sonst, und Mutter machte mir einen Lindenblütentee mit Honig.

In dieser Nacht schlief ich nicht. Ich sann auf Rache. Doch wie dumm von mir. Ich hatte Scarlett durch einen Zufall gefunden und durch eigene Dummheit wieder aus den Augen verloren. Warum war ich nur so hastig heimgefahren? Warum war ich ihr nicht gefolgt? Auf einen zweiten Zufall wagte ich nicht zu hoffen. Aber hatte sie beiden nichts von einem Fallschirmclub gesagt, dem sie beigetreten war? Ich würde nachforschen.

Ich brauchte nicht lange zu forschen, denn als ich – mehr aus Gewohnheit denn aus Interesse – am übernächsten Morgen beim Frühstück die »Weinheimer Nachrichten« durchblätterte, prangte mir auf der Lokalseite ein großes Foto entgegen, Teil eines Artikels über den Herbstball des Großsachsener Fallschirmclubs »Lockere Leine 1976 e.V.«. Auf dem Foto: eine lachende, ihr Sektglas hochhebende Scarlett alias Beate Becker, mit einem Mann tanzend. Der Mann: blond und groß. Der andere.

Ich hatte den anderen nicht gesehen gestern im Café, aber er musste es sein. Es passte alles zusammen. Er sah so glatt und blond und ölig aus, wie gestern im Café seine Stimme ölig geklungen hatte. Also in Großsachsen wohnte sie? Und wenn nicht, zumindest war sie dort im Fallschirmclub.

Zufälle gibt es im Leben!

Ich gab meiner Mutter einen schnellen Kuss und ging ins Büro.

Den ganzen Tag über war ich in Gedanken versunken, ich musste mich ganz schön zusammennehmen, ich konnte nur noch an das eine denken: meine Rache.

»Nemo me impune lacessit.« Niemand verletzt mich ungestraft. Eklig und unheimlich hatte sie mich genannt. Sie hatte über mich gelacht.

Auch in dieser Nacht konnte ich nicht schlafen. Wie? Wann? So ging es mir ständig durch den Kopf.

Es musste wie ein Unfall aussehen.

Ich knipste die Nachttischlampe an, versuchte zu lesen.

Unmöglich. Ich starrte zur Decke. Da fiel mein Blick auf das Bild neben der Tür, das Bild, das schon in meinem Kinderzimmer gehangen hatte. Überhaupt war die Einrichtung in meinem Zimmer kaum geändert worden seit Kindertagen, nur das Bett war größer.

»Vom Himmel gefallen«, das war der Titel des Farbdrucks und er stellte ein verwundert dreinschauendes Kleinkind dar, das auf einer Blumenwiese saß und mit blauen und unschuldigen Riesenaugen verwundert zum Himmel hochsah.

Natürlich, das war es: Vom Himmel würde sie fallen. Es würde wie ein Unfall aussehen.

Am nächsten Tag ging ich nach der Arbeit nicht gleich heim, sondern ich machte einen Abstecher in den Buchladen, wo ich mir eine Einführung in die Kunst des Fallschirmspringens kaufte.

Meine schlaflosen Nächte waren jetzt mit Lektüre gefüllt, aber nicht mit Geschichten von Edgar Allan Poe.

Ich erfuhr aus dem Einführungsbuch, wie man Fallschirmleinen richtig zusammenlegt und wie man sie tunlichst nicht zusammenlegen sollte. Besonders die letztere Information war interessant.

Wenn die Leinen verheddert sind, könnte es Komplikationen geben, nicht wahr?

Sehr große Komplikationen.

Die Fallschirme im Clubschuppen hatten Namensschilder gehabt. »Beate Becker«. Es war alles leicht gewesen. Ein wenig verheddert, geschickt war ich zu Werk gegangen. Ich hatte nächtelang den Ernstfall geprobt. Ich war unbemerkt in den Schuppen eingedrungen, unbemerkt wieder entkommen.

Es klappte alles wie am Schnürchen. Ein treffender Ausdruck übrigens.

Die Todesanzeigen waren riesig. Eine vom Club und eine privat, von Eltern und Geschwistern. Lebenslustige Clubkameradin, geliebte Tochter und Schwester, durch einen tragischen Sportunfall jäh aus unserer Mitte gerissen.

Das Übliche.

Ich hatte, wie bereits gesagt, einen Fehler gemacht.

Ich hätte bescheidener sein sollen.

Warum nur hatte ich den Zettel am Fallschirm befestigt? Er war klitzeklein, aber sie hatten ihn dann doch gefunden und entziffert. Auf den Zettel hatte ich geschrieben: Nemo me impune lacessit. Edgar Allan Poe.

Er, der andere, der Blonde, hatte die Unfalltheorie von Anfang an nicht geglaubt und irgendeine Sabotage vermutet. Bei genauerer Untersuchung stießen sie auf den Zettel. Der Blonde hatte sich an das Gespräch im Café erinnert. Seine Freundin hatte von so einem »komischen Kerl« vom Literaturkurs in der Weinheimer Volkshochschule gesprochen. Schwarzhaarig, altmodische Kleidung, dunkle Augen, der eine Gruselgeschichte mit einem lateinischen Spruch vortrug. Etwas mit Rache. Und der Kerl war in Beate verliebt gewesen.

Ich wurde noch auf dem Friedhof verhaftet, wohin ich gekommen war, um Scarletts Beerdigung beizuwohnen, mit einem überdimensionalen Bukett aus weißen Lilien.

Meine Mutter wird sich daran gewöhnen müssen, von nun an immer alleine fernzusehen.

Nora Noé

Für immer und ewig

Die alte Dame blinzelte unter ihrer Baseballmütze hervor. Sie genoss die Sonnenstrahlen auf ihrer von Wind und Wetter gegerbten Haut. Trotz der zahlreichen tiefen Linien spiegelte sich in ihrem Gesicht die Schönheit des Alters wider. Sie waren wie eingravierte Zeichen, die von einem langen erfüllten Leben zeugten.

Sie wandte sich wieder ihren Rosen zu. Sie liebte jede einzelne. Sie hatte ihnen sogar Namen gegeben: Canberra, Mata-Utu, Luanda, Manila, Accra – alles Orte, an denen sie schon gewesen war. Sie brauchte eine Rose nur anzuschauen und schon wusste sie, welcher Name zu ihr passen würde. Mit ihrer Gartenschere schnitt sie vorsichtig die welken Blüten ab. Sie war davon überzeugt, dass Blumen fühlen konnten und dass sie eine feinblättrige Seele hatten. So als wäre ihr Äußeres der sichtbare Ausdruck ihrer inneren Schönheit. Sie hatte stets mit ihnen gesprochen, nicht in Worten, nein, stimmlos in Gedanken. Wie wunderbar sie den ganzen Sommer über geblüht hatten und erst ihr Duft! Sie liebte den Duft ihrer Rosen. Rosen und Lavendel. Sie hatte sie stets nebeneinander gepflanzt, nicht nur weil der Lavendel die Rosen vor Ungeziefer schützte, sondern auch weil sie die Farbkombination liebte, das satte tiefdunkle Rot der Rosen neben dem kraftvollen Lila des Lavendels. Und wenn sich dann der Geruch der beiden Pflanzen vereinte in einer unbeschreiblichen Komposition aus frischem herben Lavendelduft und der schweren Süße der Rosen, dann war ihre Seele so berauscht, dass sie in die tiefsten Sphären ihres Seins hinabtauchte und alles um sich herum vergaß.

»Mutter!« Es war wie das Erwachen aus einem Tagtraum, beseelt von Sinnenglück. Sie fand sich in der Wirklichkeit wieder.

»Mutter, Mutter!«, erscholl es erneut aus der ersten Etage des Hauses. Es lag etwas Bedrängendes in der Stimme ihres Sohnes.

»Ich komme gleich, mein Liebling!«, rief sie mit freundlicher Stimme zurück. »Du musst dich noch ein bisschen gedulden, Eduardo!«

Sie seufzte. Er war schon immer ein ungeduldiger Junge gewesen. Nie hatte es ihm schnell genug gehen können. »Geduld ist der Schlüssel zur Freude!« Sie hatte ihm das arabische Sprichwort immer wieder von Neuem vorgebetet, aber irgendwie war es ihr nicht gelungen, zu ihm durchzudringen. Obwohl sie, wenn sie es recht bedachte, die einzige gewesen war, auf die er zumindest mitunter gehört hatte.

Als sie daran dachte, wie Eduard, so war eigentlich sein richtiger Name, nach dem Abitur anstatt in die Fußstapfen seines Vaters zu treten und Medizin zu studieren, weit weg von Mannheim nach Berlin in eine Kommune gezogen war und sich für Sozialwissenschaften eingeschrieben hatte, wurde sie ein wenig traurig. Ihr Mann, ihr geliebter Jakob, Gott habe ihn selig, hatte immer gehofft, sein Sohn würde später mal seine Praxis auf dem Lindenhof übernehmen. Aber er hatte schließlich akzeptieren müssen, dass der gar nicht daran dachte, ihm diesen Wunsch zu erfüllen. Eduardo, wie sie ihn stets liebevoll genannt hatte, war es im Grunde vollkommen gleichgültig gewesen, was er, abgesehen natürlich von Medizin, studierte. Wichtig war ihm nur, dass er immatrikuliert war und so das Studentendasein genießen konnte. Sie hatte sich das damals mehrere Jahre angesehen, aber auch ihre Geduld war nicht unerschöpflich gewesen und so hatte sie irgendwann ein Machtwort gesprochen. Und tatsächlich hatte es gefruchtet, denn er war schließlich nach Heidelberg umgezogen und hatte dort mit einem Jurastudium begonnen. Viele Semester später hatte er dann sein Staatsexamen absolviert und es mehr schlecht als recht bestanden.

Als ihr geliebter Jakob kurz darauf verstorben war, hatte sie Eduardo angeboten, in den Praxisräumen seines Vaters seine Anwaltskanzlei zu eröffnen. Das muss so Ende der 80er gewesen sein. Wenn sie heute so recht darüber nachdachte, war sie sich nicht mehr so ganz sicher, ob das wirklich eine gute Idee gewesen war. Denn sie hatte Eduardo, einen Mann von über 30 Jahren, sozusagen in das »Hotel Mama« zurückgeholt. Sie versorgte ihn gut und er hatte alles, was er brauchte. »Wozu soll ich Verantwortung übernehmen?«, hatte er wahrscheinlich geglaubt und beschlossen, an dieser Situation so schnell nichts zu ändern. Er verspürte kein großes Verlangen danach, eine eigene Familie zu gründen. Dabei hatte sie sich doch so sehr eine Schwiegertochter und vor allem Enkelkinder gewünscht. Dann wäre endlich ein bisschen Leben ins Haus gekommen.

Wenn sie es recht bedachte, so hatte sie ihn damals doch ganz schön verwöhnt. Aber es war für sie in Ordnung gewesen. Sie liebte ihn, auch wenn er ihre Liebe und vor allem ihre Fürsorge nicht in gleicher Weise erwiderte. Er konnte mitunter regelrecht abweisend sein. Aber sie versuchte sein Verhalten zu ignorieren, verdrängte es regelrecht. Viel wichtiger war ihr, dass sie sich für ihr Alter topfit fühlte. Das in ihrem Pass angegebene Geburtsdatum war schließlich nur eine Zahl und entsprach in keiner Weise ihrem Lebensgefühl. Darum hatte sie auch in den späten 90ern und zu Beginn des neuen Jahrtausends nochmals angefangen, die Welt zu bereisen. Sie hatte plötzlich einen ungeheuren Tatendrang verspürt, die alte Neugierde auf fremde Kulturen war zurückgekehrt. An ihrem 60. Geburtstag war ihr bewusst geworden, dass sie jetzt das Alter erreicht hatte, wo der Startschuss zur letzten Etappe gefallen war. Sie würde sich gut überlegen müssen, wie sie die letzten Jahrzehnte, die ihr mit etwas Glück noch blieben, gestalten wollte. Ein bekannter Kabarettist, auch in fortgeschrittenen Jahren, hatte einmal geäußert, er sei jetzt in der Lebensphase, wo der Tod zwar noch nicht vor der Tür stehe, wo er sich aber draußen auf der Straße schon mal einen Parkplatz suche. Sie lächelte vor sich hin, als sie an seine Worte dachte. Gottseidank war die Parkplatzsuche in Mannheim oft sehr zeitaufwändig!

Sie hatte nicht vor, den Löffel so schnell abzugeben. Wenn sie nur ein klein wenig von den Genen ihrer Eltern und Großeltern abbekommen hatte, würde sie locker 90 werden und hoffentlich auch wie diese bis zum Schluss klar im Oberstübchen bleiben. In den folgenden fünfzehn Jahren hatte sie in jedem Frühjahr eine Fernreise gemacht. Sie hatte Ozeanien, Südostasien, Nordamerika, Zentralafrika und verschiedene Andenstaaten besucht. Je weiter desto besser! Doch dann war diese fatale Sache vor drei Jahren passiert. Sie war im Garten über den Rechen gestolpert und so unglücklich auf die steinerne Beet-Einfassung gestürzt, dass sie sich den Oberschenkelhals gebrochen hatte. Fernreisen würde sie sich künftig abschminken können. Dieser Unfall setzte ihrer Abenteuerlust ein abruptes Ende.

Aber sie gehörte nicht zu den Menschen, die so schnell resignierten. Sie hasste es zu jammern. Das war müßig und Zeitverschwendung. Als sie dann damals wochenlang im Theresien-Krankenhaus gelegen war, hatte sie von den schönen Reisen, die sie in den Jahren zuvor gemacht hatte, gezehrt. Und wenn die Schmerzen manchmal unerträglich gewesen waren, hatte sie in Gedanken die Orte aufgesucht, die sie in ihrem Leben am meisten beeindruckt hatten und so war sie durch die Ruinen des peruanischen Machu Picchu gewandelt und die kambodschanische Tempelanlage von Angkor Wat. Wie froh war sie jetzt, dass sie all diese kulturellen Stätten besucht hatte. Das konnte ihr niemand nehmen. Trotzdem kam sie nicht umhin, je näher der Termin ihrer Entlassung aus dem Krankenhaus rückte, sich Gedanken darum zu machen, wie ihr Leben daheim weitergehen sollte. Schließlich würde es einige Monate dauern, bis sie wieder einigermaßen beweglich sein würde.

Sie würde jemanden brauchen, der sie zu Hause pflegte. Sie wusste, dass sie von Eduardo nichts zu erwarten hatte. Er war als Pfleger gänzlich ungeeignet, niemals in seinem Leben hatte er für jemanden sorgen müssen. Darum hatte sie ihn auch damals gebeten, sich an eine Pflegeagentur zu wenden und für sie eine Pflegerin zu engagieren. Sie hielt das für die beste Lösung. Doch da hatte sie sich geirrt, denn Eduardo hatte ganz anders reagiert, als sie es erwartet hatte.

»Mutter, du wirst doch nicht eine wildfremde Person in unser Haus holen wollen! Das kommt überhaupt nicht in Frage! Da müssen wir eine andere Lösung finden!« Seine Reaktion war so heftig und abweisend gewesen, dass sie total überrumpelt und in diesem Moment gar nicht fähig gewesen war, ihm zu widersprechen. Als er dann jedoch gegangen war und sie sich langsam von dem Schreck erholte, spürte sie, wie eine enorme Verärgerung über sein Verhalten in ihr hochstieg. Was fiel Eduardo ein, so mit ihr zu reden! Und vor allem, war es immer noch ihr Haus und sie bestimmte schließlich, wer darin ein- und ausging. Aber anscheinend hatte sie in den letzten 25 Jahren versäumt, ihm von Zeit zu Zeit bewusst zu machen, dass sie ihn bei sich aufgenommen hatte und nicht umgekehrt. Sie hatte ihm das Haus zwar vor Jahren formal aus steuerlichen Gründen überschrieben, aber sie waren sich immer darin einig gewesen, dass es, solange sie lebte, ihr Haus bleiben würde. Sie nahm sich vor, wenn er sie das nächste Mal im Krankenhaus besuchen würde, so einiges ihm gegenüber klarzustellen. Um ihm schon im Vorfeld ihren Unmut zu zeigen, hatte sie, als er sie am nächsten Tag angerufen hatte, schon nach einer kurzen kühlen Begrüßungsfloskel gleich wieder aufgelegt. »Tut mir leid, die Schwester kommt gerade mit den Medikamenten herein. Ich wüsste darüber hinaus auch nicht, was wir noch zu bereden hätten.« Er sollte spüren, dass er zu weit gegangen war und sie sich das nicht von ihm gefallen lassen würde.

Drei Tage später stand Eduardo dann mit einem großen Blumenstrauß vor ihrem Bett. »Tut mir leid, Mutter. Ich wollte dich nicht verletzen. Wir finden da schon eine andere Lösung!«, hatte er gemeint und sie angelächelt.

Als sie ihn so vor sich stehen sah, überkamen sie ganz seltsame Gefühle. Einerseits freute sie sich über seine Blumen, andererseits wunderte sie sich jedoch über diese Geste. Sie konnte sich gar nicht erinnern, wann er ihr das letzte Mal Blumen geschenkt hatte. Und auch dass er so schnell seinen Fehler eingesehen hatte, das war eigentlich gar nicht seine Art. Eduardo konnte nämlich ziemlich stur sein. Trotzdem musste sie insgeheim grinsen. »Von wem er das wohl hatte?! Na ja, der Apfel fällt nicht weit vom Birnbaum.« Diesbezüglich konnte sie wirklich nicht leugnen, dass er ihr Sohn war. Na ja, vielleicht geschahen ja noch Zeichen und Wunder. Jedenfalls war dieses Problem erst mal gelöst.

»Weißt du, Junge, jetzt lass mich erst mal nächste Woche nach Hause kommen, vielleicht klappt ja alles besser als gedacht. Ich werde auf jeden Fall unsere Putzfrau bitten, zweimal in der Woche vorbeizuschauen«, hatte sie ihm damals vorgeschlagen. Eduardo war zwar nicht begeistert gewesen, hatte jedoch schließlich eingewilligt. Er war eben doch ein guter Junge!

»Mutter, Mutter!« Wieder erklang Eduardos Stimme von oben und riss sie aus ihren Gedanken.

»Ja, mein Junge, jetzt drängle doch nicht so! Du vergisst ganz, dass ich keine zwanzig mehr bin. Es dauert noch einen Moment.« Sie setzte sich auf die hölzerne weiße Gartenbank. Von hier aus hatte sie einen wunderbaren Blick hinüber auf ihre Rosen.

Wenn sie ehrlich war, hatte sie sich das damals einfacher vorgestellt. Sie hatte geglaubt, sie würde das nur mit der Hilfe der Putzfrau schaffen. Aber obwohl sie die Zähne zusammenbiss, konnte sie sich nur unter großen Schmerzen auf den Krücken im Haus bewegen. Ziemlich schnell war ihr klar geworden, dass sie es nicht nach oben in ihr Schlafzimmer schaffen würde. Die Treppe war ein unüberwindbares Hindernis. Und so ersuchte sie die Putzfrau, ihr das Gästezimmer, das sich im Erdgeschoss zwischen der Kanzlei und den Privaträumen befand, herzurichten. Aber schon bald musste sie sich eingestehen, dass es trotz dieser Erleichterung allein einfach nicht schaffte.

»Eduardo, du musst mir doch eine Pflegerin besorgen. Es ist ja nur für ein paar Wochen«, bat sie ihn erneut.

»Hör zu, Mutter. Ich verstehe durchaus, dass du gerne daheim bleiben würdest, aber ich kann dir nicht von heute auf morgen eine Pflegerin besorgen. Das dauert. Da gibt es so viele schwarze Schafe auf dem Markt. Pflegeagenturen, die in Wirklichkeit gar keine sind und mit schlechtem Personal. Die meisten wollen einen doch nur abzocken.« Er legte ihr seinen Arm um die Schulter. »Ich möchte doch nur, dass du in den allerbesten Händen bist«, hatte er ihr versichert.

Sie war sichtlich gerührt gewesen. Sie konnte sich nicht erinnern, dass Eduardo jemals so feinfühlig reagiert hatte. Und vor allem dass er jetzt, wo es ihr so schlecht ging, sich doch so um ihre Belange kümmerte, das hatte sie nie zu hoffen gewagt. Sie freute sich innerlich. »Der Junge scheint doch mehr an mir zu hängen, als ich gedacht habe.«

»Sieh mal, Mutter, was hältst du denn davon, in eine Kurzzeitpflege zu gehen?! Da würden sie dich schon morgen aufnehmen«, erklärte er ihr.

Sie spürte, wie ihre Stimmung innerhalb weniger Sekunden umschlug.

»Bist du von Sinnen? Ich gehe doch nicht ins Heim! Das kommt überhaupt nicht in Frage!« Der Gedanke in ein Altenheim eingewiesen zu werden, dort eingesperrt zu sein, keinen Garten zu haben, Rechenschaft über jeden Schritt ablegen zu müssen und darüber hinaus auch noch nur von alten Leuten umgeben zu sein, das war für sie stets eine Horrorvorstellung gewesen. Es war der pure Alptraum!

»Es ist doch nur für zwei Wochen, nur so lange, bis ich hier alles geregelt habe, dann hole ich dich sofort wieder nach Hause. Das ist als würdest du in Urlaub gehen. Ich habe mir schon so eine Seniorenbetreuung angesehen. Du musst dir das vorstellen wie ein Hotel. Da liest man dir jeden Wunsch von den Augen ab«, versicherte er ihr.

Sie hatte sich wieder ein wenig gefasst und ihm ungläubig zugehört. »Da habe ich aber ganz andere Sachen gehört!« Sie schaute ihn skeptisch an.

»Natürlich gibt es da auch bessere und schlechtere Unterkünfte. Das kennst du doch von deinen Reisen. Da gibt es bei der Unterbringung doch auch riesige Unterschiede. Die Seniorenresidenz, die ich für dich ausgesucht habe, musst du dir wie ein Vier-oder-Fünf Sterne Hotel vorstellen. Alles vom Feinsten! Du hast da ein ganz falsches Bild. Dort ist es super!« Eduardo konnte ausgesprochen überzeugend sein.

Wenn sie es recht bedachte, hatte er ja möglicherweise gar nicht so unrecht. »Und du meinst wirklich, dass das eine vorübergehende Lösung sein könnte?« Sie war nun doch ein wenig unsicher geworden. Vielleicht war ihre kategorische Ablehnung doch zu schroff gewesen. Wer weiß, möglicherweise war ihre Haltung ja schon ein erstes Anzeichen für einen gewissen Altersstarrsinn. Eigentlich war es nicht fair gewesen, wie sie sich ihm gegenüber benommen hatte. Schließlich hatte es ja Eduardo auch einige Mühe gekostet, verschiedene Seniorenresidenzen abzuklappern. Und es fiel ihr ja tatsächlich unglaublich schwer, allein zu Hause klar zu kommen. Auch sein Einwand, dass man diesen Pflegeagenturen erst mal auf den Zahn fühlen müsse und es nicht gut war, Dinge übers Knie zu brechen, war ja durchaus berechtigt. In ihrem Kopf schwirrte es. Was sollte sie bloß tun?

»Denk immer daran, Mutter, der Aufenthalt in der Seniorenresidenz ist nicht für immer und ewig, sondern nur vorübergehend, nur für eine ganz kurze Zeit! Weißt du, wenn du hier zu Hause nochmals stürzen würdest, das könnte ich mir nie verzeihen und du dir wahrscheinlich auch nicht!« Während er dies sagte, schaute er sie betroffen an.

Sie seufzte. »Es fällt mir unglaublich schwer, mein Junge. Aber ich denke, ich muss jetzt vernünftig sein. Du hast ja Recht. Wahrscheinlich ist es wirklich das Beste, wenn ich in die Kurzzeitpflege gehe. Aber du schwörst mir, dass du mich so schnell wie möglich wieder nach Hause holst?!«

»Aber wo denkst du hin, Mutter. Natürlich kommst du so schnell wie möglich wieder heim. Das ist doch selbstverständlich!« beteuerte er ihr.

»Also gut, dann besorg die Anmeldeformulare von dieser Seniorenresidenz, dass wir das möglichst schnell hinter uns kriegen!« Eduardo hatte damals gut gelaunt den Raum verlassen, während sie bekümmert zurückgeblieben war.

Sie erhob sich von der Bank, legte die Gartenschere an ihren Platz und ging ins Haus. Damals hatte sie nicht zu hoffen gewagt, dass sie jemals wieder ohne Krücken würde gehen können und schon gar nicht, dass sie noch einmal problemlos die Treppe hochsteigen könnte. Aber sie hatte sich erstaunlich gut und auch schnell erholt. Sie lächelte, sie hatte wohl doch die guten Gene ihrer Vorfahren geerbt.

Erneut erinnerte sie sich, wie sie sich damals kurz nach dem Gespräch mit Eduardo mühsam auf ihren Krücken vom Wohnbereich hinüber zur Kanzlei geschleppt hatte, denn ihr war im Nachhinein eingefallen, dass sie ihren Sohn überhaupt nicht nach den Kosten gefragt hatte. Sie war nur langsam vorangekommen. Jeder Schritt war eine Qual.

Die Tür von der Kanzlei war nur angelehnt gewesen und sie hatte Eduardos Stimme gehört. Er schien mit jemandem zu telefonieren. Gerade hatte sie die Türe aufziehen wollen, als sie plötzlich innegehalten hatte. Es waren nur ein paar wenige Wörter gewesen, die sie verstanden hatte, aber sie hatten gereicht, sie in Alarm zu versetzen.

»Gott sei Dank, endlich habe ich sie soweit. Sie geht ins Pflegeheim! Das ist doch endlich mal eine gute Nachricht, oder!«

Es folgte eine Pause, dann fuhr er fort: »Ich kann dir sagen, meine Mutter war ganz schön hartnäckig, das war ein schweres Stück Arbeit, bis ich sie soweit hatte!« Wieder machte er eine Pause. »Wie ich es letztendlich geschafft habe?« Er lachte laut. »Ich habe deinen Rat befolgt und ihr vorgemacht, sie ginge nur in eine vorübergehende Kurzzeitpflege. Natürlich musste ich den Vertrag vom Pflegeheim ein bisschen frisieren. Ich habe ihn einfach kopiert und das Wort »Kurzzeitpflege« eingefügt, hinterher scanne ich das Ding dann nochmals ein und mache es wieder raus. Ich kann dir sagen, wenn sie auch nur ahnen würde, dass sie dort für immer bleiben soll«, wieder lachte er, »sie würde den Vertrag nie und nimmer unterschreiben.« Erneut trat eine Pause ein. Er schien seinem gegenüber am anderen Ende der Leitung zuzuhören. »Du das ist gar kein Problem. Wenn sie erst mal dort ist, schaffe ich Tatsachen und löse ihren Haushalt auf. Und wenn du, wie du sagst, das Geld für das Haus bereits auf deinem Konto hast, dann können wir schon nächste Woche zum Notar gehen und die Immobilie auf dich überschreiben. Mir ist es nur recht, wenn das alles jetzt schnell über die Bühne geht«, wieder lachte Eduardo laut auf.

Sie hatte damals gespürt, wie ihr die Farbe aus dem Gesicht geschossen war. Wahrscheinlich war sie kreidebleich geworden. Am ganzen Körper zitternd, hatte sie vor der Tür gestanden. Zuerst glaubte sie, nicht fähig zu sein, sich von der Stelle zu rühren. Aber dann war es ihr doch gelungen, sich mühsam in den Wohnbereich zurück zu schleppen. Ein paarmal hatte sie gedacht, sie würde jeden Augenblick zusammenbrechen. Doch dann war ein nicht zu beschreibender Groll in ihr hochgestiegen, der ihr die Kraft verliehen hatte, weiterzugehen.

Sie hatte Eduardo an diesem Abend nicht mehr gesehen und somit genügend Zeit gehabt, wieder zu sich selbst zu finden. In der folgenden Nacht hatte sie kein Auge zugetan und darüber nachgegrübelt, wie sie dieses Problem aus dem Weg schaffen konnte. Ihr eigenes Fleisch und Blut hatte sie belogen, betrogen, verkauft und sich nicht einmal gescheut, ein Dokument zu fälschen und einen abgefeimten Schwur zu leisten. Das Kind, das sie geboren, genährt und dem sie die Windeln gewechselt hatte, das sie liebevoll großgezogen und an dessen Bett sie, wenn es krank gewesen war, nächtelang gewacht hatte, eben dieses Kind war nun dabei, sie ihres Eigentums zu berauben. Was jedoch noch viel schlimmer war, es beraubte sie auch ihrer Freiheit und ihrer Würde. Eduardo war im Begriff ihr Leben zu zerstören.

Obwohl sie stets sehr gefasst gewesen war und selten geweint hatte, am allerwenigsten über sich selbst, konnte sie sich in dieser Nacht nicht beherrschen. Ein Meer von Tränen ergoss sich auf ihr Kopfkissen. Nie in ihrem Leben hatte sie sich derart verraten und verlassen gefühlt. Als ihre Tränen schließlich versiegt waren, hatte sie plötzlich klar gesehen und gewusst, sie würde das tun, was getan werden musste.

Am nächsten Morgen war Eduardo mit den Formularen erschienen. Er hatte das Blatt vor sie auf die Tischplatte gelegt und mit dem Finger darauf gedeutet »Da unten musst du unterschreiben!«

»Und du meinst wirklich, dass wir das so richtig machen?« Sie hatte ihn traurig angeschaut.

»Aber natürlich, Mutter. Es ist das Beste, was du tun kannst.« Er hatte sie voller Zuversicht angestrahlt.

»Und du schwörst mir, dass du mich so schnell wie möglich wieder nach Hause holst?« Erneut hatte sie ihm tief in die Augen geblickt, aber in ihnen keinerlei Regung erkennen können. Wie abgebrüht er doch war!

Als er das Formular an sich nehmen wollte, hatte sie es jedoch festgehalten. »Einen Augenblick, bitte! Ich habe noch einen Wunsch und ich bestehe darauf, dass du mir den erfüllst, Eduardo! Ich habe im Keller noch ein gute Flasche Champagner und ich möchte, dass du sie jetzt hochholst und wir zusammen auf diesen ereignisreichen Tag anstoßen.«

»Aber ich weiß doch gar nicht, wo der ist, bei unserem großen Weinkeller. Lass es uns auf ein andermal verschieben.« Erneut hatte er versucht, nach dem Formular zu greifen, doch sie hatte es zur Seite genommen.

»Nein, da bestehe ich jetzt drauf! Ich komme mit an die Kellertür und sage dir von oben, wo du die Flasche findest.«

Zusammen waren sie schließlich zu der Tür gegangen, hinter der eine steile Treppe nach unten in das Gewölbe führte. Die alte Dame war neben ihm am Treppenabsatz stehengeblieben, während er nach dem Lichtschalter getastet und ihn angeknipst hatte.

Und dann war alles ganz schnell gegangen. Eduardo hatte gerade den ersten Schritt nach unten machen wollen, sich jedoch in einer der Krücken verfangen, die sich wie aus dem Nichts plötzlich zwischen seine Knie geschoben hatte.

Mit einem gellenden Schrei war er kopfüber die Treppe hinuntergestürzt, währenddessen er sich mehrmals überschlagen hatte. Leblos war er auf dem Kellerboden liegengeblieben.

»Mutter! Mutter!« rief es erneut von oben, dieses Mal voller Verzweiflung. Sie nahm ihre Baseballmütze ab und hängte sie an die Garderobe. Dann begann sie, die Treppe hinaufzusteigen.

»Ich bin ja schon da, mein lieber Junge«, sie steuerte auf das Bett zu, in dem der vom obersten Halswirbel an querschnittsgelähmte Eduardo lag.

Die alte Dame streichelte ihm zärtlich über die Wange.

Er lächelte sie mit verzerrter Grimasse an. Sein Gesichtsausdruck verriet, dass die schwere Kopfverletzung, die er bei dem Sturz erfahren hatte, auch sein Gehirn schwer geschädigt haben musste.

»Jetzt mache ich dich erst einmal frisch, Junge«, sagte sie, indem sie eine der Windeln aus dem Nachttischschränkchen zog, »und dann gibt es was Gutes zu essen.« Sie gab ihm einen innigen Kuss auf die Stirn und streichelte erneut liebevoll seine Wange. »Du musst keine Angst haben, mein Liebling. Ich habe gute Gene und werde uralt. Ich werde dich daheim versorgen, solange ich lebe. Niemals werde ich dich in ein Pflegeheim geben. Das verspreche ich dir! Ich bin für dich da, mein geliebter Eduardo – für immer und ewig!«

Marcus Imbsweiler

Füße im See

»Schon gehört?«, sagt Yvonne. »Sie haben eine Leiche im See gefunden. Krass.«

Ich schaue zum Fenster hinaus. Die Luft ist zum Schneiden dick. Kein Windstoß, nichts. Suppiges Hochsommerwetter.

»Krass«, sagt Yvonne.

Vorne schaut der Bilger auf mit seinem flackernden Blick. Zwei Jahre ist er schon an der Schule, aber gelernt, streng zu gucken, hat er immer noch nicht. Voll verklemmt, der Typ.

»Eine Leiche«, flüstert Yvonne. »In unserem Badesee! Und wenn das Teil schon da rumlag, als wir schwimmen waren?«

Ich lehne mich zurück und strecke die Brust raus. So, dass das T-Shirt spannt. So, dass der Bilger Stielaugen kriegt. Auch wenn er gleich wieder wegguckt, als wäre nichts gewesen.

Yvonne seufzt. »Möchte ja nicht wissen, was es da unten noch alles gibt. Echt. Will ich gar nicht wissen.«

Es ist heiß. Schleierwolken liegen über der Stadt. Die Fenster stehen offen, doch es geht kein Wind.

Ich nehme mein Arbeitsheft, stehe auf und gehe nach vorn. Bilger sieht fragend zu mir hoch.

»Äh, also, ich hätte da mal eine Frage, Herr Bilger«, sage ich, lege ihm das Heft vor und stütze mich mit beiden Händen auf den Tisch. »Eine Frage zu der Rechnung hier. Irgendwie kapiere ich das nicht.«

Er schreckt zurück. Meine Brust ist direkt vor seinem Gesicht. Er weiß nicht, wohin er glotzen soll. Auf das Heft, auf meine Brust, auf beides zugleich. Fehlt nur noch, dass er Schweißausbrüche kriegt. Er hat Koteletten bis fast zum Unterkiefer und eine flache, eckige Brille. Im einen Ohrläppchen entdecke ich ein altes Einstichloch. Wilde Jugend, was, Herr Bilger?

»Das habe ich doch gerade erklärt«, zischt er. »Hast du nicht zugehört?«

Ich gucke wie ein Reh. Er erklärt mir alles noch einmal. Als ich gehe, lege ich eine Hand auf seine.

»Danke, Herr Bilger«, hauche ich. »Vielen Dank.«

Krass.

»Ich hab schon wieder einen Brief von der Schule bekommen«, brüllt mein Vater. »Immer noch wegen deiner Schwänzerei. Verdammt, die schmeißen dich runter, wenn das nicht aufhört. Geht das nicht in deinen Kopf rein? Ich hätte große Lust, dir eine zu scheuern, damit du es endlich kapierst!«

Mit nacktem Oberkörper steht er vor mir. Sein Gesicht glüht. Auf der linken Brust hat er sich DIANA eintätowieren lassen, den Namen seiner Frau. Meiner Mutter. Dazu Rosen und ein Kreuz mit Kette und so einen Scheiß. Ich sage nichts, verziehe nicht mal eine Miene. Genau das regt ihn am meisten auf.

»Soll ich?«, zischt er und kommt mit erhobener Hand auf mich zu. »Soll ich? Dastehen und das Maul halten, wenn ich mit dir spreche – das ist ja wohl eine Aufforderung, oder?«

»Ach, Papa«, rufe ich mit schriller Stimme und presse ein bisschen Wasser aus den Augen. »Du weißt doch gar nicht, wie gestresst ich bin, und die Lehrer sind Scheiße, alle, die machen uns fertig, der Druck hat unheimlich zugenommen in den letzten Jahren, das kannst du dir gar nicht vorstellen, und jetzt fischen sie auch noch irgendwelche Selbstmörder aus dem Badesee, dort, wo wir immer schwimmen gehen, ich hab den ganzen Tag an nichts anderes denken können, echt.«

»Was?« Er lässt die Hand sinken. »Was für Selbstmörder?«

»Ich muss dann immer an Mama denken.«

Jetzt ist er es, der sein Maul hält. DIANA. Er hat es sich am Tag von Mamas Beerdigung stechen lassen. Aus schlechtem Gewissen. Ihr Tod war ein Unfall gewesen, kein Selbstmord, aber hey, warum hat sie gesoffen, jahrelang? Arschloch! Inzwischen bereut er es wahrscheinlich, ihren Namen immer noch durch die Welt zu tragen. Was sollen seine Schlampen denken, mit denen er ins Bett steigt? Die Studiobräune lässt die Buchstaben blasser erscheinen, aber verschwinden werden sie so nicht.

»Ja, verdammt«, sagt er schließlich. »Trotzdem. Du brauchst diesen scheiß Abschluss, klar? Also reiß dich zusammen!«

Ich ziehe die Nase hoch.

In der Pause kommt Leo auf mich zu. Er riecht aus dem Mund.

»Hey, Sandra, hast du … hast du von der Leiche im See gehört?« Er stottert. Leo stottert immer, wenn er mit mir quatscht. Keine Ahnung, warum, ehrlich. Bei Yvonne stottert er nie, und die ist ein komplett anderes Kaliber, so männermäßig.

Aber ist Leo ein Mann?

»Ja, hab ich«, sage ich und gehe weiter.

»Eine Wasserleiche. Eklig, was?« Er versucht mit mir Schritt zu halten. »Ich hab mal gelesen, wenn einer ertrinkt, dann treibt er erst oben, so an der Wasseroberfläche, aber irgendwann sinkt er runter. Das hat damit zu tun, wie es den Körper zersetzt. Ich weiß nicht, ob es stimmt, aber ich hab's gelesen.«

Ich bleibe stehen. »Leo?«

»Ja?«

»Kann es sein, dass du ein kleiner Perverser bist?«

»Wieso?«

»Keine Sau interessiert sich für verwesende Körper und Wasserleichen. Nur Perverse.«

»Echt? Also ich finde …«

»Frag dich mal lieber, ob bei dir die Zersetzung nicht schon angefangen hat. So wie du aus dem Mund stinkst.«

Ist doch wahr.

Es gibt Typen, denen muss man die Wahrheit sagen, besser jetzt als später. Vielleicht heilt ihn das von seiner Stotterei.

Schulschluss. Alle verpissen sich, rennen heim zu Mami, freuen sich aufs Ballett, auf die Geigenstunde. Ich warte in der Umkleide neben der Sporthalle. Endlich kommt der Bilger raus und sperrt die Halle ab. Er trägt ein enganliegendes Sportshirt, unter dem sich die Brustwarzen abzeichnen. Als er an der Umkleide vorbeigeht, rufe ich seinen Namen.

»Herr Bilger, können Sie mir helfen?«

Er zögert, dann kommt er herein. Die Tür steht offen, wir sind allein.

»Der Reißverschluss meiner Tasche klemmt. Versuchen Sie es doch mal.«

Er weicht meinem Blick aus. Die Tasche steht neben mir auf der Bank. Er greift nach dem Zipper und zieht ihn mit einem Ruck auf. Währenddessen habe ich mir mein T-Shirt über den Kopf gestreift.

»Sie sind so stark, Herr Bilger«, flüstere ich und nehme ihn in die Arme.

»Spinnst du?« Er stößt mich zurück. Heftiger, als zu erwarten war.

»Jetzt haben Sie mir wehgetan.« Ich versuche, wieder ein paar Tränen abzudrücken. Los, Sandra, deine leichteste Übung!

Wie er mich anglotzt, der Typ. Matschbirne, aber voll. Als sähe er zum ersten Mal ein Mädchen mit nacktem Oberkörper. Dann bemerkt er Yvonne, die im Durchgang zu den Duschen steht und alles filmt. Jetzt wird er panisch.

»Hey, was machst du da? Lass das! Gib das her!« Er stürzt auf Yvonne zu, stoppt aber mitten in der Bewegung, als ihm klar wird, dass auch das auf dem Film zu sehen ist. »Hör auf!«, schreit er mit schriller Stimme. »Hör sofort auf mit dem Scheiß!«

»Aber Sie haben mir doch gesagt, ich soll hier in der Umkleide auf Sie warten«, schluchze ich. »War ja nicht meine Idee!«

Heftig atmend wendet er sich mir zu. Er sieht aus, als wolle er mich schlagen. Wie mein Vater. Aber Bilger schlägt nicht, dazu hat er nicht den Mumm. Anders als mein Vater. Er schleudert uns beiden Blicke zu, die eher verzweifelt als drohend wirken, dann haut er ab. Seine Schritte hallen durch die Gänge des Sporttrakts.

Mitten in der Nacht wache ich auf. Mir ist schlecht. Auf meiner Haut liegt ein dicker Schweißfilm. Ich muss dringend duschen. Auch wenn mich Bilger nicht angefasst hat, fühle ich mich schmutzig. Bei Typen wie dem reichen Blicke. Auf dem Weg ins Bad komme ich an der Tür meines Vaters vorbei. Ey, scheiße, der hat ja schon wieder eine im Bett. Warum treffen die sich nicht bei ihr zu Hause? Soll er sich doch Schlampen halten, so viel er will, aber verdammt noch mal nicht hier! Das Gestöhne und Gewälze kotzt mich an, am liebsten würde ich mit beiden Fäusten gegen die Tür bollern.

Ich dusche ausgiebig. Trotzdem, der Ekel will nicht verschwinden. Mit einem Badehandtuch um den Leib gehe ich zurück in mein Zimmer, als mir mein Vater in den Weg tritt. Er ist nackt, sein dicker Pimmel schlackert zwischen den braunen Beinen.

»Was schleichst du da herum?«, faucht er und zieht die Tür zu seinem Zimmer hinter sich zu.

Ich schweige. Kein Wunder, dass einem schlecht wird bei dem, was hier abgeht.

»Verzieh dich auf dein Zimmer und spionier mir nicht nach, verstanden?«

»Diana!«, presse ich heraus. »Auf ewig dein!«

»Vorsicht!« Er macht einen Schritt auf mich zu. »Wenn du mir blöd kommst – ich kann auch anders.«

»Dann schreie ich die Nachbarn zusammen.«

Seine Augen verengen sich. Trotz der Dunkelheit sehe ich, wie sein Gesicht rot anläuft. Ich halte mein Handtuch fest und warte. Vor mir steht mein Vater und stinkt. Nach Schweiß, nach Bett, nach Frau, nach Mann. Er sagt nichts, fixiert mich bloß mit seinem Blick und atmet schwer. Dann lehnt er sich ein klein wenig zurück und führt eine Hand zum Sack, um sich daran zu kratzen. Das tut er eine ganze Weile lang.

»Ab in dein Zimmer«, sagt er schließlich.

»Guck mal«, sagt Leo und hält mir sein Handy unter die Nase. Auf einem Foto ist ein menschlicher Fuß zu sehen. Der Fuß ist ganz weiß, regelrecht fischig.

Ich zucke mit den Achseln.

»Schau genau hin«, drängt er. »Fällt dir was auf?«

»Mann, schieb ab, Leo!«

»Die Zehen sind zusammengewachsen. Hier, dritter und vierter Zeh. Krass, oder? Das ist der Fuß von der Wasserleiche.«

Nun werfe ich doch einen Blick auf das Foto. »Wo hast du das her?«

»Internet.«

»Und das ist von der Leiche aus dem See?«

Er nickt.

»Gibt es noch mehr Bilder?«

»Nee. Das hier haben sie inzwischen auch wieder gelöscht. Ist wohl aus Versehen ins Netz geraten.«

»Und so was findest du …?« Ich vollende den Satz nicht.

»Naja. Interessant halt. Ist doch interessant, oder? Was meinst du?«

»Du bist pervers, Leo.«

Bilger sammelt die Arbeit ein. Als er zu mir kommt, schenke ich ihm das zuckrigste Lächeln, zu dem ich fähig bin. Mit der einen Hand reiche ich ihm mein Heft, mit der anderen spiele ich an meinem Ausschnitt herum. Ob er es überhaupt bemerkt? Er schaut krampfhaft in eine andere Richtung. Ich habe keine einzige Aufgabe des Tests gelöst. Soll er die Antworten selber hinschreiben. Oder Punkte für nichts vergeben. Wie er es macht, ist mir egal.

»Sollen wir ihm ein paar Fotos mailen?«, flüstert Yvonne. »Damit er kapiert, was er zu tun hat?«

»Das weiß er auch so. Der ist ja nicht blöd.«

Gleich darauf geht die Tür auf und unser Rektor schaut herein. Hinter ihm sind zwei Männer zu sehen. Der Rektor kommt zum Bilger und flüstert ihm etwas ins Ohr. Bilger wird kreidebleich, aber so richtig. Wie in Trance folgt er dem Rektor nach draußen.

»Die sind von der Polizei«, ruft Leo, sobald sich die Tür hinter den beiden geschlossen hat. »Ich kenne den einen, der ist Polizist, echt!«

Leo erzählt viel Scheiß, wenn der Tag lang ist, und ein Perverser ist er auch, aber in diesem Moment glauben wir ihm. Der bedröppelte Rektor, der kalkweiße Bilger – klar, das passt. Aber warum kommt die Polizei in die Schule?

»Hast du denen den Film geschickt?«, gifte ich Yvonne an. »Oder Fotos? Bist du völlig bescheuert?«

»Nichts habe ich«, blafft sie zurück. »Überhaupt nichts!«

»Und warum sind die dann da?«

»Keine Ahnung! Mach mich nicht so an!«

Auch bei den anderen herrscht helle Aufregung. Die idiotischsten Theorien machen die Runde, bis ausgerechnet Leo einen Geistesblitz hat.

»Die sind bestimmt wegen der Wasserleiche gekommen!«

Wegen der Leiche. Das klingt plausibel. Es waren Typen in Zivil, also Kripo oder so was. Aber was wollen die von Bilger?

»Der hängt doch dauernd am See rum«, weiß Leo. »Auch abends. Vielleicht hat er was gesehen!«

»Oder getan«, meint jemand.

Yvonne und ich blicken uns an. Getan?

Krass.

Die Sache mit Bilger geht mir nicht aus dem Kopf. Den ganzen Tag schleiche ich um den Badesee herum, der völlig überlaufen ist. Selbst weiter hinten, wo das Schilf ins Wasser wächst, halten sich Leute auf. Erst spät am Abend wird es ruhiger.

Langsam gehe ich am Ufer entlang. Auf der anderen Seeseite brennen zwei Feuer. Leise Gitarrenklänge schallen übers Wasser, weit entfernt heult ein Motorrad auf. Das Schilf wird immer dichter. Wann kommt die scheiß Stelle bloß? Ich war so lange nicht mehr hier.

Es gab ja auch keinen Grund.

Da ist sie, die kleine Landzunge. Mittlerweile fast zugewachsen. Die Büsche schirmen dich gegen jeden Blick von außen ab. Höchstens vom See aus könntest du gesehen werden. Wenn hier jemand baden würde. Was keiner tut. Ich gehe weiter, bis zum Ende der Landzunge. Vor einer Feuerstelle bleibe ich stehen.

Die gab es damals noch nicht. Ich hatte mir Brote mitgebracht.

Kam aber nicht zum Essen.

Ich bin so in Gedanken vertieft, dass ich den Angreifer nicht bemerke. Plötzlich spüre ich eine Hand im Nacken, werde zu Boden gedrückt, falle mit dem Gesicht in die Feuerstelle. Jemand fummelt an meinem Rock herum, reißt ihn herunter, Unterhose gleich mit. Ich schreie, zappele mit den Beinen, versuche mich hochzustemmen. Ein Knie wird mir ins Kreuz gerammt.

»Na, was sagst du jetzt, Kleine?«, zischt Bilger.

Bilger! Ausgerechnet. Ich erkenne seine Stimme sofort. Auch seinen Geruch, die feuchten Handflächen, die ganze ekelhafte Ausdünstung. Nur die Kraft, mit der er mich festhält, die ist neu.

»Verdammtes Luder!«, keucht er. »Was seid ihr nur für verrottete Biester? Aber nicht mit mir. Nicht mit mir.«

So brabbelt er vor sich hin, während er auf mir kniet und mir die Kleider vom Leib zerrt.

»Ich zeige Sie an!«, schreie ich. »Ich erzähle alles!«

»Mach doch. Zeig den Film. Mir egal.«

»Du verdammtes Schwein!«

Seine Hände sind überall. Er ist verrückt geworden, komplett verrückt. Aber er hat meinen Hals losgelassen. Meine Schultern sind frei, wenigstens die. Ich greife nach einem Stein, der in der Feuerstelle liegt, und drehe mich mit aller Kraft nach hinten. Dabei schlage ich zu, mit dem Stein in der Hand.

Bilger schreit auf. Der Druck über mir lässt nach. Aus den Augenwinkeln sehe ich, wie er zur Seite kippt. Ich ziehe die Beine an, um von ihm weg zu robben. Heulend krabbele ich zur Seite, unter einen Busch, wo ich zitternd liegen bleibe. Rock und Unterhose hängen irgendwo an meinen Knöcheln.

Bilger bewegt sich nicht.

Ich habe ihn am Kopf erwischt. Er blutet. Seine Brille ist heruntergerutscht, die Augen sind geschlossen.

Hoffentlich ist er tot.

Erst nach Mitternacht bin ich wieder zu Hause. Ich habe nur einen Wunsch: mich zu duschen. Bis zum nächsten Morgen. Bis der ganze Schmutz dieser scheiß Welt abgewaschen ist.

Im Bad brennt noch Licht. Ich höre Wasser laufen. Weil ich keine Lust auf einen Vater habe, der sich in meiner Anwesenheit am Sack kratzt, warte ich. In der Küche schenke ich mir ein Glas Milch ein. Als ich wieder vor der Badezimmertür stehe, höre ich jemanden stöhnen. Eine Frau. Die Dusche läuft noch immer. Ich könnte schreien vor Wut.

Jetzt schleppt er sein Frischfleisch sogar schon in unser Bad! Hinterher wischen sie sich wahrscheinlich den Arsch mit meinem Handtuch ab. Ich reiße die Tür auf und will ein höhnisches »Entschuldigung!« in den Raum schleudern. Aber daraus wird nichts.

»Yvonne?« Ich bleibe wie angewurzelt stehen.

Yvonne schaut seltsam. Verlegen oder boshaft oder irgendwas dazwischen. Dabei krallt sie sich an meinem Vater fest, an dem gebräunten Körper meines Vaters, auf dem DIANA steht. Das Wasser läuft über beide. Mein Vater dreht sich zu mir um, so gut es in seiner momentanen Situation geht, und grinst.

»Hau ab!«, sagt er. »Und mach die Tür hinter dir zu.«

Er sagt es nicht wütend, sondern mit unverhohlenem Triumph in der Stimme. So, als hätte er nur darauf gewartet, dass ich endlich kapiere, mit wem er es treibt. Die nassen Haare kleben auf seiner Stirn. Ich hebe die Hand, in der ich immer noch das leere Glas halte, und werfe es ihm an den Kopf. Ich versuche es zumindest, verfehle ihn aber. Das Glas zersplittert an den Fliesen, ein Meer von Scherben ergießt sich über die zwei und tropft gemeinsam mit dem Wasser in die Duschwanne. Wo die Riesenfüße meines Vaters stehen, die Füße mit den beiden zusammengewachsenen Zehen.

Mein Vater lacht schallend.

Die Landzunge mit der Feuerstelle ist menschenleer. Bilger hat sich aus eigenen Kräften fortgeschafft. Wenn er wenigstens einen Schädelbasisbruch hat oder irgendwelche Spätschäden. Vielleicht müssen sie ihn aus dem Schuldienst entlassen. Wäre für beide Seiten das Beste.

Ich hatte Brote mitgebracht, damals. Und ein Buch. Den Titel weiß ich noch, auch wenn ich es nie zu Ende gelesen habe. Es hätte mich nur erinnert. An die Hände meines Vaters. An sein Gesicht, das regelrecht schief stand vor Verlegenheit und Gier. An den Gestank nach Alkohol, an den

Schweiß auf seiner Haut, an diese weinerliche Brutalität, die ihn Entschuldigungen flüstern ließ, nasse Entschuldigungen an meinem Ohr, während er an mir herumfummelte und mich festhielt und mir seine Männerhölle aufzwang. Hinterher flennte er ein bisschen, weil, ich war doch seine liebste Tochter, sein Ein und Alles, das hatte er mir damit zeigen wollen, eigentlich und so, aber ja, es war falsch und es tue ihm leid und bitte, bitte, ich solle bloß nichts der Mama erzählen. DIANA. Bitte nicht, Sandraschatz, ja?

Andernfalls bringe er mich um.

Ich habe nichts erzählt und er hat mich nicht umgebracht. Sogar geschlagen hat er mich eine Zeitlang nicht mehr.

Das Buch von damals habe ich verbrannt. So richtig rituell den Flammen übergeben, passend zur neuen Feuerstelle auf der Landzunge. Gebracht hat es nichts. Erinnerungen lassen sich nicht ausbrennen. Sie sind heute da, wie sie gestern da waren und morgen da sein werden. Mein Vater, das Monster mit den zusammengewachsenen Zehen.

Ich schaffe es tatsächlich, die komplette Packung Tabletten in mich hinein zu kippen. 48 Stück, mit ein paar Schluck Wasser aus dem See. Dann setze ich mich ans Ufer und lasse die Füße baumeln. Die Feuer auf der gegenüberliegenden Seeseite sind erloschen.

Ich tauche meine Füße so tief ins Wasser, bis ich meine Zehen nicht mehr sehen kann. Bis sie verschwunden sind. Die zusammengewachsenen Zehen, die mir mein Vater vermacht hat.

»Schon gehört?«, sagt Yvonne. »Sie haben eine Leiche im See gefunden. Krass.«

Niemand antwortet. Die Luft ist zum Schneiden dick. Kein Windstoß, nichts. Suppiges Hochsommerwetter.

»Krass«, sagt Yvonne.

Der Platz neben ihr ist leer.

Pfalz-Krimis

Mörderische Pfalz

Lilo Beil, Walter Landin, Wolfgang Ohler

224 Seiten, Euro 12,80

Lilo Beil, Walter Landin und Wolfgang Ohler haben mit ihren eindringlichen Geschichten und Romanen weit über die Region hinaus Beachtung gefunden. Ihre packenden Kurzgeschichten in diesem vierten Band der Kurpfalzkrimis fesseln den Leser von der ersten bis zur letzten Seite.

Riesling-Leichen

Sibylle Zimmermann (Hrsg.)

270 Seiten, Euro 12,80

Begeben Sie sich mit bekannten Autorinnen und Autoren auf eine Weinreise der anderen Art und lernen Sie nicht nur den Riesling von einer ganz neuen Seite kennen. Erleben Sie, wie gefährlich es sein kann, wenn ein blutiges Rebmesser einen alten Familienzwist entscheidet, ein Blind Date im Weinkeller stattfindet, eine Weinprobe einen haarsträubenden Verlauf nimmt, die Oma im Maischebottich landet oder ein Entspannungsseminar im Weingut aus dem Ruder läuft.

Ein Lesegenuss: fruchtig, finessenreich, filigran – und rabenschwarz im Abgang!

www.wellhoefer-verlag.de

Nora Noé im Wellhöfer Verlag

Tod im Jungbusch

von Nora Noé – 224 Seiten, Euro 14,95

Die Frauenleiche von der Teufelsbrücke hält die Jungbusch-Bewohner in Atem.
Es verschwinden weitere Menschen, im Hafenviertel geht die Angst vor dem „Kanal-Killer" um.
Doch ist es wirklich ein Serientäter, der hier sein Unwesen treibt?
Liegt der Schlüssel zur Lösung des Falls vielleicht in der Vergangenheit? Die wilden Studentenzeiten der 70er-Jahre rücken in den Blickpunkt aber auch die längst vergessenen Kellergewölbe in der Filsbach.

Blutspur nach Mannheim

von Nora Noé – 240 Seiten, Euro 14,95

Mannheim hält den Atem an. Eingefrorene Leichenteile tauchen an verschiedenen Stellen der Stadt auf. Doch von wem stammen der Fuß mit den drei Zehen und der Kopf? Was haben die Funde mit der polnischen Kleinstadt an der Ostsee, mit dem Göttinger Astrophysiker Harald von Sploen und der freundlichen ukrainischen Altenpflegerin zu tun? Bald schon steht fest: Die blutige Spur führt in eine Villa in der Mannheimer Oststadt.
Wie schon bei „Tod im Jungbusch" ermittelt auch dieses Mal wieder Jennifer Trams mit ihrem Hund Sly und gerät schon bald in tödliche Gefahr. Ein erbarmungsloser Wettlauf mit der Zeit beginnt.

www.wellhoefer-verlag.de

Thriller im Wellhöfer Verlag

Die Sünde

von Toni Feller – 400 Seiten, Euro 9,95

Ein abgetrennter Zeigefinger, mysteriöse Botschaften. Alles andere als ein klassischer Entführungsfall. Der kauzige Kriminalhauptkommissar Nawrod und die junge türkische Kommissaranwärterin Nesrin Yalcin tappen im Dunkeln.
Der Fall nimmt ein ungeheures Ausmaß an, nachdem ein zweites Opfer entführt und verstümmelt wird. Die Nachforschungen führen bis in die höchsten Kreise der katholischen Kirche. Tiefste Abgründe und eine Mauer des Schweigens stellen das Ermittlerteam vor eine kaum lösbare Aufgabe.

Kopf oder Zahl

von Ralf Kurz – 320 Seiten, Euro 11,90

Der Freiburger Professor Baer wird grausam zugerichtet aufgefunden. Schneller, als es Bussard und seinem Team lieb sein kann, entwickelt der Mordfall eine internationale Brisanz. Unterhielt der undurchsichtige Professor, der seine Freizeit gerne an Pokertischen verbrachte, doch enge Kontakte in den Mittleren Osten. Eine E-Mail-Korrespondenz zu einem iranischen Atomphysiker führt schließlich dazu, dass die international in Verruf geratene National Security Agency (NSA) im beschaulichen Freiburg ihre Aufwartung macht – auf ihre Weise, versteht sich.

www.wellhoefer-verlag.de